# 一直往大风吹的方向走去

## ——浙江省少年文学之星经典作品选

浙江省青少年作家协会 编

浙江工商大学出版社
ZHEJIANG GONGSHANG UNIVERSITY PRESS
·杭州·

**图书在版编目(CIP)数据**

一直往大风吹的方向走去:浙江省少年文学之星经典作品选 / 浙江省青少年作家协会编. —杭州:浙江工商大学出版社,2018.10(2023.10重印)

ISBN 978-7-5178-2968-3

Ⅰ.①—… Ⅱ.①浙… Ⅲ.①中国文学—当代文学—作品综合集 Ⅳ.①I217.1

中国版本图书馆 CIP 数据核字(2018)第212689号

# 一直往大风吹的方向走去
#### ——浙江省少年文学之星经典作品选

YIZHI WANG DAFENGCHUI DE FANGXIANG ZOUQU

浙江省青少年作家协会 编

| | |
|---|---|
| **责任编辑** | 沈明珠 |
| **封面设计** | 林朦朦 |
| **责任印制** | 包建辉 |
| **出版发行** | 浙江工商大学出版社 |
| | (杭州市教工路198号　邮政编码310012) |
| | (E-mail:zjgsupress@163.com) |
| | (网址:http://www.zjgsupress.com) |
| | 电话:0571-88904980,88831806(传真) |
| **排　　版** | 杭州朝曦图文设计有限公司 |
| **印　　刷** | 杭州高腾印务有限公司 |
| **开　　本** | 710mm×1000mm　1/16 |
| **印　　张** | 22.75 |
| **字　　数** | 313千字 |
| **版 印 次** | 2018年10月第1版　2023年10月第2次印刷 |
| **书　　号** | ISBN 978-7-5178-2968-3 |
| **定　　价** | 64.00元 |

# 前言 在文学的时间里相遇

如果说世界上有一种媒介能够打通所有人的任督二脉,使人抛开年龄、性别、种族、地域和信仰,最后达到相融,那么一定是文学。文学,确有其伟大之处。

浙江大地传承着悠久的历史文化传统,出过王羲之、沈括、章太炎等思想家、文史学家,大文豪鲁迅更是现代文学中不可或缺的重要人物,浙江文脉如此昌盛,无疑让后人获益颇丰。前辈文人为中国现代文学的发展奠定了深厚的基础,开拓了广阔天地。

浙江省青少年文学的蓬勃发展既得益于先辈留下的财富,也得益于青少年自身奋发向上的品德与秉性。天文学、魔法,无论想象多么奇特瑰丽,总要与现实碰撞,最后还要与一定的伦理道德底线相配合。不然,就是远离了正道,流向了低级趣味,不管是故步自封,还是孤芳自赏,都不是真正的文学。在任何时代,青少年的教育问题都受到全社会的关注,青少年儿童文学的发展也越来越受到全社会的重视,这跟时代发展是一脉相承的。青少年儿童文学和以青少年视角展现时代主题的文学作品不仅是一个时代的缩影,还在社会主义精神文明建设中发挥着越来越重要的作用。

从2006年至今,"少年文学之星"作文大赛已经举办了十二届,在这十二年里不断涌现出具有一定文学才华、创造力和文学力量的文字,我们从第六届到第十一届(前五届优秀作品集已出版)的作品中选取了具有文学新风向,体现时代风貌,展现潮流风采的优秀作品,集结成册。这部作品集如同清晨迎着朝阳带着露水的小花小草,略显稚嫩却也清新动人,我们小心地呵护这株株幼苗,希望他们长成参天大树、栋梁之材。我们真诚地希望通过这部作品集真正地以文学的力量温暖、鼓舞、激励、引领人生,引导青少年感悟文学之美、生活之真,开拓青少年的胸怀格局,传播人文精神,使青少年真正实现从品性到心灵升华。

这次入选的历届优秀作品里,我们看到童年的足迹,看到想象的天空,看到科技的神奇,更看到了我们梦想过很多次的生活。青少年作者想象奇特,他们写夸张、神奇的,想得到却看不到的事物;写刚刚还哭得稀里哗啦的小女孩,转瞬变身为济世救人的小花仙;写为了理想不畏艰辛的经历。总以为他们还是孩子,但其实他们小小的心里早已装下整个世界,这就是现在的青少年作家。他们的写作视角也慢慢触及边缘,他们关注孤独的弱势群体,《疯李嬷嬷是一棵树》中能把全世界历史和人名玩转于口中的独居寡妇疯李嬷嬷、《毛豆情缘》中跟着父母来打工的小女孩毛豆等类似的角色塑造完全达到了反映生活的高度,他们正努力向一个作家该有的时代使命感靠近,正代表新一代向生活提问,向时代发问,也开始探索文学性与真实性的融合,明显地切入了感悟和体验文字之美、文学之美的程度。这样的有文学的架构,有电影画面的美感,再加上小作者自己的亲身体验与语言,已经很有文学作品的范式。

你相信世界上有这样一种存在吗?耄耋老人看得,垂髫小儿看得,我们这些大人看了,也能时时感怀与惊悟,它像月光一样照耀着全世界。编完这部书,心中已有了答案,文学就是这样一种存在。她把我们的心系在了由语言文字组成的文学时间里,也许相遇稍纵即逝,只做短暂停留,但我们相信,这丝丝点点的星光将涌向更浩瀚的所在。

浙江省青少年作家协会
2018年9月

2

# 目录

中学组

小学组

Primary
School

组

# 第六届

## 飞往年轻的幸福·外婆太太

桐乡市振东小学406班　胡张羽

指导老师：钱镜地

你飞翔在薄薄的迷茫中，周围是青草的诗和歌，就像一只蚕在桑叶上那么幸福。我愿意什么也不想，就静静地坐在那，听着你说过去的故事……

——题记

我的外婆太太，也就是我妈妈的妈妈的妈妈。她是我今天"飞"的主人公，是关于幸福的主角。她老人家今年已经95岁高龄了，看起来慈眉善目、满面红光、腰板挺直。外婆太太一生共哺育过六个孩子，算下来加上孙辈、曾孙辈，她的小辈已经有四十多个。过年时，大家都来了，她照样能记得每个人的名字和都是谁家的孩子。

外婆太太生于1918年——一个乱世，她先后经历了军阀混战、抗日战争、解放战争，然后步入新时代。外婆太太不认得字，不看书、不读报，单凭她那为人处世之道和泰然应对世事的性格与态度走过了一个世纪。在我的记忆里，外婆太太有着庄稼人天然的勤劳与节俭的品质。听妈妈说，以前一到乡下的割稻时节，年过半百的外婆太太总是一大早便煮好绿豆粥，吃饭时分就拖着小脚绕过不平的小路来给大家送饭。那时为节省时间挣工分，人们都不回家吃饭。农村的人习惯一天只吃两餐，烤得黄亮而香的土豆和地瓜成了全家人的最爱。妈妈说那会儿她最喜爱外婆太太给她们做的地瓜干，吃起来"咯吱咯吱"响。那些又细又小的碎屑会顺着

3

嘴巴掉下来，外婆太太总会拍着妈妈的头说浪费粮食是要不得的。

外婆太太的娘家家境不错，她常常提及娘家，也喜欢回娘家。外婆太太回娘家时总是迈着极小的步子，走的速度很快。听妈妈的妈妈，也就是我的外婆说，外婆太太那个年代的女人都是裹小脚的。外婆太太平时走路一扭一扭的，因为裹过的脚又小又尖，十个脚趾除了两个大脚趾是伸直的外，其余的八个脚趾都是窝在脚下的。外婆太太的脚前掌很短，和脚后跟窝到一起了，脚心缩成一条深深的横线，也看不出哪是脚掌哪是脚心。她的脚背鼓得高高的，像一个圆馍馍一样。在外婆太太洗脚的时候，我总喜欢用小手去摸她的圆脚背，脚背的皮肤光光的，软软的，摸着很舒服。

我没有见过外婆太太穿袜子，她的尖尖脚总是用长长的白布一层一层地缠着，缠得紧紧的，然后再穿进鞋子里，她说这样走路脚才不疼。现在外婆太太还常常跟表姐说："还是你们有福气，赶上了好世道，要是出生在我那个年代，像你这个年龄就开始裹脚了。"说完外婆太太自个摇摇头。现在想想外婆太太的表情是无奈的，她的心里一定更无奈吧。

年轻的时候，外婆太太是养蚕的一把好手。那时候还是公社，每个人都赚工分，这样才能有粮分。那会儿村里养蚕，外婆太太是出了名的养蚕能手。每当春天来临，田地里经常会看到她那忙碌的身影，她的影子在太阳的照耀下，显得那么高大。夏天，就更忙了。一根扁担和两只大袋子已成了她的家常饭。扁担压弯了她瘦弱的身躯，饭碗里朴素得不能再朴素的饭菜，对于外婆太太来说已经是莫大的幸福了。匆匆吃完，又拖着疲惫的身躯开始忙碌。太阳一点点偏转，从烈日炎炎到金黄色的余晖，人们从微微饱肚到饥肠辘辘。时间一点一点过去，外婆太太匆匆地回家做好饭，又进入蚕房。她的动作是那么迅速，好像在和时间比赛。没多久，便听见蚕儿"沙沙沙"的咀嚼声，吃得那么悠然自得。而外婆太太才刚刚停下来吃那早已凉飕飕的饭菜。

听妈妈说起她小时候，外婆太太也会教她们养蚕，喂蚕宝宝，还告诉她们嘟起小嘴的蚕是已经睡觉了的"眠蚕"。接着就要"认青蚕"，就是把还没吃饱的蚕宝宝挑出来，让它吃够了才好睡觉。外婆太太在微弱的煤油灯下努力地寻找着，睁大眼睛，仔细摸索着。那满头的白发在微弱的灯光下显得那么耀眼，双手满是老茧、伤痕累累，非常粗糙的手上竟能散发出一阵又一阵朴实的农人的清香。

　　我去过乡下，也看过外婆养蚕，别说，还真的挺难。我简直无法想象当年五六十岁的外婆太太点着一盏微弱的灯，在匾里费尽全力地找那些蚕。那种情景是多么可亲，多么可敬啊！年幼的妈妈和你一起寻找着……我能想象你们祖孙俩在灯光下相互倾诉，那是一幅多么温馨的画面。外婆太太那满是皱纹的脸上一定常常漾满了那如痴如醉的笑容，无论生活有多累有多苦，她也能从容地面对。苦，熬一熬就过去了！外婆太太总能把日子过得实在而又充实，这也是她教给外婆，外婆又教给妈妈的道理。

　　因为外婆太太实在而朴实的为人，以及教育子女的独特方法，小辈们总是特别孝敬这个老太太。知道外婆太太以前吃过很多苦，总想让她多歇歇，多享享福。可是外婆太太天生"劳碌命"，总是闲不下来。有时候，我们去看外婆太太，她总是把我们领到她房间，打开她的大箱子，抖着手翻动着，从里面拿出果冻、糖果分给我们吃，我们总是对眼前的美食兴奋不已。还记得有一次妈妈拦住外婆太太，说什么也不让外婆太太把那些好东西递给我，最后外婆太太生气了，妈妈才妥协。我高兴地接过好吃的，一溜烟地跑没影了。

　　家有一老，如有一宝。外婆太太虽然年过90，可是她乐观的性格让她身体健康。虽然现在家里都不让她做什么活，可闲不住的她有时候还会在菜园子里面种点小菜，没事的时候倒腾一下。然后谁去看她，她总要让你拎点带回去。在新年里她老人家照样和我们一起去走亲戚。路远坐汽车，路近就干脆自己走着去，而且从来不用拐杖，也不喜欢别人扶着她走，没有一点老态龙钟的样子。过年的时候，村里的干部来给她拜年，带来了礼物和红包，并且祝她健康长寿，在新的一年里活得更加快乐。村里还每个月给她一百元养老金。说起这些，她总是眉开眼笑，幸福感表露在她那慈祥的脸上。

今年，她老人家远在杭州的73岁的小妹也来看她啦。姐妹俩拉着手，说说笑笑的，非常高兴。她俩每年见一次面，总是有说不完的高兴事，她们共同的结论是：终于过上了快乐的生活。当然，还有外婆太太的子女们，以及她的孙子辈和曾孙辈们，在新年里都会来给她拜年，有工作的小辈还送上红包，围在她的身边有说有笑，纷纷祝愿她健健康康地生活。以前我弄不清楚她和我是啥关系，只知道她这样高寿，这样健康，又这样快乐。外婆太太来我家做客时，有邻居问我："你家来的是啥客人？"我就这样回答："是一位超级老太太。"说得大家都乐了。

今年去外婆太太家拜年，大家约好的是大年初二去。我为了争取第一个向外婆太太拜年，车一停稳，我就飞快地下车，向外婆太太家跑去。外婆太太在家门口，和大舅公家刚刚会笑的、出生才不到四个月的小孙女一起晒太阳。我一到门口，就看到两张笑脸，一张稚嫩、光洁，一张饱经风霜，但是，在我看来是那样相似。这是为什么呀，一个词从我的脑海深处飞了出来——幸福！对，是幸福！因为幸福是相似的。

外婆太太虽然不认识字，但是她总是会说这样一句话："现在政府这样关心我，你们小辈又这样孝顺，你们每个家庭也都是这样平平安安，生活是过得越来越好啦，我也要健健康康、快快乐乐地活过一百岁！"说到这，那慈祥的脸上总是会绽放出灿烂的笑容，而那笑容又是那样"年轻"、幸福。

# 飞，以鹰的姿态

长兴县实验小学三(5)班　范馨怡

快两岁时，我随妈妈来到了天山脚下。

我的爸爸是一名飞行员。

他经常很长时间都不回来看我们，即使回来也是来去匆匆，要不就是出差，一走就是大半年。我最喜欢做的事情是躺在幼儿园高高的滑梯上，头枕着手臂，看天。北方的天是那么高远空旷，那么纯净，湛蓝的天空没有一丝云彩。一眼望过去，我可以很清楚地看到百十公里外高耸的天山上终年不化的积雪，在阳光的照射下发着白光，而那天山上的鹰，就从天际以静止的姿态向你飞来。刚开始总以为是爸爸和他的战友在飞，可是他们的姿态远没有这么优美轻盈，虽然他们自诩是鹰。每次看到鹰我都会激动不已，那对我是怎样的一种震撼啊！时而振翅直飞，时而高空盘旋，鹰是那么有力、孤独而又高傲，可以容下戈壁的荒凉，可以容下山川的连绵。锐利的目光总是眺望远方，眼神中永远不变的是坚毅，仿佛它们就是天空的主宰。我知道它们的家在陡峭的天山上。多么希望我也能有一双鹰的翅膀，飞上鹰的高度。这是我整个童年时代痴迷的唯一的梦想，甚至梦里我都在飞。

他的追求是飞最好的飞机。六岁时，我随他离开了我迷恋的地方。随着年龄的增长，我觉得他的做法可以用"军阀作风"四个字概括。平常对我不闻不问，一回家就说我腰挺不直，每天饭后罚站半个小时，目视前方、挺胸收腹，动作不标准加罚半小时；考试考了100分，满心希望能得到他的表扬，他开口就是一句："光成绩好有什么用？以后衣服自己洗！"暑假里，他把我带到部队里，跟新兵一块训练，晒得我皮肤出油，黑得像炭。谁见了都说："哎呀，更像我们的小飞了！"他听了会呵呵笑，仿佛很满意自己的作品。哼，长大后我才不干这一行！只要他回家，他一定会把我拉到操场上，不是跑步就是单杠、双杠，实在跑不动了还一个劲地对我吼"坚持坚持"。一天到晚叨得最多的就是想把我放到一个荒岛上去，看我有没有独立生存能力。他每次回家都会把我弄哭。很多时候我拒绝去看他甚至接他的电话。

但有时候，我还是有点佩服他。快四十岁了，还在学英语，学得比我认真，他说只有学习才能进步。有时候，看着他头上越来越多的白发，我觉得他很辛苦。

那天，我看到一篇关于鹰怎样学习飞行的文章。在辽阔的亚马孙平原上，生活着一种叫雕鹰的雄鹰，它有"飞行之王"的称号。它的飞行时间之长、速度之快、动作之敏捷，堪称鹰中之最。

但谁能想到那壮丽的飞翔却是幼鹰成百上千次悲壮的训练换来的。母鹰把幼鹰带到悬崖上，然后把它们摔下去，有的幼鹰因胆怯而被母亲活活摔死。那些被推下悬崖能胜利飞翔的幼鹰，正在成长的翅膀被母鹰残忍地折断大部分骨骼，然后再次从高处被推下，有很多幼鹰就是在这时成为飞翔悲壮的祭品。原来，雕鹰翅膀骨骼的再生能力很强，只要在被折断后仍能忍着剧痛不停地振翅飞翔，使翅膀不断地充血，不久便能痊愈，而痊愈后的翅膀则似神话中的凤凰一样浴火重生，将长得更加强健有力。否则，雕鹰将永远与蓝天无缘。

没有谁能帮助雕鹰飞翔，除了它自己。

儿时的记忆如潮水般涌来。我从来没有忘记过的那片蓝天，那只搏击蓝天的鹰。千锤百炼才能飞上那样的高度，才会有那样傲视长空的姿态！

独立、坚强、勇敢和自信，当然还有智慧，他说，有了这些你才能飞起来。否则，飞永远只能是梦想。他不知道，我的沉默是在积蓄力量，终有一天，我一定会飞上鹰的天空，以鹰的姿态！

# 会"飞"的石头

杭州市文海实验学校三(3)班　江子涵
指导老师:方美娟

　　寒假的一天,我到乡下的姑姑家做客。当车子驶入小村庄时,我立刻被眼前美丽的景色吸引住了。公路对面小山郁郁葱葱,从山上流下一道道清澈的泉水,形成了一挂挂小小的瀑布,像一条条洁白的哈达。山泉下面,是一条清澈的小河,碧绿的河面上闪着金光。河岸边,一块块形状各异、大小不一的鹅卵石在太阳光的照耀下流光溢彩。

　　我们不由得停下车子,来到小河边。我兴奋地捡着这些有趣的石头,突然,一块石头像蜻蜓一样从水面上漂过,飞出去好远,就像长了翅膀一样。我惊呆了:"石头也能飞吗?"我抬起头,只见妈妈正拿着石头朝我笑呢。我一下明白了,迫不及待地拉住妈妈对她说:"妈妈,您太厉害了,教教我吧。"妈妈爽快地答应了。

　　妈妈告诉我:"要让石头飞起来,挑选石头是关键的一步,越扁的石头越容易飞起来,飞得也越远,你先去找石头吧。"我按照妈妈的要求,开始仔细寻找合适的石头。不一会儿,我就找到了很多自己满意的石头。我拿起石头,正想扔出去,妈妈急忙说:"不急,要让石头飞起来,姿势也很重要。身体要半蹲,石头扔出去的时候要贴着水面,而且出手要快。"说完,妈妈又给我做了示范。看着妈妈轻而易举地一扔,石头就在水面上轻快地飞舞,我不由赞叹:"漂亮!"内心更是羡慕极了。

　　我认真地选了一块最扁的石头,准备大显身手。我照妈妈说的那样,摆好姿势,屏住呼吸,信心满满地把石头朝水面扔了出去。只听见"咚"的一声,还没等我反应过来,石头就沉入了水中。我不甘示弱,又拿起一块,还调整了姿势,弯下身子,好让石头贴着水面,结果还是发出了令人失望的"咚"的一声。我又继续尝试，一会儿选又扁又圆的，一会儿又选扁扁小小的，一块又一块。眼看所挑选的好石头都快被我扔出去了，可没有一块石头在水面上飞起来。我沮丧极了，对妈妈说："妈妈，打水漂太难了，我不想玩了。"妈妈慈爱地摸摸我的头，微笑着说："世上无难事，只怕有心人。只要你用正确的方法，并坚持不懈地练，就一定能成功。儿子，我相信你一定行。"

在妈妈的鼓励和陪伴下，我又开始继续练习。我一边挑选石头，一边不停地扔。"咚咚咚"的声音响了一次又一次，我的腰也疼了，手臂也酸了，额头上渗出了小小的汗珠。"算了吧！"我对自己说。可一想起石头在水面上飞舞的样子，我又不舍得了，并且还有妈妈的鼓励和期望呢！我又继续练习。忽然，我看见自己扔出去的石头在水面弹了一下，我兴奋极了。我又拿起一块，"一、二"，这一次，石头居然在水面上弹了两次。我越来越起劲，手中的石头也越飞越快，越飞越远。终于，我一甩手，那石头就像蜻蜓点水一样，轻轻地掠过水面，飞得很远很远，只看到水面道道波纹荡漾开去……

"石头飞起来啦！"我欢呼雀跃，心也跟着"飞"了起来……

# 月亮的脸　星星的眼

杭州市江南实验学校六(3)班　叶　周

指导老师:孙　珂　邹小斌

现在的一切努力都是为将来的梦想编织翅膀,让梦想在现实中展翅高飞。

——题记

红色的月亮你见过吗? 如果那一晚你曾抬头仰望,哪怕是在你家阳台上抬头仰望,你也一定像我一样清清楚楚地记得那一晚,"天狗食月"。

什么是"天狗食月"?"天狗食月"就是月食。它是大自然中的一种现象,当太阳、地球、月球运行到一条直线上时,因为地球处于太阳和月亮之间,太阳光被地球遮挡,便产生了月食。

记得那是2011年12月10日,星期六。十年来最美的月全食将在这一夜出现在夜空,电视中、报纸上铺天盖地都是红月亮的新闻。我不畏严寒,毅然和老师、同学一起,来到天荒坪山顶。山顶上早已聚集了很多天文爱好者,我们也加入他们当中,翘首期待。

天空中挂着几颗黄色的星星,好像在对我们微笑。月亮格外大、格外圆、格外显眼,像一个大大的圆盘挂在天空中,但它光线很弱,我都有点不相信那是真的月亮。我想到了李白的诗句:"小时不识月,呼作白玉盘。又疑瑶台镜,飞在青云端。"此时此刻,心中的诗句,配上天空中的月亮,是多么美妙呀!

山顶气温有些低,有些冷,我搓搓手,呵呵气,心里热乎乎的。到了20点50分,"天狗"终于如约而来。月亮被吃掉三分之一了。月亮被吃掉二分之一了。月亮只剩下一个小月牙了。此时,月亮已经微微变红,只是还有一个小月牙还泛着黄光。满天的星星眨着眼睛,一闪一闪的,好像在说:一会儿还有更好看的呢!

渐渐地,月亮变成了暗红色。这是月光穿透"天狗"而显现出来的颜色吗?我充满遐想,不停地按相机,希望把每一瞬间的美丽都保存在相片上。我抑制不住内心的激动,和同学们一起,对着月亮,像狼一样吼上几声。整个山顶也在此刻沸腾起来。

传说,天狗是目连的母亲。她生性暴戾,为人邪恶,被玉皇大帝打下十八层地狱,变成了一条恶狗,因此,她很痛恨玉皇大帝。后来,她逃出地狱,上天宫找玉皇大帝评理。结果没见到玉皇大帝,她就去追赶太阳和月亮,想将它们吞吃了,让天上人间变成一片黑暗。她没日没夜地追呀追,追到月亮,就将月亮一口吞下;追到太阳,也将太阳一口吞下。不过她最怕锣鼓、爆竹的声音,吓得只好把吞下的太阳、月亮又吐出来。

可能"天狗"被我们兴奋的喊声吓着了,慢慢地吐出了月亮。

在这样一个夜晚,我能够目睹难得一见的月全食,而且还是红月亮,从初亏、食既、食甚,到生光、复原的每一个精彩瞬间都令我陶醉。漫天璀璨繁星散发出绚丽的光辉,目不暇接的我乐享一场视觉盛宴,回味无穷。突然间,我真想变成一架宇宙飞船,驶向那浩渺的宇宙,去探个究竟。

夜色更加浓重了,当然也变得更加寒冷。皎洁的月亮重回夜空,月光洒向大地,我拿着望远镜仔细寻觅、辨认着满天繁星,感受到宇宙的伟大和奇妙。虽然天气寒冷,但我们决定通宵守着,直至晨曦出现,满载而归。

这一次天荒坪之行,使我天文梦想的羽翼更加丰满,让我离天文梦想更近了一步。看着自己拍摄的照片,看到的不仅仅是拍照技术提高了,更是让我懂得了执着与付出及它们所带来的收获与快乐。

回想起我与天文的结缘,那是两年前的天荒坪之行。我不仅邂逅了英仙座流星雨,而且还在老师的指导下学会了看星图,更许下了生命中最美丽的心愿。对照星图,我找到了大熊座、仙后座、夏季大三角,彻夜未眠的我竟然一点都不觉得疲惫。因为我早已被深邃的夜空深深吸引,神秘的宇宙让我遐想万千。

从此,阅读《天文爱好者》《科学探索者》是我最大的享受,从中我学到了很多很多。随着我的天文知识与日俱增,我更加密切地关注天文动态。我的执着追求迎来了2011年被称作"夏季流星璀璨"的宝瓶座流星雨。

时值夏季,不仅有蚊虫叮咬,而且山里的夜晚也比较寒冷,但这些都阻挡不了我们热爱天文的"追星一族"。我和同学们在老师的指导下,做好保暖措施,背设备、扛帐篷,沿着崎岖的山路小心翼翼地摸索了一个多小时,终于到达了空气清新、视野开阔的山顶。

站在山顶,仰望星空,南部的几颗星星似曾相识,引起了我的注意。对照星图,确认它是乌鸦座。它位于室女座西南,在巨爵座与长蛇座之间,由4颗三等星组成了歪斜的四边形。乌鸦座四边形中的轸宿一和轸宿三两星遥指室女座的角宿一的西南边。乌鸦座亮星很少,乌鸦的形象不是很明显,但对乌鸦座的星座神话我很清楚。

传说,阿波罗娶了美丽的迪丝沙丽亚王国的女王库鲁妮丝为妻子,但是他一人身兼四职,既是太阳神、音乐神、预言神,同时也是医家之神。因此,他非常忙碌,一直没有时间陪他心爱的妻子。所以当阿波罗无法待在库鲁妮丝身旁时,交给了一只羽毛银色、会说人话的乌鸦一个使命,就是每天将库鲁妮丝的消息传达给阿波罗。

有一次,乌鸦因为偷懒而迟到了,使得想要早早知道库鲁妮丝消息的阿波罗等得心浮气躁、大发怒气。为了找借口,乌鸦说了谎。它说因为库鲁妮丝红杏出墙,所以它因烦恼到底应不应该报告而迟到了。正在气头上的阿波罗马上赶往库鲁妮丝那儿,当他发现一个可疑的人影时,立刻就把箭射了出去,没想到那人影竟然是库鲁妮丝。可怜的库鲁妮丝就这样香消玉殒了。

知道事情真相的阿波罗,生气地把乌鸦会讲话的能力夺走,并把它银色的羽毛变成乌黑的颜色,然后将它定在黑暗的天空上,这就是在春天的夜里闪亮的乌鸦座。

当我还沉浸在神话传说中的时候,宝瓶座流星雨在我们热切的期盼与兴奋中拉开了序幕。一颗颗闪耀的火流星迅速地在天空画了个弧度后,又如离弦的箭一般掠过。此情此景,我在遐想:宝瓶座的形象是一个持着瓶子在倒酒的美少年,他叫加尼墨德。传说他是特洛伊的王子。有一天,他替父亲看羊时,宙斯在天空经过,一见加尼墨德就看中了他,于是,宙斯变身成一只老鹰,掳走加尼墨德,把他带到奥林匹斯山。从此,加尼墨德成了宙斯身旁的倒酒童。宙斯变成的老鹰就是天鹰座,而倒酒的加尼墨德就是宝瓶座。

我惊叹世界上竟有如此奇景,甚至连许愿都忘记了。我着迷了,这流星雨是加尼墨德倒出来的美酒吗?一定很醇香吧。神奇的天文现象和它背后悠久的神话传说,使得我对天文顿时爆发出了无限的热爱。

在这之后,我又历经了好几次天文奇观,这可真是一段难忘的"黄金岁月"啊。

怀着对天文的无限热爱,我阅读大量的相关书籍,不辞辛苦地多次登顶观测。功夫不负有心人,我历经两年的执着与付出,写下了不少天象观测文章,并多次被报纸杂志刊登,还获得了一些奖项。这一切都激励着我不懈追求,朝梦想砥砺前行。

绚丽的宇宙给人无穷无尽的遐想,宇宙深处的神秘充满着挑战和机遇。探寻茫茫宇宙的奥秘,探索天体运动的规律,思考星辰世界是我的梦想。我正在一点一点解开它神秘的面纱,即将看见它那美丽的脸庞。面对浩瀚的宇宙,我是一只羽翼未丰的小鸟,飞翔在蓝天白云间,遨游在广阔无垠的璀璨星空之中。

我有成为一名天文学家的梦想,为了这个远大的梦想,我已经看见自己不畏艰险地翻山越岭,通宵达旦去追星逐月,赏银河悬臂的未来。我一直在路上,背上长着梦想的翅膀。

# 第七届

# 太阳果

杭州市学军小学三(2)班　张智玮

指导老师:周　峰

我是一个魔法师,人们都说我是有史以来最伟大的魔法师。

很久以前的一天,天气很好,万里无云,阳光普照,偶尔一阵微风吹过,让人觉得暖暖的、痒痒的,很舒服。我吃下一颗变小丸,骑上魔法青蛙,怀着愉悦的心情,从魔法森林穿越到大都市参加世界魔法表演大会。

到了大都市,我看到马路上汽车很多很多,一辆辆汽车排成一条长蛇,向前方游去。一会儿,红灯亮了,这条长蛇就停了下来。我是非常遵守交通规则的,所以我让魔法青蛙停下来,静静地等绿灯亮起来。这时,只见魔法青蛙喘着粗气,肯定是因为从魔法森林到大都市路途遥远,累着了。突然,魔法青蛙"呱呱呱"地咳嗽起来,我看到好几位司机从车窗里探出头来,四下张望。他们一定很久没有听到青蛙的声音了吧!要是让他们发现青蛙身上还坐着一个小人,他们肯定要惊讶坏了吧!要是那样的话,我也会紧张的,幸好我们很小,他们坐在车里不容易看到我们。

"呱呱呱!"魔法青蛙咳得一阵比一阵厉害,我也开始咳嗽了。这咳嗽不是传染的,而是因为我们前面的汽车正冒烟呢——一股股浓烟从它的屁股后面冒出来,我的心情一下子就变得糟糕起来。更糟糕的是,魔法青蛙突然跳了起来,在空中划出一道美丽的弧线,稳稳地落在人行道上。人行道上的行人被吓跑了不少,但很快他们又折了回来,把我们围起来。不知是谁叫唤了一声:"快来看啊,青蛙上面竟然坐着一个小人!"这下子,连司机都下车来看了。我们被人群团团围住了。

"呱呱呱!"魔法青蛙的叫声中带着恐惧和威胁,可在人们听来,不过是普通的青蛙叫罢了。我也开始紧张起来,毕竟这些人不是我的观众,他们是来凑热闹、看新奇的,随时都可能伤害到我们。怎么办呢? 我正想办法呢,魔法青蛙又跳了起来,一路狂跳,直接跳回了魔法森林。我的心情跌到了谷底,十年一届的世界魔法表演大会就这么错过了。

我牵着魔法青蛙,百无聊赖地在魔法大道上散步,希望心情早点好起来。突然我发现路边有两颗金光闪闪的东西,活像两个小小的太阳。我好奇地捡起一个"小太阳",谁知魔法青蛙跳起来,把"小太阳"一口吞了下去。我真想踢它一脚,可我舍不得。不一会,魔法青蛙吐出一个果核,"呱呱呱"地叫起来。我知道,它这是在唱歌呢! 听着这美妙的歌声,我的心情好了一点。我捡起另外一个"小太阳"——现在我知道它是一个果子了——咬了一小口。这是我吃过的最最美味的水果,更神奇的是,我的心情一下子变得很好很好,忍不住唱起歌来。宽敞的魔法大道上,飘荡着我和魔法青蛙的歌声,真是快乐极了。

因为这种水果像太阳一样闪着光,我给它取名太阳果。我把两颗果核埋进土里,希望它们长成大树,结出太阳果。这样,我心情不好的时候,吃一个太阳果就好了。可过了好久,两颗果核一点反应都没有。

一场大雨过后,神奇的事情发生了,两颗果核发了芽,一夜之间长成了大树。连续三个晴天过后,两棵大树开了白色的花朵。终于,在一个没有星星的夜晚,花朵变成了果实,金光闪闪。那一晚,我激动极了,连吃了三个太阳果,和魔法青蛙一起歌唱到了天亮。

第二天,太阳果就派上了用场。我有三个朋友来我家做客。有一个说:"唉,我最近什么事情都不顺利,心情糟糕极了。"另外一个说:"我工作倒还顺利,可我就是开心不起来,整天挂着一张脸,别人看了都难受。"还有一个说:"我也跟你们一样啊,心情跟放在冰箱里一样,冻住了。"我听了之后,拍拍胸脯说:"今天你们来了我这里,我保证你们开开心心地回去。"说着,我便端上了三个太阳果。三个朋友很惊讶,异口同声地问:"这是什么东西啊,竟然闪着光?"我神秘地一笑,说:"这是我施了魔法的水果,叫太阳果。你们吃了,心情立马就会变好的。"他们半信半疑地看着我,拿起太阳果仔细端详一番,然后张开嘴小心翼翼地咬了一小口,接着便大口大口地吃了起来。果然,他们吃完太阳果心情就变好了。

"真是太神奇了! 一个太阳果竟然有这么大的能量,能让人的心情变好!"

"真是太不可思议了! 我从来没有吃过这么神奇的水果。"

"你是怎么做到的啊? 快跟我们说说……"

朋友们脸上洋溢着灿烂的笑容,止不住地惊叹,一个劲地追问。我开心地笑着,蹲在一旁的魔法青蛙也"呱呱呱"地叫了起来。我把事情的来龙去脉跟朋友们讲了一遍,他们惊讶不已。突然,有个朋友尖叫着跳起来:"哇! 我们要发财了!"我们都盯着他看,他激动地说:"你们想想看,现在有多少人的心情是不好的? 如果我们开一家水果店,把太阳果拿去卖钱,那我们岂不是发财了?""对啊,对啊! 我们再也不用辛辛苦苦地赚钱了。"我也激动起来,这可比我用魔法表演赚钱轻松多了。我们四个人好好地商量了一番,决定去大都市开一家水果店,专卖太阳果。

店开起来了,就叫太阳果专卖店,而且我们还打了广告。我们把太阳果去核,切成一片一片的,装成一盒一盒的摆上货架。为什么我们要把果核留下呢? 因为我们要把果核埋进土里,让它们发芽、开花、结果。到那时候,我们就有一大片太阳果园,我们可以开更多家太阳果专卖店,我们能赚更多的钱。

跟我们想象的一样,太阳果专卖店第一天开张就来了很多心情不好的人,店里的太阳果一下子全都卖完了。我们干劲十足,立马回魔法森林去,准备再运一些太阳果来卖。可回到魔法森林,我们简直不敢相信自己的眼睛,树上的太阳果都腐烂了,树叶也无精打采地耷拉着脑袋。我们浇水、施肥……想尽了一切办法,可太阳果树还是一天天地枯萎下去,树叶都掉光了,光秃秃的。没办法,我们只好把太阳果专卖店给关了,我们的美梦就这么破灭了,我们的心情很差很差。

虽然太阳果树没了叶子,死了一般,但我每天都要去看看它。我希望有一天会有奇迹发生,就像我以前捡到那两颗太阳果一样。

有一天晚上,我靠在太阳果树上叹气,然后迷迷糊糊地睡着了。突然,我的眼前出现了一个怪物,它的浑身上下都散发着微弱的光。虽然我从来没有见过它,但我一点都不害怕。我问它:"你是谁? 怎么在这里?"

"我是太阳果精灵,我的家就在这里。"它指了指我靠着的太阳果树。

"你住在这棵树里?"我很惊讶。

"对啊! 我就住在这里,可很快,我的家就要没了,家没了,我也就要消失,到另一个世界去,再也回不来了。"听得出来,它的心情也很不好。

"这棵树是我种的……"

它打断了我的话,说道:"对,这棵树是你种的,你帮我把家安在了这里,我非常喜欢这里,我应该谢谢你。可你,和你的朋友们,把树上的果子拿去卖钱。要知道,这果子是不能卖钱的,它只能送给有需要的人。你想想看,太阳挂在蓝天上,发出光来,谁需要阳光,就站在蓝天下,阳光免费把温暖送给他。你说,这阳光是能卖钱的吗? 它不能卖!"

"我……"我一时说不出话来。我刚想问它我该怎么办,可一阵剧痛把我痛醒了。一根树枝掉了下来,砸在我的脚上。我突然明白,我刚才只是做了一个梦,但我相信这个梦,因为我知道阳光是不能卖钱的,而太阳果正是照亮人们心情的太阳,也是不能卖钱的。

我不知道怎么办才能让太阳果树活过来。我希望太阳果精灵继续住在这里,而不是去另外一个世界。我把三个朋友找来,商量了一番,我们决定把卖太阳果赚来的钱捐出去,捐给那些贫困的孩子,让他们背着书包上学去。

我们把钱捐了,可太阳果树还是倒下了。我们都很心痛,可后悔来不及了呀。

直到第二年春天,我惊喜地发现,从太阳果树的树根上,抽出了一棵嫩芽。它长成大树,开出白色的花朵,结出金光闪闪的太阳果。

从此,我和我的朋友们再也没有卖过太阳果,只把它送给有需要的人。可人们都说我是有史以来最伟大的魔法师。

# 属于我的那一缕阳光

杭州市采荷第二小学四(1)班　倪武涵

指导老师:付　芯

一缕阳光透过窗户射进教室,照到我的课桌上,没过一会儿,阳光就像蝴蝶一样悄悄地飞走了。阳光在我心中的概念就是这样: 看得见、摸不着、逃去如飞。但是有一点值得肯定,阳光很温暖。暖暖的下午,我的思绪飘得很远很远……

**2011年5月23日　星期一　天晴**

今天对我而言是个特殊的日子,妈妈的肚子"一拖再拖",我那淘气的小弟弟总算和可爱的世界见面了。昨天晚上我就陪妈妈在医院聊到很晚,要不是今天是周一要上课,我真愿意就待在产房外面,亲眼见证弟弟的降临。

今天下午放学不是爸爸来接我的,爷爷急匆匆地把我带上电动车,风驰电掣般驶向省妇保。下午的阳光不那么刺眼,伴随着丝丝凉风,我的心情暖暖的。当时直觉告诉我,妈妈生了。到了医院,我飞奔到妈妈的病房,妈妈精神不太好,脸色蜡黄蜡黄的,看见我微微地说了句:"涵涵来了。"但是紧挨着妈妈的病床,我看到了一张小床,一个小馒头似的拳头左右摇摆,我不禁喜形于色,冲向小床,喊道:"弟弟……""轻点,弟弟喝了奶,刚睡着。"爸爸一把把我拉开,又嘱咐我坐下来,我觉得温柔的爸爸今天特别严肃,他说:"涵涵,今天开始你就成为姐姐了,姐姐就要有姐姐的样子,姐姐要学着照顾好弟弟。弟弟小,以后等他慢慢长大了,你还得学会谦让,弟弟还小……"爸爸好像说了很多,我的心里除了兴奋,好像又有了一点点不安。我是姐姐,我不是爸爸妈妈唯一的心肝宝贝了,我还有个弟弟。病房里忙忙碌碌，一会儿给妈妈测血糖，一会儿给弟弟量体温。因为还要完成学校的功课，吃了晚饭，爷爷就把我带回了家。做完了作业，本该睡觉的我却总是想起南京奶奶——是南京奶奶一次又一次恳求妈妈再养一个，我是随妈妈姓的，希望再有个孩子随爸爸姓，爷爷除了爸爸没有第二个儿子，希望最好生个儿子为武家传承香火。南京奶奶来照顾身怀六甲的妈妈的时候，不止一次地问她这次怀的到底是不是儿子？

算了，老一辈人的观念就是这样。看在可爱的弟弟的分上，就不计较那么多了。我想我会好好地爱弟弟，好好地照顾他。

### 2011年5月28日　星期六　天阴

不知道什么时候听到大家说过这样的话：幸福的家庭都是一样的，不幸的家庭各有各的不幸。大概是这个意思吧！我忽然觉得自己有些不幸了。

今天是妈妈出院的日子，快到家了，还没拐进胡同，就看见老远有人跟爸爸打招呼："生了儿子呀，给你盼到了！"爸爸的脸就像一朵盛开的菊花，满脸堆笑："盼到了，盼到了！"也有人和我打招呼："涵涵，有弟弟了！以后要学会自己的事情自己做了，爸爸妈妈照顾弟弟都来不及了。"也听到有人跟我打趣："以后爸爸妈妈留给你的家产一人一半了，滨江的房子给弟弟，南京的房子归你……"本来把妈妈和弟弟接回来，我可以天天放学看到弟弟，心情真的不错，可不知怎的，我的心里有点酸酸的。但我还是告诉自己：爸爸妈妈一如既往地爱我，我和弟弟都是妈妈的心肝宝贝。

"妈妈，这道题目我好像没什么思路，你指点我一下！"这是我一贯的做作业方式。可是等了很长时间，妈妈也没有过来。我转身一看，爸爸妈妈、爷爷奶奶都围着弟弟不知道在干什么！我好奇地凑过去，才知道弟弟尿尿了，因为尿不湿没包准，小衬裤尿湿了，大家都在忙不迭地给他包尿不湿、换衬裤。不过，他似乎一点没招人厌，只听见南京奶奶挥着大手轻轻拍打他的小屁股，装模作样地说："真不听话，谁让你把小便解在裤子上，打屁股，打屁股！"我冷冷地说了一句："假惺惺。"没人理我，那只能自力更生了,回到书桌前,啃着笔头,苦思冥想。不过,今天似乎真的缺少了一点什么,一下子我也说不清楚。我打开窗户,气象预报说今天是阴天,怪不得今天从早上开始就是阴沉沉的,没有阳光。

**2011年5月31日　星期二　天阴**

昨天我一个晚上没有睡好,今天一早碰了一鼻子灰,大发雷霆。半夜里我起床到厕所小便,路过妈妈和弟弟的房间。我一看闹钟,时针快指向"2"了,可妈妈的房间依然灯火通明。我走近一看,妈妈正抱着弟弟来来回回不停地走着,嘴里还喃喃地说:"宝宝睡觉觉,宝宝不睡,妈妈累坏了。"南京奶奶也在,她"含情脉脉"地看着弟弟,时不时搭上一句:"妈妈一晚上没睡,宝宝听话。都说男孩子难养,没想到吵夜吵得那么厉害!"一说完,奶奶就哈欠连天了。回到房间我就陷入了失眠状态,我想了很多很多:我的作业没人管,弟弟白天被人围着,晚上还有两个人轮番伺候他。我犯了错误从来没有好脸色的妈妈,面对并不听话的弟弟,话语温柔得好像要淌出蜜来,我还是妈妈的宝贝吗?

迷迷糊糊中天亮了,透过窗户能感觉到今天的天气比昨天更糟糕,天阴沉沉的,仿佛要下雨。我嘟囔了一句:"今天没有阳光。"忽然想到,联系本上没有签名,下意识地摇醒还在熟睡的妈妈:"妈妈,联系本签名。"我分明感觉到妈妈被我摇醒了,但不愿意睁开眼睛。于是我不依不饶地摇动她的手臂:"妈妈签名!"妈妈总算是睁开了眼睛,但是眼神里盛满了愤怒:"你懂不懂事,我才刚睡着一会儿,我死了是不是就没人给你签名了?""你们眼里只有弟弟,大家都围着他转,你们眼里还有我吗?"我再也忍不住了,朝着妈妈大吼一声,背起书包头也不回地向楼下跑去。

下雨了,可谁知道,我的心里也在"下雨"。

**2011年6月13日　星期一　天晴**

今天是开家长会的日子,主要是下下周要期末考试了,老师大概要给家长提点要求什么的,希望能对我们好好进行督促管理。在回执上,爸爸分明写着:准时参加。可是将近5点却打来电话说自己参加不了。从妈妈与他的对话中我知道了爸爸今天临时接到一个开会的通知,所以希望妈妈能给班主任老师打电话请假。我很久没听到妈妈这么大声说话了:"是你的会重要,还是女儿重要? 开会多你一个不多,少你一个不少! 如果你不去,那么就让我这个还没坐完月子的人去!"说完便挂断了电话。妈妈转向我了,她似乎想对我说些什么,我却什么都明白了。我鼻子一酸,跑进了房间。

太阳还没有下山,阳光柔柔地射进我的房间,我不禁觉得心里暖暖的……

# 阳光咒语

桐乡市振东小学504班　　魏可为

我，只是一个普通人，过着普普通通的日子：起床，洗脸刷牙，吃早餐，上学上课，放学回家，做作业，吃晚饭，睡觉……周而复始，日子就好像上了发条一样，单调而又匆匆地流逝。可是就在这普普通通的一天，我干了一件普普通通的事，于是，我原本普通的生活开始不再普通。

## （一）

这是一个周末，我难得有空可以在自家的院子里悠闲地晒太阳。明媚的阳光使我诗兴大发。由于我不太会作诗，所以我只吟了一句很简单的七字诗句：

"××××，×××！"

在吟这句诗时，我充满诗意地举起了双手，仿佛手心有着一朵娇嫩的花朵，稍一用力就会成为泥土似的。可是，手心并没有花瓣的柔软与清凉，手里的是一汪明晃晃、暖乎乎的东西，它很轻很轻，但很亮很亮，亮得我都睁不开眼。我吃了一惊，这究竟是什么？

仔细看去，这好像一掬水银，轻轻地漾着，可又像露珠一样透亮透亮的。我手指一松，它就像一条泥鳅似的从我的指缝中悄无声息地漏了下来，泻到了地上。我赶紧俯下身去寻找，可是什么也没有找到，但奇怪的是被房子巨大阴影所盖住的地面上有一块巴掌大小的光斑。

难道说，被我捧在手心里的是一掬阳光？我被自己这一个想法给吓了一大跳。

既然水能以液态、气态、固态的方式存在，那么阳光为什么不可以以液态的形式存在呢？恐怕是得有一个特定的条件才行！

23

我拼命地回忆刚才的每一个细节并毫不走神地重复起来:从路口数起第八根电线杆开始走,走3步,眯起眼睛……当我将双手小心翼翼伸进阳光里,就像伸进了一挂从天而降的清澈透亮的瀑布,然后念了那一句我自编的诗句。就在这时,奇迹再一次在我这个普通人身上发生了,我的手掌里又已经满盈盈地捧着那亮晶晶的似有似无的奇妙的东西了。

没错,这正是阳光。

我猛然醒悟到了,其实,我刚才所念的那一句小诗就是收集到液态阳光的秘诀,也就是一个咒语,和阿里巴巴打开密道的咒语"芝麻开门"是一样的。

为了验证我的判断是否正确,我把一个空的易拉罐放在了有着最强烈阳光的窗台上,再念一遍我的诗句,果然,那个易拉罐里立刻盛满了明晃晃的快要溢出来了的阳光。

我乐得一蹦三尺高。

## (二)

不过,对于我来说,掌握了这一个可以将阳光变成液态的窍门有什么用呢? 当然有用,我首先想到的是我的鞋子。我的鞋子的气味实在不敢恭维,只要闻过它,做梦都会做连吃三个臭鸡蛋的噩梦。为了解决这个问题,我把两罐在中午时分获得的有着最强烈热量的阳光倒进了鞋子,鞋子里的恶臭味立刻消失得一干二净,还有一种在阳光下晒过的衣物所特有的香味,而且不管何时脱下,都干净清爽。

然后,我又接了一水壶的阳光,等到晚上,把它全都倒进被窝里,被子里面立刻变得像玻璃暖房一样又暖和又舒服,即使趴在里面读一整篇长篇小说也无妨。

我甚至还别出心裁地喝了一大杯阳光到肚子里,顿时,我感到从喉咙口到肚脐眼都暖融融、热乎乎的,异常舒服。我甚至还从镜子里看见自己全身都好像一个灯笼一样亮堂堂的,内脏都可以清晰地看到:蠕动的肠、跳动的心……身上的一些小毛小病从此我也不怕了,不管是感冒、发烧,还是拉肚子,只要喝上一大杯阳光,就全部烟消云散。

阳光真是个好东西。

诸如此类,还有许多你连做梦都想不到的有趣的用途,在此,也就不一一道明了。

而使我得到莫大快乐的则是我可以在要好的同学、朋友面前十分矜持,十分潇洒地表演一回我这独一无二的绝活。

瞧!我向阳光中伸出手,漫不经心地抓一把,再在那一双双期待、急切的眼睛前,文雅地慢条斯理地摊开手来,一小摊晶亮波动的阳光就出现在我的手心里。他们争先恐后地伸出手指来蘸蘸,暖烘烘的,手指头也变得像镀上了一层金一样的耀眼了。"神,太神了!""妙,妙极了!"

于是,在我的虚荣心得到了小小满足后,我便会给他们每人一个装满了阳光的、金光灿灿的小玻璃瓶作为礼物,至于他们拿一瓶阳光干什么去了,那就悉听尊便。

## (三)

也许正是因为我张扬,才招来了一个不速之客。他胖胖的,声音却柔柔的,笑容很甜,叫人看了很是舒服。

"敝人金黄,是金黄跨国公司的总经理。今天特地前来和小兄弟谈一笔生意,一笔大生意,这笔生意对你可是大大有益的啊!"

我感到十分惊讶:"可是我并没有什么可以卖给你的东西啊?"

他仍然以那一种笑眯眯的表情对我说:"不不不,你有的。听说你发现了一个可以将阳光变成液态的秘密,本公司愿意重金收购你这个秘诀。一千万,怎么样?"

一听到这个庞大的数字,我立刻就惊呆了。一千万是什么概念,相当于十个一百万或一百个十万或一千个一万,对我这么一个刚上小学五年级的小学生来说,是何等庞大呀!

金黄总经理见我没反应,急了,一个劲儿地加码:"一千一百万、一千二百万、一千三百万……"

我这才反应过来,忙不迭地说:"够了,够了,够了!"

他听了之后,笑得更甜了,就好像一条狗得到了主人施舍的一根肉骨头一样:"好好好,你的选择完全正确,你一旦得到这笔钱,就再也不用上学和工作了,你将成为最年轻的富翁。你马上就可以得到这笔钱。"说着,他从皮夹里掏出了一张银行卡,在我面前晃了晃。我刚要伸手去拿,他立刻把手抽了回去:"想要钱可以,但你必须答应我一个条件:你从此以后都不可以再使用这个秘诀。"一听到这个条件,着实让我愣了一愣,可当我看到了他手中的那张银行卡以后,那些顾虑立刻烟消云散:如果一个咒语换一千万元都不要,那不是傻瓜嘛,不拿白不拿。于是我们两人一拍即合,他给了我银行卡和密码,而我,则告诉了他将阳光变成液态的咒语。

## (四)

接下来的日子里,金黄跨国公司推出了一系列的阳光产品:盒装阳光、罐装阳光、听装阳光、瓶装阳光……由于这些阳光在某些方面有着不可比拟的特殊用途和神奇功效,例如在医疗、保健等方面,所以尽管价格贵得惊人,但天天供不应求,据说过段时间,又要提价了。

可是随着金黄跨国公司的阳光越来越火,我的身边也接二连三出现了不可思议的事情。

我拿到了那一笔钱,立马遵守诺言,再也不用阳光咒语了,但是我要好的同学和朋友都很不理解,为什么我再也不给他们每人一小瓶阳光,再也不在他们面前耍酷了。于是,他们与我渐渐疏远了。尽管我有了梦寐以求的山地自行车,尽管我可以买到最新潮的玩具,可是我并不快乐。

一天,我正踏在我那限量版的滑板上无聊地在马路上滑着,这时,地上的一块小石头把我绊了一下,我刚想把它给踢到"千里之外",谁知我眼前约一两米处就有一个花盆掉了下来。好家伙,如果被它砸中,那就脑浆迸溅,性命全无了呀!还好有这块小石头把我绊了一跤,否则我很有可能已经没命了。

倒霉的事还不止这些。这一天,我躺在阳台的躺椅上,正抱着一个椰子喝着椰子汁,忽然,一支钢箭从远处飞来,正好射在了那个椰子上,把我吓了一跳:如果没有那个椰子挡着,那支箭会准确无误地射进我的胸腔。吓得我一阵风似的跑到屋子里。紧紧地关上门窗,再也不敢出去了。

从前几天所发生的事情来分析:从天上掉下一个花盆也许是个意外,但是那一支钢箭一定是有人处心积虑要蓄意谋杀我!

我是既委屈又气愤,还很困惑。你说我这没招谁又没惹谁的,谁要跟我过不去呢?

可是我还没来得及搞清到底是谁想杀我,那个杀手竟然自己跑到了我面前。

一个戴黑面罩,只露出眼睛的家伙从我的床底下钻了出来,他一把抓住我说:"今天你死定了,不过,看在我们友情的分上,我就给你一个优惠,那就是你可以选择怎么死!"那个蒙面人的声音怪怪的,但是很熟悉。

我想了想自己的死法:用刀子?不行不行,那会流很多血的。扔到海里淹死?不行不行,那会被鲨鱼吃掉的。从楼上跳下去摔死?不行不行,那会死得血肉模糊的,我才不愿死得那么难看。放一把火烧死?也不行,如果烧到了邻居家里,岂不糟糕?我想了好几种死法,最后决定了我的死法:"我愿意站在太阳底下晒死。"

那个蒙面杀手踌躇了一会儿,说:"这种死法很古典,以前的国王就是把那些不听话的人用这个古典的方法处死的。正好现在的太阳很毒、很烈,你现在就站在太阳底下慢慢晒死吧。"

于是,我站在如火的太阳底下烤着,而那家伙则坐在旁边的阴影里看热闹似的盯着我。我从小娇生惯养的,哪里受过这样的苦?不一会儿,就"咕噜咚"的一声倒在了地上,直挺挺的,一动也不动了。

"这么快就死了?"那个蒙面杀手乐了。但他还是有点不放心,大大咧咧地走到了我身边,弯下腰想验证一下。

机会来了,我趁他的脸凑得很近很近的时候,猛地一下,将我手中的东西全都抹在他的眼睛上。

"哇!"他一下子跳了起来,因为我手心里的东西是那么光亮耀眼,刺得他完全睁不开眼,而且烫得厉害。没错,这正是阳光。原来,我发现和他硬碰硬肯定会吃亏的,于是就假装晒死了,躺在地上的时候悄悄地念了一遍咒语,手中攥了满满一大把滚烫并且最炽亮的阳光,一下子全抹在他的眼睛上,他能受得了吗?

趁此机会,我赶紧跳起身逃跑,回头一看,蒙面人正忙不迭地扯下黑布,用手揩抹眼睛。这一下,我可看清楚了,那个杀手,不是别人,正是金黄跨国公司的总经理金黄先生。

我恍然明白了,他之所以要千方百计地置我于死地,是想让阳光咒语永远都属于他自己!这是个多么贪婪的家伙啊!

## (五)

然后,我又马上想到,那么,我自己呢?我不也是一个很自私的人吗?

阳光是属于每一个人的,是属于在阳光下的每一个人的,而我则用碰巧发现的阳光咒语去换一大笔钱,让自己一个人独自享用。所以,我遭受到这些惊吓和折腾,差点送了小命,也是活该。

我想通了,真的想通了,所以立刻有了一个主意。我一口气跑到市中心广场,爬到了一座高高的纪念碑上面,大声地喊道:"各位听好了,现在我要公布一个秘密,就是可以把阳光变成液态的秘诀,请你们再去告诉你们认识的人。这个秘诀是一句七个字的诗,如果不信,可以当场试验!"

在广场上的人们屏息静气地仰着头望着我,我一字一字地说出了那个咒语:"阳光阳光,你真美!"

广场上响起了经久不息的掌声,然后人们迫不及待地念起了咒语,每个人的手中都掬起了一捧液态阳光。看着人们脸上那灿烂、惊喜的表情,我如释重负。

现在人人都知道了这个秘诀,人人都可以随意抓一把阳光在自己手心,而我再也不用担心有人会来追杀我了,因为金黄跨国公司已经彻底破产了。

如果不相信,你也可以试一试。

# 第八届

# 毛豆情缘

杭州市笕桥小学三(6)班　朱旻珺

　　自我牙牙学语起,妈妈经常剥几颗毛豆给我吃,那味道香香的、甜甜的。如今我十岁了,毛豆依然是我的最爱,隔三岔五要妈妈买给我吃,更何况毛豆是绿色食物,吃了更健康。于是,我和毛豆有了不解之缘。

　　初夏的一个周末,妈妈突发奇想让我跟她一起去逛菜场,还说最近有更新鲜的毛豆,我一定喜欢。我的心像放飞的小鸟一样欢畅,呼吸着空气中甜甜的味道,哇,好多蔬菜啊,青菜、生菜、菠菜……一把把水灵灵的,好像都在跟我招手。

　　菜都买得差不多了,可就没有我最喜欢的毛豆。妈妈看出我的心思,笑笑说:"妞妞,毛豆不在这里面。走,我们买毛豆去。"走出菜市场,眼前是一堆堆临时摊,我知道这些随时会被城管罚的。我看到一个和我一般高的女孩子在临时摊的一角帮着整理,她手上是一颗颗圆鼓鼓的毛豆。"阿姨,你来啦!"小女孩冲着我妈说,"刚从地里摘的,很新鲜!""妈,你认识她?"我很惊讶。"傻孩子,她就是妈常跟你提起的孩子呀!"此时,我脑海里浮现出妈妈常跟我说的故事:一个安徽来的小女孩,跟我同岁,由于学校一些条件她不符合,只能到附近民工子弟学校就读。她很懂事,每天放学回来都要帮爸妈在菜市场外卖些蔬菜,但是学习成绩很好。

　　说着,妈妈就开始动手挑选,小女孩很懂事地把毛豆全部推到我们面前,还帮着往袋子里选,我也学着她的样子,一个个往里扔。她很有礼貌地跟妈妈交谈,她的言行举止让我自叹不如。当我们的小手碰在一起的

29

时候,我们相互看了看,笑了笑。

"你叫什么名字呀"我忍不住问。

"我叫毛××,毛主席的毛,嘻嘻!"

"毛豆也姓毛……"我逗她玩,"就叫毛豆好啦,毛豆帮妈妈卖毛豆。哈哈!"

"妞妞,没礼貌!"妈妈有些生气。

"阿姨,没关系的,邻居都叫我毛豆呢!"

我心里暗笑。

回来路上,我心事重重,妈妈似乎看出来了:"你怎么了?"

"妈,我想……我想和毛豆做朋友,我……能不能跟她一起玩?"我知道爸妈对我要求很严格,别说素不相识的外地孩子了,就是同班同学他们都不许。妈妈犹豫了一下:"这个,回家我跟你爸商量一下。"要是以前,妈妈肯定一口否决。我开心极了,而这天晚上,妈妈就来跟我说爸爸同意了,我抱着他们又蹦又跳。

第二天放学,我放下书包就去菜市场外面找毛豆,她也刚好放学回来,背着书包就来帮妈妈卖毛豆了。我连忙去帮她挑,她教我挑毛豆:用手轻轻捏豆身,鼓鼓的都是好的,但是外壳发黄的不好,那些太成熟了不好吃,越绿越鼓就越好。她还教我其他蔬菜的挑法。毛豆的见识真广,这是我平时同学所没有的。我们约好这周末去她家玩,爸妈也同意了,于是我盼望着周末的到来。

好不容易到了周末。这天我起得比以往任何周末都早,而她也早早地在菜市场门口等了。我们走了大约十分钟就到她家了:一间小平房,边上都是工地,房子后面的还没开工,上面种着许多蔬菜和我最熟悉的毛豆。房间虽然小,但是很整洁,每个角落都用得很合理。

"妞妞来了,丫头昨天说你要来,可激动呢!"毛豆妈妈连忙出来招呼我。"阿姨好! 给您添麻烦了。"不知什么时候开始,我也变得和毛豆一样有礼貌了。"不麻烦,不麻烦,房子很小,丫头你带妞妞去后门逛逛,顺便摘些豆子回来。"

啊！后门真美，翠色欲流的蔬菜，像军人一样挺直的毛豆，还有可爱的小飞虫。

"你最喜欢吃毛豆，但是有一种吃法你一定没尝试过。"

"毛豆有很多种吃法？我只知道剥了壳吃……"

她扑哧一笑。我正想摘的时候被她阻止了："不摘，要拔，连根拔起。"我不懂，于是都听她的。我们边拔边唱着："拔毛豆，拔毛豆，嘿呦嘿呦拔不动，老爷爷，快来帮我们拔毛豆……"

到家后，她用菜刀很麻利地切了带泥土的根，然后叫我一起把叶子去除，最后剩下梗和豆荚。一个个豆荚挂在梗上真可爱！"好了，就这样放水里煮，你肯定没吃过！"她显得很神秘。"啊？连梗一起煮吗？"我非常好奇。她不假思索地回答："当然。"

不一会毛豆就熟了，她将带梗的毛豆捞上来放在一个大盆子里，再用扇子使劲扇。不到一分钟，她拿起一把给我。吃带梗的毛豆我还是第一次。真香！从来没吃过这么香甜的毛豆，比以往妈妈给我剥的好吃多了。

"为什么这么好吃？"

"刚从地里拔的最新鲜了，煮的时候豆梗会散发出香气，让豆更香。"她的经验真丰富。

这天，我吃到了有生以来最好吃的毛豆。打那以后我们经常来往，她每次来我家都会带给我最喜欢的带梗的毛豆，我也把最喜欢的芭比娃娃送给她。爸妈也很喜欢她，说我只有跟她在一起我才会更懂事，学得更多。

时间很快就过去了，寒假来了。毛豆一家回老家过年去了，今年的寒假真难熬。毛豆说正月初十就回来，于是我天天翘首以待。

终于到了初十，我迫不及待跑向菜市场门口那个熟悉的角落，可是毛豆不在，她妈妈的临时摊也没了。或许是在老家忙还没回来吧。我只能这样安慰自己。日子一天天过去，始终不见她出现。于是我跑向她家的小平房，可房子也不见了，只见一台台机器将泥土高高举起。啊！菜地没有了，军人一样的毛豆全不见了！我的眼眶湿润了。

我向隔壁临时摊的奶奶询问才知道，毛豆再也不会回来了，她的爸妈去其他城市打工了,毛豆留在了安徽老家……

"妞妞,你想吃什么?"

"妈,我只想吃带梗的毛豆……"

# 那年那月那村庄

湖州市南浔区菱湖第五小学四(1)班　　吴蔚芬

在一个偏僻的小村庄,住着一户人家,一个男人和一个精神失常的女人,还有一位老母亲三个人相依为命。男人力气很大,一天干两份工作,白天在这个村庄的土窑上班,晚上又到别人家干点零碎的力气活。那个女人整天待在家里,有时自己一个人闲得慌了,就走出村庄,甚至有时候会走丢。最近这个女人又闹腾了好几次,特别是这一次。

那天,树上的知了不停地叫着"热死了,热死了",连树上的叶子都耷拉着脑袋,一副无精打采的样子,早上开放的花儿也经不起这烈日的灼烧,干瘪瘪的。忽然前面的一条不算笔直的小路上窜出一个黑影,像风儿一样地向前狂奔,本以为是哪户人家的狗经不起这烈日发起了癫疯。在这动一动身上的汗就滴答滴答流下来的日子里,大家都懒得管闲事,都在自己的家里,拿着蒲扇乘凉的乘凉,睡觉的睡觉。毕竟在农村,只有在烈日炎炎的中午才是农民的休闲时间。

到了晚上,那个男人下班了。一回家感觉家里异常的安静,男人大声地叫了女人几声,回答他的只有屋子里的回声。男人又里里外外找了几遍,仍旧没有人影。蓝蓝的天上飘着的浮云像一块一块红绸子,映在这个小小的村庄上,像开了一大朵一大朵鸡冠花。苇塘的芦花被风吹起来,在空中飘飘悠悠地飞着。男人疯狂地到处寻找,从村东头找到了村西头,又从村西头找到了村东头,怕跟她岔了路,可也没有找到一点蛛丝马迹。要知道这女人在19岁之前没踏出过娘家的村庄,19岁跟了他之后就没踏出过这个村庄,这下可急坏了男人。忽然有人说:"中午的时候,有一个黑影从小路上飞奔而去,这个黑影会不会是你的妻子呀?"这人话音刚落,男人就像丢了魂似的从小路上一直追去,大家看着他焦急的样子,组成了一个浩浩荡荡的队伍跟着跑去。

天色像一块落幕的布一样黑漆漆地压下来，家家户户的烟囱里都冒出了炊烟，小鸡、小鸭也成群结队地回了农舍。找寻的队伍却行走在村庄的小路上、田埂上、河岸边……村庄的上空到处回荡着喊这个女人名字的声音。女人仍然没有找到，找寻的队伍却越来越壮大，许多好心人看着他们焦急的样子都纷纷加入了进来。

天越来越暗了，男人此时还没吃过东西，可他走路的步子越来越大，似乎在想："快走一步就早一点能找到，哪怕能早找到几秒也好，这样她就少害怕几秒钟。"这群乡亲也不知道是怎么回事，平时吃一点亏都要吵吵嚷嚷好几天，今天却异常团结，这就是老人俗话说的"远亲不如近邻"，真正遇到事了，还是左邻右舍能出力呀。这时已经有人打起了电筒，打电筒的人走在后面，这样可以为前面的人照亮脚下的路。在路好走的地方，打电筒的人时不时地提起电筒四处照一照，看有没有遗漏的角落忘记找了。

走啊走，大家似乎都累得精疲力竭了，走路的脚步也慢慢地慢下来了，可是没有一个说累的，乡亲们还不时地安慰那个男人：不要担心，一定会找到的，一个女人家跑不了多远的。男人担心的倒不是这个，要知道女人可不是一般的正常人，说不定……大家真是想也不敢想，心中默默地为男人捏了一把汗。此时的天空只有星星还在上着班，家家户户的灯火也一盏一盏地灭得差不多了，村庄的夜晚静得那么安详，连远处的犬吠声也听得一清二楚。男人也快走不动了，此时不知道是汗水还是泪水已经布满了男人的脸。人们常说：男人往往把坚强的背留在表面上，把脆弱的心装在肚子里。他已经很憔悴了，干了一天活，回到家滴水未进就去寻找她了，还藏着一肚子的担心与愧疚。这时，不知是老天可怜他，还是他的行动感动了上苍，在不远处的田埂上，一个黑影正趴在地上簌簌地发出声音。大家像断了线的风筝一样"飞"过去一瞧，"找到了！找到了！"这个声音像一股电流一样撞击着大家的内心，那个男人先是一愣，接着像风一样来到了女人身旁，一把拉起了趴在地上的她，还没等她缓过神来，男人就把她拥入了自己的怀中，嘴里还不断地重复着："叫你跑，再叫你跑！叫你跑,再叫你跑!赶快跟我回家!"女人惊慌失措地看着大家,一脸的尘土和疲惫,也许她一个人找不到回家的路而害怕极了;也许她也正饿得慌了,拿草来充饥;也许……大家看着这一幕,居然没有一个能笑得出来的,反而都默默地哭了。这时有大婶站出来说话了:"阿凤啊,快回家吧,以后别一个人走那么远了,可把你家男人给担心死了。"

这个村庄对这对夫妻的关心太少了,因为女人精神有问题,平时大人都是这样教育自己的孩子的:"不要跟这个女人接触,她这里是有问题的,跟她经常接触,你这里也会有问题哦。"一边说着一边还点点自己的脑袋。我也经常听大人说:"小孩子不要去那个疯女人家玩哦,到她家去玩,会给自己家带来晦气的,可怜这个男人居然会要这样的女人。"据说当初那个男人是可怜女人才和她结婚的,还惹来了许多不中听的风言风语,可男人是一个负责任的人,十几年的风风雨雨一路走来,现在两个人的感情比我们村的哪一对夫妻都要深。男人要养活那个女人,还有一个老母亲,压力也不小啊!他一个人的肩膀上承载着三个人的生计,他白天上班,晚上也干活,跟他说上一句话也很难,长此以往,村里人慢慢地把这家人给淡忘了。说实话,我都没正眼瞧过那个女人一回,大概只知道她身高一米五几,也不知道她长得怎么样。男人向浩浩荡荡的找寻队伍鞠了一躬,这个男人平素也不会说什么话,只是嘴里不断地说着"谢谢!谢谢!"乡亲们忙不迭地你一句我一句地说着:"不要紧,这算什么事,赶快回家去煮点吃的,看把大家都饿成什么样了。"

大家把他俩送回家之后,又纷纷从自己家里拿来了鸡蛋、鱼、猪肉、辣椒、茄子、四季豆等,都可以摆成一个小型的农业展览会了。大妈、大婶忙系上围兜,洗菜的洗菜、开火的开火,大爷、大伯也从自家拿来了陈年老酒,他们说:"今天要好好地喝上一杯,乡里乡亲地放开喝,都说远亲不如近邻,近邻近邻就要亲近亲近,多走动走动啊。"说完大家都乐呵呵地笑了,夫妻俩的脸上也露出了久违的笑容,其实那个女人笑起来也挺漂亮的,只不过我们平时都不敢看而已。不一会儿,桌上已经摆满了各式各样的农家菜,虽说不是山珍海味,但吃起来有着不一样的味道,也许这就是家乡味吧。大口吃菜、大口喝酒的感觉真好,人家不知道,还以为今天哪家在操办婚事呢。我想今天就是咱们村的大喜日,我们彼此消除了隔阂,走得更加近了。

星星始终一闪一闪地挂在天边,不肯休息,上天注定这也许就是一个不眠之夜!

# 心亲，自然就近

湖州市南浔区锦绣实验学校五（2）班　简　铭

我知道今天我应该高兴。

事实上，我也没有不高兴。

早在几个月前，奶奶就一再地告诉我要高兴。在奶奶的殷殷嘱托下，在老爸小心翼翼的眼神中，在街坊邻居、姑婆姑妈们的窃窃私语里，我都知道了对于这件事，我是否高兴的确是非常非常重要的。这不仅关系到奶奶、爸爸能不能高兴，更关系到我自己今后能不能过得开心。对于这样一件我必须要高兴的事儿，我自然要责无旁贷地表现我的高兴。

所以，一大早，天还没亮，我就起来了。姑妈带我去理发店扎辫子，这还是我有生以来第一次，我有点小小的激动，也有点小小的担心，怕她们把我的头发弄得像王莉莉那样。班上的男生都笑话她弄了个鸟巢头，气得她都哭了。不过说实在话，她那头型真的很像鸟窝。所以在弄头发的过程中，我一直犹豫着要不要跟这个阿姨说一下，不要把我的头也弄得像鸟巢。所幸，这个阿姨水平很高，她把我的头发编得从来没有过的好看，我想，待会儿回家换上那条公主裙，我真的该很高兴了。

说实话，今天是个值得高兴的日子：家里焕然一新，我有新发型、新裙子。更主要的是，今天，我老爸要有一个新妻子，我要有一个新妈妈了。

此刻，我站在偌大的酒店大厅，大家都忙忙碌碌，只有我是个重要的角色，却什么事儿都没有。我渐渐明白这一点是因为每个人在恭喜老爸和她的时候，总要也与我说上几句，摸摸我的头发，拍拍我的肩膀。本来我一直是高兴的，可直到此刻，我对着这些若有若无的怜悯的目光和这些暗藏八卦的手时，却厌恶得笑不出来。当然，天地可鉴，我不是一个读童话故事长大的女孩儿，自然不会是想象到了关于后妈的可怕情节才厌恶的。我是厌恶那些人明明说着祝贺的话，眼神和手却在看笑话，我厌恶他们笑话的主人公是我和我的爸爸。

奶奶走过来，说要拍照，让我笑笑。也许，这张照片里没有我，大家应该笑得更正常些。想到这些，我有点笑不出来。因此，奶奶看我的眼神更担心了，爸爸和她的笑更勉强了，亲戚朋友的目光更莫测了……我，今天真是一个举足轻重的角色！

为了这场婚礼能够华丽谢幕，我这个没有台词，只需要高兴的女二号，决定离开酒店，回家吃一包泡面。那肯定是让我最自在的晚餐。

一碗泡面下肚，我全身热乎乎的，才真正高兴起来。谁说我今天不高兴。我一直都挺高兴的呀！我有新妈妈了，尽管不是原装的。那有什么关系，反正关于我自己妈妈的记忆，我是半点都没有的。更何况，我的新妈妈还是我们学校的老师，不知道我以后能不能像张坚一样去老师食堂蹭饭吃。对了，我得趁现在清静，好好考虑一下我该叫她妈妈还是陆老师。妈妈这个词儿只有读课文的时候念过，出生到现在，在生活中用不到，叫起来一定特别别扭，算了，还是叫陆老师吧，不然显得太热情了，她一定以为我在拍她马屁，想得到点考试内幕或者当个什么委员似的。当然，如果能，那是最好的喽，呵呵！想着有个老师当新妈妈，其实还是有可能有利可图的。

电视正放到精彩处，我也正看得兴起。西装笔挺的老爸突然推门而入，满脸莫名其妙的怒不可遏，抢起巴掌就拍："你有什么不满意的呀，啊？招呼都不打一个就走，大家都在找你，你知不知道？你有什么不满意的啊！你同意了我才结这个婚的，你还要怎么样？啊？……"

我莫名其妙地挨了打，自然这一天还是以很不高兴收场！

老爸与陆老师结婚以后，他并没有什么不一样，还是很忙。除了问我考试考得怎么样外，其他仍然什么也不过问，好像那天莫名其妙打我的事是我的幻觉。以前，我一直归奶奶管，老爸本来就很少有空过问我的事，但他疼我，我要啥总是会答应我，我不要他也给我买，除了妈妈，我什么也不缺。

可是，自老爸和陆老师结婚后，我的生活却发生了翻天覆地的变化。我搬家了，住到了老爸和陆老师的新房子里。奶奶说是陆老师提出来的，显然奶奶超级不舍得我，比起我不想离开她，她更舍不得离开我。但奶奶显然很无奈——人家陆老师一片好心，奶奶不能显出不放心。再说，陆老师说了，我和她一个学校，和他们一起住，接送就没有问题了。显然，奶奶找不出任何可以拒绝的理由。关于此事的女一号——我的想法更是可以忽略不计。因此，对于搬家这件事，老爸那么兴高采烈，我那么闷闷不乐。不过，我真的不是不愿意和他们住一起，实在是因为我没有和类似妈妈这样的人相处的经验，所以我有点手足无措，就像我刚学"鸡兔同笼"问题，没摸着门道，一看到这样的题就会犯怵。

对于我的新房间，我惊喜得吓了一跳。不仅有床有柜子，还有书桌和植物，简直比李伶俐那房间还要合我的心意。如果陆老师不在，我一定会在床上翻几个跟头。不过跟头还是翻到了，陆老师说要给我收拾东西就走出屋子去了。我躺在床上想：哎，要是奶奶也来，就太完美了！

不过还真是巧！每当我心里想"如果陆老师不在"，她真的就会马上离开。真的，不骗人，就是这么神！比如，那天早饭，我打翻了整杯牛奶，我刚想：如果她不在，我就可以神不知鬼不觉地拖掉……果然，她就走出餐厅，直到我弄干净，早餐快吃完才来，原来是换衣服去了。又比如，那天我刚拨通李伶俐的电话，她就收了衣服过来了。我正想着如果她不在，我就可以和李伶俐煲半个小时电话粥，没想到她衣服都没折就走了，原来下楼拿快递去了。再比如，那天老爸又数落我数学考得不好，我刚想：如果她不在，我就不用这么尴尬，她真的就上阳台给花浇水去了，老爸说完了，她还没把花侍弄完……

更巧的是，每当我祈祷有奇迹发生时，她总出现得十分恰到好处。真的，也不骗人，就是这么神！比如，今天体育课我忘记带绳子了，午饭后，她们班的一个人就自己找上门来借绳子给我；比如我弄丢了校服，怎么找也找不到，居然被她们办公室的一个老师捡到了还给了她，她替我拿回家来；再比如交作业前我才猛然想起我预习没有签字，翻开作业本，她的名字赫然已经签在作业本上……

关于这样神奇的事情,我还特意请教了李伶俐,亲妈妈是不是也有这种类似的特异功能。在李伶俐大肆地宣扬了一番她妈妈是如何在幸灾乐祸和落井下石方面有特异功能后,我猛然顿悟:因为不是原装,所以才小心翼翼地磨合。

就这样,时间过得有点慌不择路。我与陆老师磨合得有点天衣无缝。用奶奶的话来说,老师到底是老师,把我这个刁钻的丫头片子治得服服帖帖。自然,奶奶说的"刁钻"是过于谦虚了,过于! 至于她老师的身份,不提也罢。一年多来,我何尝享受到过一份教师菜? 我何尝得到过一丝丝考题的信息? 我何尝因此当上个芝麻绿豆大的委员? 因为她是老师,才把我治得服服帖帖这个谬论的得出,纯属奶奶这个文盲对老师的盲目崇拜!

至于"服服帖帖",如果真要追溯起来,也许,是因为那天。

那天,其实是个很普通的日子,只不过因为我的作文在不知道什么有点分量的比赛中获了奖,在广播校会的时候被表扬到,所以才会觉得风微醺,阳光微微有些灿烂。

我不是得意,真的,只是心情有点好,所以很难得地哼了哼歌。哼歌本也不碍着谁,好巧不巧正好被"鸟巢"听到(自那次发型事件后,王莉莉一直被叫为鸟巢),好巧不巧她哼哼唧唧的话也正好传入我的耳朵:"有什么了不起,有个当老师的后妈瞧把她乐的……"本来我有个当老师的后妈也是事实,可我就看不了她那种笑,笑得我牙根痒痒,手更是痒痒。也不知道怎么的,我的手就伸出去了,一把抓住她曾是鸟巢的辫子。她尖叫的水平那叫一个炉火纯青,估计整所学校都被震撼了。因此,女生打架的事在三十秒内不胫而走。不到十分钟,我们就被请进了办公室。

陆老师来认领我的时候,我凛然得像刘胡兰,嘴巴紧得像江姐。而"鸟巢"冤屈得像窦娥,喋喋不休得像祥林嫂。

回家路上,她像往常一样,只问我作业做了多少,水喝没喝,对这件事只字未提,我虽然盘算着怎么跟她打个商量,保个证什么的,让她不要告诉我爸,可她不说起,我就不知道怎么开口,何况这种事,我也是第一回。

就要到家门口了,陆老师忽然说:"今天这事,作为老师,我觉得你做得不太文明,可作为妈妈,我觉得你做得没错!""什么?"我一下没听懂。"我是你妈妈,不管是亲妈,还是后妈,我都是你妈妈,我觉得你做得对!王莉莉的妈妈虽然是亲妈妈,却没有把女儿教育好。"

接下去的事情,我有点不好意思写出来,反正从此以后,我没再叫她陆老师,而是改叫了妈妈!

虽然,我仍然没有享受到过一份教师菜,没有得到过一丝丝考题的信息,没有因此当上个芝麻绿豆大的委员,但是,我有妈妈啦,管她亲生不亲生,我俩亲近不就大家都高兴了吗? 当然,最高兴的还是——我!

# 小狮子艾尔

龙游县北门小学506班　许　路

成为王,就意味着要亲近勇敢,让自己和勇敢无畏融为一体。

——题记

## (一)书是催眠药

狮王每次看到艾尔,心中的得意便会油然生起。于是,望子成龙转化成管教严厉。

"艾尔,过来练一下爪子。"威严的狮王发布这句话后,艾尔停下手中的活,虽是心不甘情不愿,但也只好高高地应了一声,然后奋拉个脑袋,努力摆出一股小狮王的架势——抓咬撕扑! 白骨变成碎渣渣,墙上一道一道抓痕,满天飞的木头屑。艾尔低低吼了几声,才用小眼睛瞄了瞄狮王。

狮王面不改色,但隐藏不住的欣慰已经写在他的脸上。他微微点了点头,朝外边走去,边走边慢慢地说:"我去睡一会,你不要偷懒,继续。"

艾尔立刻觉得全身的血液都通畅了,略带兴奋地朝狮王的背影挥了挥手:"放心吧,爸爸。慢走不送! 再见!"

如果是在拍电影特写的话,导演一定会让艾尔露出的小虎牙,"叮"地一下闪起跳动的欢乐的光。

艾尔瞅瞅洞外,狮王的呼噜又响在他耳边时,艾尔差点笑出了声,脸挤成核桃壳。妈妈又走过来,严肃地说:"儿子,爸爸走了,也得好好练哪。"艾尔一听,像一条蛇般又扭又捏地撒娇:"哎呀,我练得累死了,休息一会嘛。"妈妈拗不过它,看这张精致的小脸皱成一团苦苦哀求,只好心疼地替它擦擦汗:"看你,去玩一会,别练了。"

艾尔的小虎牙又"叮"地一下闪了闪光,蹑手蹑脚地跨出洞门后,直接扑到草地上,悠闲地哼着小调,阳光融化在眸子中,那抹沉寂的浅蓝色也灿烂如金,凝滑如脂。姐姐们为他挠痒痒,梳理皮毛。

傍晚回家时,雾化在绒毛上,结成一颗一颗水珠。艾尔从苍茫的夜色中奔回家,庄严的狮王冷着脸问他:"去哪了?"艾尔扬扬眉,摆摆脑袋:"去后山练爪子了,爸爸,你可以问问姐姐。"姐姐们心照不宣,鸡啄米般连连点头,狮王这才满意地睡觉去了。

艾尔玩得很兴奋,以至于晚上睡不着。姐姐们给了他一本书,艾尔匆匆扫了两行,嘀咕一句:"什么呀!"然后昏昏沉沉,头一歪,睡着了,三角鼻子动了动。梦里,他不用练爪子,玩,不停地玩。

广阔的大地上,夜色弥漫,艾尔沉沉睡着,他像蛇群守护的宝石,危险又精致。

### (二)试卷飞走了

风轻轻把夜幕掀开,留下鲜艳的色彩;星星躲在云海中,等太阳疲倦归来;若隐若现的熹光带着尘埃,飘洒半空。绿草如茵,山明水秀,这是艾尔娱乐的场所,他拥抱这片美景,像是把整个世界拥入怀抱的君王。

艾尔到了上学的年纪,狮王为他请了最好的老师,安排了名校,走进氛围好的尖子班。上学那一天,艾尔被整个家族簇拥着,像皇帝登基一样,昂着头跨进校门。

班里有五颜六色的墙壁,像被雨水淋得斑驳的花衬衫,垂下的绿蔓带来一片阴凉。迎面走来的鹿老师,也就是名师,梅花点缀着她,瞳孔清清浅浅,却让人一醉其中。她就这么亲切地挽起艾尔脏兮兮的爪子,带他走向座位。

艾尔对这位好看的老师顿生好感,对她有信任与依赖的感觉。

……

转眼间,一个单元学完了,要举行单元小考。鹿老师特意吩咐,要好好做,认真检查。艾尔不想让老师对他失望,昨天一直挑灯到深夜,让家人差点喜极而泣。看来,今天是没问题了!

试卷发下来之前,艾尔胸有成竹,做了一整套的广播体操,压腿、伸手、扭腰。试卷发下来之后,艾尔略略看了一眼,仿佛都看到了家人争着表扬他的场景。太小儿科了,他屏足了气,笔走龙蛇,越写嘴角越上翘。直到第四大题,艾尔顿时泄了气,这公式也太复杂了,卡在那儿,就像吃香软的面包时突然咬到一颗石子,艾尔脸色难看,想把那颗石子咽下去。

瞅瞅同学,他们都一言不发,低头在试卷上刷刷地写。艾尔急了,冷汗大颗大颗冒出脑门,浸湿了毛。越急越想不出,艾尔只好耐着性子一遍遍演算……一圈圈线绕着艾尔打死结,艾尔挣扎着,像一条倔强的鱼,但线越缠越紧。艾尔的嘴唇沁出一股细细的血,脸色苍白得几近透明,血管像条蛇一样隐隐跳动。这时,狮王冰蓝色的眼眸闪现在他的脑海中,艾尔被吓出一身汗。他与父亲像一个杯子里的两块冰,但即使化成水也交融不了。艾尔垂下眼帘,正准备再读一遍,下课铃声响了,艾尔看了看后面的大半张白卷,傻眼了……

下课的时候,艾尔心神不宁,东走走,西走走,喝水的杯子都被打碎了,几节课都在微微哆嗦着。

班长小兔搬来一堆试卷,同学们都焦急地伸长脖子去看,艾尔只是默默把头埋在桌肚中。"艾尔,43分。"小兔冷静地说,艾尔的心也和那个杯子一样,碎了。

之后艾尔一直没敢抬头看鹿老师,小兔大肆炫耀满是红勾的卷子,小猪拿着满分的卷子抖呀抖……放学了,大家都兴高采烈地回家了,艾尔还坐在座位上咬指甲。

干脆一不做二不休,艾尔把试卷折成一个纸飞机,抛向窗外,让它随风散去,他也感到前所未有的开心。

艾尔一蹦一跳地回家了,迎面碰上狮王。狮王居高临下地问:"试卷呢?"眼眶深得像无底洞,艾尔愣了一下,就无力地垂下双手,在这无底洞中慢慢坠落……

## (三)惶 恐

狮王的眼眸蒙上一层灰色,慢慢结成了冰,艾尔灼热的心也渐渐被冻住了。艾尔的双手不停在胸前交叉着摇来摆去,嘴边的胡须微微颤抖,愣说不出一句话。

"我怎么听你们班长说,你才考了43分?试卷呢?"狮王低低地又追问了一句,脸色像霞像虹,实际上是血管都要爆出来了。艾尔沉重地闭上眼,结结巴巴地小声嘀咕:"这是有原因的……我……被我折成飞机飞走了……"话还没说完,艾尔的脸就挨了重重一巴掌,措手不及的剧烈,让他的身体都如水波般微震。

此时的狮王,眼神依然平静,内心却大风大浪,吞噬了理智的大船。绯红的脸,不再似霞如虹,而是少有的血红,凑近一点,还能闻到血腥味。

艾尔还没有反应过来,紧接着又是一巴掌,在他的半边脸上又扇下一片红晕。抓扑撕咬,艾尔的毛掉了,只剩一大片一大片光秃秃的皮肉;脸破了,血肉模糊,深可见骨;腿伤了,一歪一拐走不动路。艾尔在巨大的疼痛中直视父亲的瞳孔,有那么一瞬间的恍惚:"这是爸爸吗?"软弱的妈妈姐姐在狮王的训斥下不敢安抚艾尔,他只好努力拖着身体缩到石缝中,抽泣,长长的睫毛湿成一片,伤口结了疤,却还是钻心地疼,甚至心里疼到不能呼吸。艾尔抚摸着受伤的地方,认真地思索:我是那颗珍贵的宝石吗,我错了吗?凭什么这么打我?

狮王昂首大步走出洞口,任凭风像水银一样灌入它口中。它仰天无声大笑:这就是我的儿子,这么没出息,亏我在他身上寄托了那么多希望……

是呀,在外面威风,回了家,还是一个怂了半边的孩子。是钻石,需要打磨的钻石。

一连几天,父子进入了冷战,互相瞅瞅,一言不发。

这天,艾尔溜出洞外,看见大家有好玩的玩具,十分羡慕。趁母亲不在,偷偷从抽屉里捞了一把铜板,虽冷汗直冒,但看手里金光闪闪,也顾不上紧张。艾尔狂奔到商店,毫不犹豫地买下心仪的玩具,左摸右摸,一路哼着歌荡回家。

一回家就撞上狮王,艾尔下意识地将玩具往背后掩了掩,勉强挤出一丝笑。可还是被狮王看见了,他肃着脸问:"哪来的?""……朋友送的。""哪个朋友?"

艾尔答不上来,把心一横,手一抓,仰着面喊:"我拿了妈妈的钱。"

意料之中的殴打,皮毛一把一把飞,鲜血一滴一滴洒,狮王是真的失望了,撒谎、顽固,他怎么会想把这样的孩子培养成王者?

苍茫的月色,寂静的森林,映在艾尔星星般的眼里。他累了。

狮王新账旧账一起算,恨不得杀了艾尔。艾尔还只是个孩子,考试被打的事好不容易在他心里结了疤,还不能提起,一提就冒血。他不是一汪湖水,无论刀光剑影,都留不下伤痕。艾尔是一个瓷瓶,碎了就是碎了,就算有能工巧匠无数次把它粘好,那一道道疤,还是记录着艾尔一次次伤。

"我怎么这么没用,让爸爸失望,可我又好像没错,姐姐不也天天玩,为什么我要拼命学?"

……

捧在手心的幸福摇摇欲坠,像一颗颗晶莹的泡沫。

## (四)代　沟

狮王趴在最高的土丘上,双眼射寒星,两汪眉如漆,略带不满地扫视下方的艾尔——躺在那个矮得几乎要陷下去的平地上,驼色皮毛沾满了灰尘,正幼稚地扒拉小草的艾尔。

艾尔浅蓝的双眸像矢车菊一般娇嫩,似乎里面住着一个天使。他正备感无聊地抓抓小草,今天不知为何,家人连拖带拉地将他扯到这里,也不说为什么。

这么隆重地邀请艾尔,必定是有原因的:草原要举行狩猎大赛,望子成龙的狮王希望唯一的儿子能参加,并一举得下大奖,显显王者之风,便紧急召开了会议。

狮王首先发话:"艾尔啊,为了咱们家族,你可得答应爸爸一个要求。"

说着,还用温柔无比的眼神绕了艾尔一圈。明明是慈父般的眼神,艾尔却浑身不自在,像有毒蜘蛛在它身上吐丝一般。被逼无奈,艾尔只好轻轻地点了下头,心里却有种不好的预感。

狮王的脸上立马堆满了夸张的笑,甚至有些献媚地说:"草原要举行狩猎大赛,各个种族都派出精英去参赛,想我狮族这么威风,身为草原之王,更不能输给别人!"狮王露出一口标准的微笑,白得耀眼的牙齿喷射着毒液:"儿子,你最出息,你去参赛!"

艾尔的心一下子碎成两半,爸爸海阔天空扯这么半天,只是为了让他比赛呀!他紧紧咬着下唇,无力地扶了扶额头。

"儿子,你想,你如果获得了大奖,既光宗耀祖,又巩固了你小狮王的地位,岂不是一举两得?"妈妈轻柔地对艾尔说,栗色的瞳孔却又吐出了一层束缚住艾尔的丝。妈妈低下头,偷偷瞟了瞟狮王,发现狮王正赞赏地朝自己点头,便又昂着脑袋,理直气壮地看着艾尔。

艾尔的心又碎了一地。他怯怯地缩缩脖子,弱弱地回答:"我……我不想去!我想过轻松的生活嘛!每天可以玩,不停地……"狮王的目光一下子冷若利剑,艾尔的余音扭曲着,嘟着嘴吞下最后面的话。

狮王的面孔僵住了,又一点一点恢复了不可一世的格调,眼珠子都要瞪出来了,鼻孔喷着热气。

大姐艾莉连忙挡在艾尔面前,呵呵地微笑说:"爸,您别听艾尔乱说,他是想去的,您知道的啦,他比较含蓄……"最后两个字化成两个毛栗子,重重地敲在她的脑壳上。

二姐艾洛也赶紧出来打圆场:"对对对,爸爸,小孩子都有点口是心非……"说着,还装着生气瞪了艾尔一眼,低声训斥,"别这样,艾尔,得改正!"

狮王长长地叹了一口气,爪子紧抠地面,这孩子为什么这么不懂事,不懂我的心思?我想让他成为强者有错吗?

艾尔默默离开,将大人的喧闹与自己隔开,他垂头丧气地走在风中:我只想自由自在,过没有争夺的生活,这不是奢求吧?为什么大人不懂我的心思呢?

他抬头仰望碧蓝的天空,天空也不知该如何回答他。

## (五)出 走

他并不知道怎么形容每一个苍茫的夜,仿佛身坠大海,泛起层层涟漪,星星似乎是海里最亮的眼睛;月亮好像一只银白色的海马,缓慢地蹦来跳去。

这么美的夜,他傲慢而固执地失声痛哭。

艾尔疲惫地半靠在墙上,眼里的血丝像蛇一样蔓延。"停下来干什么,你给我接着练!"狮王怒喝一声,尖利的牙齿闪着白光。

艾尔凄怆地站起身,昏暗的灯光把他的影子拉得很长很长。

似乎只剩下他一个人。

夜晚知道,艾尔是怎么被父亲逼迫着拼命练习;白天知道,艾尔是如何小心翼翼地舔着伤口,含着泪不眠不休。

"继续!"狮王大吼一声,这些天他一步不离守在艾尔身边,不仅是监督,他怕很多年前那个早已虚幻的影子偷走儿子。

艾尔早已像个影子一样,跟随别人的生活,挣脱不得。现在,积压在心底的怒火缓缓流淌。

他不练。他有权力让自己不练。他要为自己而活。然而这些年他一直活在父亲的阴影中。

狮王的怒火已经快烧到手上了,艾尔浑然不知。突然,狮王一跃而起,盖章一般在艾尔的脸颊上盖下重重一掌。

狮王恨铁不成钢地狠狠摇摇头,这个如钻石般的孩子,终于脱下美丽的皮囊了。

艾尔怔了一怔,轻轻抚摸脸颊,在父亲离开之后也毅然冲进倾盆大雨中,小小的身影撕开了夜。

离家出走!艾尔受够了,他不想依赖家族了,就像人不可能永远戴着面具过日子。

雨一颗一颗打在他的身上,灼痛着他,鸟类兽类欢笑乱叫,湿润的泥土浸湿脚掌。

艾尔气昂昂地大跨步往前走,赌气地想:你们束缚我的绳子终于断了,我可以自由了。当风再一次张牙舞爪地将怪叫声送到艾尔耳边时,他不由胆怯:回去吗? 会被所有人耻笑,得接受训练……还是走吧。

正当艾尔走到悬崖边转过身时,猛地一惊:身后的一群鬣狗如密密麻麻的黑蚁,虽看不清相貌,可那血红的眼球如剑一般直穿心脏。

为首的一只鬣狗,脸上有道触目惊心的刀疤,满口银白色的牙,他放肆地仰天大笑,雨水灌入口中:"我终于捉到你儿子啦! 你让我失去的,我终于可以如数偿还了!"说着,他盯着艾尔,语气阴毒地说:"孩子,你想怎么死?"

艾尔没说话,胸膛一起一伏,直直地盯着他,牙关咬得紧紧的。几只小鬣狗一拥而上,简直把艾尔当成了饥荒之中的肥肉。

小狮王也不是吃素的,尾巴一扫,就把他们甩到五六米外,浅蓝色的瞳孔冷到极点,像他的父亲。

冰冷的雨水滑过冰冷的脸颊,鬣狗们扑上来,像一阵阵风呼呼刮过他耳边。艾尔有种身体被撕裂的感觉,意识渐渐模糊,刚开始他还努力挣脱,但仅是徒劳,像坠入深渊。

他仿佛又变成了很久前,摇晃的灯光下,那个虚弱的少年,他想念臭烘烘的小窝。他似乎看到小时候,白色的天。身体的疼痛感又一次涌上来,艾尔再也想不起什么,也不愿想什么,就让一切都随风而逝吧。

## (六)绝处逢生

雨水倾盆而下,侵蚀着每一寸土地,给暗夜又添了一分神秘和恐惧。被黑夜簇拥的艾尔,仿佛是一个昏暗的、生了锈的遗迹。

荆棘丛中隐隐透出一丝光,好像鬼火,在艾尔心里摇晃。他不甘就这样死去,猛地一蹬,身子飞了起来,侥幸撕开了鬣狗的包围圈,撒开双腿,迎着狂风暴雨努力爬上了一棵歪脖子树。

树在风中颤抖，艾尔强装冷静，低低地吼叫。那吼声已经不能吓住那些嗜血的鬣狗，只是为自己壮壮胆。他的心，已经裂了一个大口子，呼啦啦地吹着风，天寒地冻的一片雪白。以往闪着调皮的瞳孔，透出湿漉漉的惨蓝色。

下方黑白分明的一双双眼睛，像绳索一般，勒住艾尔的脖子，他感觉自己就像蒿草一样，被扎成了草把子。他感觉很害怕，从没有过的害怕，他开始恐惧死，恐惧再也见不到妈妈了。此时此刻，连平日里不敢正视的爸爸，都显得那么温暖，那么慈祥，那么可爱！为什么要离开家？那个熟悉的家，触手可及，然而又如星星距他千里。如果没有离开，"钻石"还待在危险的蛇群中，没一丝顾虑？

忽然，艾尔感觉怎么这么安静呢？他慢慢睁开眼，惊讶地发现鬣狗们竟然全都不见了，草地上空荡荡的。艾尔狂喜起来，像一台死机的电脑，现在终于可以移动鼠标了。

漫无边际的黑暗包裹住一小团昏黄，像艾尔眼里一丛跳动的火苗。他不敢大喘气，像树籽一样的瞳孔四处望望，也是一片寂静，这才抹干泪，小心翼翼地跳下树来。

"哈哈哈哈……"艾尔的身边倏忽间围上了那群原本以为消失了的鬣狗，他们癫狂地仰天大笑，像死神吐出的气息，这气息像毒蛇的信子，冷冷地舔着艾尔。

一瞬间，艾尔像粉条一样软下去，嘴角带着绝望的一抹笑，仿佛一扇破碎的玻璃窗，上面挂满了碎玻璃尖儿。我完了——艾尔脑子里跳出三个字，心里的那种求生的欲望忽然就如水汽蒸发，无影无踪了。他闻到死神的味道了！

这时，像被一阵风吹来似的，冲进来一只瘦高的狮子，腿脚如竹节般有力，有着温润的栗色瞳孔，他瞥了艾尔一眼，旋风般冲进黑色的狗群，如同一把裁纸刀，将这片弥漫的黑色裁剪成一块一块。那草地上，到处是鬣狗的皮毛、飞洒的血，还有哀嚎和死亡的抽搐……

那正是曾经被狮王驱逐的堂兄诺玛。诺玛疯狂地与鬣狗缠在一起，手臂上留下一道道血痕,脑袋上渗出鲜血,身上留下深深爪印,但是他似乎根本不知道自己受伤了,借势对着鬣狗头头的喉咙就是一口,"咔嚓"一声,让人感觉到骨头断裂,青筋暴起,甚至可以看到紫红色的血管。鬣狗的头领倒地抽搐,不一会儿就死了。

艾尔怔了几秒,朝诺玛狂奔而去,对狗群该撕该咬,该扑该抓,使上了所有绝招。无数的血珠,如一场太阳尘暴,扫向这个小小的、冰蓝色的星球。

一刹那,横尸遍野,哀嚎一片。鬣狗见占不到便宜,便悄悄撤退了。一双蓝瞳与一双栗瞳相对,两只狮子露出微笑。

"你是诺玛堂哥吗?"

"对的,艾尔。"

这是王者与王者的对话,那么干净简短,像钉子钉入木板中。

雨,下了一会又停了,露出白色的天空。草原上,两只狮子就这么傲立在那,随着太阳的升起,留下两个紧挨在一起的雄伟的剪影。

## (七)失 败

艾尔突然明白了家的温暖,告别了诺玛,奔回家中。只要不离开家,即使是再大的困难,他也不会感到惧怕、想要退缩。

家人们喜极而泣,狮王抬起眼皮,眼睛布满血丝,却还是一副天阴欲雨的表情。他张开嘴,声音嘶哑:"狩猎大赛明天举行。"

艾尔慢慢地说:"我去参加。"他说这话的神情淡淡的,好像他是一个局外者。

家人纷纷愣住了,盯着艾尔。不知从什么时候开始,这怂孩子的眼神变了,深得令他们看不懂。

狩猎大赛举行了,敲着大锣鼓,主持人的声音热情洋溢。场上人山人海,丝毫不亚于孙悟空大闹天宫时的热闹。

第一组是野猪对蕲蛇。一边是锥子般的利牙,一边是灵活的身体,成败在此一举,仿佛两头饥饿的野兽,争夺鲜美的肉。

两边家族紧紧盯着赛场,看着成员互相撕咬,殷红的血盛放在草地上,葱绿的草被血浸透,只剩下星星点点的绿色。可真成了"万红丛中一点绿"。

扭缠着好长时间,当蕲蛇无力地泄去一口气,野猪趁机夺得先机。蕲蛇仰在地上,像蚕苗一般抽动着,一拱一拱,野猪骄傲地长嚎一声,家族为之轰动。

猎豹、羚羊、河马、鬣狗……这些可怕的血腥,流行感冒般传染开来。

正想入非非时,轮到艾尔上场了,思绪如同橡皮筋一下弹回来。站在赛场上,家人期待的眼神如同太阳光,被虚荣这个放大镜集到艾尔身上。

艾尔不屑地瞟了一眼瘦弱的羚羊,这么小个,也来跟健壮的自己比?跑半步就得栽倒了吧,自信心填满了艾尔的身体。

随着裁判员一声令下,羚羊率先冲了出去,艾尔也不甘示弱,紧随其后。羚羊双腿前后摆动,激起小粒的尘埃,打在艾尔身上。艾尔冷冷地哼了一声,在心底说:我让你! 鹿死谁手还不一定呢!

虽是这么说,但艾尔心里也没底,就当自我安慰。一圈,三圈,五圈……羚羊还是甩给艾尔一个不断缩小的背影。艾尔感到越来越恐慌,求助地望望家人,家人也爱莫能助地摇摇头……

自信心出世没多久,就夭折了。艾尔脚底酸痛,一个脑袋栽在地上,难闻的血腥味一个劲地钻进他的鼻子,失败那种苦涩的味道更是把他的心刺了一个个小孔,正慢慢溢着血。

动物们纷纷讥笑着,蛇族首领一扫刚才丢掉的颜面,笑得尖锐刺耳:"快回家玩去吧! 别在这浪费空气了! 白痴都可以教你说话,残疾都可以教你跑步!"豹子首领惋惜地摇摇头:"这孩子,将他父亲的脸丢光了!"评委们重重地闭了一下眼。

一把很钝的刀子切割着艾尔的心。这时,狮王走过来,艾尔不敢抬头看他。

"孩子,失败只是心头的浮云,都会过去的。王不经历失败,怎么叫王? 享受每一次失败吧!"

夜深人静时,艾尔反复咀嚼父亲这番话,听钟摆冷漠地摇晃。

他眼里闪起一丛光芒，无比耀眼，足以划破黑夜。

## （八）人生从抓兔子开始

雨是黑白琴键，叮叮咚咚渗透了每一片叶子。

艾尔呆呆地望着洞外，此时他就是一只布满裂痕的瓷器，就差"啪"一下碎了。偶尔，从眼眶会跳出一颗泪水，溅起细小的水花，似乎在为雨伴奏……

狮王看艾尔这样好几天了，眸子里只有雨一样的迷蒙。趁着这回雨停了，他决定领着艾尔出去走走，散散心。艾尔摇摇晃晃地站起身，面无表情地扫了一眼空荡荡的家，妈妈姐姐去哪了？他没力气问，也没心思问。

鼻尖围绕着雨后森林的气息。狮王昂着头，挺着胸，大跨步走着，艾尔耷拉着脑袋，扯线木偶一般空洞无神。狮王一边说着鼓励艾尔的话，一边不时冒出几句笑话，艾尔还是提不起精神，眼里是一片沉寂的死海。

狮王轻轻地叹了口气，漫不经心地将一粒石子丢向远处的草丛中。这时，窜出来一只素白的兔子，惊慌失措地连蹦带跳扎进林子。

艾尔下意识地蹿了出去，也许是因为要强。兔子一连几拐狂奔，艾尔也紧随其后，荆棘划破了腿，一朵朵殷红的血花绽放在枝头。

树像啦啦队一样起哄，绿叶兴奋地欢呼，老鹰盘旋在上空，也在欣赏这场精彩的猫捉老鼠游戏。

近了，更近了！像一场暴风雨的前奏，树叶疯狂舞动。当兔子体力不支时，艾尔猛地腾出一只手，揪住那只兔子。

令他意料不到的是，家人们不知什么时候出现在面前，激动地夸赞艾尔："瞧瞧，这灵活的兔子，艾尔都抓得住，真是王的料呀！""艾尔，从小你就有这种天分，长大还了得？"自信心一下找了回来，浅蓝的双眸仿佛刚出生的婴儿，拥有了希望与力量！

艾尔太高兴了，以至于没有发现一个天大的秘密。

夜色，淡雅如绸，艾尔睡着之后，妈妈与狮王偷偷咬耳朵：这招还挺管用，艾尔重拾自信，那只腿脚有伤的兔子也挺争气，真是太好了！"

"那当然,我们'蓄谋'了三天哪!"狮王略带自豪地回答。

熟睡的艾尔嘴角露出一丝甜甜的笑,迎接他的,将是一个温柔的世界。

### (九)勤勉与荣耀

一场饥荒带走了梦幻华美的天空,也带走了枝头的累累果实。

为了家族的生存,艾尔返回学校,学习策略,日日练习,夜夜读书。但这有什么用?看着家人们凸起的肋骨,暗淡的皮毛,整日的唉声叹气,似乎是被遗忘在角落的扫把,结满蜘蛛网。

狮王越看越着急,瞪着深深凹进去的眼睛,纹路清晰的骨头一起一伏。终于,像下了决心,他站起身,眼里是悲壮而又不容更改的光。他领着姐姐们,走出门外。

艾尔恰好瞟见这一幕,心想,父亲这是去干什么?便疑惑地跟上去。

踩着枯黄的草尖,完整的蜘蛛网被一阵风刮得残破不堪,在凝结的空气中可怜地颤抖。风刮来的,还有一头健壮的野牛!

狮王重重地闭了一下眼,坚硬如冰川的线条在脸上舒展开,做好了进攻的姿势,庞大的野牛不屑地冷哼一声,瘦弱的狮王与他相比,就像是祖师爷与端水送茶的小弟。

艾尔这才明白,父亲是要拿生命来做赌注呀!恐惧与惊讶一起漫过心头,铅灰色的云层从远方飘过来,云浪翻滚着。艾尔的心情已经开始下雨了,他躲在大石头后面,不敢听撕心裂肺的喊声,不敢看被血染红的半边天。艾尔觉得,自己苍白得就像个纸人,还能这样怯懦下去吗?

他抬起眼,看见父亲被踢得老远,躺在地上痛苦地抽动着,模样似乎是被女巫制服的猫。艾尔的热血蠢蠢欲动,他冲上前去。

一头半大、又没有作战经验的小狮子,对付健壮肥硕的野牛,无疑是以卵击石。艾尔指挥姐姐们挡住野牛的去路,自己翻身一跃,跳到野牛背上。野牛看不见它,拼命蹦跳,像被斩下蛇头翻滚的蛇身。艾尔撕裂了野牛的皮毛,野牛露出血肉模糊的骨肉,疼极了,艾尔乘机溜到他脖子下,对准喉管一咬,腥臭的血味在口中飞速蔓延。

野牛的四肢在空气中乱踢,眼珠突了出来,黑白分明,布满血丝,鼻孔急促地喘着气,嘴巴空洞地张着,姐姐们一拥而上,野牛被制服了。

艾尔并没有急着享受美食,而是朝父亲奔去。他轻轻舔着父亲,发出呜咽的浊音。这时,紧闭双眼的狮王抬头,眼眸像是清澈的海,泛着波波温柔光泽。

天像迪斯尼动画片里那样,充满希望。

## (十)真正的王

阳光减弱了,厚重的云朵把它撕扯成一片片的金色碎屑,洒在狮王奄奄一息的身上。

狮王没有力气再走动了,趴在最高的土丘上,用沉寂的眼睛扫视着下方,缓慢地呼吸着,像个迟暮的老人,默默咀嚼着一生的往事。

夕阳西下,残阳如血,将河岸上的鹅卵石镀上薄薄一层光。安静的狮群突然骚动起来,充满不安与恐惧。

狮王淡淡地睁开双眼,心脏开始像冰块一样融成了水。

狮子们急促地四处乱奔,身后紧跟着两只凶恶的狮子——独角狮劳伦与霸王狮力斯。刹那间,尸首遍地,血把狮王的眼睛都刺疼了。年幼的小狮子躲在枯木垛中瑟瑟发抖,成年狮子哀叫着,在沙丁鱼罐头般拥挤的狮群中挤来挤去。劳伦与力斯像把手伸进钱包的小偷,肆意扫荡。

狮王勉强站起身,冷静地挡在族人面前,说:"冲我来吧,不要伤害他们!"劳伦和力斯对视一眼,丧心病狂般地笑。狮王摆好了作战姿势,仰头看了昏黄的天最后一眼,一个凄凉而坚定的微笑在嘴角绽放开。

说时迟,那时快。劳伦与力斯双双夹击狮王,一前一后猛扑向狮王!蜘蛛丝猛烈地摇晃,风卷起细小的尘埃,漫天飞散。狮王的神色愈来愈焦急,从瞳孔中只能看见遍地鲜血;劳伦与力斯越战越勇,他们仿佛能看见王位在向他们伸出双手,温柔地将他们揽入怀中。

空气凝滞了,这块地带沉寂了,荒芜的田地不再抽出嫩芽,天空也好似在悲哭。僵持了好久,劳伦与力斯开始不耐烦了,想尽快结束这场恶战。他们双双与狮王撕扯,狮王就像断了翅膀的鸟,不可能飞回天空了。疲惫传染了每一块血肉,每一根神经。这时,劳伦狠狠地发出致命一击,鲜血如喷泉一般涌上天。

这还不作罢,他的腹部被活生生剥开,内脏被两只狮子分吃了。狮王吐出微弱的气息,眷恋地看了看温柔的世界,却还是没真实感,留不住遗忘的灿烂。

艾尔在石头后目睹这一幕,翻身压住一道道泪痕。他麻木地缩在隐秘的地方,睁大眼睛看着无边的黑暗。

冰凉的泪水划过脸庞。艾尔面无表情,内心却在痛苦地抽搐:他忽然明白,要做王,就要亲近勇敢,就要经历更多的苦难,经历更多的挫败。他觉得自己真正长大了。

苍茫的夜色后,一个昂首挺胸的剪影在山坡的顶上,映着月色,那样让人敬畏,那样让人期待!

第九届

# 远方的家

杭州经济技术开发区学正小学四(6)班　周宛如

夜幕降临了,月亮慢慢地升起来,喧闹了一天的城市渐渐静下来了。突然,一声凄惨的熊叫刺破宁静的夜空,让人们不禁打了一个寒战。

一定又是可可吧,只见他直起身子,前足搭在铁窗上,望着那繁星璀璨的夜空,凄厉地大叫一声,便落下一串串晶莹的泪珠。可可讨厌这里,讨厌这里没有自由、没有朋友、没有亲人、没有快乐、没有森林……可可曾经拥有的一切,这里都没有。可可是多么怀念远方的森林,他所有的幸福和快乐都在大森林里,而现在的可可离大森林太遥远了,遥远得让可可都感到绝望。

每天天一亮,可可就被饲养员叫醒,吃上一顿美味的早餐,就被带去舞台了。不是表演骑独轮车,就是表演扔球,太乏味了,但是可可还是得卖力地表演。可可精彩的表演总能博得观众席上一阵阵喝彩和掌声,可谁知道可可为了学会这些节目在台下挨了多少次鞭子呀!如果可可没有披披风,你准会看见他背上几条凸起的渗出血迹的伤痕,每一鞭子下来都是钻心的痛,但是可可只有默默忍受。痛得实在忍不住的时候,可可就会情不自禁地回忆起远在大森林的家中的爸爸妈妈。爸爸妈妈从不会打可可,总是带着可可自由自在地奔跑,跑过树林、跑过山丘、跑过草原、跑过溪流,耳边的风声呼呼地响着,身上的毛发被风吹得痒痒的,阳光是那么明媚,天空是那么蔚蓝,空气是那么清新……远方的家呀,多么幸福,幸福得就像一个甜美的梦!可可有时候会怀疑,自己的家真的在大森林吗?

自己真的有过那么一段幸福、自由的生活吗？

下午的时间是属于可可自己的。他可以悠闲地躺在窝里晒太阳，时不时有游客向他扔各种美味的零食，有香蕉、苹果、薯片、香肠……还有的会给他拍照。可是，可可真的不想这样生活，他不想像一个乞丐一样被别人施舍食物，他不想像一个宠物一样供游客拍照，他不想被关在铁笼子里，他不想一动不动地躺在坚硬的水泥地板上……

可可对这样的生活深恶痛绝，他连一分钟都无法忍受！他想念远方的家、远方的亲人、远方的朋友。可可想起自己追着蝴蝶玩，和小兔、小青蛙一起捉迷藏。记得有一次，他和好朋友小熊小小一起去掏蜂蜜。因为是第一次没有经验，他和小小被蜜蜂蜇了好几个大包，但最后还是掏到了蜂蜜。他们第一次尝到了蜂蜜的味道，比想象中的还要甜。他们你一口我一口地吃着，吃完了还要舔舔手指呢！那甜蜜的滋味到现在只要一想起来，就忍不住要咽口水。最幸福的是每天晚上，他可以躺在妈妈的臂弯里，数着天上的星星，听妈妈讲一个个有趣的故事。妈妈一边讲故事一边给可可摸背，妈妈摸背可舒服了。听着听着，天上的星星渐渐模糊，可可睡着了……想到这一切的一切，可可不禁号啕大哭起来。可可的心无人能懂，人们认为可可是一只脾气古怪、喜欢在深夜大声嚎叫的熊。

可可怎么都忘不了那个可怕的夜晚。他正走在回家的路上，突然开来一辆汽车，明亮的车灯刺得可可的眼睛都睁不开。可可从来没有见过汽车，从来没有见过如此刺眼的光，他被眼前的一切吓蒙了。车上的人大声说："快看！那有一头熊，快把它抓住！"可可这才意识到危险来临，他撒腿就跑。可是随着一声枪响，一支麻醉针射在了可可的大腿上。一阵钻心的痛瞬间传遍全身，可可还是拼命地往家跑啊，爸爸妈妈还在等着可可吃晚饭呢，再不快点回家他们可要着急了。但是不知怎么的，越着急越拼命跑，可可的腿脚越不听使唤，他跑得越来越慢了，觉得越来越累了，就好像在梦中自己怎么也跑不快一样。可可的意识开始模糊，他觉得自己的身体越来越轻，轻得就像一朵白云。第二天等他醒来，可可发现自己躺在冰冷的铁笼里。

　　"我要回家,我要回到大森林!"可可每天向着天空呼喊,向着远方的家呼喊。可是,家太遥远了,他的哭泣、他的呼喊,爸爸妈妈听不见……人们啊,你们是否听懂了可可的呼喊?人们啊,你们愿意倾听可可对远方的家的思念吗?

# 淬 火

龙游县阳光小学四(3)班　陈幸儿

淬火的目的是大幅提高强度、硬度、耐磨性、疲劳强度以及韧性,大自然是最好的淬火工具。

——题记

## (一)出　生

太阳揉揉眼,起床了,灰蒙蒙的天空渐渐亮了起来,整片天空被太阳光染成了橘红色。一会儿天空变蓝了,出现了几朵雪白的云,那几朵云一会儿变成骏马,一会儿变成野兔,一会儿又变成了小鸟……微风把草原上的草儿吹得"沙沙"响,露珠们在小草之间来回跳跃,新的一天开始了。

在一个大大的山洞里,传出了一阵哭声。原来,是小狮子艾尔莎出生了。妈妈将他抱在怀里,不断地拍着他的背,哄他说:"宝贝儿不哭不哭!"这才使他平静下来。

只见妈妈的眼睛里含着晶莹的泪花,她抱着还没有睁开眼睛的小艾尔莎,开心地说:"我的小艾尔莎哟,你总算出生了。"

这时,狮王回来了,别看他平时威风凛凛的,一回家,就立马没了王气,他讨好似的对王后说:"老婆啊,咱们的小艾尔莎呢? 给我瞧瞧!"王后将搂在怀里的小艾尔莎小心地递给狮王,狮王看着刚出生的小艾尔莎,开心极了。艾尔莎有一双大大的乌溜溜的眼睛,特别有神,他还有一条长长的细尾巴和一张让人一看就喜欢的小嘴。

艾尔莎出生不久,狮王和王后就把他送到草原学校读书了。

艾尔莎很聪明,也很好学,次次考第一,他还有许多好朋友,这让家里有着数不清的钱而且也很聪明的安娜很嫉妒,她想:哼! 有什么了不起的,不就是有个作为狮王的爸爸嘛,我要让你出一次丑,看你还敢不敢和我作对,哼哼哼!

于是,在一次大扫除上,安娜把正在搬水盆的艾尔莎推倒了,水弄得山羊老师全身都湿透了。山羊老师皱着眉头,瞪着艾尔莎,气呼呼地说:"艾尔莎!你怎么这么点儿事都做不好!"

"我……我……我……"艾尔莎着急透了,半天说不出话来。

"我什么我!我看你就是故意的!给我出去站一小时去!"山羊老师气得火冒三丈,他盯着艾尔莎,喘着气儿,把他赶出了教室。

艾尔莎委屈极了,他知道,这一定是安娜干的,想到这里,他突然有一种想打人的冲动。

当艾尔莎正在气头上时,安娜走了过来,幸灾乐祸地说:"原来大名鼎鼎的艾尔莎也有犯错的时候!哈哈哈!羞羞脸喽!"

艾尔莎听了,再也忍不住了,他那小小的拳头好像一块铁,安娜就好像一块磁铁,在把艾尔莎的拳头往她的鼻子上吸。艾尔莎一拳打过去,安娜大叫一声:"啊!"这声音可真够刺耳的,竟把在教室里打扫卫生的山羊老师招来了。安娜那漂亮的鼻子被艾尔莎打歪了,不停地流血。安娜哭着说是艾尔莎的错,说是艾尔莎先打她的,山羊老师给了艾尔莎一个响亮的耳光,艾尔莎委屈极了,明明是安娜先惹他的嘛!想着想着,艾尔莎也哭了,他跑出了学校,向东跑了很久,边跑边抹着眼泪。他仿佛看见安娜回家去向他的爸爸妈妈要钱时的情景,看见妈妈哭着骂自己没出息时的情景,看见山羊老师拿着退学通知书向他的爸爸告状时的情景……这一切,明明就是安娜的错嘛,为什么老师不批评安娜,反而来骂我?艾尔莎这样想。

艾尔莎跑着跑着,实在跑不动了,他坐在草地上,抬头仰望天上那数不清的小星星,轻轻地问:"星星,我该怎么办?"星星没有回答,只是不停地眨着眼睛。

周围安静极了,没有人回答艾尔莎,艾尔莎躺在草地上望着夜空,静静地想着,渐渐地睡着了。在梦里,艾尔莎看到了宁静旷远的天空,老鹰在那里盘旋,整个世界都是艾尔莎的。梦里的他,是多么宁静,多么富有狮王的霸气和安详——宁静是一种奢侈品,只有心灵富有的人才能享受。

### (二)喋　血

狂风呼呼地吹,好像与这草原有着千古之仇,非把这儿毁灭不可。雨打在地上,好像千万支箭射在地上;闪电劈下来,好像有许多死去的鬼魂复苏了一样。

老狮王站在山顶上,伸长了脖子,仰望天空,他若有所思地看着天,长叹一声。他知道,自己已经老了,虽然他还是百兽眼里那勇敢的狮王,但他已经大不如前了,他知道王位随时可能被更年轻更勇猛的狮子夺走,但他万万没有想到这个来夺取他王位的竟然是在他与上任狮王斗争时与他同生共死的兄弟:卷毛。

其实,卷毛已经观察他好久了,可他却一点儿也没有察觉到。

卷毛悄悄地从树后面走了出来,他的表情很阴险,他脸上有一道疤痕。这疤痕,是以前他在帮他的哥哥争夺王位时被敌人抓伤的,但他一直都认为是他的哥哥故意弄伤他的,所以他一直对狮王有着无限的仇恨。

狮王并没有察觉到自己离危险的边缘已经很近了,直到卷毛阴险地说了一声:"我的狮王哥哥,您应该也到了让位的年龄了吧!"

狮王马上明白了卷毛是来夺王位的,但他不愿让位,因为他知道,作为狮王,就不能退缩,因为百兽和他的家族要他来保卫。

他朝着卷毛咆哮,但那咆哮声对卷毛来说真是毫无作用。

他们绕着圆圈走了好久,一个是警惕的,而另一个,则是阴险地笑着,好似胜券在握。

突然,卷毛看准时机,扑向狮王,狮王迅速一躲退了几步又咆哮起来,猛地扑过去把卷毛按倒在地,伸出爪子正要杀死卷毛,这时卷毛装作害怕的样子,求饶说:"哦,我亲爱的哥哥,看在咱们是同生共死的兄弟的分上,您就饶了我吧!"

狮王一听马上心软了,他放开卷毛对他说:"哎,弟弟啊,看在咱们兄弟情分上,我就放了你,但记住,滚出我的领土,永远别再回来了!"

卷毛忙说:"是!哥哥!"说完,他慢吞吞地走了一小段路又转过身来扑向哥哥,把狮王按在了地上,说:"哼!你以为我这么快就被你打败了吗?"说完在狮王背上狠狠一抓,三道深深的血迹印在了狮王的背上,狮王大叫一声:"啊!"然后用尽全身的力气,爬起来往山下跑。

卷毛追上去,不一会儿就追上了,他在狮王腿上狠狠地咬了一口,狮王因为站不稳而被卷毛推下悬崖。地上留下一摊血迹。

这时,正在远处的艾尔莎被一场可怕的梦惊醒了,他梦见爸爸跌下了悬崖。啊!他想到这里,便不敢继续想下去。他不断安慰自己:"不会的,不会的,爸爸是狮王,它不会死的,不会的!"

雨越下越大,艾尔莎越来越害怕,它害怕爸爸真的死了,它哭了起来,用手抹着眼泪。现在,这里只有他一个人,没有人来安慰他,他越哭越伤心,他从来没有这么伤心地哭过,他哭了好久好久,直到雨停了。

## (三)冷 暖

雨停了,四周安静极了,艾尔莎停止了哭泣,害怕地往前走着,天上没有星星,只有狂风在呼呼地吹着,天空中飞过一只乌鸦。

艾尔莎害怕极了,因为妈妈告诉过他:乌鸦出现的地方就会死人!他想:难道爸爸真的死了吗!不,爸爸不会死的,他可是草原上最勇敢的狮子!

艾尔莎走累了,他靠在一棵树叶非常稀疏的树干上,他想:我该去哪里,回家?可我已经找不到回家的路了。去叔叔家吧!可是我有那么多叔叔……对了,二叔叔家有个小堂弟,我去那儿还可以和小堂弟玩,还有,二叔叔家就是这个方向!我应该找得到。

他边想边继续往东走,一路都在想着到了叔叔家以后会发生些什么。

他来到了叔叔家,叔叔家并不豪华,一个小院,里面有一个秋千和一棵高高的大树。有一条石子小路通向山洞。

堂弟从旁边的小山洞内走了出来,看见堂哥来了兴奋不已,冲上去抱住艾尔莎,用他那肉嘟嘟的小脸蛋贴着艾尔莎那瘦巴巴的脸,大眼睛眯成了一条缝,长尾巴翘得老高老高,看到这么可爱的堂弟,艾尔莎也开心极了。

堂弟放开艾尔莎,睁大眼睛,好奇地问道:"哥哥,你怎么会突然来这儿?"

艾尔莎一时回答不上来了,说他迷路了? 不行,那样多丢脸! 说爸爸死了? 更不行,爸爸没死!

堂弟一看艾尔莎的样子,好像明白了他在想什么,马上从兜里掏出一块牛奶糖,递给艾尔莎:"哥哥,咱们不说,来,吃糖吧!"

"谢谢!"艾尔莎接过糖小声地谢了堂弟。

"来,哥哥,去我房间看看吧! 我房间可舒服了!"弟弟说完把艾尔莎拉到了自己房间里。

就在艾尔莎正要走进去时,叔叔在他背后咳嗽了两声:"咳咳! 你是谁啊?"

"哦! 爸爸他是……"小堂弟连忙走过来,正要向爸爸介绍艾尔莎,可爸爸打断了他:"一边玩去!"叔叔板着脸,怒吼了一声,"这儿没你事儿!"

艾尔莎吓了一跳,退后了几步,只见小堂弟说了声:"哦!"便耷拉着脑袋,走开了。

接着,叔叔又把那可怕的目光转移到艾尔莎身上,他板着脸问:"你就是艾尔莎吗?"

"嗯"。艾尔莎点点头。

"你不知道吗? 你爸爸已经……"叔叔停顿了一下,继续说,"去世了,他被你七叔卷毛害死了。"

艾尔莎一听,泪水涌了出来,他边哭边喊:"不! 不! 爸爸没死,没有!"

叔叔生气极了,他大吼:"是真的! 艾尔莎! 你爸爸去世了!"叔叔说话时,其实泪水已经在眼眶里打转了,他转过身,背对艾尔莎,装出无所谓的样子说:"艾尔莎,你既然来了,就别走了。从今以后,你要陪着你堂弟,每天绕着草原跑五圈,再去捕两只野兔,然后爬上这棵树。"叔叔指了指院里那棵大树,"上下五百次!"

艾尔莎擦干眼泪,在心里骂着叔叔:哼!这个死叔叔比那个臭安娜还坏!绕草原跑五圈?绕我们学校操场跑五圈我都会被累得不分东南西北!捕两只野兔就更别提了,我长这么大,连只苍蝇都没抓到过!爬树简直就是做梦,我就是爬上去了也下不来,还要上下五百次嘞,十次都比登天还难了!艾尔莎想着,转身走进堂弟的房间,可马上被叔叔拦下了,他指着一旁的灌木丛说:"你睡在这!"

"哼!"艾尔莎气呼呼地走向灌木丛,倒头就睡。

叔叔看着艾尔莎熟睡的样子,非常担心,眼泪也就情不自禁地流了下来,要知道,听说自己的哥哥去世了,而且是被他们认为在性格上最好的卷毛杀了后,他就经常默默哭泣,可从不让别人知道,他一直将失去哥哥的痛埋在心中,独自咀嚼。

深夜,堂弟过来叫醒了艾尔莎,对他说:"哥哥,去我房间,我爸爸就这样,你别怕。他睡觉超像死猪,只要明天我们早点起来,他就发现不了!"他说完,便拉着艾尔莎去自己房间睡觉了。

可是,艾尔莎就是睡不着,他一直睁着眼睛等着天亮。

### (四)测　试

天渐渐亮了,太阳照射着大地,艾尔莎早早地起了床,叫醒了堂弟,堂弟伸了个懒腰,说:"哥哥,你这也太早了吧!我爸爸说早上要睡够,否则一整天都没力气的!"

"不是,我觉得你爸好像快……"

"啊!不会吧!快快快!哥哥,我们抓紧去玩!我老爸一醒,就没得玩了!"弟弟说着马上坐了起来,睁大眼睛,拉着艾尔莎的手就往外冲,冲到了草原广场上。

艾尔莎用力一吸,哇!这儿的空气真新鲜啊。微风像一位魔术师,把小花小草都变成了能歌善舞的演员!

艾尔莎和表弟在广场中心的花坛边上玩起了捉迷藏。

他们玩得正欢。只见艾尔莎的叔叔走了过来，瞪着他俩。过了一会儿，他便阴着脸，说："咳咳！今天的任务完成了吗？"

"爸爸，什么任务啊？"堂弟满脸都是问号，他根本不知道爸爸今天给他布置了什么任务。

"你说呢，比利？今天，你们俩一人去抓一只野兔来！"叔叔还是阴着脸。在艾尔莎看来，眼前的这个凶不拉叽的叔叔，已经不是他第一次见到的那个会说会笑、幽默风趣的叔叔了。但他不知道，其实叔叔心里也很难过，只是他不想表现出来而已，他平时也是这么对比利的，只不过没那么凶，只是在知道哥哥去世了以后，他就对比利非常苛刻，因为他觉得，他不可能为哥哥报仇，但比利可以。

"什么？"比利大吃一惊，他瞪大了眼睛，呆呆地望着爸爸，他原以为爸爸会让他回家做作业呢！

"抓一只野兔！记住在大人讲话时要认真听，比利！"爸爸走近一步，用一种严厉的目光盯着比利。

"耶！耶！不用写作业喽！"比利兴奋地大叫，同时，还摆出个胜利者的手势。

艾尔莎呆呆地望着他那开心得手舞足蹈的堂弟。

"怎么，艾尔莎，你在干吗呢？"叔叔注意到了艾尔莎的不对劲儿，"快去做任务！"

"哦！"艾尔莎缓过神来，低头轻轻地哼了一声，慢悠悠地走了。

叔叔望着艾尔莎的背影长叹了一声，回家了。

一路上，比利又蹦又跳，哼着小曲儿，一会儿抓蝴蝶，一会儿和小甲虫玩，一会儿转过头来，看看那长长的尾巴。

艾尔莎则一路愁眉苦脸，见到什么东西都觉得不顺眼儿。他小声嘀咕："这个堂弟有毛病。要是我，还不如在家做作业呢！"

走着走着，他们来到了一个有下坡的地方。比利马上变了脸，进入了捕猎状态。他警惕地看了看四周，小声对艾尔莎说："嘘，别出声快趴下！"

艾尔莎马上和比利趴在一起。

接着,比利用鼻子嗅了嗅,然后慢慢地,俯着身子缓缓前进。

一只野兔窜了出来,她警惕地看看四周,比利马上躲到草丛中。等到兔子到下坡时,他突然猛扑过去,兔子往边上的草丛一钻,比利也快速把头埋进草丛,兔子从另一侧钻了出来,比利一个急转弯扑了过去。

兔子向上一跳,突然晕了过去,从下坡上滚了下去。

比利叼起野兔,跑到艾尔莎面前向他报喜:"你看,哥哥! 我抓到了!"

艾尔莎看得目瞪口呆,不过他马上缓过神来,担心地对堂弟比利说:"我怎么办,你抓到了,我还没呢!"

"没事! 你像我刚才那样,先逗逗兔子,让她跑得累一点儿,再把她引到下坡,再吓她一下,就没问题了!"比利比画着教艾尔莎抓兔子。

果然,艾尔莎按照比利说的,也顺利地抓到了一只野兔。

他们带着各自抓到的野兔,回家了。

叔叔看到他们的猎物,非常欣慰,脸上露出了笑容:"不错! 你们再合作,去抓一只野猪来!"说完,转身就走,不给两个小家伙留一点讨价还价的余地。

比利这次更兴奋了,他跳了起来:"耶! 抓野猪喽!"

艾尔莎则很害怕,他耷拉着脑袋,皱着眉头,嘟着嘴,他想:爸爸告诉过我,野猪是很危险的动物,他的獠牙会要了我的命的,我可不愿意死在野猪的獠牙下! 可他别无选择,只好去了。

艾尔莎和比利找了很久,一直找到半夜,肚子都咕咕叫了,别说野猪了,就连一根猪毛也没看见。

他们失望极了,垂着脑袋,摸摸自己的小肚子。过了一会儿,比利对艾尔莎说:"哥哥,看来野猪们都睡了! 怎么办?"

艾尔莎摸摸自己的小肚子,说:"要不我们回家吧! 野猪没那么好抓,你爸应该不会骂我们吧!"

于是他们回家了。

可结果与艾尔莎猜的恰好相反,叔叔把他俩训斥了一通,还叫他们不能睡觉,不能吃饭,得在树下站一晚上,吹一晚上冷风。

他们只好服从命令。

晚上,比利的母亲站在洞里看着两个冻得瑟瑟发抖的孩子,心疼极了,可是她又不敢去安慰他们,只能用手帕擦着眼泪,心疼地望着他们。

艾尔莎的叔叔也很心痛,可是他不能同情,他必须冷酷。

## (五)考 验

早上,太阳刚刚从云层里露出半个脸蛋,妈妈就起床了。昨晚她就一直睡不好觉,心里一直在惦记着她那两个小宝贝。今天,她早早地起来了,悄悄走进厨房,给两位小宝贝做了许多好吃的。

等天已经够亮了,她去房间叫醒了比利和艾尔莎:"起床喽,昨天你们半夜到房间睡得怎样?"

"嗯,妈妈,还不错,我还想再睡会儿嘛!"比利伸了个懒腰,翻个身,又呼噜呼噜地睡着了。

"不行啊!小宝贝哟!快,等你爸醒了,就吃不成早餐了!"妈妈摸摸比利的小脸蛋儿,温柔地说。

"好吧!婶婶,我们马上起来!"艾尔莎坐了起来,打了个哈欠。

过了一会儿,两个小家伙蹑手蹑脚地走进餐厅。哇!香喷喷的烤肉味扑鼻而来,艾尔莎和比利冲到餐桌前,正想抓起羊肉往嘴里送,这时,叔叔走过来,凶巴巴地瞪着两头小狮子:"哼,你们干吗呢!没抓到野猪,就别进家门,给我滚出去!"

"叔叔,我……我们都饿了一个晚上了,就给我们吃点儿吧!"艾尔莎嘟着小嘴,摸摸自己那饿得扁扁的肚子,盯着叔叔看。

"不行!"叔叔板着脸,丝毫没有被艾尔莎说得心软,他凶巴巴地说:"给我滚出去抓野猪,不然,就不要吃饭了!"

"哼!走就走!"艾尔莎小声嘟囔着,转身走出院子,可眼睛一直死死盯着那香喷喷的羊肉。

他们走到了草原上,比利对哥哥说:"哥,我们再这样下去,会饿坏的,不如我们去抓只野兔吃吃?"

"嗯,好主意!"艾尔莎想都没想就说,因为对他来说,这时候已经没有什么比吃饭更重要的了。

于是,他们抓了一只野兔,把肚子的问题解决了,再去抓野猪。

比利带着艾尔莎来到了一个小池塘旁对艾尔莎说:"哥,这里是野猪每天喝水的地方,我们埋伏在这儿,等野猪来!"

"嗯,好的!"艾尔莎一边专注地看着野猪住的方向,一边说。

就这样,他俩一动不动地蹲了一个多小时,连一只野猪的影儿都没见着,艾尔莎可不耐烦了,他皱着眉头说:"这是什么鬼地方呀,都蹲了半天了,一只野猪的影儿也没见着! 难道野猪知道我们在这儿?"

"不会的,别急呀,哥,你要耐心! 抓野猪可没那么好抓! 否则我们怎么会挨一顿骂?"比利还是一动不动地蹲在那儿,注视着前方,耐心地说着。

又过了一个时辰,他们还是一无所获,不光艾尔莎不耐烦了,连比利也不耐烦了,他蹲在那儿,全身皮毛都觉得痒痒,左挠挠右挠挠!

这时,一只调皮的小野猪走了出来,他长着一对小小的獠牙,看样子,还是一头未成年的小野猪。

这时,比利小声地说:"哥,你到野猪出来的地方埋伏,等到他往回跑时,再咬住他的脖子,小心一点,别被獠牙伤到!"

艾尔莎听了,一道闪电似的冲到野猪出来的地方,一声不吭地在那儿等候。

比利跑出藏身之处,向野猪猛扑过去,野猪往旁边一闪,拼命往来的地方跑。艾尔莎看准时机,侧面偷袭,咬住野猪的脖子,小野猪挣扎了一会儿,便倒在地上喘气儿,过了一会儿,便一动不动了。

两头小狮子默契地和对方顶了下拳头,开心地叫了一声:"耶!"

在远处观察他们的叔叔,很是欣慰,他看着两个小家伙一路蹦蹦跳跳的身影,脸上露出了笑容,他微微地点了点头,默默地说了声:"孩子们长大了。"

"嗯! 不错,孩子们,你们长大了。做狮子,你们的心,得像草原一样宽广,以后,我希望你们能够成为草原的霸主,夺回王位,为艾尔莎的父亲报仇!"叔叔站在岩石上,看着天上的夕阳,语重心长地说。

"好!"两头小狮子欢呼道。

这个夜晚,他们全家一起吃着烤猪肉,看着星星。艾尔莎在星星下对天发誓:"长大后,我一定要给爸爸报仇!"

这个夜晚,多么美好,星星眨着眼睛,月亮也默默地看着他们。

## (六)勇 气

太阳露出半个脸蛋,艾尔莎和比利就起来了,他们蹦蹦跳跳地跑到妈妈面前,比利抱住妈妈:"今天您一定得帮我烧一顿大餐,我要好好犒劳一下自己!"

"好,我的宝贝,今天,我一定帮你烧一顿大餐,好好奖励一下你们两个小家伙!"妈妈摸摸着比利和艾尔莎的头,笑盈盈地说。

站在一旁的叔叔皱着眉,他看着两只得意扬扬的小狮子,心里很是着急:"哎,我一定得让他俩明白,强中自有强中手的道理。"

两头小狮子吃过早饭,便跑到草原广场练习爸爸以前教给他们的本领。一会儿扑向对方一会儿闪到一旁……

叔叔看了,又是着急又是欣慰,他走到他俩旁边,看了一会儿,说:"嗯,不错,比利你在扑的时候动作很好,艾尔莎你在滚的时候动作也非常到位,可以马上滚到一边并很轻松地站起来!"

"谢谢爸爸!"比利笑眯眯地和爸爸击了一下掌。

"谢谢叔叔,我们以后会做得更好!"艾尔莎也笑眯眯地在叔叔的脸上亲了一下。

"嗯。"叔叔点点头,"你们两个小家伙真是越来越棒了!"叔叔看着他们停顿了一下:"最近我呢,想尝一尝一种我这一辈子都想吃但未吃过的肉——大象肉。可是现在,我也没那么多精力去抓一头大象,所以我想……你们去给我抓一头大象来!"叔叔依然笑眯眯的,好像抓大象是一件很容易的事情一样。

两头小狮子可惊呆了,他们傻傻地看着叔叔,不管是成年大象还是未成年大象,对于他俩来说,都是庞然大物呀!

比利最先觉得不对劲儿了,他大声抗议:"为什么啊! 爸爸,你这不……不是要我们去……去死……死吗?"

"哦,会吗?"叔叔装作无所谓,"很容易的嘛!"说完就走了。

两头小狮子站在那儿,心都要跳到嗓子眼儿了,虽然还没见到大象,但想都想得到,就算有超能力,也未必能将大象抓来。

他们发抖着,慢悠悠走到大象经常去的地方。

他们躲在一块大石头后面,远处就有一只大象在惬意地吃着草。

"哇,弟弟,你看那头大象的尾巴,要是被甩到,不死也得半死了!"艾尔莎指着大象的尾巴,害怕极了。

"对呀,哥,你,你看那,那鼻子,像一根粗铁链,要是被他用鼻子卷住的话,那就……必死无疑呀!"比利盯着大象那又粗又长的鼻子结结巴巴地说。他们商量了半天,最终决定先逗逗大象,再趁其不备,咬住他的脖子。

作为哥哥,艾尔莎首先上场,他来到大象身边和他打了个招呼:"你好,大象哥哥,你在干什么呀?"

"哈哈,我在吃早餐呢!"大象友好地说着。

艾尔莎给比利使了个眼色,比利连忙冲上去咬住大象的脖子,接着艾尔莎又咬住大象的后腿,大象将后腿向外一蹬,艾尔莎飞了出去,弄了个嘴啃泥。比利一见哥哥被欺负了,咬得更狠了,大象大叫一声,正在别处吃草的大象都跑过来了。其实,这只大象还未成年,看着一头头庞然大物围在自己身边,艾尔莎和比利吓得不停地打着冷战,小象的妈妈见自己的宝贝被欺负了,直接用鼻子把艾尔莎和比利扔了出去。

两只小狮子摔得鼻青脸肿,他俩揉揉脸,准备再次去杀大象,这时,叔叔走了过来,对他俩说:"你们别去了,我知道,抓大象是个艰难任务,对于两只还未成年的小狮子来说,是一个根本不可能完成的任务呀! 我让你们去抓大象,其实就想告诉你们,强中自有强中手,会抓兔子,不一定会抓野猪,会抓野猪不一定会抓大象,作为王,就不能骄傲。同时,我还要让你们学会面对困难,经历失败,这样才能成长为一个真正的狮王!"

两只小狮子脸红得就像落日的余晖,今天,他们又学得了一个道理,离王这个目标更近了一步。

### (七)狭　路

冬天来了,天空灰蒙蒙的,寒风呼呼地吹着,雪飘下来,地上一片雪白。那鹅毛大雪已经下了三天三夜了,像永远都不会觉得吃力的小朋友在草原上疯狂地搞破坏。

艾尔莎和堂弟、叔叔、婶婶,还有一个刚刚出生的小弟弟科利围在火炉旁瑟瑟发抖。科利饿得大哭起来,看到这情景,艾尔莎站起来,眼睛里露出霸气的眼神,他挺起胸脯,对大家说:"叔叔、婶婶还有比利,我愿意出去抓只野猪回来,最好抓头野牛,来给大家填饱肚子!"

"好!哥哥,我也去,相信我们可以抓一头大野牛回来的!"比利也站起来,伸长脖子,挺起胸脯,看着大家。

过了一会儿,两人同时把目光投向叔叔,希望能得到叔叔的赞同。

叔叔叹了口气,看了看自己的妻子和孩子们,他看见大家都凝视着自己,摇了摇头,说:"哎,我也希望你们可以去抓头牛回来,让大家填饱肚子。可是今年,艾尔莎的爸爸去世了,卷毛把家里的兄弟都杀光了,唯独我,没有任何权力,住在偏远的地方,他放了我。可是现在,雪那么大,你们出去捕猎可能要到山上,只有山上的猎物多,草原上,恐怕找不到,但是山上,多危险!"

"爸爸,让我们去吧,再不弄点吃的来,我们全家要饿死的!"

这时,门口进来两位客人,是比利爸爸在两年前救的两头狮子,他们走了进来,对艾尔莎的叔叔说:"哥,难得小狮子都有这样大的勇气,您就别犹豫了!"

"哎,也好,那我们往不同的方向走,你们往东,我往北,艾尔莎和比利,你们往南,我们分头找!"叔叔托着下巴,想了一会儿,给大家分配任务。

"好!"大伙儿拍着手,分工去捕食了。

艾尔莎和比利向南走了好一会儿,别说野牛了,连一只小昆虫都没看见。

就在他们商量后决定回家时,在不经意间,上了山,看到了卷毛和卷毛的小儿子。

艾尔莎一把把比利按倒在地,手放在嘴边,做了个别出声的手势,然后看看四周没有别人,轻轻地对比利说:"比利,看样子,卷毛在教儿子抓野牛,看那小家伙和我们应该差不多大!"

"嗯,哥哥,趁那个卷什么毛的坏蛋不注意,我冲上去咬死他,为伯伯报仇,冲啊!"比利把拳头往地上一打,眼睛盯着卷毛,发出凶光,然后手臂往前一伸,大叫。

艾尔莎又立马把比利按倒在地,卷毛看了看周围没动静,又开始教儿子抓野牛。

比利见又失去了一个良机,骂哥哥:"哥,你这个胆小鬼,自己的仇人就在面前都不敢冲上去,算什么男子汉!"比利瞪了艾尔莎一眼,好像对艾尔莎很不满,"我还一直把你作为我心中的偶像,哼,原来是个胆子小得比老鼠还小的胆小鬼!"

谁知艾尔莎一点都不生气,反而觉得有点儿可笑,他硬把笑压回去,对弟弟说:"弟弟,别生气,听我的。等到他俩分开,只剩一个人的时候……"艾尔莎把计策一一讲给弟弟听。

可比利还是把头转向一边,其实,他觉得哥哥说得特别有道理,只是自己不肯服输。

哥哥似乎看透了他的心思,笑了笑,然后拍了拍比利的肩膀:"弟弟,咱们会成功的!"然后,他轻轻踹了比利一下:"不要怕做胆小鬼,我们要趁他们弱的时候去干,狭路相逢,智者胜!"

## (八)远　方

卷毛和儿子成功地捕获一头野牛,卷毛拍拍儿子的肩膀,笑盈盈地看着他,对他说:"儿子啊,你回去,叫大家来吃肉! 快去!"

他的儿子听了,耷拉着脑袋,尾巴拖在了地上,整个人瞬间像漏气的气球似的,他试着跟老爸讨价还价:"老爸,你看我这又要跑回去,累死了!"

"不行! 你要是不去,就别吃牛肉了,快去!"卷毛阴着脸,眼睛里射出凶光,生气地赶儿子回去。

卷毛的儿子不敢和老爸顶嘴,只好拖着身子回去叫叔叔阿姨们过来吃牛肉,嘴里还嘀咕着:"这个坏老爸,每天就知道把大家像仆人一样使唤来使唤去!"

艾尔莎和比利见现在只剩下一个气喘吁吁的卷毛看守在牛肉旁,便看准机会,冲了出去。卷毛一看,怎么回事,两只小狮子居然要来抢我的肉? 我现在毕竟一个人,还是走为上。接着,他便拼命往回跑,两个狮子便掉了个头,追着卷毛不放,卷毛跑了一会儿,就没力气了,他停了下来,向两只小狮子咆哮,比利喘着粗气儿,冲了上去,伸出爪子,在卷毛的背上用力一抓,卷毛惨叫一声,鲜血流了出来,皮毛掉了下来,他忍着痛,在比利那胖嘟嘟的背上抓出了一条深深的缝,比利倒在了地上。卷毛伸出锋利的爪子,正要结束比利的生命,艾尔莎冲上去,要咬死卷毛,可卷毛一闪躲了过去,鲜血从肩膀上一滴一滴地滴在了雪地上,一场大战,一场关系生死和荣耀的大战就要开始了!

白茫茫一片的雪地上出现血,草原上,山谷中回荡着双方的咆哮声、怒吼声、呻吟声、惨叫声……天灰蒙蒙的,雪地上留下了一摊血,留下了一块块带着血丝的皮毛,艾尔莎死死地咬住了卷毛的脖子,这位杀害了自己父亲的仇人终于在他面前倒下了。

这时卷毛的儿子来了,他没有回家,他迷路了,他正要来向老爸问路,他看到了这一幕,自己的爸爸倒在了艾尔莎的脚下。

在他的记忆中,爸爸曾对他说过,艾尔莎已经死了,他的爸爸也已经被推下悬崖,世界上,没有人再会找他报仇了,可他又亲眼看见艾尔莎还活着,还杀死了他爸爸。他哭了,这个被父母百般呵护的宝贝,拿着根小棍向艾尔莎冲去,艾尔莎轻而易举地让这个仇人的孩子摔了个嘴啃泥,这小东西第一次尝到痛了,他跑了,也不知道跑向哪里。

艾尔莎走到了山顶上。这时,叔叔来了,他看着地上的鲜血,受伤的比利,卷毛的尸体,和高高在上的艾尔莎,便什么都知道了,艾尔莎报了杀父之仇,他成功了!

草原上,家门口,艾尔莎告别了叔叔,走向了属于他的国度。

叔叔望着他远去的背影,流下了喜悦的泪水,他抱着比利,朝着艾尔莎远去的背影说:"艾尔莎,我的好孩子,等比利的伤好了,我让他去找你,你们好好地去创造一番事业吧!"

艾尔莎转过身,朝叔叔挥了挥手,含着热泪向远方奔去!

# 芦 花

衢州市衢江区第一小学四(3)班　舒　笑

## (一)

秋天,丰收的季节。

雪花飘里闪过一个孤寂的身影。

澄卉坐在家门口的台阶上,等着她的爸爸妈妈割完麦后回家。

她拿着一支短得快要消失的白粉笔,倚着门在墙上专注地画着什么。

只见墙上早已被白色的痕迹吞没,不仔细看还看不出画的是什么。这些画虽然笔下功夫不深,但画工很精致。一个蝴蝶结,一双眼睛,都被澄卉画得惟妙惟肖。可她的父母并不支持她搞艺术类的东西,只想让她当一个普普通通的农民。于是,澄卉只能把这些充满童趣的作品画在桌子角和墙上,让人觉得这是很久以前就留下的古老痕迹。

一天,一个春光满面的姑娘来到了雪花飘。这个乡村之所以会取这么一个美丽的名字,是因为满村的芦花。风一吹,这些白如雪的小精灵就翩翩起舞,仿佛下起了鹅毛大雪。那个姑娘出生于这儿,她的皮肤洁白似雪,水润如梨。一双富有迷人色彩的大眼睛眨动着,双唇微微张开,脸颊处泛出红晕,漂亮的瓜子脸上绽放着灿烂的笑容。

她走到一间老屋子前,轻轻地敲了下门:"爸、妈,我回来了。"

见没人答应,她又敲了敲门:"爸、妈,是我,月月,月月回来看你们了。"

屋里仍然静悄悄的,似乎隐藏着一丝诡异。

那个姑娘有种不祥的预感。

"这位姐姐,你在干什么呢?"澄卉停下手中的画,走到了她家邻近的那栋屋子:"那是栋空屋子,里面没有人住。"

"空屋子? 不可能呀!"那个姑娘瞪大了那双水灵灵的大眼睛。

"那就是栋空屋子。"澄卉走到屋子前,摸了摸那副早已破烂不堪的对联,"一年前,这栋屋子的主人离世了,胡主任正想拆了它呢。"

"离世了!?"姑娘默默地念着,念了好几遍,甚至念得有些疯狂。她抚摸着那副对联,晶莹的泪花占据了双眼。

澄卉呆呆地望着哭泣的姑娘,不明白自己说错了什么。

澄卉走上前,轻轻拉起姑娘的手,问:"这位姐姐,你叫什么名字啊?"

"林似月。"她轻轻抽泣了一下。

"我叫余澄卉,读小学六年级。以后,我们就是好朋友啦!"澄卉如同幼童般摇着林似月的手,好像特别开心。

林似月十分勉强地微微一笑。这时,她的身躯仿佛变成了芦花,美丽大方、温文尔雅,让澄卉感觉到了她如芦花一样独特的美。

"卉儿,你跟谁讲话呢。"澄卉一转头,原来是妈妈回来了。她背着一大捆厚厚的麦穗儿朝澄卉走来。

妈妈走近一看,指着林似月:"孩子她爸,她,她不会是月月吧?"

爸爸盯着她,仔细地打量着:"她是月月,她就是月月!"

澄卉在一边听得稀里糊涂的:"爸、妈,你们在说什么?"

妈妈高兴得两眼放光:"卉儿,快,招呼你月月姐进来。"

"啥?"澄卉瞪大眼睛。

林似月就这样走进了澄卉家。

"孩子。"妈妈紧握着林似月的手,"这些年,苦了你啊!"

"您是……"林似月有些莫名其妙。

"我是你爸妈的朋友。两年前你刚走,我就搬到了这儿。"

林似月听了,着急地问:"阿姨,我爸妈怎么了?"

"唉……"妈妈沉重地叹了一口气,"那天,一户富裕人家家里着了大火,人们都不敢去救火,都怕伤着自己,而你爸妈却挺身而出,救了那户人家,他们却……"

"那为什么没有人告诉我?"

妈妈的声音在林似月耳边似乎变得又缓又轻:"本来,我们是去苏州找你的,可那儿根本没你的影儿。你的邻居告诉我,你是因为工作而被调到了其他地方,也不知道在哪里。我们只好回来了。"

林似月痛苦地闭上了满含泪水的眼睛。

"你就在这儿住些日子吧,我和卉儿会照顾你一段时间的。"

## (二)

林似月在这儿住下了。

她发现,澄卉画画的底子非一般人能及,要是好好调教,将来肯定能成为顶尖的绘画大师。

"你画画的潜力非常不错,过几天,我就要进城里去,帮你买来专业的绘画材料。"林似月对澄卉说道。

她每天都会抽一些时间陪澄卉画画。

今天,澄卉画的是一个人站在广阔的田野上,欣赏着优美的田野风景。林似月看了,扑哧一声笑了出来:"澄卉,你这画的不就是我吗?"

澄卉说:"月月姐哪有那么丑! 对了,月月姐,你离开苏州后,住在哪儿呀?"

"一个有网络的地方。"林似月用手托着下巴,"那地方叫上海,离苏州还不算远,可离这儿可有十万八千里。"

"月月姐原来住在上海呀! 那也真够远的。"澄卉嘟囔着。

"好了,画你的画去吧!"林似月笑着推了澄卉一把。

林似月这开心的日子一过就是两天。

放学后,澄卉一个人跑到小店里,买了一支崭新的10厘米的白色粉笔。

买完粉笔,澄卉兴冲冲地赶回家,却忽然想起了爸妈的警告。

"如果你放学回来身上再带着一支粉笔,我就把你的零花钱全部没收,叫你再碰粉笔!"

澄卉顿时十分沮丧。她知道,如果她回去了,那么就要和她亲爱的粉笔说"再见"了。

她只能选择不回家。

妈妈见澄卉迟迟没回家,便知道了澄卉的企图,她悲叹道:"卉儿,你怎么就不听妈妈一句劝,做个妇道人家,普普通通过完一生。干吗净像那些城里人一样搞艺术呢?唉——"

爸爸骂着:"余澄卉你个畜生!你要是敢回来,老子就打死你!"他顺手把灯关掉,做出一副"不管她"的样子。

这时,外面下起了倾盆大雨,哗哗的雨声,似乎在鼓励澄卉快快回到自己的家。

澄卉其实早就回来了。她踌躇不前地站在门口,最终还是没能跨出这一步。

透过窗户,林似月凭着极好的视力看到了一个模糊的小小身影。她惊叫一声:"澄卉回来了!"

林似月不管三七二十一冲出家门,拽起澄卉,说:

"澄卉,回家吧!"

澄卉犟在那里,纹丝不动。

林似月心一横,就陪着澄卉淋雨。

那盏灯有一丝微微的亮光。

突然,"咚"的一声,林似月转头一看,失声大叫。

"澄卉!澄卉!……"

霎时,那盏灯仿佛听见了召唤,亮得火红火红……

## (三)

澄卉这一倒,病得可不轻。眼见着就快升初考了,这样下去可不是办法。看着脸色苍白的澄卉,林似月心里只能干着急。

五天过去了,澄卉的病才有些好转。这天已是星期五,再过三天就是升初考。澄卉觉得,自己要是再不补补,是考不到好初中了。

她勉强起床,林似月帮她把课本拿来,放下教她画画、干农活的这些琐事,和她一起补习和复习。此刻,在澄卉的脸上,苍白荡然无存,取而代之的是欢快的笑容。

## (四)

今天就是初考,澄卉收拾好书包,充满信心地走向学校。

不知是什么原因,考试时间被延后了一个半小时。在这段时间里,她只好不断背课文,背定律,尽量让自己做到最好。

考试终于开始了。澄卉按捺着各种各样复杂的心情,仔细地答卷。

收卷的时间到了,澄卉心里悬着的石头落了一半,另一半还要等拿到成绩单时才能落下来。

当澄卉手捧成绩单时,她简直不敢相信自己的眼睛。她竟然考上了最好的中学。一直听在那里读书的邻居姐姐说,他们的美术老师是最厉害的,她心里的梦再次翻腾起来。是呀,只要执着追求就会成功!

这次,澄卉激动得差点晕了过去。她终于可以脚踏实地、兴高采烈地回家了。

"妈,我考到了最好的初中!"澄卉一到家,就大喊大叫。

"真的? 真的!"妈妈高兴得也快疯了。

"对了,妈,月月姐呢? 怎么没见她人啊?"澄卉东张西望。

妈妈眼里兴奋的眼神顿时暗淡下来。她叹了口气:"月月她走了。"

"走了?"澄卉开始怀疑自己的耳朵了,"妈,您别开玩笑了。"

"她真的走了。她的公司有急事,不去会被开除的。我相信,她是万不得已才回城去的。"妈妈说着,从抽屉里拿出一样东西,"喏,这是她一定要留给你的。"

澄卉脸上的笑容顿时僵住了。她瞪大眼睛一看:是一盒五彩斑斓的水彩笔。

她冲出门外,想在泥泞的土地上寻找月月姐的脚印。

"她等了你一个小时,才走的。"妈妈说着,又叹了一口气。

澄卉的眼里顿时一片白色。她看见了芦花,她幻想着上海,幻想着自己的梦。远方的上海,离她很远很远,远方的林似月,离她很远很远,可是在芦花丛中飘飞的梦却离她很近很近……

# 远　方

湖州市南浔区锦绣实验学校604班　胡可欣

指导老师：陈　霞

柿子树旁，老房子里，小河边到处都有我的踪迹，我那金黄色的童年已漂向远方，我远望着她的背影，拾起一张纸，捡起一支笔，一字一句，刻画下我最美的回忆。

——致童年

记忆中的我和你

冬日的夕阳，透过密密匝匝的枯叶缝，照在我的身上，坐在石墙上的我，暖洋洋的，无限地享受着冬天带给我的美好。手捧一本小说，沐浴在阳光下，静静地，等待着……

"踢踏——踢踏——"耳边响起了熟悉的脚步声，她朝我走来了，我们眼神交流后，她就在我的身旁坐下了，不说话，但心有灵犀。她，就是我的表姐，一位真正的农家小妞儿：一身朴素过时的布衣裳，偶尔会在外面穿件棉袄，穿条肥大的黑棉裤。在阳光下那头又粗又黑的头发，泛起了光泽。一开口，便是地道的家乡话，那带溜儿的话语听着心里舒服。小时，做姐姐的她总是牵着我的手东边走走西家坐坐。那时起，大手拉小手便成了村里每日出现的画面。

那一年的冬天格外暖和，我们跑到后面的山上去，那山特别陡，山里姐的她当然已爬得得心应手了，可我这个城里娃总是大惊小怪。没有了表姐的帮助，我根本不能上山。终于到了山顶了，在这里可以看见整个村的景象。"大大小小家的狗又在打架。""是呀，是呀，你看那边儿，小外婆正在给孙子喂饭呢！""哈哈，你看……""哎哟，笑死我了，哈哈……"我们肆

81

无忌惮地跑着,笑着。瞧,那儿有一片林子!我们跑了进去,冬日的阳光尤其好。在干燥的地上铺一块布,我们脱去棉衣,把它们挂在树枝上。靠在粗壮的树上,半躺地望着天空,太阳光并不刺眼,斑斑点点、零零碎碎地投下来,照在我们的身上。

还记得曾经午后的我和你:

春风徐徐,杨柳依依,你拉着我在河边放纸船。

鸟语蝉鸣,万木葱茏,你带着我一起捉蜻蜓。

秋风红叶,稻谷飘香,你和我一起摘野莓子。

白雪茫茫、玉树银花,你和我一起堆一个我们。

我记得鸟语花香的春天,记得枝繁叶茂的夏天,记得秋风瑟瑟的秋天,记得粉妆玉砌的冬天。也记得记忆间手拉手的我和你。


记忆中的她

我迎着一轮红日,向前走,看到土壤里冒出青草的嫩芽,看到树丛间奔跑跳跃的松鼠。我迎着透过窗缝的一缕阳光,向前走,隐约中,看到在田野里勾着腰的她。

她,不急不慢,扯着地里的杂草。扯一些,并不急于扔掉,而是把它们捆在一起,然后集中搁在一棵树下。累了,便把背篓翻过来坐一会儿。风里,那短发,早已变白,那双饱经风霜的手布满了大大小小的茧。每天她都把工夫花在那块菜地和那棵树上。地里,绿油油的蔬菜是不会断的,当那棵树结出灯笼似的柿子时,她的笑容竟如孩子般甜蜜。除了爸妈,她是我最爱的人,同时我也是她最疼的人。我的外婆!

夏天快要结束了,天也暗得很早。我沿着那条石子路,费力地往上走着,没有路灯,借着昏暗的月光延伸到看不见的黑色尽头里。

这一带都是低矮陈旧的平房,它们零零散散地分散在小河旁、陡坡上、田野中、高山里。树,被风吹得沙沙作响,我一拐,到家了。

阿婆坐在房外,怀里抱着小黄狗,她用手理顺小狗身上结成团的毛发,屋后的高山就这么毫无顾忌地压下来,人和倒影重重叠叠,一团漆黑。

"阿婆,我回来啦!"我拿出口袋中朋友给的糖,像战利品似的在阿婆眼前晃了晃。

"回来啦,呵呵……"外婆伸手去接我的糖。她身后的小黄狗一颠一颠地蹿到房里,不久后,那声控灯亮了起来。

"楼上的药熬好了,快去喝吧!"

……

"哦,还有啊,这几天快开学了,爸妈要来接你回家啦!"阿婆说。

"哦。"怎么这么快啊,我咂咂嘴,想摆脱那药的苦涩。我在门上寻找着锁眼,可脑子里还在想着别的事。钥匙屡屡落空。

然后,灯灭了。霎时间,真难过。

星期六,我们很早就起床了。今天早晨,不知道为什么阿婆在洗好脸后用那双粗糙又宽大的手沾上雪花膏,一遍又一遍地擦着我的脸,山那边,太阳才刚刚升起,一眼望去,一大摊红晕。阳光照在田野里,把人们和庄稼映得红彤彤的。

不知道走了多长时间,看过多少景。终于停了,停在了村口。葱葱茏茏的竹子和树,每一片叶子上都有太阳的光辉在闪耀,同样耀眼的是那三个今年才放在路旁的金属大字:茅山村。

坐在来接我的车里,我紧紧地抓住阿婆的手,一刻也不肯松,阿婆把带来的收音机打开,那双手一动不动,她好像睡着了。汽车驶进了隧道中,很暗很暗,虽然有一些灯。一些零碎的光片,透过那个洞口越来越大了,一下子,眼前一片明亮。车子开出了隧道……汽车一直不停地开着,一直不停地颠簸着。路好长。

到家了。吃着妈妈的饭菜。妈妈说城里人烧菜不放太多油、盐。整个暑假吃惯了外婆一向油腻的饭菜,这时竟让我有点无从下口。外婆的饭菜虽然偶尔太油腻,虽然偶尔太咸……

"哗",外面下起了大雨,城市里每一个窗口都前前后后亮起了灯。我讨厌下雨,因为我觉得雨是天空在哭泣。城市里一连下了好几场雨,天气开始变凉了,也就意味着外婆要回去了。

# 一直往大风吹的方向走去

阿婆回去时是个晴天。我在她身后一直跟到楼下,她又转身来看我,蹲在我面前摸我的脸,我的眼里都是泪水,怕眨巴一下,它就会落下来。外婆从口袋中拿出一袋巧克力豆给我,我吃过一次,她便以为我喜欢。

"看巧克力好不好吃啊?啊,听话。"阿婆满脸是笑容,阳光也虚伪地越发灿烂。

她,分不清巧克力与麦丽素。

她,分不清菜里该放多少盐。

她,分不清网球拍与羽毛球拍。

她一直告诉我要好好念书。

然而,我知道。

能天天站在冷风冷雨中等我回家的,只有外婆一个人。

"走啦,想外婆了就回去看啊?"外婆拾起箱子。

我点点头,不敢说太多,我怕我忍不住。

小黄狗跟在后头呜呜吱吱,不断地扯弄外婆的裤管。我望着她的背影,树林中那个背影越来越小,直到消失在转弯处。

"外婆!我知道!"这种喊声传得很远很远,可惜她没能听见。

泪水终于忍不住了,流下来,不想和外婆分开,我只能在心里默默地说着:

外婆,再见。

如今,真的不可能再见了。

我好想回到那天真烂漫的儿时,您看着我奔跑在一望无际的稻田中;好想回到那阳光灿烂、春暖花开的午后,我和您一起在树下吃那香喷喷的酥饼;好想回到白蝶纷飞、百鸟争鸣的黄昏,您抱着我,用那亲切的话语向我娓娓道来年轻时候的故事;好想回到枝繁叶茂、风和日丽的清晨,您带着我来到田野中笑眯眯地看着树上的果实。

外婆,你看见了吗?那飞舞的白蝶、紫野花的微笑、棕色的树枝、甜甜的酥饼。

那些散落在记忆中的阳光和风,若是能再来一回该有多好!

高山中流下的水,慢慢地,汇聚成一条河。你要流向哪里?可否带着我的思念,流向我所留恋的远方。

# 不 归

桐乡市振东小学602班　陆佳蕾
指导老师:徐新鸿

伴着恐怖的吼叫声,还有物体碰撞的巨响,她们终于逃离了那条阴暗的小巷,住着"吸血鬼"的小巷。

北倚睁开眼,望向身边的妈妈。她紧闭的双眼,紧锁的眉头和凌乱枯燥的头发……处处显示着她的痛苦不堪。北倚第一次感觉到妈妈身上仅存的半点勇气,同时她又深深地相信,妈妈永远都是懦弱无能的,她这一辈子就只能被懦弱缠身。因为她的脸上有一道道纵横交错的泪痕,而北倚却没有。

摸向外套的口袋,薄薄的凸起让北倚很不悦。披上衣服,走出了旅馆。径直走向对面的药店,换回了瓶瓶罐罐。循着记忆的路线,又换回了两个白面馒头。

当妈妈醒来时,北倚正坐在椅子上,盯着桌上的钱出了神。

"北倚?"

北倚转过头,淡然地看了她一眼,拿给她两个白面馒头。

"怎么是两个,你吃了吗?"徐丽依旧唯唯诺诺地问着。

"吃了,你快点。"北倚不耐烦地催促,徐丽赶紧狼吞虎咽起来。北倚在她边上摆上一杯水。

北倚坐回椅子,盯着桌面,若有所思。

一只枯瘦的手闯进她的视野:"北倚,我吃不下了。"抬头看了看徐丽,北倚沉默着把剩下的半个馒头装进塑料袋,连带着桌上的钱塞进自己的口袋。

"走吧。"

徐丽跟在北倚的后面没再多说一句话。在街道与街道之间不停地穿梭,酸肿的双腿让她忍不住开了口:"北倚,我们去哪儿?"

前面的她停下了脚步:"我也不知道。"

"我梦见过一个地方,碧蓝的海水、金黄的沙滩、还有棕色的大石头。"

北倚皱了皱眉头,很显然,她不知道那是什么地方。准确地说,几乎每片海都是这样的。

徐丽望着北倚,一直沉默着。

"没事,我们慢慢找。"

她拉着徐丽的手,走过小道,穿过人潮,用剩下的钱买了两张长途汽车票。

背着一个破旧的蓝背包,那里装着她心爱的画笔,一瓶晕车药和半个馒头。她和妈妈挤上了汽车,坐在偏僻的位置。陆陆续续地,又有许多人上了车,嘈杂的声音让她心生烦躁。汽车已经发动引擎了,开始缓缓地驶出。突然一个猛的急刹车,引起一阵惊呼。一个披着棕色皮衣,头戴黑色鸭舌帽的人站在车门口,蓝色的医用口罩遮住了半张脸。他一步步地往里走,坐在离徐丽不远的位置上。拿出银质的打火机,娴熟地点燃了一支"利群"。

男人阴沉的气息不由得让北倚多看了几眼,北倚没理由地认为他很像自己身边的某个人。

但愿是错觉吧。

脑袋昏昏沉沉的,北倚看了看身边熟睡的妈妈,也入梦了。

不知过了多久,汽车停在了休息站。

北倚迷迷糊糊地醒了,就在这一瞬,翻天覆地的感觉侵占了她的胃。北倚拼命捂住嘴,慌忙地跑下车,在路边呕出了一堆酸水,靠着墙呼呼地喘气。休息片刻,她从包里拿出一瓶药,倒出一粒,干嚼着吞了下去,苦涩蔓延了整个口腔,又拿出水和先前的半个馒头。馒头已经硬了,北倚含着水,掰下一小块馒头,塞进嘴里,等馒头软了,再慢慢咽下去。

半个馒头没多久就吃完了,北倚平缓一下呼吸,回到车上。

北倚望着沿路的风景，心底涌上一丝不安。回头看了眼徐丽，沉默不语。

汽车终于在终点站停下，推醒了徐丽，两人毫无目的地漫步在路上。这里不是市区，没有海，海在市区的东面，而她们在西边，要走很远的路才能到。

与北倚相比，徐丽的精神好了太多，她已经迫不及待地想看到海了。

于是步行，在暗沉的夜里步行。没有月亮更没有星星。凡·高的星空果然是骗人的。一盏接一盏的路灯照着北倚和徐丽，长长的影子让她们显得特别落寞。

麻木的双脚承受着脚心产生的刺痛，北倚的步调缓慢，但是她的长腿使她可以跟上徐丽的节奏。

转了一个弯，继续往前走。渐渐地，开始有车子划过她们的视野，从几辆电瓶车，变成几辆汽车，又变成了十几辆。快到市区了。穿行的车辆越来越多，五彩缤纷的霓虹灯让徐丽非常兴奋。

她开始奔跑，即使脚上穿的只是一双破旧的单鞋；她正在奔跑，尽管腿上全是疼痛的伤痕。北倚第一次看见如此疯狂的徐丽，哦不，是妈妈。她也随着她奔跑，细长的腿瞬间就追上了妈妈。两人的长发随风飘荡，飞舞。

几乎是一口气就跑到了市区，但她们却还在跑，不让这种疯狂停止。北倚隐隐觉得，这是第一次，也是最后一次。


"嘿！停下！"

北倚朝着右边，叫住了奔跑的徐丽。徐丽向后转去，疑惑地看着北倚，顺着北倚的视线——海！是海！就是海！

"啊——"徐丽发出了兴奋的叫声，甩掉鞋子，冲向大海，扑进浪花中。

小孩子一样的妈妈，第一次发出尖叫的妈妈，第一次看到大海的妈妈。虽然海不是碧蓝色，沙滩也没有金黄，更无棕色石头的踪迹，但她玩得依旧很开心。

北倚从来都不会哭，不管被那个男人打得多惨，也不会哭，就像没有泪腺一般。但这一刻她想哭，因为妈妈很开心，很幸福。

她想哭，看着妈妈在海中戏水的模样，那么激动，那么兴奋。妈妈的偏黄长发已经被海水打湿了，弯弯的笑眼和嘴角，脸颊染上了朵朵红晕。微凉的夜风袭来，只穿着短袖和短裤的她依旧高兴，在沙滩上堆起了两个小人。

不知何时，徐丽才肯停下来，躺在沙滩上，和北倚一起休息。

耳边传来均匀的呼吸，徐丽睡着了。

北倚从背包里拿出一条薄薄的毛毯，给妈妈盖上，自己也睡了。

暴躁的吼声和尖叫硬生生钻进北倚的耳朵。她连忙站起，看着眼前的两人。几乎是一瞬间就知道发生了什么，抓起地上的毛毯塞进背包，将背包背起，深深地望着被揪住头发，扼住脖子的徐丽，又愤恨地看了看那个男人，棕色黑色蓝色混杂在一起，引出北倚眼神中浓浓的厌恶和惊恐。

北倚逃了，她丢下了徐丽，自己逃了。绝望充斥着徐丽的身体。她被男人带回了小巷，住着"吸血鬼"的小巷。

双腿已经麻木，北倚捂着嘴，所有情绪随着晶莹的泪水溢出了眼眶。

……

三年，整整三年过去了。

北倚背着蓝背包，站在小巷口，百般犹豫。

"诶诶，你听说没，那个姓穆的被找到了！"

北倚的心猛地一沉。

"被找到了？被判刑了吧？"

"当然！这个狼心狗肺的混蛋，老婆对他这么好，欺负她不说，居然把老婆活活折磨死了！真是？……唉！"

"老婆？那个叫徐？……徐？……"

"徐丽！瞧你这记性。"

一种撕心裂肺的痛狠狠扎进北倚的身体。她不敢相信这一切，眼泪毫无预兆地流下。

北倚给自己留下足够的钱，将剩下的纸币给了一个老乞丐。买了车票，坐上偏僻的位置。汽车启动了，可惜没有突然停下。拿出一瓶药，里面的晕车药已经为数不多了。拧开瓶盖，手臂伸向窗外，将药全部倒光——她知道自己已经不需要了。

和之前一样，步行，再奔跑。脚还是一样的疼。扑进海浪中，吹着夜风。感受着冰凉刺骨的海水一点一点地将自己全部包裹住……

一个月后，A市举办了一次凡·高画作的展览会，在《星空》的左边摆放着一幅画，画着碧蓝的海水，金黄的沙滩，棕色的大石头，还有海浪中的人。

画作名叫《远方》，作者——佚名。

# 橄榄树
## ——远方

桐乡市凤鸣小学603班　陆雨甜

## 引　子

不要问我从哪里来

我的故乡在远方

为什么流浪

流浪远方

流浪

为了天空飞翔的小鸟

为了山间轻流的小溪

为了宽阔的草原

流浪远方

流浪

还有

还有

为了梦中的橄榄树

橄榄树

不要问我从哪里来

我的故乡在远方

为什么流浪

为什么流浪远方

为了我梦中的橄榄树

——齐豫《橄榄树》

# 一直往大风吹的方向走去

## 浙江省少年文学之星经典作品选

### （一）

白苏坐在娘的怀里，看太阳缓缓射进巷子，射进房梁的燕子窝里，惊飞了春燕。娘望着巷子的尽头，眼睛都要望穿。白苏会一次又一次地问："娘，你在等谁？"娘总会说："我在等囡囡的爹，他在远方啊。"娘还说天上弯弯的月亮圆了，爹就会回来。

白苏跟着娘一起等。

半载光阴，月亮圆了。

白苏趴在报纸糊着的窗沿上，看着月亮升起又落下，听到邻居一家人聊天的声音渐渐消失，那个想象中的男子还是没有来。

第二天曙光漫天时，白苏走下楼去。白苏看到娘平常盘着发髻的头发凌乱地披散着，眼眶红红的，神情憔悴。白苏走到娘身边，娘摸着白苏的头，说："囡囡，明年爹一定会回来！"娘的眼中一瞬间有着说不出的苍老。

七年前，我和一个男子结婚，我守家，他外出打工，他向我承诺，中秋节就回家。我静静地等，直到八月十六的太阳冉冉升起来，看空中朝阳红似血。

几个月后，我生下了一个女婴，也就是白苏，我就抱着她一起等。

又是一年中秋时，他依旧没来，白苏下楼时我看见她眼中的失望，我安慰她说，她爹明年就会回来。或许这句话也是自欺欺人、掩耳盗铃的吧，因为我至今还是无法接受这个现实。我想对白苏说一句"对不起"。

——白苏母亲

### （二）

白苏背上了书包，走进了小巷里的学堂，娘身体不好，白苏总是自己上学。

白苏缺少父爱,经常被欺负,所以白苏经常跑到学堂的一个废弃的侧院里,倚着一棵橄榄树,看着云从头上缓慢无声地飘过去,飘到世界的那一半,如同躺在河底,看水面上的落叶默默地飘过来,再飘向远方。

我们也觉得白苏挺可怜的,她和我们不一样,她没有爹。

——白苏同学

## （三）

娘身体越来越不好,终于在小升初的那个寒假,丢下了白苏在这个世界。那个让娘牵挂了半辈子的男子,没有出现。

白苏笑了,用笔在日记上写道:

娘去远方了,去找那个男子了。她一定会幸福的。

白苏为娘体面地办完了葬礼,忽然发现这个深巷已经没有什么值得自己留恋的了。

白苏把自己家的门锁换了,把新钥匙扔进了水井里。这扇门自己再也打不开了,连同不堪记忆一起尘封了起来。

白苏要去小巷外面上初中。

白苏在走出巷子前,最后望了一眼自己的家,她告诉自己,远方正等待着自己的到来!

白苏是个苦命的孩子,希望她也能去看看外面的世界,不要被这个有着她伤心事的小巷束缚了。

——白苏邻居

## （四）

时光如流水。

白苏用娘的积蓄上完了初中,可是高中的学费白苏实在负担不起了。她,辍学了。像那个记忆中的男子一样,在社会里打转。

白苏没有好学历,找不到条件优越的工作。感到自己之前的宏图壮志有多么的不真实。可是这又有什么办法呢?白苏只得在一个私营企业里做最底层的活,拿最微薄的工资,和一群抽劣质烟的四十左右的女人生活在一起……白苏默默地忍耐,她相信自己会熬出头的,会坐在舒服的皮椅上,会开上属于自己的车。

可现实并没有给白苏这样的机会。

年三十,老板没有付工资,消失了,只留下一堆烂摊子。中年女人们知道要不到工资了,跪在破旧的宿舍里痛哭不止,抽着一支又一支的劣质烟,对着空气破口大骂,将漏水的搪瓷盆摔得乒乓作响。白苏颓废地将头埋在被子里,可她没有哭。中年女人唤她抽烟,白苏不会,可还是接过了一支烟,把残存的希望和烟气吸进肺里,那种烟气弥漫全身的感觉,既麻木又充实,然后再把所有的悲伤都一起随着烟气吐出来,白苏从一个女人那抽完了半包烟,她和女人们一起说粗俗的语言,一起号啕大哭,一起躲在一户人家的墙头听《春节联欢晚会》热闹的歌声。

这是白苏在远方度过的第五年。

这个孩子好像经过很多事,和我印象中这类的女孩子不一样。

——中年女人

### (五)

正月初六了,白苏和中年女人们的钱快要用完了,只留下一地的烟蒂,以及吸入肺中的尼古丁。和女人们商量后,她们决定把这工厂里的旧器物变卖成一些钱,用来买方便面和劣质烟。

白苏和女人们要搬走了,她心中忽然不想离开这些中年女人,不想离开混着烟味的宿舍,曾经的厌恶在岁月的碾合中慢慢变成依赖,变成习惯。

白苏在走出斑斑锈迹的铁门时,一个十六七岁的女孩用厌恶的眼光看着自己和中年女人,其他中年女人定也看到了,但她们只是继续说说笑笑,抬起头继续前进,心中也有痛苦与无奈吧。白苏苦笑:自己一年前也是这个模样?时光带走了我和女孩一样的稚气,可是又为我带来了风尘中那胭脂俗粉的气息?终究还是回不去,回不去在橄榄树下流泪的日子。

中年女人大声吆喝白苏快一点,白苏向女孩飞快地笑了一下。女孩躲开了。白苏看到她眼中的清高,她自己和那些女人曾经都有过的那种摒弃世俗的自命不凡,可终究还是躲不过时光。

白苏没有再看她,走上了拖拉机,随后和女人们消失在了车轮卷起的滚滚尘土中。

在车上,中年女人们唱起了邓丽君的歌,没有那般温和婉转,却有风霜的味道。白苏问她们自己该去往何处,一个女人笑了笑说:"去远方。"

我讨厌那样的女人,也不喜欢这其中的一个女孩,不过她看上去有些与众不同。

——十六七岁的女孩

## (六)

车停了,这是一个灯红酒绿的小县市,夜幕中,灯火阑珊。

一个中年女人告诉白苏,她们有一个老朋友,开了一家地下酒吧,她可以去那里当端茶送水的。白苏没有说什么,生活让她不得不去接受各种各样的事实,告诉她:如果你没有资本,就没有权利去挑选。

在那个中年女人的带领下,白苏进了地下酒吧,烟的味道在打开门的一瞬间和着驻唱歌手的歌声一泻而出。那种烟味比宿舍里的纯正了许多,白苏攥紧了衣袋里的劣质烟。中年女人带她见了老板——一个瘦削的女人,就像电视剧中精明女人的形象。中年女人跟酒吧老板聊了几句就匆匆离开了,中年女人走后,酒吧老板让白苏换上服务员的衣服。白苏拿着衣服,走进了卫生间。关门之后立刻把衣服放在一边,拿出被手握得潮潮的劣质烟。她又看着外面一支支名牌烟,一下子感到面红耳赤,立刻把自己的劣质烟折成几段,放在水槽里冲掉了。白苏决心再也不抽劣质烟,心中对那几个让自己抽劣质烟的中年女人厌恶起来。

换好衣服,白苏拿着行李和一群二十出头的青年女子住在一起,这间宿舍比之前和中年女人挤在一起的宿舍宽敞了一些,条件也好一些。白苏简单地和青年女子们打了一个招呼,可没有一个人抬头看一眼,每一个女子都化着浓妆,穿着紧身的裙子,只是彼此对望了一眼,干笑了一声。白苏也没有再多说什么,找了一张空床铺开始把行李一样一样拿出来。白苏明白,在远方总有许多事情需要自己去适应,自己再也不能以自我为中心。

大姐让我收留一个女孩,她好像很文静。不过如果不出意料,几周后她就会离开的。

——酒吧老板娘

（七）

"叮",门开了。走进来一个同样是妆容夸张的女子,她打量了一眼白苏,转身说:"晟,有人找你。"白苏听不出她的语气,也看不到她的表情。随后有一个高挑的女子站起来说:"喂,要不要去看看呀?"说完,除了刚进来的女子和白苏,其他人都站起来了,她们瞄了一眼刚进来的女子,跟在那个高挑的女子后面走了。

"你好,我叫白苏。"白苏望着她。

她回过头来:"我叫筱。"

"那个人是谁?"

"晟。"

"为什么她们都跟去?"

"你没必要知道。"

"为什么你没有去?"

"你不用知道。"

"那我什么可以知道!"

"你什么都不用知道。"

白苏没有再问,只是躺在自己的床上,想那几个中年女人。

过了一会儿,筱说:"从来没有人会在这里多待过一周,她们都受不了别人的偏见。"她走到门口,推开门,回过头来,问:"你受得了吗?"

筱出去了,宿舍里一个人都没有。白苏叹了口气,问自己:"我受得了吗?"

没有回应。只有门外传来驻唱歌手的歌声:"不要问我从哪里来/我的故乡在远方/为什么流浪/流浪远方/流浪……"

她太好奇了,她一定会受不了这里。不过我觉得她看上去是一个挺老实的人,如果可以我想跟她试着做做朋友。

——筱

## (八)

在地下酒吧里风平浪静地过了几天,白苏除了在第一天和筱说了几句话,就再也没有和她交谈过,除了工作就是在想自己的过去:其实在不断长大时,我们不也在离那些幼稚单纯的过去渐行渐远吗? 那些也在默默中变成远方了吧。白苏想到这里不禁暗自苦笑了。

"别人都没有胶水,你有胶水吗?"白苏抬头,一看原来是晟。

"有。"

"借我一下行吗?"

"可以。"白苏边说边把胶水递给晟。

晟没有说谢谢,坐到自己床铺上,从床底拿出一双高跟鞋,很漂亮,只是有一只鞋的跟断了,她用胶水把鞋跟粘起来。白苏看到那鞋跟貌似被粘好了,其实却脆弱得很,只要用脚往地上使劲跺一下,这鞋跟就会再次裂开来。晟却似乎并没有关注到这一点,她用好后把胶水还给白苏,并告诉她不要把她粘鞋跟的事说出去。白苏听了,没有说什么。

白苏不知道接下来发生的一连串事,都因这一瓶胶水而起。

看上去那个新来的姑娘有点胆小，她应该比较识时务，不会发现什么吧。

——晟

## （九）

白苏正在给人送酒时，大厅里忽然传来玻璃摔碎的那种清脆的"乒乓"声。白苏连忙上前一看，筱摔在地上，托盘上的玻璃杯碎了一地，酒也洒了，鞋跟断成了两节，白苏一看这正是晟之前粘过的那双高跟鞋。白苏看了一眼晟，轻轻说了一句："你是故意的吗？"晟当然听不见。

没有人管筱，驻唱歌手继续唱着流浪的歌，顾客继续喝着度数很高的酒，好像什么都没有发生过。酒吧老板娘走过来一看，脸上先是恼怒，之后又是轻蔑，末了又变成尴尬。

白苏正要上前扶筱起来，忽然看到晟正注视着自己，她刚走了一步便退后了。

过了一会儿，筱自己站起来了，脚踝处有一大块青紫，狼狈不堪。筱望了一眼白苏，干笑了一声，眼中看不出她的心情。

白苏回到了宿舍，晟已经在里面了，她走过来对白苏说："你应该去扶她。"

白苏感到可笑："你是故意的吗？"

"是的。"晟没有避讳。

"为什么？你就不怕老板骂你丢了饭碗吗？"

"不会！"晟肯定地说。

白苏没有再问。晟也没有再说什么，径直出去了。

白苏一个人待在宿舍里，翻看小时的日记，其中她在一句话的后面，重重地写上了几个字，连起之前的话语，拼成了一句支离破碎的句子：

娘去远方了，去找那个男子了。她一定会幸福的。可是现在，娘，远方真的像你说的那么幸福，那么快乐吗？我现在真的到了远方可我为什么感觉不到啊！

她和晟是一伙的吗？她好像瞒着我什么，而且跟我今天的狼狈有关。

——筱

## （十）

白苏从睡梦中醒来，所有人都安静地睡着，只是筱的床铺上已经空空如也。

——筱离开了，没有人注意，也没有人关心。在远方，也许能顾上自己已经很不容易了吧，可白苏还是走出门去。

筱站在酒吧门口，身上背着重重的行囊。

"筱！"白苏走上前去。

"别过来，我不想什么都不愿意告诉我的人靠近我。"筱的手紧紧地攥着门把，没有回头，听不出她的语气。

"不要走，如果离开了这里你怎么生活？你会无处可归的！"白苏上前拉住筱的手。

筱执拗地甩开了："我早已无处可归了，"随即笑了一声，"你是故意的？"

"筱，你错了，我只是迫不得已。"

"哦，那么说是故意的喽？"

"不……"

白苏的话语被筱毫不留情地打断了："别狡辩了，错的不是我，是你！"筱转过身来，手恨恨地握成一个拳头，全身微微颤抖着："白苏，你一直都只想着自己，丝毫没有想过别人，在你看来，你只是在不知情的情况下借了胶水，老板娘追究起来你也可以逃避责任，可对我而言呢？不过我也真要感谢感谢你，你让我离开了这个地方！"

筱说完转身离开了酒吧，她没有流泪，消失在黑暗的楼道之中了。

白苏失神地转过身，

——所有人正站在她身后。

老板娘赶我走了,都是白苏和晟干的!

我想悄悄地离开,没想到被白苏发现了。她到最后竟然还在狡辩,我讨厌她。也许我当时是有些偏激,可我觉得我说得没错:错的是白苏!

——筱

大家都被外面的争吵声惊醒,是白苏和筱。可能这件事我做得有些过分了。

——晟

## (十一)

白苏买了火车票,向着那个象征自己单纯岁月的小巷出发了,白苏回想这些年的经过,最终还是决定回到自己最初生活过的地方。

走下火车,循着自己残存的记忆,白苏回到了小巷。当初的小巷早已变了模样,一幢幢高楼上的玻璃晃得刺眼。

小巷变了,自己也变了。想起来多可笑啊,不只是"物是人非",连一切的一切都没有了当初的模样。

天瑟瑟地下起雨来,雨珠顺着白苏的头发滴在额头,又顺着睫毛划过眼角,最后顺着颧骨、脖颈,流入毛衣里。

白苏自嘲地笑了。

雨越下越大,白苏只能找一个地方避雨。她不知道问了多少人,终于模模糊糊地找到了自己家的地址。

虽然白苏知道自己的家肯定已经不在了,却还是想去看一看,白苏拦了一辆出租车,坐上了车,车子启动了,白苏湿淋的衣服在椅子上留下了一块水印,司机白了她一眼,眼神中尽是嫌弃。白苏感到深深的屈辱,简单地说了一下地点,就想先拿出钱包,免得等会儿下车的时候手忙脚乱。白苏的手伸进裤袋,却没有摸到钱包,白苏一阵心慌,把每一个袋子都翻出来——没有结果。

白苏的钱包被偷了。

白苏看了一眼计程表，说："师傅，对不起。我的钱包被偷了，您可不可以免费载我一程？拜托了，求求您了。"

司机立刻刹了车："呵，我又不是菩萨，我也不信行善积德这一说。你弄湿我的车先不说，还想免费?! 真是倒霉，快给我下车!"

白苏无奈，只得自己下了车，在雨中走到家去。

白苏在雨中走着，头发一缕一缕地搭在额头上，身前的一根灯柱上，映出她的模样。白苏自言自语："看映出来的那个人影，多可笑啊。大家以为她是乞丐呢……"


我载了一个女孩，她看上去有些可怜，可居然以钱包丢了为借口想乘霸王车？真是令人生厌！

——出租车司机

## （十二）

典当门口的"当"字被雨水淋得格外引人注目，白苏想到这里面去当一些东西，不然自己就只能睡大街了。

白苏将自己大部分东西都当了，接过了工作人员手中的两百多元钱，离开了当铺。白苏走出门去，眼泪止不住地流下来。白苏想到了十几年前，在雨幕中娘牵着自己的手，撑着雨伞，对着自己莞尔一笑……

雨越下越大，白苏觉得四周的高楼似乎缓缓被浓浓的云霭遮掩了，在雾色中显出一条狭长的小巷，自己好像变小了，娘牵着自己的手，撑着油纸伞，头上盘着一个抹过桂花油的发髻，笑着对自己说："囡囡，看身后——"白苏回过头去，有几个人：同学、中年女人、筱、晟……正向自己挥手、微笑，随后转身走入云霭的深处。白苏想让他们别走，却什么声音也发不出。"囡囡，向前看——"白苏回过头，一道光亮从某一点迸发而出，在狭小的空间中弥漫开来，一切云霭正在静静散开。在逆光中，有一个男子的身影——白苏看往娘的方向，娘的容貌也随云霭变淡了。

"白苏,向前看,过去的记忆早晚有一天会湮没在时光的洪流之中。你要坚强起来,远方还有许多值得你期待!"娘的声音回荡在空中。

白苏向前看去,光和男子都已不见。

天上有一轮圆圆的月亮,洒下柔和的光……

娘,我现在学会了接受和坚强,我一定能够在远方生根发芽!为了自己,为了您,为了您对那个男人的执着,为了未来,为了那颗眷恋着故乡的心,为了那双直视远方艰巨挑战的眼睛……我会努力打工上完高中和大学的课程,找到一个好工作,不辜负您的希望!

——白苏日记

### (十三)

雨停了,空气中飘着雨后的清新气息,CD店里飘出齐豫《橄榄树》的柔和歌声,城市仿佛在对着白苏微笑。

白苏莞尔一笑。

笑给娘看的,笑给那个男人看的,笑给路人看的,笑给城市看的,笑给远方看的,不管是笑给过去看的,还是笑给未来看的……

我之所以能够完成大学的学业,找到一个好工作,一路向前,走到现在,是因为一个幻境,它在我最颓废的时候拯救了我。我曾经以为自己生活不下去,一切都在挤对我。可我的心在慢慢平静下来的时候,才发现这世界如果给你关上了一扇门,一定会为你打开一扇窗。它一点一点地告诉我未来还很值得我期待,它让我学会悦纳苦难:我们也许看到了冰冻三尺之寒,却没看到雪后万物空旷寂寥的原野;我们只绝望于路远马亡,却看不到孤独的旅者以脚步丈量脚下大地的壮美。你也许觉得这很荒唐,但对我来说这是的的确确真心感受过的。人生苦难相随,如果时时绝望于过去,势必会被击倒。悦纳并不是逆来顺受,而是一种豁达的态度,这样我才不会止步于风风雨雨,而像一棵缀满白色花苞的橄榄树一样,微笑面对人生。

　　这就是我在远方许多年的感悟,我会把我的收获告诉我的孩子,我孩子的孩子,让他们不要惧怕挫折,让他们学会去悦纳它,让他们明白只有经过许多才会知道"家"这一个字所包含的沉重含义。

——白苏自传《涩橄榄》

# 记忆中的远方

湖州市德清县实验学校607班　费雨欣
指导教师：陆玲玲

## 迅　速

窗帘隙开了一条似有似无的缝,透出影影绰绰的微光,这象征着黎明的到来,但这却好似很空虚、很现实,真实得近乎虚无。

那看似如蚊子一般细小的声音,却因为我过度的烦躁以及瞌睡虫无端的打扰,变得如同背负着原子弹的俄罗斯轰炸机一般令人惊悚。

最后,我幼稚的心灵仍旧经受不起如此强烈的轰炸和冲击波,好吧,起床!

"喂,你看看钟! 墙上的,它没坏! 你还有二十分钟,今天可是你进入小学的第一天!"妈妈平时贤淑的样子却在今天消失了,看起来倒像个捣鼓精。

我垂着头,没吭声,心里总得嘀咕几句。哼! 有啥大不了,我甚至不知道,八岁的我是怎么用一种飞快的速度穿好衣服并把自己发射到卫生间里的,莫非是新学校的吸引力?

我刚刚坐在饭桌前,一盆热腾腾的汤面已放在了桌上,紧接着,便是外婆一个大大的拥抱。我感觉自己像是和一条大蟒蛇缠在一起,不过她并不想吃我。我深深吸了一口气,我闻到了她身上一向惯有的油腻味、葱味和酱油味以及那种说不出的味儿。她放开我,像慷慨的店主一样招呼我吃早饭,其实,她一向是那么热情的。

我只吃了两口就停住了,不是因为口味,而是……其实我自己也不知道为什么,只是毫无缘故地盯着白墙,筷子倒插在嘴里,像个没有生命的家伙。

"注意,别分神!时间不多了!"妈妈催促着我,就像车夫用皮鞭抽打不肯进棚的倔驴。我挑了几茎面,三口两口送进肚里。外婆从门廊里窜出来,塞给我一个白花花的馒头:"吃,别饿着。"

我背上书包,跟着妈妈高跟鞋"蹬蹬"的声响,摇摇摆摆地冲下楼,却听身后仍旧传来火烧眉毛般的叫声,外婆冲到阳台的"噼啪"声,接着,草地像是被微型原子弹投射过一样陷下了一个坑——我的水壶。

妈妈转身去捡,湿润的草茎弄脏了她的白皮鞋,粘上了草茎。这是一年后汽车油门上残存的草干所讲的故事。

## 校　园

车开到校门口时,已经是七点二十分了,看来,今天来报名的人不是一般的多,我跳下车去,妈妈牵着我的手,用极慢的速度踱到对面的人行道上。对于生活在自己世界的我,太阳升起落下是太阳的事,月亮从树梢那儿滑下来又是月亮的事,和我,这个世界上微不足道的虫儿,一只名叫费雨欣的小虫子,似乎一点关联也没有。但这座花园一般大的学校——实验,却和我搭建起了奇妙的关系。

校园比想象中大,我和妈妈走在广阔草坪边的水泥道上,而我却因为接触到新的环境而变得亢奋和活跃,就像一匹马,在巴掌大的连转个身都会撞着木墙的狭窄马厩中不安地躁动,甚至觉得这儿的草比哪儿都绿,这儿的花比哪儿都艳丽、芬芳,就算是一片前来破坏环境的干枯树叶,也会被我幻想成一只自由的枯叶蝶。整个校园在我稚嫩的黑瞳中,似乎没有一丁点儿瑕疵,一切都是完美的。

我一只手被妈妈紧握着,另一只手却停不下来,就像乡巴佬来到车水马龙的城市一样,看到什么都觉得新奇。当我看到新鲜的建筑和事物时,便伸出手来东指指,西点点,并发出欢快的声音:"妈妈,快看。"这时,我总会瞧见几个高年级的大哥哥大姐姐用一种鄙夷的目光看着我,那眼神分明在质问:这点东西,很有趣吗?我感到不好意思,便很知趣地停下来,乖乖地跟着妈妈走了。其实自己压根儿不晓得,几年后的我,也是用这种目光来看待那一年级的新同学的。

## 报名表

一张巨大的，红色的纸直愣愣地粘在公告橱窗上，上面用记号笔草草画出的分界线中，便是分配到各个班的学生的姓名。那黑色的粗而大的名字一个个、一串串、毫无生气地摆在那儿，像一双双不太有神的"眼睛"。

人流越来越密，妈妈焦躁的目光在红色的纸上扫动着，看着那些不太有神的"眼睛"，仿佛要找到一只属于我的，把它取下来。她的目光很急切，也很炙热，像一根火柴在红色的纸上一划，便能闪出火花。

我像是被推进汹涌的大海，滚滚洪流把我推来推去，小小的我像在大大的世界中迷失了自己，堵住了自己的嘴，只听见波涛汹涌的滚动声。

随着妈妈兴奋的目光，我渐渐找到自己的声音。"妈妈，有我吗?"我踮着脚，高声叫着妈妈，像是不会游泳的小鸟失足跌进冰澈的湖水，正高声叫唤着巢中的亲鸟。"有你，有你! 谢天谢地，是七班，陆老师的班。"妈妈一边说着，一边挤过人群来拉我的手。我幼小的心灵一时接受不了这翻天覆地的情况，就好似被莫名袭击的黑熊，绿豆般闪着银光的小眼睛充斥着困惑和惊异。

当妈妈拉住我的手时，我隐约感受到她的手心冰冷却显得湿润。在我的记忆中，妈妈从来没有这样过。

## 新老师

我抬头看看这栋名叫"教学楼"的房子，还挺高的。我曾幼稚地幻想，会不会有一天飞来一只白羽毛的大鸟，站在校园的楼顶上歌唱。便是到现在，那六年的时光，白色的大鸟也从未露面。

我走上楼梯，"啪嗒啪嗒"很好玩的样子。为此，我还多踩了几脚，妈妈不轻不重地在我脑门上拍了一记。我只是一个劲儿地笑，笑得很快乐，也很傻。

走到二楼，我踏进了小学中那第一扇门。那就是我的新老师，我刚见到她时,她的目光很柔和也很恬静,嗓音脆生生的,像是拨动的颤音。茶色的阳光透过窗帘,一小束,轻轻照在她的脸上。她的脸色看起来不好,大概是瘦的缘故吧,就像别人说我一样。妈妈跟她说话时,我一直很静地站在一旁,一直到她们把话题转移到我的身上。

"嘿,你叫什么名字?"这声音像是森林中披着白色头发的女精灵所发出来的。"啊!"我愣了一下,眼睛望到了她黑得晶亮的双眸。她又问了一遍。"我,我叫费雨欣。"我有点儿紧张,说话很不自然。

"嗯,很好听的名字。"她说起话来像水晶一样闪动。"我姓陆,叫我陆老师好了。"我一时朦朦胧胧,是小鹿的鹿吗?是女精灵身边的神鹿吗?我刹那间有点儿愁眉不展。

陆老师似乎看出了我的疑惑,她拿起粉笔在黑板上轻轻地写,写出了一个"陆"字。哦,原来不是小鹿的鹿啊,知道了真相的我一下子开朗起来,但又不免有一丝遗憾:为什么不是小鹿的鹿呢?

"要是能永远和这个人在一起就好了。"

这便是我第一次看到陆老师的感受。

## 上学第一天

我望了望车水马龙的街道,侧起小脸看看妈妈,她比平常更温和了,看起来是这样。"妈妈。"我叫了她一声,"我们过去了吗?已经有好多人了吧。"

"啊!"妈妈显得有点心不在焉,她发慌似的挠挠脖子,"那就去吧。"她拉起我的手。

进校门时,我一直回头了好几次,其目的也只是想看看妈妈还在不在,她那深色的眼睛还能不能在人群中找到。几个和我年龄相仿的孩子在校门口紧紧抓住爸爸妈妈的手,死活不肯放开,有的甚至哭起来,就像弱小的羊羔在独自面对恶狼时"咩咩"地呼唤。这种咿咿哇哇的声音使我的鼻子也有点酸酸的,有种好想哭的感觉。

要过多久才能再见到妈妈呢?我又禁不住往后瞄了一眼。"妈妈瘦瘦的身子,穿着平底鞋和运动服,显得好小哦。"我暗暗地想。

一天到底有多久?毕竟我以前从来没有离开过妈妈这么久嘛。这个问题现在想起来也许只是茶余饭后的笑料罢了,但那时真是困惑了我好久。我摇摇摆摆地走着,一直走到镶着白瓷砖的门廊前,再回头一看,妈妈不见了。"大概回去了吧。"我心里突然空空的,像是少了点什么似的。

"没有妈妈的时间里,我会孤单的,虽然有很多小伙伴,但总是不一样。"我横起袖子,往眼睛上抹了一把。"妈妈应该不会寂寞。"我自己对自己说着话。走廊边紫色的花飘来一股很刺鼻的味道,我打了个喷嚏:"小哈会陪着妈妈的,它铅灰色的毛总有那么点儿臭臭的,但这是狗的味道。"

我想着想着也不那么难过了,"啪啪"地往楼上跑去了。

## "吱吱"叫的椅子

又是一节烦人的语文课……为什么只上了不到一个星期就烦了呢?似乎这又成了个未解之谜。如此烦闷无聊的课堂,似乎连空气都变得很无味、干燥了,就像干燥剂的白色粉末一样呛人。我随着枯燥的音韵和语调,又一次打开了那本包着白色书皮的课本,心里一万个不情愿,还曾气鼓鼓地瞎想,要是有一天,栖息在教室盆栽上的最后一只虫子背着行李走了,那它临走时说的最后一句话一定是:我实在受不了了。

现在想想,也挺佩服自己的,在如同凝结了空气的塑封袋里待上六个年头也不是件特别容易的事儿。不管怎样,课还是得上,总不能说也不说上一声就跑了吧!但是,我们这群歇息的乌鸦总得想着如何搞点破坏吧。比如,拧得椅子"吱扭吱扭"地叫。告诉你,千万别在咱面前谈什么"万物皆有生命也",管你疼不疼咧!嘘,别说是我干的。

我趁着老师转身之时,一扭腰,椅子便疼得"吱扭吱扭"直叫。它可不管啥时能叫,啥时不能喊。霎时间,空气就凝住了,一群学生都用犀利的目光寻找那只充当开路先锋的倒霉的"乌鸦",放心,你们找不到我。

老师只是很随意地唠了一句,"别吵,听课!"接着,没一分钟,又一只"乌鸦"拧响了椅子,"吱,吱,吱"。几个学生继续寻找那搞怪的家伙,而更多的人则在嘻嘻偷乐。而这时的我,压抑心中急需爆发的雷霆大笑,一副认真听讲的学姐模样。往往这时,老师总会转过身,略带讽刺地对我们这群小屁孩说上一句:"你们可真会吵,看看费雨欣有多认真……"那时我便会不由地称赞自己"坐收渔翁之利"的小计策。那时,可真是得意啊!更何况,我不仅仅是"坐"。学生们听老师这么一说,也认真听起来,再也没有椅子叫起来,但是这次……

老师根本没转过身,一只,两只,三只……更多的椅子又叫起来:"吱吱!吱嘎!"这分明是一首乐曲,同学们笑的笑,闹的闹,没有人再认真听讲……

"哐啷!"一根教鞭从天而降,落在讲台上,震得"嗡嗡"响,大家一下子安静下来,好像压根什么也没发生过。

### 救命,蜘蛛!

不知道为什么,和一般的孩子相比,我从小对虫子更感到恐惧,不论是大的还是小的,不论是长着长长细腿的,还是拥有尖尖脑袋的,甚至可能是大如石磨的,或是一巴掌便能拍死的,我一律不管。反正,每一只虫子都有着小小的威慑力,令我难以脱逃。

可以说,我会因为一只正向我招手示意的小昆虫而放弃自己累得半死才弄到的桑椹;会因为一粒黑乎乎苍蝇正独享本属于我的草莓派而逃之夭夭。

虫子,好似我一生最可怕的敌人。

总之,从虫子的角度上看,我没少当过几次笑柄。语文课上,余光怎么就瞄见窗帘上有什么在动,定睛一看,一身冷汗。搞什么嘛,那么大一只蜘蛛,全身长满了灰黑色的毛,摸上去一定是毛茸茸的……呵呵,好邪乎。从那时开始,我便一直盯着它,怕它在我不注意时给我点颜色瞧瞧。直到这个举动被老师发现。

"喂,你在干什么?"瞬间,我如梦初醒。

嗯嗯,呀呀,好不容易挤出两个字:蜘蛛……

刹那间，我感到周围一大群的人都在片刻间笑喷。下课了，眼瞅那灰毛的长腿姑娘还在，似乎得意洋洋地望着我，我无地自容，这分明就是蔑视。我像一阵风似的站起来，一把抓起书本，一个巴掌打去，灰蜘蛛就烟消云散了。

谁也不知道我哪来这胆。

## 枕头的麻烦

我正睡得迷迷糊糊，恍惚间，我从睫毛的缝隙中望见一个模糊不清的身影，正半蹲着向我的课桌半走半爬地移动过来。这时候，大家不都该趴在自己的课桌上睡觉吗？他怎么会在这儿呢？这令我无法理解。

他绕过我，很慢很慢地踱到我同桌的桌旁，为了不被监督人员看见，我不敢睁大眼睛看清那人是谁，只能模糊地半睁着眼，判断这个人的身份。我那时似乎脑子成了锈铁，转不动了。只见那人在我同桌抽屉里找着什么，看似虽不像在干鬼鬼祟祟的勾当，但对于如同睡神一般的我的同桌，只要他睡着了，堆满一屋子的金山银山被人搬光了他也不知道。

为了不让我的同桌真少了啥，我认为我绝不能“坐山观虎斗”，更准确的是“坐山看人偷”，我决定要“路见不平拔刀相助”。

我准备好姿势，猛得睁开眼睛，像弹簧一般蹦起来，把那人也吓得半死，也没看清是谁，我不管三七二十一，挥起枕头劈头盖面地砸了下来。

扑通——

他一屁股跌下来。

从这以后，收作业的组长一个星期没和我说一句话。

## 什么叫害怕

以前的我，在学校里似乎从来没有害怕。和其他一年级的孩子一样，用他们的话来说，无论是被罚站时理直气壮，还是被老师严词审问时的刨根问底都没有表现出害怕。

我在小学六年的学习生涯中没挨过几回批评，自己也没什么害怕的，直到令全班同学都毛骨悚然的"魔鬼"出现，我才第一次真正感到后怕。

那个能吞没我们的可怕的"魔鬼"其实就是伴随我们很久的——考试。

有谁会相信呢？

成绩优异的同学和这个"魔鬼"相处久了，也许渐渐没了害怕；而反之，成绩相对差一些的同学，这种害怕会伴随他们很久，很久。

但凡事总有第一次，当考试第一次到来时，有谁不害怕呢？

### 领养香樟

谁也不知道，我们为什么会领养一株断胳膊瘸腿的香樟。

这株香樟似乎也长得其貌不扬：粗短的树干，叶子也稀稀疏疏不整齐，像一口牙，被蛀掉了几颗。

我起初对它也没有丝毫感觉，只觉得离它远一点更好。是啊，谁也不想和丑陋的东西待在一块，"爱美之心人皆有之"嘛。

但是后来，谁晓得我会领养它啊！大概是这株香樟瞧出了我的意志不那么坚定，在我经过它时尽摆一副可怜的模样，挖个大陷阱等我掉。这不，我就给掉进去了。

谁也没料到的是，这株香樟在一年后长得格外茂盛。打心底儿说，这一年里，我也没给它啥好处，只不过想到了浇盆水，记着了铲点土，长得这么好，说实在的，连我也搞不明白。

总而言之，一切还是取决于它自己勤奋的努力嘛。

相反的是，领养时一株长得挺高大的香樟却在寒假开始的那天死掉了，第二天一大早就给拖车挖走了。这几位领养人可是花了多少心血在这大树上，那架势好像宁可自己光着膀子出门也得给树穿棉袄啊！

说句道理话，其实成功取决于你自己，只要一棵树下定决心长得好，就算连夜砍了它，第二天也会冒出新芽；倘若一棵树真活不了了，就算你给它支架子、发红包，总还是要倒的。

不过，这株那么有意志的树，先前为什么会断了胳膊瘸了腿，恐怕至今也无人知晓。

### "阿朱"和"阿猪"

记忆中总有一个紫色的女孩,为什么紫色呢?我也不知道,大概印象中的她总穿着紫色的衣服吧。

在紫藤花蓊郁的亭阁,淡紫色的紫藤花瓣,淡淡的幽香和隐约一个淡清的身影,这并非我无端的捏造。

她叫阿朱,像是一个平静温和的花香少女,似乎记忆中的她,总是这样,一成不变。

记忆中的另一个女孩,倔脾气倔劲儿,像是一只倔强的小猪,用鼻子拱着刚出土的笋尖,其实那只是一块小小的石头;还像一只红色的牛,硬往死胡同里钻,几筐子米饼也拉不回来,谁要敢阻止她,非顶你不可。

或许,在一个喧闹的校园里,一群与众不同的学生,一股与众不同的气氛和一个与众不同的女孩。

别人都管她叫"阿猪",一只横冲直撞的小猪。

有一天,记忆中那两个完全不同的女孩走到了一起,变成了一个人,她是我的好朋友,一个古灵精怪的女孩。

为了不让她倔强的脾气得以爆发,我们很少叫她"阿猪",而是叫那个好听点儿的名字。

在一个飘荡着紫藤花淡雅清香的地方,"阿朱"和"阿猪"走在了一起;在一个轰轰烈烈的校园时代,"阿朱"和"阿猪"背靠着背挨在一块儿,黑墨潭一般深色的头发长长地垂下来,绕在一起,永远也分不开。

### 运动会

四百米决赛开始了,想着也真是快,三天的运动会,这已经是最后一天的个人项目了。

"我们班的体育好像总比不过别人。"坐在我一旁的欧子推了推我,轻声地说。

"是啊。"我想着心里总不是那么舒服，又酸又涩的。

"嘿，这一组人里好像有我们班的吧。"欧子叽叽喳喳喊着抛下我走掉了。我一个人坐着自然也无趣，站起身跟着欧子瞧去了。

"小严开始跑了！快点加油啊！"彩旗的飘扬声，喇叭中传出的呐喊声和师生的脚步声混杂在一起，让我突然觉得自己是那么渺小。

大家都知道，和如此强劲的对手竞争，小严分明就是力不从心啊！但同学们却仍在为小严做着最后的永不放弃的努力，这种努力却又最能激励人。我想着也挤进了人群中。

直到比赛结束，老王说这一次只能把希望寄托在明天的集体项目上了，我这才知道，小严也没有夺得好成绩。

收拾东西的时候，一个其他班的同学多嘴多舌地边跑边喊："七班这回要咸鱼翻身喽，往年夺冠的人都不是那人的对手……"

那人叽叽歪歪说了一箩筐："你们班有个姓杨的一下子夺了两个冠军。"

"快让他走！"人群中不知是谁说了一句。"骗人也不打草稿了吧！我们班从没得过冠军。"老王插口道。

听老王这么一说，大家都七嘴八舌嚷起来，毫不犹豫地把那人轰走了。

"这是真的！"那人回头又说了一句，无奈再也没人搭理他。大伙收拾完东西散了。

回到教室，刚转学过来的杨豆丁不知从哪里蹦出来，拦住了我们："嘿，你们知道吗，我这回可是夺得了两个冠军！"

……

这便是我对运动会的全部记忆，就这些。

## 沙 坑

刚开完运动会，跳远用的沙坑不再像以往那样硬邦邦的，而是堆满了软软的沙子，要过上好一段时间才会重新变硬，这也为学生们留下了一段可以玩沙的时光。

不巧的是，只晴了两天便下起了小雨，如此淅淅沥沥地磨蹭了一个星期，松软的细沙变成了黏糊糊的泥浆。

一星期后的一天，终于迎来了久别重逢的太阳，同学们显得格外兴奋，又可以玩沙了！下课铃一响，大伙兴冲冲地下楼上体育课去了。

为此，不少家长送来了鞋子和外裤……


### 牛奶先生

不碍问一句，你认识牛奶先生吗？为什么叫牛奶先生呢？你猜猜看。

"牛奶先生，哈哈！"我们总是这么亲热地叫他。可是，谁叫他那么白呢？

在我们和牛奶先生刚认识，也就是一年级时，我们别提有多奇怪。牛奶先生可是天天都喝牛奶哩！哼，难怪这么白，必定有人不服气，有什么了不起，也必定有人试一试，牛奶到底灵不灵，只不过，效果不佳。牛奶先生的特点可不仅仅是白，最吸引人的还是他看书的一股牛劲！

牛劲？牛有什么拧脾气？那就是如果它偏要往东走，你给它指了往西的路，嘿！只要它头一硬，眼一瞪，几筐子苞豆也拉不回，牛奶先生要是拿起书，那么，八抬大轿也抬不去。

"牛奶先生，我们玩去吧！"不用考虑："去，一边去，别打扰我看书！"唉，那可真扫兴！

"牛奶先生，你的作业快点写。"没过一秒钟："没看见我在看书嘛！别催！"牛奶先生气急败坏，看书要紧啊！

"牛奶先生，做早操了，去排队吧。"没人搭理你，算了，不管他了，反正等会儿回来他还在那儿。

可是，终于有一天……

"牛奶先生，陆老师叫你去办公室！"接着：

"我才懒得去，我要看书！"

霎时，鸦雀无声。

## 恶作剧

并不只有顽皮的孩子才会恶作剧。

恶作剧有时也并没有恶意。

你懂的。

我的同桌有个外号叫小葱,其实并不是这个"葱"啦。我和他多多少少总会闹点儿小矛盾。每当这时,我会把他的本子藏起来,叫他找不到,干着急去吧。等他找得怒气全消,耷拉着脑袋死气沉沉,如此,我便一副关心的模样,说是帮他找找。我自个儿藏的,当然能找着喽!于是我就顺理成章成了"救命恩人"啊!

嘻嘻,和他做了大概一年同桌,如此反复,直至我更换同桌的那一天,肉包子也没有露馅。天晓得是我演技太好,还是……

当然,也有不少人故意折腾那些已筋疲力尽的书呆子,牛奶先生便是一大事例。

校园的清晨是美丽的,安静,清爽,明亮。牛奶先生便喜欢在校园的清晨里细细品味书的美好。寥寥几个人影,如此的好风景。

出乎意料的事总是伴着清晨的第一缕风吹过来,吹到任何地方,你知道当微风吹到脸上时,那糟糕的事也同样撞了上来。当牛奶先生幸运的发现一个品书的好时间时,便也忘记了任何意外的可能。

哐啷——

哦,椅子被抽掉了,就跟抽走一缕空气一样简单。

牛奶先生就这样莫名其妙地跌了一跤,一大早,一个坏心情。转过身来:"谁干的!"根本没有人啊!

"犯罪老手"总有这么一套高超的技法。

谁都会恶作剧,一点不难,千万别过了头,适可而止。

你的境界,是第几层?

## 两条狗

现在想着,狗活着,不就是为了混口饭吃,享点狗应有的福吗?除了吃点儿饭,溜达溜达,睡会儿觉,狗的一生还有什么娱乐吗?

也许,乡下人都会说,狗很自豪能为主人看门守院,这也是它的快乐,也许,城里人有不同的见解,狗没事时就趴在家里发呆,等主人回家更是莫大的乐趣!

其实,并非如此。你以为一只乡下的狗儿宁可被拴在木桩上成天"汪汪"大叫,也不想松开拴绳去麦地里穿梭,在泥巴地里逮青蛙?你以为一只城里的狗想天天对着白墙"面壁思过"吗?

当然不是,狗看门守院其实只是狗的天性,城里的狗乖乖等待只不过是狗的本分。在一条狗别无他事时,它也不得不去做。有些狗一生在铁链的管制中度过,守一座对它来说似乎没利用价值的空房子;有些狗,一生见过的天也许只有窗框子那么大。有时想想好像极为感动,但是你要知道,它们真正想要的是广阔的世界,如果你松开它脖子上的绳索,一甩手抛一根骨头,"去!"狗连再见也不说一声就跑了,除了一些已被绳子拴傻了的狗。我也被感动过,甚至花过不少时间创作一篇文章。现在,写到这时忽觉得人也挺坏的。

既然狗的生活都似乎没什么乐趣,那我只好找两个有可比性的事例。

我听说过,在奶奶家小村子里有一条名叫油条的狗。狗主人从不让它拴绳子,它便整天优哉游哉地在村里闲逛。西瓜秧子拖蔓了,它第一个知道;土豆番薯结果了,它第一个汇报;据说一年收麦子,它目睹了一架收割机从完好到损坏的全过程。村里人都说主人管得不严,这么闲逛可跑野了。主人不这么认为,油条自然也不那么想。它虽然到处闲逛,但却比一般拴绳的狗更守家。那天有人来家里借摩托车,油条闻讯赶来,天晓得它怎么知道的,"汪汪"狂吠,随着开走的摩托一路飞奔,狂吠不止,一直追到目的地。等借车人办完事儿,又追着摩托车一路返回家。第二天,油条就病倒了,可由于身体健康挺了过来。第三天,又出门逛去了。油条最后是被汽车轧死的,它逛得太远了,横穿马路时慢了半拍。等主人来到马路边时,油条已被来来往往的车子辗没了。

还有一个名叫李四的小城镇,住着一只名叫蛋糕的狗。主人天天让它待在家里,在椅子上吃饭,在椅子上睡觉。除了遛弯时四只小脚跐了跐地,其他时间都和个亭亭玉立的大家闺秀一样坐在椅子上,没有绣花针,没有古诗经,只是呆呆地傻坐。蛋糕对家中的事物了如指掌,它知道女主人啥时候烧饭;它知道水龙头的旋转方向。但它却只知道这些,毫无用处的几点,更多有用的东西它根本不知道。它不知道猫奶奶的臭脾气,挨了几个巴掌也毫不明理;它以为漫布浮萍的河水是草地,不以为然地跳进去;它甚至压根不晓得,吃饭时乱挑拣要挨打。蛋糕看似是一只城里的狗,有见识是应该的啊,其实不是,用好听的话来说便是井底之蛙,等同于囚笼里的小鸟。

看了这些,是否有人会看一眼自己养的宠物:你给它们自由了吗?

也许,其他的狗一直到现在活着,也有一些是在盲目中老死的。但是,油条的一生是最有价值、毫无遗憾的。油条心中有狗自由不受限制的灵魂,而其他的,多数则是背负着狗的空壳。油条闯过世界,自由过,潇洒过,甚至邋里邋遢过,这就是它来过这个美妙世界的最好见证。

这才是一条真正的狗。

## 火药管之战(上)——乘兴而来

这有什么好怕的呢?但事实并非如此。那是什么?是远古的可怕恶魔,还是岩洞里的喷火巨龙,或是一只塞着雷霆怒气的火药桶子?你猜对了一半。

我并不是故意想要挑战自己的能力,也不是存心要拿着火柴逗弄易燃火药。只是想耐着性子试试看,一只高强度火药桶可以把我炸多远,其实并无恶意。

另一方面,只是想感觉一下拔刀相助的气氛。话说回来,我其实可以再多花点时间找一个合适的场合,并非要急急忙忙在老虎头顶动刀子。真不知道当时是怎么想的。

眼见着班里的火药王朝愈发强盛,太平盛世绵延了四个学期的"江山"快沦陷了。星期一的一大早,火药王朝的国君"火药师太"亲领大军南下,攻占太平盛世的大片江山。"火药师太"的第一个目标便是我的同桌——小葱,谁让他是一个平庸的人呢。就这样,"火药师太"便开始进攻,指着小葱的鼻子便破口大骂,瞪着眼珠子,在太平盛世的"江山"横行霸道。(此处省略一些不文明用语)连小葱自己也连声喊冤:我们无冤无仇,只是没年年上供……便遭得穷追猛打。小葱落荒而逃、抱头鼠窜,没办法。我可真想冲上去啊……算了,忍忍吧。

第二个目标,有那么点难度。火药斗雷管,"雷管国君"也不是那么好欺负的,双方很快交锋,你一句我一句,唾沫星子满世界乱飞,可仅仅几回合,"雷管国君"便遭到当头一棍,被打得一时语塞,被侵略者反倒理屈词穷。眼见"雷管国君"很快要败北,"火药师太"一旁的"子弹记事员"瞪着自以为是的小眼,贼贼地望了望四周,飞速记录下火药王朝的又一伟大战绩。

我实属想拔刀相助,便冲了上去。

### 火药管之战(下)——败兴而归

标题取为"败兴而归",谁败兴而归呢? 还用说吗,不是我还有谁呢?

上集说,我为了拔刀相助,冲上去单挑"火药师太"。当我蹦到她一旁时,她连看都懒得看我一眼,反倒是她身旁的记事员,冲我打了个喷嚏,就像马打了个鼻响。

蔑视、藐视、轻视和看不起!

我顿时气得七窍生烟,乱了方寸,抢起大刀往"虎头"上劈。

"你这个两只脚的野驴,一大早就在这儿乱打乱骂瞎蹦跶!"我壮着胆子大吼,连"火药师太"也是一惊。她很慢地转过脑袋,因遭到挑衅而发红的眼睛露出杀气。

我开始不知所措,双脚抖得厉害,像在弹琵琶。我以前经常告诉小葱,你这人那么胆小窝囊,天天看着"火药师太"的脸色办事,你不会反抗吗? 小葱每一回都一个劲地点头,但是该窝囊时仍旧点头哈腰。现在恐怕得让小葱教育我哩。你这人天天胆大妄为,还敢和"火药师太"唱反调,你会不会臣服喏?

我发现,在"火药师太"的枪林弹雨中,我连接也接不上一句话,更何况反抗?

等到"火药师太"骂够了,我也从斗志昂扬的大雄鸡,变成了微不足道的小草虫。在一片唏嘘声、惋惜声、叹气声和伶俐的奸笑声中,我灰溜溜地跑了。古时有武松打虎,武松徒手就能打死百斤老虎,我若是能剪了老虎的一根须,也算是当代半个武松了。我被"火药师太"从东头丢到了西头,跌得半死不活,这头恶虎,啧啧,不好治哩。

从此,我得出结论,一只高强度火药管可以把我炸出一百一十八点三七米远,这也是个不错的成绩了。

## 它这一辈子

狗一辈子里可以干许多事。

这一点儿很正确。真的,吃饭、睡觉、遛遛弯儿,就算是待在狗棚里啥也不干,那没准也是回事。但是,你见过一辈子在等待和期盼中度过的狗吗?

我养过一条狗,可事实证明,它反倒比我早一年来到世上,也不能算是我养的。在我上小学之前,我压根不知道如何和狗相处,即便我家中住满了大大小小的狗。后来我才发现,这群与我同住一个屋檐下的精灵,虽然不大认为这个半大小孩就是它们的主人,但却对我满是欢迎。从我一大早出门开始便很闷地等待,除了吃饭和溜达,其余时间都是待在狭窄的狗棚里,望着白色天花板,直到门再度打开,飘进我的气味,它们才像是一群被施了法术的石头,"嗷嗷"直叫,活跃起来。这一天,便这样在等待中度过了。

等到我读小学四年级时,出门更早,也更晚回来。这加长了狗们等待的时间,也一寸一寸缩短了它们在世上仅剩的光阴,而我却很少有机会再亲近它们,看它们。

终于有一天,那只比我大一岁的老母狗病了,它实在太老了。在它生病的时间里,我期末复习,几乎不知道它怎么了,不过心里总是想:快了,放假了就可以来看你们了。可却丝毫不清楚,这堆古老的火快熄灭了。从这以后,它更少下楼,偶尔下来一次也爬不上楼梯,都是外婆把它抱上来。后来,它不再去遛弯,只是每天趴在门口。我回家时,它站起来,冲我摇摇它那根因年老而毛发脱落的秃尾巴。

我搬去了新家,一周才来一回,能见到它们的时间更少了,也更少惦记老母狗。直到放假回去时,我跨门而入,它没有再向我摇尾巴——它死了。

我们的心中有很多人,他们在我们心中也有不同的重量,而一条狗,心中只有一个人,它珍惜这个人,胜过爱自己的生命。

在等待中生,在等待中活着,在等待中死去。这就是我所见的一只老狗那艰涩而苦闷的一辈子。

### 哈欠和蚂蚁

这节英语课很无聊也很烦人,老师在台上讲得津津有味,同学们在台下听得昏昏欲睡。

"同学们,请大家跟我来一遍,a-n-t! 蚂蚁,预备起!"

如同强大的电流,一下子把一群像处于休眠状态的电脑的同学激活了,晕头转向地拖着长长的调子,吐出一串老和尚长经:"ant——蚂蚁——"

老师显然很不满意,语气中略带讽刺和批评:"你们啥时候成了一群和尚了! 拖着个调子给谁听啊?"

我们只有招架之势却无还手之力,只得任由老师半嘲讽式的数落。其实,我们确实有错嘛……

突然,我感到一种难以拒之门外的恐惧袭来——怎么偏偏这个时候? 哈欠虫,这个可恶的家伙。我顿时觉得自己非得把哈欠打出来不可,却又觉得这个场合肯定不行,在老师面前打哈欠,不就等于在老虎头顶拍苍蝇吗? 毕竟"老虎"和"老师"都有那么个"老"字。

眼见着哈欠虫肆无忌惮地折磨我,我简直恨不得从窗口蹦出去。我轻轻向外呼了一小口气,想缓解一下这种随时可能爆发出来的糟糕的感觉,可是没想却让这种感觉更强烈了,好像还有五秒就会打出一个又大又长的哈欠。我俯下头,用手捂住了嘴,连同鼻子一起蒙起来,却仍旧抵挡不住哈欠虫的攻击,身子微微动了一下。

我侧过脸,就看见同桌用眼神一瞄一瞄地警告我"小心老师",还不时朝老师方向看。

就在这时——

"费雨欣,给大家念一下ant的准确读法。"我顿时惊得半死不活。

这个时候容不得我半秒拖延,我站起来,一张嘴,可却找不到自己的声音,哈欠像一个定时炸弹,一秒也不耽搁地猛冲出来,迫使我张大了嘴。我急忙喊出:"ant!"

连我自己都听见,哈欠大而长的响声和ant短短的发音像和面一样被揉在一起,又像两个兄弟抱在一块儿。

那是一种连我自己都叫不出来的大嘴巴读音。我片刻间断定,这下子糟了。忽然萌发出一种要自挖个土坑跳进去的奇怪想法。

我又想错了——

"嗯,ant的大嘴发音特别准确!大家跟着一起来一遍!请坐!"老师的话吓得我灵魂出窍,又惊得我心跳加速。

同桌咂了咂嘴,从牙缝里蹦出一句话:"这也行?你太狠了吧!"

我受宠若惊地坐了下来,受宠若惊地傻愣了一阵,又受宠若惊地听着同学们读一个陌生的,连自己也不清楚的单词——ant!

## 杨老师上榜啦

当我写到这儿时,总有人那么问我一句,这么多老师都在你的作文里出现了,为什么只有数学老师杨老师还没露个面哦?我总很不耐烦地把那人轰走,快了快了,很快上榜哩!

这回,给等着了吧!这篇文章中有杨老师喽!尽管这个故事和"上榜"二字真没啥关系。

# 一直往大风吹的方向走去

浙江省少年文学之星经典作品选

　　数字课的时光是快乐的，只是对我们而已。老师可不这么认为，为什么呢？因为数学课上同学们最不听话了，简直如同一只只蹦来蹦去的小倔牛，满世界乱窜，搅得课堂乱哄哄。老师忙着把倔牛往棚里赶，棚里的小牛又跑出来，变成了倔牛，恶性循环。因为杨老师对大家很好，从不拿皮鞭抽打小牛，因此小牛们不像惧怕其他老师那样惧怕他。

　　当然，再平易近人的杨老师也有怒气冲天的一面，只不过……不但不可怕，还很好笑。

　　"张毅仁！快点写作业！这个作业已经是前天的了。"杨老师正全力以赴驱赶一头最倔最顽固的小牛。但他压根不晓得，就算拿烧红了的烙铁烫，这头倔牛也跑不了几步。

　　"知——道——了——"张毅仁总是那个"语言的巨人，行动的矮子"。

　　杨老师踱回讲台上坐好，开始翻书看。大约一袋烟的工夫，杨老师抬头看，大家都做完了今天的功课，开始预习第二天的重点课程，除了角落里那个蜷缩的身影，他的动作好像不是在写作业吧？也许是出于好奇，也许是出于对学生的关注，他走到那个身影边——张毅仁，他正在削铅笔，一支接一支，要知道，他的铅笔袋里有不止二十支的笔。而他的作业本，像是被杨老师的忽然出现吓得脸色苍白——白花花的页面没一个黑字。

　　我们都能感觉到，没过多久，杨老师就被气得炸上了天，又从天上像火箭一样俯冲下来；我们都能感觉到，张毅仁将会是史上第一头被杨老师用烙铁烫得"呱呱"叫的倒霉的倔牛；我们甚至都能感觉到，杨老师心中那一截粗大的火药，燃火的铜丝发出的"嘶嘶"声……

　　轰——

　　杨老师彻底被惹怒了，像一股决了堤的潮水，再没有东西堵得上。

　　"张毅仁，"他顿了顿，接着气呼呼地提高了好几个分贝，"你总该知道吧，世界上没你这么大的蜗牛！"

　　话音刚落，几头不知天高地厚的小牛幸灾乐祸地笑起来，但被杨老师回过头生气的眼神警告，立马闭上了嘴。

　　事隔那么久，我们这群倔强的小牛仍旧记得这件事，我甚至在想，这么强的分贝,隔壁办公室的老师听到了吗?

## 猫国·精灵海

每一只猫都充满个性,就跟狗一样。

在我小学四年级时收养了一只调皮的流浪精灵,之后,很快便拥有了一片精灵之海。它们在不经意间一批批到来,又在无人束缚的空间里一群群离去。它们,至少我分不清它们到底是谁生的,它们没有名字。

我对最初领养的那只金斑白猫有着独特的情感,毕竟它是整个庞大族群的根源。

它叫银黄叶,是一只乖巧的猫,至于它的长处和优点虽不足挂齿,却在生活中博得了很多赞赏。

和其他的精灵所不同的是,它从不计较饭菜的口味,也许是从小经受过苦难和流离而特别珍惜现有的幸福吧。每一餐饭的到来对它而言都如同莫大的恩赐。即便是咀嚼着坚硬乏味的肉干,它也从不和儿女们一样"喵喵"叫唤,乞求得到更好的食物。不论饭菜是什么口味,它总是在饭后粘到你身边,"咕噜噜"地轻叫着,以表达对你的拥戴和感激。

另一位,则是众精灵中最高雅文静的。它叫雪白兰,是银黄叶的一代儿女,也是同银黄叶最像的。正因为如此,银黄叶对其珍爱倍至。

这位身着朴素白袍的精灵具有超凡的领地意识。它从不离开家,也有超凡脱俗般的境界。只要她在,便不可能有外来的流民精灵入内。它尊贵,却没有丝毫怜悯;它高雅,却蕴含寒霜般的冷漠。对它而言,它仿佛是至尊王者,一切的精灵都将拥护她、遵从她。这或许便是它唯我独尊的幻境吧。

那是一位伶俐的精灵。它穿梭于绿叶蓊郁的树丛、草坡,在树上奔跑自如,茂密的叶尖闪过它流线的灰色丝毛。日光下,一刹灰影,如同暗夜白刃,转瞬即逝,没有声音,也没有影子,它是雪白兰的弟弟——灰夜。

碧蓝的双眼如同斑驳的碎钻,它便是具备极强生存力的大猫,勇猛而权威,是雪白兰最得力的助手。它似乎维持着庞大的精灵海的运转,维持着精灵海的宁静。两年后，灰夜走了，不知是离去了还是死亡了。庞大的精灵海如同被截去了支柱，庞大的家族缓缓走向尽头……精灵海曾经的伙伴渐渐消失……一位位倒了，被驱逐了……一个也不剩……再没有回来。

我所见的，仅仅是精灵海的一念春秋，昔日景象，永不复现。

转过树丛，精灵海的盏盏微光刹间消逝，这个美丽而令人向往的世界，我再没能踏足……

## 竞　选

那是我第一次在班里竞选。

二年级的我认为，除了老师外，便是班长的"天下"了，于是，我迫不及待地准备了一肚子的馅，为了班长，拼了条命也得上啊！

怎么说也有那么点心惊胆战。对我们而言，讲台是神圣的地方，只有老师才能登上，竞选时要站上高高的讲台，在众目睽睽下，总是不自然的。

我坐在椅子上，美滋滋想着总有那么个逞强的家伙会充当开路先锋，好化开冰雪般寒冷的气氛，可谁知……

一切都静如磐岩，没一个人敢站出来。无论老师用什么方法，甚至威胁着要烤了我们，这只"当头炮"一直无人问津。

我也是那么惴惴不安，就像害怕被人逮个正着揪上讲台去，迟迟不敢举起手。

时间一分一秒地流逝……

老师看着我们，流露出一种淡淡的，难以下台的尴尬。

没有人。

忽然，一只手犹豫而又坚定地抬起来，接着响起"咚咚"如同打鼓般的脚步声，我一口气冲上了讲台。

在四十双惊异的目光下，我结结巴巴地开始我的演讲，原本流利的字句如同生了锈的铁齿轮，似乎很难吐出口。

我吱吱呀呀地讲着，心怦怦直跳，双手红而发烫，脑袋"嗡嗡"响，很吃力,如同一只巨大的锤子,"哪哪"敲在我的脑门上。回头,瞥见老师默默站着的身影,一种奇怪的东西迅速从她凝然的双眼前过去。我咬紧牙关,完成了我的演讲。

在掌声中,我回忆着自己如同被铬铁烫过一般的经历,却忘记了那双凝然的眼睛。

## 慌乱(上)

今天,我本来是要做点儿饼干的,明天义卖也许用得上,但是我还是把这点时间留下来写写以前的事。我好像又遇到什么让我心慌意乱的事情了,太想找我的作文纸说点什么真心话。

我俯下身子,往一个深邃的大窟窿里望,那里是我的过去,也许就在昨天,也许是几天前,或是几个月,那都是再也不会回来的东西了,好像一阵风,把一些麟毛杂碎吹到了老远,却再也不会有一阵相反的风把它吹回来。

我望着,往下看,看到那不知是多久前的过去。我一人独自躲在学校的厕所里,没有哭,但却伤心。那是下课,到处"砰砰啪啪"地响,蹲在那里沉默的我,偶然间抬起头,望见房顶上一个莫名的大窟窿,风"嗖嗖"往里灌,吹来一些杂碎的麟片和丝毛,落在脚边。

仰头再仔细望去,大窟窿的边缘,一张熟悉的脸正空空地往下望着……

我想来想去,怎么也搞不懂,自己到底应该真心诚意地对待别人,还是应该有所保留呢? 事实证明,我真心诚意的背后,有时也常常隐藏别人的谎言。

或许,谁也不知道结果。

但当我反过来做时,我发现自己根本做不到,我认为我算是个老实人,"笑面虎"这把戏可学不了。

很多人告诉我,不要太记仇。但我有时却常常记起这些事,有时想着委屈就要哭。想抛掉这些以往的不愉快,可它们总黏着我。不过现在想想,可能是我离不开它们罢了。

我四年级的时候,当时我管理纪律,任纪律委员,管预备铃到上课铃这段时间。

那天老师出去,晚点来,等我管安静了,也差不多到正式上课了。我就交班给小A,今天她是主管,凡事得听她的。可谁也不晓得,小A今天连自己都不守纪律,更何况管理纪律。全班一下子炸得像个蜂窝一样,嗡嗡地叫。等老师来了,火冒三丈地审问。我想,这该不会跟我相干吧,我自己的活可干好了。不料大出意外,小A虽理屈,但词儿一点不穷。"是她没管好课前纪律,所以我才管不好!"她很肯定地指着我,眼里充满抱怨。我霎时间丈二和尚摸不着头脑,当然是一头雾水,但也不愿吃这冤枉亏,站起来解释,而小A呢,依旧那样振振有词地反驳。

现在想着真有点无奈。

事后,我真心诚意向小A去讨个说法,可小A看也不想看见我,直说我冤枉她没管纪律,我觉得生气,懒得跟你说,可虽这么想,心中不免不知所措。

### 慌乱(下)

今天,我和同桌吵了一架,也就为了那么点鸡毛蒜皮的小事,我们经常这样,往常都不到一天就好了,没料到这回一直折腾了三天还得不到解决。两人正处在冷战时期,忽然瞄见了小A那种不自然的目光,像一味调味剂,包含着冷漠和得意,似乎还有一点很微小的兴奋。我想,我算不上是个表情分解软件,没必要做这么仔细的观察分析,我把眼睛望向另外地方,但脑海中却忘不了那个杀气腾腾的瞳孔,像钉子一样深刻的记忆。

下午第一节课结束,同桌从后门出去,大概去厕所吧,我也跟出去,想找个机会主动道歉才好解决矛盾。刚走到门口还没探头,就听见小A快乐而兴奋的声音,你帮我多打听一点你同桌的事,来告诉我就行了!接着,便是熟悉的脚步声,沉重而拖沓,声嘶力竭,在大理石板的拍击下越来越轻,越来越远,像是永远也不会回来,像是走进黑洞的拥抱……

我收回身子,走回座位上,没有表情,但却很慌乱,很凉很冷,对于我的真诚,我认为我又遭到了欺骗。我咽了一口唾沫,看见小A若无其事地从后门走进来,我扭过头,再也不看——那一张像白纸一样空洞,像虚土一样不真实的面孔。

晚上,放学的时候,我去降旗,大诺子和小言子帮忙。在把国旗降下来的时候,我忍不住问他们,我该真心诚意对别人吗?他们先是愣了一下,既而把其他两面旗子收下来卷好,很随意地告诉了我很多他们以前的事,总的来讲,那就是一定要善待别人啊!这很出乎我的意料,我以为这两个喜欢歪门邪道的家伙定会给我介绍一大堆复仇的理由和计划,看来他们比起我而言,要大度得多了,可我以前一直不那么想。

"为什么你会问这个呀?"小言子在绕完最后一圈绳子时不解地问我。

"大概因为会被别人捉弄吧?"大诺子吐了吐舌头,用力蹬了一脚明晃晃的旗杆,"吱嘎嘎"地响。

我没作声,听着俩兄弟吵,可最后忍不住又补上一句"不知道什么样的人才能成为真正的朋友呢?"这问题似乎是有点难。

"这很简单,"大诺子的迅速接话让我很吃惊,"像我和老弟那样的人,不就是你真正的朋友吗?"

"不会说话就别说那么多,闭上嘴。"小言子咕叽了一句,向大诺子脊梁上飞起一拳。

我咯咯地笑着,跟他们并排走着,每人拿着一面旗子,却感觉一点不累,夕阳拖着我们的影子,变成长长的尾巴。刹那间,好像从没有过慌乱。

我抬起头,望着天花板上一个无尽的窟窿,那个熟悉的脸孔烟消云散,取而代之的,则是蔚蓝的天。

一缕阳光透过时间的隧道,照在我沉静的脸上……

## "诺言"正传

诺诺言言,"邦邦邦"!言言诺诺,"当当当"!大诺子和小言子,老实憨厚,天真无邪。他们,像是我童年夜空中最独特的两颗繁星,闪烁着灿烂的光芒;他们,像是炙热的夏天中令人心旷神怡的那一泓清纯山泉,闪动着粼粼的波光;他们,更像洁白冬日里暖炉中的滚滚热浪,融化着即将冰冷的心。他们的存在,带给我无穷无尽的欢乐,使我真正懂得了友谊的价值,更使我度过了内心世界中最纯真又最快乐的时光……

"小言子,你给我站住,别跑!"耳畔时常回荡着大诺子童真而又稚气的喊叫。"大诺子,你,你休想逃跑,站住!"回忆的长河中,总是回荡着小言子急匆匆的脚步声。而我,总是这一遭"好戏"中最快乐的观众。为了快乐和笑语,我老爱这儿煽风,那儿点火,几乎每次都闹得大伙不欢而散,但很快又如同散沙融成巨石一样打成一片。童年,充满着我们无边的欢声笑语。翻开童年厚厚的手册,几乎总是记载着我们的经历和记忆。如今,那如烟云般朦胧不知的我们,摇摇晃晃地度过了如同迷离梦影一般的五年同学生涯。如今的我们,渐渐长大,小言子已在五年里变了模样,摆脱童年时那副虎头虎脑的样子;大诺子早在不知不觉中高过了我。一切,真的像是爱丽丝梦游的仙境一样。尽管现在的我们,已经不会再像从前那样打打闹闹,扭成一团了,但我们这份纯洁的童心却永远没有消除,而是深深埋在心底,不愿再迸发出来;并且,我们也丝毫不像别的同学那样产生隔阂,我们的友谊如地久天长般留存了下来,像是夏日里的一抹霞光,永远印在天边。我们如今才发现,那看似遥远而又不可思议的离别如风吹来的寒叶,离我们越来越近。这段似打冷战已快熄灭的友谊,我们将挽留它,无法割舍它,但愿可以用另一种方式来存留……我们对对方已经十分熟识,就像知道一堆松果中,有几颗是香的,又有几颗需要丢掉。就这样,我打算把我们之间的故事写下来,让它永永远远漂荡在记忆长河中……

先说谁呢? 不如一起说吧! 我的朋友小言子,黑黑的皮肤,泛起红葡萄酒的颜色;而我的另一个朋友大诺子,白色的皮肤,微微有点粉红色,像是蒙古特制奶豆腐,呵,不说笑了。小言子可名正言顺成了四方角———树疙瘩,大诺子则顺理成章当上了"贵公子"!

小言子正可谓老实憨厚,爱管"闲事"! 还记得那惨痛的教训吗? 那会儿,正上着课,同学们可都认认真真地写着数学作业,像是一只只停在田埂上歇息的乌鸦。就在这关头,出了岔子。小言子的同桌,一个稍有点儿刻薄的女生,大概觉得实在写得头昏脑涨,便转向后面借取计算器。这下,可惊动了小言子,他立马探起头,瞪着铜铃大眼,望着他的同桌发愣。证据确凿后,他马上摆出一副老和尚模样,有口无心地向他的同桌放炸药——"用计算器是不好的,不利于培养自己的计算能力……"他的同桌哪里是盏省油的灯,哪容得下小言子在"老虎头顶上拍苍蝇",放下计算器下定决心和小言子"血拼"到底!在强大的"压迫"下,小言子的进攻就如同拿鸡毛当利剑,瞬间瓦解。看看如今惨败的小言子,不得不同情他落得这个下场。他低着头,一声不吭,刚才的劲儿像云似的不知飘哪儿去了,任凭他的同桌数落他。这副德性,既像是被妈妈训斥的顽皮孩子,又像是失去了左膀右臂的唐僧在单挑面目狰狞的恶魔。

大诺子可没小言子这般憨厚,他只要沉浸在书的海洋里,便没有什么可拉他回现实了,甚至是一场打架风波……

"哎呀!他俩又怎么了?"不知又是谁一声起哄,门旮旯里边的两个打来打去地更起劲了,咦,怎么越看越像……不对!是小言子嘛!那大诺子呢?怎么不见他去劝架呢?哦天哪,当目光扫过多个人影后,终于见到了"可恶"的大诺子。他在哪儿呢?哼,他就在打闹的小言子背后,看书正看得津津有味呢!小言子在"前线"啪啪啪作响,大诺子在背后看得不知疲倦;小言子在"前线"当当当敲打,大诺子在背后置若罔闻;小言子在"前线"哪哪哪轰炸,大诺子在背后乐笑文章!等小言子回来,围观的人们像免费看了一场西班牙斗牛赛后,大诺子才像睡美人一样苏醒过来。"噢,到底发生什么事了!"大诺子眨巴着迷惑的眼睛。写到此处,真是不得不说他一句"事不关己,高高挂起"了!

不过也多亏我有两个双面性格的朋友,他们屡次用他独特的性格化解了本会"全线轰炸"的暴乱。

儿时的我们会经常搞出一些恶作剧来,我们时常会藏起小言子的东西,让他找得像被火烫了似的满世界窜,如此重复,我们便非常快乐,不过幸好有小言子老实憨厚的个性存在,我们便很少遭到他鬼头鬼脑的小小报复;而大诺子,尽管我们总爱在他看书时,扯掉他的椅子,让他一次又一次地摔屁儿蹲,但他总不恨我们,顶多拍拍摔脏了的衣服,朝藏在某处偷笑的我们瞪上一眼。

最近,我送给他们两个一模一样的小挂饰,让他们挂在铅笔盒上,天天开心。他们也便毫不隔阂地露出一副有童心的快乐表情,小言子还回敬了我一个顽皮的鬼脸。尽管这种奇怪而富有年龄象征的表情如实出现在这两个一米七、一米八的大个儿身上,显然不太合适,但我知道,这自由而不拘束的形象只有在我们这三个好朋友中才会体现,因此,看到他们的微笑,便很直接地想到我们小时候的样子……

尽管童年离我们越来越远,离别距我们越来越近,但是,我能用笔,记述我们之间的一个又一个故事,尽管可能不太完整,但总算留住了这段美妙记忆。

我动着笔,慢慢描绘我们的点点滴滴,慢慢记录我们的分分秒秒。写着写着,我仿佛又看见远方的童年里那两颗闪耀的星星在隐约闪动,那淡薄而又如星辰般的光芒,透过时间从不停止的齿轮,跨越心灵中最漫长的岁月……

### 献给童年的伙伴——陈诺和王言

我需要等待。

这是小学生涯中最后的一个寒假了。或许,谁都知道。

但我很急,不是一般的着急,为什么呢? 自己也不知道,反正,就是很不愿意再那么无聊地待一个月了。

春节的脚步很快,我和家人们也忙着准备年货,其实,我也算不上是办年货,只是想买几串红彤彤的挂件和几只亮堂堂的灯笼。在这样忙忙碌碌的时间里,我便暂时忘记了着急。

自己想着也奇怪,也许是想快快开学,好再和同学们相处一段时间吧,剩下的日子可能真不多了,也许是盼望一本本崭新的书吧,那可都是低年级的小把戏了。

我常常有事没事地告诫自己，有什么好着急呢？再没多少优哉游哉的日子了，还不快再享受几天，但自己却总没办法等待，感觉太阳一出来，就会把世间一切都蒸发掉，再也找不到，因此才那么急着要开学似的。

不过，或许我真的还得再等会儿，快了，年初一都到了，去穿上新衣服吧！

## 永远一样的友谊

开学了，当我最后一次在这熟悉的地方聆听开学典礼，当我又一次见到了熟悉的他们，一个又一个他们，给了我崭新的记忆，不再像以往那样一成不变。

我想，只要你用对了方法，那什么都能被珍藏，并成为像黑洞一样无尽，像信念一样深刻的永恒。

我记住了自己最想铭记的东西——永远一样的友谊，这个让我觉得最美好的东西。

调皮的小瘦子从椅子边飞奔而过，像猴子一样在教室里乱窜，碰飞了一摞本子，散在地上。也许，其中会有一本记住了他。

那个张牙舞爪的假小子，像刺球一样满世界蹦来蹦去。"站住！站住！"刺耳的吼叫声震得四十余双耳朵"嗡嗡"怪叫。也许，其中会有一双耳朵记住了她。

在大声的哄笑中，总有那么一种声音特别响亮，给人一种"仰天长笑"的恐怖气氛。"哈哈哈呵！呵呵……哈哈哈哈！""咯咯咯！"听了这笑声，不免有更多人会笑起来。也许，至今还有那么一股被哄笑所冲走的气流还铭记着那熟悉的声音。

"嘿，别扯了！"每每这时，总能想到小言子一副快急哭的模样，以及一旁笑得东倒西歪的同学，也许，在那上百根鞋带中，总有一根缺胳膊断腿的鞋带在角落里恨恨地想着那些扯它的伙伴。

望着书呆子拎着那湿答答的书本，屁颠屁颠地从厕所跑出来时，我想,总有那么一本记忆的书,到今天还牢牢记着吧。

......

我找来大麻袋,把那些零七八碎儿的欢乐忧愁都塞了进去,在出口处绑上好几团绳子。

"千万别让它们跑了。"我小声告诫自己。

这便是永远一样的童年,永远一样的欢乐和永远一样的友谊,如初阳下盛放的花朵。

# 第十届

## 感　恩

苍南县江南实验学校四(2)班　蔡子墨
指导老师:陈亦满

儿子一回家,一屁股坐在沙发上,就问:"老爸! 老师让我们采访自己的爸爸妈妈,采访他们最难忘的老师。你最难忘的老师是谁? 他做了什么事令你感动?"

徐杰的学生生涯当中,有过不少老师——当然,徐杰把他们教哪一科都给忘了。他听着儿子最后两句话那一本正经的腔调,差点笑出声来。"我? 我没什么老师。""不行! 没有也得编一个!"徐杰使劲憋着笑,说:"真没有!"

儿子用审视的目光盯着徐杰。过了一会儿,他耷拉下脑袋,没精打采地说:"好吧。"

看着儿子离去的背影,徐杰突然想到了一个人。他站了起来,喊道:"的确有一个!"

儿子"噢"地转过头,跑向沙发。徐杰抚摸着儿子的脑袋。

"那年的冬天来得好早好早啊! 十月末,就像大冬天一样了。村子可怜兮兮的。草是黄的,却没有秋天麦子的那种活力;枝头是空的,连一片枯黄的叶子也没有;天是灰蒙蒙的,让人感到永无出头之日。

"这时,香麦小学五年级的语文教师余老师请假了。快期末了,余老师的父亲病重,她只好去遥远的重庆照顾。校长在县城找了一位代课老师。

"我当时在五(3)班。一天后,五(3)班的同学就见到了他们的新老师。徐辉光高高瘦瘦，戴着一副镜片有点破损的老旧眼镜，穿着一身满是补丁的衣服，年仅三十几，头发就乱糟糟的，差不多全白了。他每说一句话，就要咳嗽几声，声音有点哑，而且似乎喉咙里总是有一口痰。在黑板上的字，虽然挺漂亮的，但是字迹很淡，还有点歪。

"他点名时，点到了我，笑眯眯地抬起头：'呀（咳咳）！全班只有你和我同姓啊（咳咳）！你是班长吧（咳咳）？'

"我点点头。徐老师说：'你今天晚饭后来我们教工宿舍吧（咳咳）！我来跟你谈谈（咳咳）！我们是同姓呀（咳咳）！对不对（咳咳）？'我点点头。

"徐老师接下来开始上课。五(3)班的人一致认为他比余老师的水平高。

"晚上，我去了徐老师的宿舍。

"你知道我在那儿干了什么吗？徐老师笑眯眯地对我说：'小杰你来啦（咳咳）！去看看箱子里的书吧（咳咳）！'

"除了爸爸妈妈和姐姐，没人叫过我小杰。我很惊讶，但是没多说什么，就默认了。

"箱子里装满了书。什么《青鸟》啊，《欧也妮·葛朗台》啊，《傲慢与偏见》啊，《简·爱》啊……很多很多外国名著。我看得眼睛都要掉下来了！我赶紧抽出一本书读起来。我读得很吃力，读了好长时间才把那本三百页不到的《青鸟》读完。

"徐老师一直在旁边看我读。读完了，他笑眯眯地问我：'有什么感想？'我说不出来，好容易才想出一个词：'有趣！'徐老师点点头：'你能概括一下主要内容吗？'我回答不上来。徐老师教我：'你可以试着概括一个故事。抓住人物时间地点，再拼成一个事件。'我试了试。嗨！果真行！

"徐老师又问我：'你觉得迪尔是个怎样的男孩？你觉得米蒂是个怎样的女孩？'奇怪了，一讨论起文学，徐老师就不咳嗽了。

"我们又讨论了很久。从七点半讨论到九点钟。母亲来找我了，我才恋恋不舍地离开。第二天，我飞快地吃完晚饭，五点钟就去了徐老师的宿舍。我们复习了一下昨天的讨论。我开始看《欧也妮·葛朗台》。

"经过昨天的训练，我看得快了一些。四百多页，我从五点看到六点半。然后我们又讨论。到九点钟,我又恋恋不舍地回去了。

"我的水平慢慢提高了,我可以和徐老师争论了。我们常常吵得面红耳赤。嚷嚷得太大声了,我母亲就会跑来看个究竟。因为她是四年级语文教师,寝室就在徐老师旁边。她总是看到我挥舞着书,嚷着:'我认为某某某很虚伪! 不能褒奖他!'徐老师冲我吼道:'虚伪是这个时代必要的伪装! 不能就这么说他不好!'我又喊:'人与环境不冲突!'母亲每次都说:'你们讨论书里的东西,别那么大声嚷嚷,别的老师都是喜欢一个人安静地看书!'我们不服气地对视着。后来母亲也参加了讨论。父亲,也就是你的爷爷,当时也是四年级的数学教师,不过也挺喜欢文学。他有时候也插进来讨论。徐老师就成了父亲的挚友。

"我们一家人和徐老师,时常坐在凉亭里闲聊。我总是迫不及待地抢先问徐老师对书中一些内容的疑问。你爷爷喜欢和徐老师聊国家大事,我总是听得很认真,我后来对政治的敏感,就是因为五年级时常听到父亲和徐老师对政治的深刻剖析。你奶奶总是微微地笑,静静地听。那段时光要多快活,就有多快活!

"有一天,徐老师对我说:'你知道自己是什么吗?''我当然知道!''不,你不知道。''我是人嘛!''你是一个才华横溢的人,你知道自己的才华表现在哪儿吗?'我思考了一下:'文学?'徐老师点点头:'我通常不会看走眼,你是个天生的作家。你要走这条路,坚持下去,准没错。'我犹疑地点点头。徐老师严肃地说:'这不是开玩笑! 你选择一条路,往前走,不要回头! 你不会错的! 加油!'徐老师很少给人加油,这是第一次。我是个容易头脑发热的人,当天晚上就投了稿,居然被选中了!

"期末考的时候,作文题目是'我们几个的小秘密'。我立刻就想到了我们家和徐老师的友谊。我的作文得了满分。

"徐老师是万事通。要考的每一科目,他都是高手。接近期末考试时,他在中午专门抽出时间为我补课。我的成绩本来是全班最好的,经他一点拨,变成了全校最好的,估计在县城也排得上名次,前二十肯定有的。因为我这次期末考,语文居然满分! 数学也是满分。其他科目,除了一科九十九,全是一百!我算是超水平发挥了。

"可是徐老师是代课老师啊!第二个学期,余老师回来了。你奶奶和爷爷请求过校长让徐老师回来。你爷爷拿出了我期末考的那篇作文,说:'小杰也非常喜欢他,爱戴他。他的课很精彩,而且我们和他在一起的那些时光,多美好啊!就让辉光留下来吧!他是'万事通',教哪一科都可以。'校长说:'没有空位置了。'这时,徐老师说:'我回去吧(咳咳)!我的妻儿还有母亲都在县城呢(咳咳)。他们的工作都在县城(咳咳),我把他们带过来很不方便(咳咳)。我会和你们联系的(咳咳)。

"就这样,徐老师走了。他给我留了一支录音笔。没想到我们的讨论都被他录进去了!那一箱子书,我们正好讨论完,他带走了。他到县城的最初几年,我们经常联系。可是后来,他被调到了北京,离我们杭州很远,就渐渐断了联系。

"我要感激他。要是没有他,我根本不会成为作家,或者根本不会有兴趣学文学,不会发现世界上有这么美妙的东西。他对我以后看书也有很大的影响。我习惯先看个大概,再一个问题一个问题研究,而且喜欢两个人一起读。他教给我的学习方法,我一直沿用至今。这些方法使我走进浙大的大门。一切的一切,使我一生受益,没错,一生受益。"

徐杰停顿了一下。儿子以为他说好了,正要发表见解,徐杰又说:"更重要的是,他让我学会了,感恩是怎样的一种情感。"

第二天,儿子的采访报告被老师打了个"A+++",这是最高评价。徐杰翻开儿子的作文本,只见采访报告的最后几行写道:

"小鱼感谢海洋,鸟儿感谢天空,树木感谢土地,而爸爸说,他要感谢徐辉光老师。如果爸爸是小鱼,那么徐老师就是海洋,爸爸要感谢他给了自己展示本领的天堂;如果爸爸是鸟儿,那么徐老师就是天空,爸爸要感谢徐老师使他清楚了自己是哪块料,让爸爸坚定了自己的理想;如果爸爸是树木,那么徐老师就是土地,爸爸感谢他,是他使自己在丰富的书籍中成长。爸爸对他的感恩,就是鱼之于水,鸟之于天,树之于土。"

徐杰合上作文本,眼眶已经湿了……

# 爱，不需要理由

龙游县西门小学四年级　施雨晨
指导老师：诸葛建军

## （一）

夜里的一只只萤火虫，细微渺小的光只能照亮自己前行的路，却无法点亮黑夜。它们是那么渺小，无论如何努力突围，也好像只能被沉沉的夜包围。

天仿佛一幕画景。在云层中一闪即逝的麻雀，宛如水面上的一盏白莲，破开一池清水。温暖的晚风徐徐吹来，透过每一片碧绿的树叶，穿过每一颗娇嫩的小草，落在桑雨落家每一扇打开的窗户上。

寂静的书房里，桑雨落从笔袋里翻出一支笔，笔盖插在笔头上，双眼扫视了一下白纸黑字、布满血红色叉叉的试卷，捶了捶手，轻轻地叹了一口气，双眼中透出几分无奈。接着，就像一位农民，辛苦地为豆地锄草，桑雨落开始反复琢磨着每一题的订正方式。她时不时抬起头，望向窗外，像一只凝望夕阳渐渐下落的小雏鸟，等待着、徘徊着。她神情呆滞，如同一个被人控制的牵线木偶般面无表情。在她的身后，高高地叠着许多本练习题和试卷，有大有小、有薄有厚，稳稳地矗立着，可怕如战火纷飞的战场。她的笔杆不停地晃动着，不断勾出一道道极其优美的弧线。虽然不能和雨后彩虹的绚烂所媲美，但也不会逊色于含露微微开放的、清雅的、芬芳的荷花。但是，她好像无暇欣赏这些小细节中的美。

"呼——"她揉了揉眼睛，长吁一口气，"终于好了。"她轻声念道。桑雨落使劲甩了甩两只快要麻木的手，轻轻吹了吹掌纹间的手汗，顿时感觉十分轻松，好像分数提高了许多般如释重负。一瞬间，周围的空气减轻了无数压力。自己写的几个歪歪斜斜的字变得更加工整了，破旧不堪的写字桌变得更加崭新了,铅笔盒上绣着的小兔子变得更加可爱了……

桑雨落突然叹了口气,像一位年迈的长者一样摇摇头,双眼中透露出来的只有无奈、悲哀和痛苦。她的眼中密布着、交错着一条又一条的血丝,宛如铁丝网一般吸附住了整个眼球,眼球就好似两颗锈迹斑斑的金属球。她直起身,扶着腰吃力地打了个哈欠,扭着僵硬的脖子,发出"咔咔咔"的怪声。她就像头上顶着一碗水一样小心翼翼地迈出每一步,过了好久,才红着脸,不好意思地将伤痕累累的试卷递给爸爸。

"给我。"俩字冰冷、干净、沉重,像铁锤,在她的心中砸出了俩坑。

"哈……呼……"爸爸喘着粗气,这必然是暴风雨前的平静。

"你个'小死人',就不想上课是吧? 只会玩是吧?……不好好学语文,以后就叫你考不上华茂……"爸爸一下"是吧是吧"地自问自答,一下只问不答,语速堪比浙江卫视的华少。

桑雨落无趣地低下头,心里默默地想:就不能换点新鲜的词吗?

此时,平日里和蔼可亲的爸爸就如同一个可怕的魔王。

## (二)

"去,把那几张试卷和买来的习题里面的这一单元的题目做完。"爸爸像个陌生人,丢下一句话,就去看报纸了。

天阴沉沉的,头顶上的黑暗像无边的巨网,笼罩着大地。

这很像桑雨落此刻的心情。这阴郁的天气,笼罩着她的心,似乎夺走了她的灵魂,禁锢了所有的快乐。她思考自己得到了什么,失去了什么? 两者无法对比,剩下的只有悔恨,只是没有悔恨药可以医治。

"哎——"她长长叹息了一口气,微微拂了一下刘海,双眼里充满了泪水。桑雨落小声念叨:"考考考,老师的法宝;分分分,学生的命根……"

说着,还咬着牙捏拳头。

桑雨落打了个呵欠,伸了个懒腰,翻开了作业本一题一题地做着。这时,穿着睡衣的妈妈从卫生间里一摇一晃地走了出来,睡眼惺忪地揉着眼,想去房间睡觉,一扭身迷迷糊糊看见桑雨落还在辛苦地埋头狂做作业,一下子感到十分欣慰,就倒了杯牛奶,加了点核桃碎和蜂蜜,小心翼翼地端到桑雨落面前。刚想劝桑雨落别做了,但看见那张惨不忍睹,皱皱巴巴的像梅干菜似的破破烂烂的试卷后,一下子惊呆了,张大的嘴巴可以塞下两个大鹅蛋了。妈妈的脸上满是暴怒的神色,她没想到自己疼爱的女儿,竟然成绩变得那么差,态度是那么的不端正。

在那一刻,桑雨落明白了,以前没有乱写一通的时候,虽然作业少了一点,但不会乱做,是那么多姿多彩,鸟儿飞,云儿飘,虫儿叫,似乎什么东西都可以成为伙伴。可现在,一切都黯淡了。她明白了,乱做是得不到什么的,反而失去的更多了。她忍不住了,豆大的泪珠划过脸颊,形成一朵朵白色的小花。那花是洁白无瑕的,掉落的是她最后的幸福美满。如今,所有的一切都破碎了,所有的幸福都如泪水滴在地上,不见了,只留下一片水渍。

"哦呦,考得还真不错哦,你一个人独占全班第一咯。"妈妈轻描淡写地讲道,虽然语气平平,但从她的嘴角可以看出,这将是一场特大暴风雨前的平静,"说吧,还有几个人在你后面比你差的?!"

"嗯……呃……"桑雨落默不作声,继续写着,泪水不争气地涌了出来,落在本子上,留下大片大片的水迹。桑雨落抽噎着,鼻梁一耸一耸的,心中有一种憋屈的感觉,很难过,不停地自责。

"哼。"妈妈从鼻腔里发出沉闷的声音,冷笑了一下,随手抽了她一个耳光,"你们班有多少个人有100分啊!?"妈妈是多么宠爱她,渴望她也能考个第一名,也能让妈妈骄傲地仰起头来,对别人说:"你看,我女儿也考了100分呢!"如今,什么梦都破了,妈妈是真的伤心了。在妈妈眼里,她已经无药可救了,那甜美的蜜罐子破了。

"五……五个……呜呜……"

妈妈也不想再多说了,挽起袖子就冲出书房,直往阳台奔去,还故意把脚步放得很响。桑雨落知道,妈妈这是去拿衣服架子了。桑雨落觉得自己这些错是可以原谅的,况且错的题目大部分都是粗心导致的,只要再努力一点,再细心一点就可以了。桑雨落又想:喊,错了有什么大不了的,又不是不会做，打个屁啊，好好说不就行啦，就知道打人，打打看你自己啦，很痛的喂！

"啪，啪，啪"一阵清脆的拖鞋踩地声传来，不过在桑雨落听来，这是死神到来前的预兆。

"快点，把手伸出来，说，选右手还是左手。嗯?!"妈妈不耐烦地叉着腰，"你的饭都吃哪去了？看看人家，作业都做完了，工工整整，还没有涂改，哪像你，修正带画得整个本子没有空隙，每本作业本都像一只只怪兽！"

妈妈把那一张只有叉叉的试卷揉成一团，扔在地上，眼里恨铁不成钢的怒火越烧越大了，鼻孔里一进一出的气就像愤怒的战斗机，如果再长几根胡须，那准得变成刺刀，扎下去了。

桑雨落突然一声吼："骂骂骂，骂个屁哇，总说别人成绩好，让他们做你孩子去！我不要你做我的妈妈了！"她积蓄了好久的眼泪喷涌而出，不争气地流了下来。她甩着头，想把一切想法甩出脑袋。正喊着，头也不回地冲出了家门。

## （三）

坐在客厅里的爸爸和弯着腰还想再批评的妈妈都扭过头，呆呆地望着桑雨落离去的背影，愣住了。妈妈连窗外下了雨也不知道，爸爸更是烟灰撒到裤子上也没发现，也不吐烟圈了。

桑雨落心里只有一个念头——离家越远越好！她以体育课上短跑比赛的速度向前冲刺着，穿过灯光耀眼的大街，跑过无人问津的小巷，直到跑不动了才停下来时，她抬头一看，发现面前这家停着许多出租车的"店"居然是火车站！她不敢相信，在这么短的时间内跑出了这么远。桑雨落本想转身离去，但她又转念一想，反正我也离家出走了，就干脆"走"远一点吧！

"呃……哼!"她似乎是下定了决心，使劲捏一下拳头，摸了摸口袋里的钱，大踏步地走进了车站，买了到杭州的票，随即在车站的候车室坐下，闭着眼睛小眯一会。

终于,发车的时间到了,桑雨落睡眼惺忪地看了眼钟表,把票给了那个将候车室弄得全是烟味儿的检票员伯伯,然后在工作人员的带领下上了火车。

车好像开得很慢,颠簸的车厢宛如小时候熟悉的摇篮,摇摇晃晃的,把睡意正浓的桑雨落带进了美丽的梦乡。但是,一片黑暗的车厢中,有一个诡异、神秘的黑影在她面前一闪而过。

"尊敬的旅客,杭州站到了……"随着广播的响起,太阳已经到了头顶,桑雨落醒了。她走出车站,环顾四周,伸了个懒腰,又打了个呵欠,懒洋洋地搓了搓眼屎,心情愉悦得就像迎面吹来的春风。

比平时更灿烂的阳光,比平时更蔚蓝的天空,还有比平时更悦耳的鸟叫———天堂杭州啊!

"嗯——书上说的杭州果然不错,空气也要清新一点耶!"她舒服地深呼吸了一次,眯着眼打量着这个美丽的城市。云儿飘、鸟儿叫,在这时真可以说是桑雨落最好的朋友。他们和绿油油的树、红彤彤的花构成了一幅美丽而富有生气的风景画。

柔和的太阳光从躲在淡淡云层后的太阳上射出,把这世界照得更亮堂了些。桑雨落轻拂了下刘海,轻吹一口气,就近找了个好玩的景点开始了"杭州一日游"。

"哇!有鱼耶!好好玩!"这时,已经日近中午了,桑雨落站在西湖边,望着湖里那一条一条的金鱼,眼里闪烁着爱慕的光芒,近在眼前却不能伸手去触碰。

"咕——"桑雨落正高兴着,突然干瘪的肚子发出饥渴难耐的叫声,她才注意到今天早饭、午饭都还没吃呢。她正想着去哪里吃好,手就不由自主地摸向口袋,心里想:"反正兜兜里有钱,怕什么!"结果习惯性地一摸,摸到的却是空气,自己的零花钱不知所踪。

她望望快要黑得跟炭一样的天空,懊恼而又沮丧地狠狠一跺脚,把所有愤怒发泄在这一脚上,但是没办法,桑雨落只能饿着肚子回火车站过夜。

　　天彻底黑了，一天就这样子拉上了帷幕。桑雨落明白，也知道就这样持续下去也不是办法。又过了一个小时，一股凉意从脚底蔓延开来，接着慢慢盘旋向上，在裤腿里袅袅上升。不一会儿，寒冷很快遍布了全身。她忍不住打了个哆嗦，双手抱着脚蜷缩起来，冻得瑟瑟发抖。但尽管如此，玩了一天的桑雨落还是在迷迷糊糊中睡着了。

　　就在那么一瞬间，身上有了久违的温暖，手脚不再冰冷，感觉就像有人给自己盖上了温暖的被子一样。桑雨落猛地睁开眼，天还蒙蒙亮。桑雨落坐起来，看见一位脸上布满皱纹，皮肤黝黑的老婆婆正拿着一沓厚厚的报纸要往自己身上盖。她一下子愣住了。桑雨落整理了一下衣服，跳下了椅子。

　　经过一番交谈后，桑雨落得知，老婆婆是在火车站卖报纸的，她的孩子也因赌气离家出走，她希望自己的孩子在外面也有人为她盖一张报纸。桑雨落忍不住告诉老婆婆自己的来历，老婆婆耐心地开导了一会儿她，并为桑雨落泡了碗方便面，买了去龙游的火车票，送桑雨落上了火车。

　　桑雨落走到小区楼下，望了望天空，上楼打开了家里的门，看见妈妈已经哭成了泪人儿，爸爸双眼布满了血丝正在家里焦急地转圈，看见自己日思夜想的人，赶紧跑了上去，桑雨落也含着泪，迎了上去。

　　此时此刻，桑雨落心里只有一个念头：但愿永远都这么幸福地拥抱着才好！

# 那双澄澈的眼睛

杭州市采荷第二小学六(2)班　金益笑

指导老师:陈晓娟

当我第一次看到那双眼睛,感觉自己一下子被击中了。

没错,一下子击中。

那眼睛澄澈得你都不敢正视。因为你会觉得稍稍一动,这个诗一般的美梦就宣告破灭了。

那双澄澈的眼睛,至今还记得。

## (一)

四周的黄沙漫天掩盖不了这里的苍翠绿意。在车中被颠得摇头晃脑、迷迷糊糊的我强打起精神看窗外——哦,我们已经在群山之中盘山而上。打开车窗,清朗而又凉凉的空气迎面袭来,让我忍不住贪婪地张开大嘴狠狠地吸了几口。马上就要到达目的地——开化,一个和我同龄孩子的家了。

车呼啸而过,卷起一阵一阵的黄沙。远远看着小路前方有了几缕炊烟,出现了几栋小小的排屋。到了!到了!

车缓缓地驶进了村子,也不知道是哪家的孩子叫了一声:"车!"结果几乎全村的孩子都跑来了。几十双好奇的眼睛齐刷刷地盯着眼前的"汽车怪物",时不时发出一两声惊叹以及啧啧声。一个男孩满脸期待地说:"我,我,我可以摸一下吗?"当他伸手触碰到了汽车的引擎盖时,他马上将手缩了回来,一脸的满足。真的,他笑起来像一个太阳。

## （二）

黄土堆起来的屋子，最大的裂缝可以塞进一只手指。门上贴的对联已经泛黄得褪了色。屋子里黑黑的，仅有的一只日光灯勉强散发出零星光亮。

妈妈的早逝带给了她非常大的打击，她的爸爸从此萎靡，成了这个村里有名的"懒鬼"，她不仅需要照顾年迈的奶奶爷爷，还要为这个残缺不全的家打工挣钱……

她稍有些羞涩地向我们问了好，请我们坐在椅子上，所谓的椅子其实只不过就是一些破篾席编成的垫子。

她为我们端茶倒水。我清楚地看见她拿出自己家里"最好"的碗，将烧开的山泉水小心翼翼地倒满了每个"碗"，而后送到我们的手中。我仔细看手中的碗，缺了一个角。

她带我看她家的菜园子，在这里，她变得健谈了许多。她向我骄傲地展示着自己种出来的蔬菜，脸上红扑扑的，那双澄澈的眼睛忽闪忽闪，好像仲夏夜星空的星星。

突然，她一拍脑袋："哎！我差点忘了！你跟我来！"我跟上去，以为发生了什么事。没想到她从一桶冰凉的山泉水中拿出一瓶可乐，递给我。"快喝吧！"她满脸期待地看着我，"我种的豆角卖了个好价钱，我买来给你尝尝的。"我推了回去，这辛辛苦苦换来的可乐，我怎么好意思一个人独食？看着她那真切的眼睛，我越发觉得自己渺小。

## （三）

"笑笑，快过来，把你的东西送给宁清。"爸爸在呼唤我了。

我紧紧地攥着她的手，她的手真瘦，我可以摸到一根根凸起的血管。

我从包里拿出一样样东西：衣服、文具、生活用品……当然，少不了书。

"这是我珍藏的书，我相信你一定会喜欢的。"我将一包书一齐递上去,微笑着看着她。

她默默地接过书,什么话也说不出来。有点凌乱的刘海下,那双眼睛越加明亮。这是她平日里不敢奢望的衣服,是她做梦也想得到的书。她的眼睛散发光芒,似乎此时她是这世界上最幸福的孩子。

她笑了。

笑得那么甜。

笑得那么美。

看着她的眼睛。

我读出了谢谢!


不,是我谢谢你,你让我知道,一个生命,用怎样的顽强,怎样的乐观,去抵御看似黑暗的明天。

孩子,宁清。请允许我用这样的口吻来对你说:

你可能不会拥有荣华富贵

你可能不能享受甜蜜生活

但你尚有希望

你拥有爱你的亲人

你的大山

你的家

嗯,还有你的豆角

在你澄澈的双眼中

我看到了生命的生生不息

对你来讲

我简直就是

一败涂地

我要感谢

在逆境之中奋发向上的你

在困难面前永不低头的你

当我看到你对书籍深深的眷恋时

我

为之惭愧

亦为之动容

谢谢你

让我有机会第二次懂得生命的意义

宁清，我会永远记得大山，那个在豆角地里微笑的你，以及你看到书时，那双澄澈的眼睛。

黑夜给了你黑色的眼睛，你却用它来寻找光明。

谢谢你，让我对生命的意义有了新的诠释。

# 心头的枇杷膏

桐乡市振东小学603班　于桃铭

指导老师：钱镜地

从薄薄的迷茫开始，周围是青草的诗和行，这就像一只蚕在桑叶上的那种幸福。我愿意什么也不想，静静地坐在那。听着风吹，看着草动。

——题记

你曾经是我内心的温暖，因为一朵花的开放，我听到了那渐近的脚步，笑容在清晰。灿烂的黄昏，与温暖的秋，在繁星的童话里悄然相遇，从此，我愿意成为你的笑容。

## （一）田地里的身影

岁月的年轮也夺不走你的微笑，即使迎面而来的，是满头的白发，是生活上一个个沉重的负担。前些日子，家里发生了许多不幸。爷爷在工作时不小心伤了手，在医院里躺了好几天。这些日子里，你挑起了多少担子，背负了多少重活。这一幕幕，我永远忘不了。

炎热的夏天虽还没到，可是这天就如火贴近身上一般的热。你挑起扁担出了门，我跟在你身后，你无数次回头喊我，让我回家，可我执意不肯。我跟你到了桑树地里，这太阳都把满地的黄叶烘焦了。你弓着身子，一张一张地拾起。我坐在阴凉的地方，观察着你的一举一动。你累了，但你从来没有坐下休息，只是默默地承受着上天的不公安排。你的脸是那么憔悴。这些天你一定时刻挂念着爷爷吧，连一个安稳觉也睡不好。我看见你的眼睛里充满了泪水，与一根根血丝交织在一起。你不能倒下，因为现在家里的事全需你一人照料。

太阳似乎没有看懂这老人家的心思,反而更加无情地照射着。你艰难地拾起黄叶放进箩筐,一片又一片,速度慢了下来。我只是以为你需要休息了,但是,更大的不幸未曾来到。我依然坐在那看着你,从来没有产生过想要帮你的念头。你抬头看了看我,冲我一笑。你这一笑看得我好心酸。这些天,你未曾露出笑脸,我以为以后再也看不见你笑的样子了。这笑,看得心酸,看得有种异样的感觉。

当你挑起扁担的一瞬间,你倒下了。那一刹那,你的泪水流了下来,我抽噎着,努力克制住。那泪水滑过苍白的脸庞,划过一个即将坠落的心,然后,与泥土融为了一体。那地方,漂浮着无数的哀伤,你的一切,最终只是为了完成泪水的归宿。心如刀割。你回到家,依然惦记着桑树地里那孤单的两只箩筐和一根扁担,你不忍心让羊挨饿。可就是你的不忍心,成全了你柔弱的身躯,在泪水与呐喊汇流入海的那一刻,你倒下了。

你还记得我说过的一句话吗?在爱的边缘,总有无数的痛与他交织在一起;在痛的边缘,爱藏在一个不易发现的角落。梦乡里的奶奶,在世外桃源,现在的奶奶,就躺在我曾经躺过的绿草地上。

## (二)蒲扇时代

当夏天的炎热逐渐逼近;当人们忍不住拿出扇子扇风时;当阵阵清风透过我心田时,我又会想起你——我的奶奶,这个质朴的老人。

奶奶是一个农民,个儿不高且比较胖。记得那次夏天,天气是闷热的,让人喘息不过来,知了在树上不停地叫着,小狗纷纷吐出舌头。就算白天熬过去了,但到了晚上,睡觉似乎成了一个天大的难题。夏天的夜晚总是那么热,睡在床上要不停地用扇子扇才能睡着。今日,我也像往常一样睡在床上,奶奶睡在我的旁边,奶奶最怕热了。可惜那时我们房间里没有空调。

我拿着扇子举在头顶使出浑身力气扇呀扇。"啊,好舒爽,好凉快。"渐渐地,我的手越来越酸,扇子扇的幅度越来越小,手抬得越来越低,风越来越小。我心想:"扇扇子真累!"直到最后,我的手和扇子停在了床上。炎热继续袭击着我。奶奶似乎知道我的心事，说道："来，我给你扇。"说完，便拿走了我的扇子。但我明知道，奶奶有扇子，却偏偏拿我的扇子，便问道："奶奶，你为啥拿我的扇子？""你扇子大，风就大。"奶奶好像发出了笑声。这时，一阵阵清风在我头顶上吹过，它们有顺序地驱赶走一处又一处的炎热。我也越来越凉快了，奶奶还时不时地问我："还热吗？哪儿热？凉不凉快？"扇完一阵儿，风逐渐变小，"咦，奶奶是不是扇不动了呀？"但奶奶温柔地说："扇得动，不累，我才不热呢。"奶奶的话语我怎能接受？我感觉到奶奶越来越没有力气，但她依然努力地给我扇风，却一直没有办法给自己扇风。渐渐地，我睡着了……

第二天早上，奶奶一反常态，起得很晚。原来昨晚奶奶一直给我扇风，睡得很晚。早上，我才发现奶奶的脸上已有了黑眼圈，皱纹也变得更多，精神也没平常饱满，奶奶显得更苍老了。

奶奶不怕热和累，只给我换来凉爽，我怎能不为之感动？每当想起，我的眼泪便夺眶而出。从那时起，再没有哪把扇子能扇出比奶奶给我扇的那风更清凉的了……从那时起，我视它为珍宝，因为它不只是把好扇子，更是一把凝聚着浓浓的爱意的扇子……

### （三）雨季的枇杷膏

又是一个雨季……

我向来喜爱寂静的雨天，雨珠轻轻地敲打着玻璃，发出"滴答滴答"清脆的响声。雨中的植物是最美丽的，它们变得翠绿无比，怎能不让人赏心悦目呢？把手伸向窗外，一边尽情享受小雨珠落在手上的那份舒畅与静谧，一边倾听着优美动听的雨打声，它们必然是上天降下的一位位小精灵。

"咳咳。"因为长时间地欣赏雨景，我又开始咳嗽起来。奶奶听到后，皱了皱眉头，显得格外焦虑。她赶紧来到药柜前，把整个药柜都给翻了一遍，可是连一颗治咳嗽的药也没有。

"桃桃，我下去采些枇杷叶，等下回来给你做枇杷膏，你在家等着！"

"不行,我也要去!"待在家里多无聊啊,这么好的机会我怎么可能会放过呢?

"这怎么可以,你下去会更严重的!"奶奶一改常态,严厉地对我说。

"不行不行,我就是要下去!"

奶奶拗不过我,只好答应让我陪她去。小区里的枇杷树并没有多少,我们在小区里寻找着枇杷树。奶奶突然眼睛一亮,用手指了指我们的前方:"瞧,那里有棵枇杷树!"那是一株大约有一层楼高的枇杷树,每一片叶子上都滚动着晶莹透亮的雨珠宝宝。奶奶加快了步伐,快步走上前去,我紧跟在后面。来到那里,奶奶先把整棵树扫视了一遍,然后,她的目光便集中在枇杷树的一部分上,那是几片有点老黄的叶子。奶奶用粗糙的大手轻轻地拿住叶的柄,把它一折,叶就被奶奶采了下来。奶奶还把叶使劲地甩了一下,雨珠纷纷掉落下来。奶奶采了几片最好的叶子。

就在这时,奶奶瞧见一棵更大更绿的枇杷树。"啊,那些叶更好呀! 快去那里采一些吧!"奶奶说着,脸上露出了微微的笑容。她撑着伞小跑了过去。不过,刚到那里,她便紧皱眉头,似乎在思索着什么。我奇怪地问道:"奶奶,怎么回事?""这些叶都太高了,好的都在上面,一定要把树枝给拉下来采!"我似懂非懂地点点头,但奶奶早已把伞递给我,自己拿住了一根树枝,用力往下拉。叶子上本来就有许多雨水,再加上一动,雨水就不约而同地落了下来,落在了奶奶的身上,只见她的衣服上留下几处被雨水滴过的痕迹,可奶奶并没有松手,依旧拉着树枝采顶上的叶,她的身上也越来越湿……

我从未讨厌过雨水,但这一刻,我却厌恶起雨水来。雨越下越猛,渐渐地从绵绵细雨变成了倾盆大雨。奶奶埋怨道:"叫你下来,看,咳得更严重了吧!"她随意采了几片,便走回家。

回到家中,奶奶一边用板刷刷叶上的毛毛,一边活像一位老师在课堂上给我们上课:"叶片上的细毛要刷掉,不刷掉会引咳的。叶子要老,药效好,对树无害处,叶摘去老的,枇杷树更茂盛。"说着说着,枇杷叶刷干净了。

　　奶奶把枇杷叶放进锅里,先用大火煎熬,个把钟头后,把叶子捞出,放进冰糖、梨子,再煎上三四十分钟。奶奶用一只筷子往锅里一蘸,拎起来,筷子上沾的水慢慢地往下淌,连成了一根酱色的线条。我恍然大悟,这叫枇杷膏。

　　奶奶把火熄了,倒了一碗放在窗口风头里,十来分钟后叫我喝。当我捧起碗,喝着略带甜味的枇杷膏时,不知怎的,滚滚热泪夺眶而出。

　　现已过去好多年了,但每当我透过雨幕,奶奶在雨中采枇杷叶的情景便清晰可见:淋湿了衣服、快步走回家,心头格外温暖。

　　轻轻悄悄地,岁月爬上你的屋檐。时光机慢慢地放映着一部部影片。我真想成为你的笑容,陪伴在你的左右。也许有一天,我会启程去远方求学,那些人和事或许都与时光一样匆匆流逝,但我永远忘不了那一个个有你陪伴的夜晚,因为那是我为人处世的温暖来源!

# 蜻蜓影子

温州市实验小学六(5)班　王紫名

男孩站在田埂上,青涩的春风带着新鲜芽草的清香,卷起他的裤脚。有只傻呆呆的,刚挺过一个冬天的老蟾蜍,从田里跳出来,溅了男孩一裤腿的泥,又沙哑地叫了声不成调的"哇……"便跃进草丛里去了。男孩羞羞地笑了,小勺的阳光灌进他的酒窝,闪闪亮亮,漂亮极了。不过他并不在意这些,嘟哝了一句:"小家伙,看你把我给溅的。"小心地弯下身子,用衣袖弹了弹裤腿上的泥。

该有蜻蜓了吧? 他问自己。

这时,田埂最末的地方响起了一声清脆脆的喊声:"哥,快回来吃饭啦!"

是妹妹。男孩抬头望了望那道把天空一分为二的炊烟,迈开了双脚。先要回家,和妹妹、姐姐、妈妈一块儿吃饭。吃完饭,他还要喂猪,然后和姐姐一起上山捡柴火。

到了家,嘴里就一下子塞满了米饭,男孩只觉得有一朵清甜的米饭花儿在他舌尖上绽放。他越嚼越有劲儿,那股花开的感觉便越来越大,直至他吃完满满搪瓷大碗里的所有饭粒儿。他的舌头上,已经盛开了一大片幸福的花。咦,是什么东西在男孩耳边一啜一啜的,带着浓浓的鼻音。啊,是猪饿了。男孩从姐姐手里提了一桶糊糊状的猪饲料倒进了猪的石槽,看着它们硕大肥胖的身体和一拱一拱的鼻头,男孩突然觉得恶心,背过身去,拿起竹编的背篓,叫上姐姐就急急忙忙冲出猪圈。

他又想起了蜻蜓。记得他很小的时候,猪圈还不是猪圈,这里是他们家门口一片小小的草坡地,一到三四月,草坡上就会飞满那种翠绿翠绿的蜻蜓,透明的,却又绿得油亮,把天映绿了,把草地映得水灵了,它们玲珑而小巧的四片微微有绿纹的小翅,扑闪扑闪,闪得男孩的心也绿了……

可后来,母亲整了这块坡地,养上了那群巨大脏臭的畜生。

男孩再也没见过那种绿蜻蜓了。偶尔会看见几只要么红得不留一点空隙的,要么就是黄溜溜的,土里土气的,再没有那种灵逸。

男孩好想念那种晶亮亮的、透光的、有灵性的绿蜻蜓啊!

他和姐姐已经走上了山路。前几天才下过雨,地上的泥又湿又滑,男孩觉得,自己就像一块大抹布,被这沉闷闷的湿气打湿了,变重了,走也走不动了。

远处,有几只鸟飞离树枝的声音,山涧里流水不停的哗哗声,还有他每天晚上都听到的,像羽翼一样坚硬的风声,碰撞在岩石上,碎成千万片,化为满山轻柔的雾气。

前面是条阴凉凉的岩缝,男孩跟着姐姐侧着身子从那缝隙里轻轻钻过去,紧跟着便是满眸的,像是黄昏流沙般黏稠的绿意。

远山的轮廓瞬间尖锐成了一条笔直的线,然后又模模糊糊地散开,像是男孩家门上用毛笔写的对联被雨打湿留下的墨线,歪歪扭扭地紧紧贴在天边。

姐姐也不多话:"捡吧!"便弯下腰捡地上不怎么湿的木枝。男孩朝前跑了几步,也开始往背篓里装树枝和干柴。

姐姐不断地沿着山缝边的一面岩石走着。男孩一直朝着深山的方向走,越走越远,他尽情地享受着山林中特有的野菊幽香和青稞的涩味儿,它们糅杂在一起,又被干净的叶子味儿给掩盖了。

不知不觉间,姐姐已经消失在男孩的视野里。可他毫无察觉。

有双眸,正望着他呢。

这眼睛干净得没有一丝杂质,像是山口里清澈的泉水。刹那间,男孩好像看见了纯白如乳的雾,还有水面上飞起的第一只白鹭和路旁茂盛的野花在那眼中闪动着。

哦,是蜻蜓。

这是一只宝蓝色的蜻蜓,和那美丽的绿蜻蜓有些神似,也是那么透明、光亮。在阳光的照耀下,留下了一沓淡淡的影子。

男孩着了迷。那只蜻蜓好像在笑，他从来没有见过这样的笑容，像是被太阳点燃，带着温度抵达他内心深处似的。它一下子填补上了他心灵上残留多年的冰冷深邃的空隙。

于是，蜻蜓往前飞，男孩就痴痴地往前走。山，深了；林，密了。

哦，还有蜻蜓呢，不知从哪个草丛里又飞出了三四只蜻蜓，有红的、黄的、褐的，都一样的轻灵、透明、飘逸，晃着男孩的眼。

男孩笑了，跑着跳着追逐着这些小精灵，他仿佛又回到了小时候的草坡地，爽朗的笑声把阳光从树冠上震下来，在地上碎掉，热乎着男孩的脚。

前面，是一堵密而实的绿墙，它简直是全为植物交织而成的，直通云霄。男孩已经不知道自己走了多远。他看见这堵墙，记忆的光忽地从他脑中射在了这堵墙上。那是小时候，姐姐为了他一次又一次许下的心愿，在那片蜻蜓坡上造的小草垛子，全是新鲜的嫩草细枝，也像这堵墙一般厚实，但从来没有这么高大，这么幽僻，这么古老。到处爬满了的青苔，像是这堵墙，纵横流下的泪水。

蜻蜓们好像根本没看见这堵墙，它们轻轻松松抖抖翅膀就径直飞了过去。它们是练了穿墙术吗？一点儿不受阻碍，直接就"噗"地飞进去了。只有几条亮晶晶的影子，在空气与阳光中一闪一闪。

男孩疑惑地眨了眨眼睛。

然后，他立马抬脚，没有丝毫犹豫地冲向绿墙。

像是被一阵冰凉凉的风浇灌了整个身子，他站在了墙的另一边。

男孩转身摸墙，实实在在的坚硬实在，怎么也穿不回去了。

他抬起头，啊！漫山遍野的蜻蜓！它们甩动着一串串绚丽的影子，在天上、地上、空中，到处飞舞着。男孩觉得好像四面都有镜子，蜻蜓、蜻蜓，他完全分不清翅膀、影子和一堆堆迅速挪移的大眼睛。男孩头晕。但男孩已经着了迷，那不断膨胀的喜悦充斥了他身上的每一个细胞。

他往前走了几步。

他的脚触到了冰凉的水。

原来，是蜻蜓湖。

是水倒映了天，还是天倒映了水，男孩不清楚。他只看见千万只蜻蜓，透明宛如水晶的蓝蜻蜓，犹如玛瑙的褐色蜻蜓，还有黄蜻蜓、红蜻蜓、花蜻蜓，都低低地飞在水面上，它们灵动可爱的影子，都好像黑白的画片，被水面过滤掉了颜色，只留下一个立体的淡淡影子，跟着它们的本体一起乱舞。

水面上，飞着一群蜻蜓。

水里，还有一群更灵婉的蜻蜓。

只是没有从前坡地上最亮丽的绿蜻蜓了。或许，它们真的全被妈妈的驱虫剂杀死了，男孩默默地想着，坐了下来。

有几条小小的鱼坐在云朵上飞来——哦，它们是坐在云在水中的倒影上，打碎了上头几只蜻蜓的影子。它们笑了，扑了扑尾巴，一扭小腰，一路游下去，碎了一连串的蜻蜓影子，也把它们屁股下的云朵，抛在了后头。可小鱼儿毫不在乎，越发欢快地游来游去。

男孩低下头。

突然看见有一只蜻蜓大胆地停在他的手心。

这，这是一只绿蜻蜓！像宝石一般亮丽的绿色，叶纹一样的翅膀轻轻颤动着，留下一小沓信纸般的影子，映绿了男孩的手。

"绿蜻蜓！唯一的一只绿蜻蜓，逃出来的绿蜻蜓！重建家园的绿蜻蜓！等我的绿蜻蜓……"男孩哭了，他一下子，什么都懂了。手上这只苍老的蜻蜓，把他的心门一下叩开。

隔着一眼的模糊，他还能清晰地看见这只蜻蜓细长的影，柔柔地躺在手心，他于是莫名地安心。他看见它精致的眼里，被琥珀色瞳仁包裹的深情。那一瞬间，他想起了山上稀薄的白雾，想起了妹妹在风中作响的银坠，想起了父亲临终前的那一刻，注视他的，深如潭水的目光。他的心惶恐不安地跳动，那些话堵在喉咙里，让他的喉咙像火烧一般疼痛。他迫切地想要倾诉时间的仓促和残酷，可他又不知道该从何谈起。

然后，他努力让他的心脏在胸腔里慢慢地安静下来。

他陷在了蜻蜓舞动的翅影里。

它们的翅膀影子热烈地狂舞着,却又不失恬静,就像是未散晨雾里的笔挺青松,剪影的边角上还沾染着模糊的纯白的光,这种美丽就这样缓缓渗进大地。

男孩用左手撑住地上的碎石,石头上还残留着阳光的温度。他感到手掌突然有撕裂的刺痛感和粘上了某种黏稠的液体。他知道他的手是被石头锋利的棱角划出了血,浓浓的血腥味儿和痛苦感像是暗处的猛兽朝他扑来,他有了窒息的感觉。

往事一下子冲上脑门。

"弟弟,弟弟,妈妈快来看,弟弟醒了!"姐姐焦灼的目光紧紧聚合在他微微睁开的眼上,让他觉得好像直视着正午的太阳,眼前一阵白晃晃。

随之,就是母亲的脸。

好像一瞬间苍老了几十岁的模样,以前油亮油亮、乌黑粗壮的麻花辫子消失在她头上,母亲的头发一夜之间掉了一半,白了一半,稀稀拉拉地散在她肩上,凌乱的一个个死结中,深深铭刻着她的痛苦。

"终于醒了。好,好,可是孩子他爸……"母亲抽泣起来。

抬起自己冒着血泡的手,男孩脑中霎时闪过一道电光。

他想起来了——草坡上飞满了透亮的绿蜻蜓,一只又一只在空中飞飞停停,逗引着男孩。小小的他挥舞着短胖肉嘟的小手追着跑啊跑啊。一只绿蜻蜓好像在笑,晶亮的眼睛一闪一闪,哦,它是多么美丽、光洁、透明,泛着淡淡的绿意。男孩伸手追随着跑去。

"扑通!""咔!""嘶!"他滚到了草坡下面的悬崖。

从田里回来的父亲正巧碰上了这一幕,他飞奔过去,伸出汗津而壮实的大手使劲够着吓蒙了的,挂在崖下一根树枝上的男孩。

够不到。

崖下深深的黑影张大了嘴朝这父子俩狞笑着。男孩记得父亲深情地朝家的方向望了一眼,天鹅绒般纯净的黑眸子便看向了他。父亲翻身爬下悬崖,用脚够到了那根挂住男孩的树枝。此时的父亲就像一根紧紧绷直的橡皮筋,一手攀住草坡上的凸出的岩石,一脚钩住挂着儿子的树枝。

可是,怎么救他!

他颤抖着松开攀住岩石的手,似乎松开了自己的生命。他慢慢地把自己的身体移动到那根树枝旁,他眼角开始潮湿,但他努力把那潮湿吸收回去,他伸手,抓到了儿子的衣领。

可是,衣领,不争气地撕裂。

他无法选择带着儿子和自己一起上坡地。他紧紧皱起眉,坚毅冰冷的瞳里充满了决绝。他的双手托起了儿子……

抛!

男孩飞向生的那一瞬,父亲脚下的树枝,断了。

长大后的男孩,有时会突然清晰地想起父亲的目光,就在父亲把他抛起的那一刻,那道长足、安然、平静、深情的目光掠过他的眼,微微颤了一下,然后,就永远地消失在黑暗中。

"爸爸,爸爸,呜呜呜!"男孩不觉间泪溢眼眶,冲着当年那只年轻调皮,如今苍老歉疚的绿蜻蜓撕心裂肺地哭喊着。

他自责地望着蜻蜓:"不是你的错,都是我的错……"他突然看见有种深如潭水的光晕在绿蜻蜓的眼中轻灵地晃了晃,犹如父亲的眼。这一定是错觉,他对自己说。

自那以后,他就再没有见到过绿蜻蜓。

妈妈好像不是以前的妈妈了,被泪水洗刷的脸庞逐渐变得苍白干燥,那双温和幸福的棕色眸子如今成了两张血丝拉成的网。男孩清晰地记得有一天,妈妈盘起头发,束起腰裙,分外精神地站在草坡上。他正高兴妈妈的振作,可是一瓶红得像太阳的东西从妈妈的口袋里一跃而出,炙热的喷头到处挥洒着血一样稠红的液体。啊!这些东西好像一团团烈火,焚起了草地,焚起了小花,也把每一只乱舞的绿蜻蜓,送进了血红的鬼门关。

不久,这块曾经欢乐的草坡便成了猪圈。

手上的绿蜻蜓轻轻放下了翅膀,更加深情地凝望着男孩泪水纵横的脸。突然,它的前足勾住了男孩的食指,尾巴尖紧紧贴住男孩微弯的小指,淡绿色的翅微微颤动着,像是父亲临终那一刻被风吹拂的汗衫。

"爸爸——"男孩愣住了,他用左手小心地把绿蜻蜓取下,放在右手的手背上。绿蜻蜓的眼睛湿润润的,温情地凝视着男孩的眼。男孩的心中漾起了多年来从未平下的波,他似乎又回到了小时候,在草地上与蜻蜓们追逐玩闹、嘻嘻哈哈。

"咕噜噜——"肚子不合时宜地叫了,虽然只是轻轻的一声,却足以把男孩从如梦的世界里拉回现实,他开始想念家里香喷喷的蛋炒饭。

自从有了猪圈后,妈妈似乎慢慢地走出悲伤。她重新系上围裙,缠上头巾,和那遥远的以前一样,下厨、操家,给三个孩子做饭吃。

只是每一次,她都会多做一份,固执地将它放在那个高大的空位上,又很不情愿地在不得不清理餐桌时,默默地将它倒掉。

姐弟仁都知道这是为什么,只是谁也不说。

日子就这么一天天过去,家,慢慢地温馨起来。

男孩把绿蜻蜓放在肩上,试图照着进来时的办法一头冲出这堵绿墙。

"砰!"男孩只觉眼冒金星,差点仰倒摔进湖里。怎么办,回不了家了!

他沿着绿墙一直往前走,没想到蜻蜓湖竟有这么大。这条弥漫着青雾的小道似乎永远没有尽头。男孩又累又饿,筋骨酥软,一屁股坐在地上,像一只包着碎肉的大香肠,动弹不得。

绿蜻蜓不停地抖动着毛乎乎的脚,两只大眼睛里充满了良善与慈爱。男孩苦笑,叹了口气说:"绿蜻蜓啊,绿蜻蜓啊,你能带我走出这个地方吗?莫非你是想把我永远留在这里?"

绿蜻蜓一下子定在空中,动也不动,像一尊微型浮雕。但它很快就扇起了灵动的翅膀,从男孩肩上跃起,笔直地飞向湖中的蜻蜓群,一下子就融入在一片翅与翅之中。

"或许,这只是巧合,这只绿蜻蜓根本就不是以前的那只……"男孩喃喃道。

就在这个时候,那满湖的蜻蜓一下子变得那么集中,翅膀狂扇的风声与气流一起冲击着男孩的脸。

那五彩斑斓的蜻蜓,花花绿绿地重叠在一起,半透明的身体折射出各色的阳光。

蜻蜓们变得更加密集，一团一团，完全看不清彼此。

渐渐地，这团东西变成了一个形状。

箭头！

绿蜻蜓飞在了最前端，一对坚毅的眼怔怔地望着男孩。

男孩的心一下子变得炙热。

箭头指向东面的一条小道。

他眨了眨眼，身体逐渐轻盈，他觉得自己都快变成蜻蜓了，怀着可爱的魔力、灵动、传说和梦想。

这条小径潮湿润滑，两边是神秘宁静的蜻蜓湖，没有了蜻蜓的遮挡，湖在树影和光斑的映照下显得更加美丽。

男孩的脚步随着巨大的蜻蜓箭头慢慢移动到湖心，一种神奇的力量在心灵深处牵引着他，使他没有恐惧、毫不担心地行走在水面上。湖心的水波可不比湖畔，那样温热，那样光滑，一层又一层或大或小的水波金光闪闪地围着男孩朝四周扩散而去。男孩仿佛一块轻巧的石头，任自己的跃动激起湖心的涟漪。

湖心慢慢远了，男孩的脚不觉间走出了烂泥小道，踏上了坚实的土地。

这不是男孩进来的地方。这里的林子显然娇嫩许多，每一条枝头上的每一片叶都像是春天的嫩芽，透着淡淡的鹅黄，泛着一股青涩的绿意。

地上没有腐败的枯叶，黑色而湿润的土地上朝气蓬勃地缀着千万根草芽儿，像是新生婴儿一头柔嫩的短发。男孩一下子爱上了这里。

可蜻蜓们并没有停下脚步，它们变成了一个黛青色的圆环，从天而降，套住了男孩的身体，簇拥着他向前飞去。

风在耳边疾驰，男孩从来没有跑这么快过。他拼命地跟上蜻蜓圈子的脚步，他眼中只有蜻蜓，和那只稳稳坐在蜻蜓方阵最顶端的绿蜻蜓。

"咔——嚓——"什么声音？

男孩回头。

有几只，几十只蜻蜓从方阵中风一般飘落在很远的地上，不动了，小小的影子在男孩模糊的眼中漂着，好轻，好轻。

继续跑。

像是有只强劲的手用力挤压着男孩的肺，他越跑越快，同时，耳边那种蜻蜓飘落的恐怖的声音更加频繁了。

不觉间，蜻蜓方阵不再，只剩下前面的五只。绿蜻蜓稳稳地坐在四只蜻蜓的尾巴组成的座位上。

又跑了很长的时间。

直到那只红蜻蜓的翅膀发出"咔"的声音。

接着，是黄蜻蜓。

然后，是蓝蜻蜓。

直到，它们无力却满足的一沓小小的影子，无声地消失在男孩的身后。

最后一只疲惫的淡棕色蜻蜓摇晃地托着体型稍大的绿蜻蜓。

但它们在男孩的视野中显得好小。

就在男孩的前脚步入葱翠的老树林，踏上那层层枯叶的时候，小小的蜻蜓组合忽然往下掉了，然后又升起来。不过，只升起来，一只。

只有绿蜻蜓和男孩了。

幸运的是，他们终于走到了山脚。

绿蜻蜓轻轻地落在男孩热乎乎的肩上，任男孩带着它向前跑。

到家了。

用血糊糊的脏手抹了抹满是汗的脸，男孩冲进屋里。

"你去哪儿了！我们差点以为你死了……"姐姐少有地冲着男孩大吼一声，两滴晶莹的泪也被这吼声震落下来，"啪"地落在地上。

"吃饭吧!"妈妈轻轻说道。

男孩转身，到外面池里洗手。

"呀，哥哥，你肩上有一只死掉的蜻蜓。"正在院子里玩的妹妹走过来，小大人似的对男孩说。

"啊——"男孩站了起来。

夕阳西下,血红色的霞光映在男孩的肩上。

在那里,是一沓安宁而平静的小影,永远地,沉睡了。

男孩落泪。

"爸。"他喊,"谢谢!"

# 第十一届

# 一次别离

诸暨市庆同小学六年级　郦珂卿

暑假里,我来到奶奶位于上海纪王村的打面店,做佣期一周的帮工。奶奶的面馆位于一个幽静的胡同,悠长的水泥径人迹罕至。在这方颇有些寂寥的天地中,唯此一家面馆仍充斥着人的喧嚣。奶奶的手工打面有独到的烹制方式,用料也是上上乘,可谓是"心血之作"了,别家的根本无法与其比肩,这使得她独占鳌头。

奶奶的面馆在我心目中就像是一个神话。同时伴随着的还有一个疑问,如此质朴的奶奶看似与这繁华都市格格不入,却为何仍是混得风生水起呢?

当帮工的日子里,我与奶奶朝夕相处,终于触碰到了谜底:她天天起早贪黑地工作,有时累得话也不想说,却在面对客人时仍流露出热情的笑容。无论多么疲劳,她总是将客人放在心上首位,全力以赴地去完成每件事情。

我开始时对此了解得并不透彻,只是认识到了奶奶别具一格的人格魅力。但是那场别离,却使我恍然大悟。

一周的时光结束在那天中午,我该回家了。奶奶沉默着帮我们整理行李,我察觉到微微沉重的氛围,也一声不吭地忙碌着。反倒是爸爸缓和了气氛,在一旁唠着家常,还贴心地用纸巾拭去奶奶额头上的汗珠。

收拾妥当了,我们要出发了。迈出店门的一刹那,我和爸爸都顿住了。接着,不约而同地转过身,冲立在柜台前的奶奶道了声再见。我看见奶奶微红的眼眶中有泪光一转即逝。

转过头，我深吸一口气走出店门，却偶然间看到余光中，玻璃挡板上映照出的奶奶的模样：偌大的店面里，都是三三两两结伴而来的食客，唯独她一人孤身而立。我再次转过身跑进店里，抱住了奶奶。她明显有些吃惊，但还是条件反射地揽住了我，片刻后，她眼中涌动的泪光更浓了。

松开手，我转身又跑了出去，在车前，我却又驻足了，想要看最后一眼。也许是未料着我的又一次回首，奶奶抹泪的手顿了顿后又笑靥如花。未干的泪痕透过正午明晃晃的太阳，微微泛着金子的色泽。这一刹那，我明白了，那滴从心里流出的泪，正是她那颗金子般真挚的心。望着她的笑颜，我不禁也绽开了笑容，我们相视而笑。

她对任何人都是以真心相待，才得以收获了他人的真情。从心底流露出来的情意，不会骗人，也往往是最难能可贵的东西，它超脱于一切物质之外，可以引起人的共鸣，是某种人的特有的魅力。

# 第十二届

# 车里车外

江山实验小学三(4)班　刘奕希

指导老师：郑小敏

"嘀嘀……"几声车喇叭声，车一停，抬头看看，妈妈已经在厨房的窗边向我招手，我也使劲地朝她招手。"我和爸爸回来了！"我叫喊着，背起书包跳下车。

"嘀嘀……"几声喇叭声响，那是第二天，我背起书包跳上车，和妈妈一起坐着爸爸的车上学去了。

"嘀嘀……嘀嘀……"我开始厌烦这样的上下学方式，坐在车里的我看着窗外那些走路的同学，多么自由，多么快乐。更让我羡慕的是那些手里拿着那属于自己的公交卡，坐着公交车上下学的同学。我多么希望自己也能坐公交车上下学。

这天放学我终于鼓起勇气对爸爸说："爸爸，我想放学自己坐公交车去妈妈单位！"爸爸犹豫了很久很久，担心地说："可以是可以，但是下雨天衣服裤子会淋湿的。""不会的，我会小心的。"我迫不及待地说。"好吧。自己坐车你是第一次，要……"爸爸一边摸着我的头，一边唠叨着。

过了几天，爸爸把一张绿色的公交车卡郑重地交到我手上说："这是你的公交卡，自己要好好保管，从今天起放学你可以自己坐公交车去妈妈单位了。"我拿着公交卡蹦蹦跳跳地来到学校，期待着放学的到来。

"丁零零——"放学的钟声敲响了。我望着窗外那些归心似箭的同学，今天我也有这种久违冲动啊。我一把背起书包，轻快地走出校门。忽

164

然,我远远地看见爸爸骑着电瓶车在校门口,我奇怪地想:今天不是我自己坐公交车吗?爸爸来干什么呢?正当我有些失望的时候,爸爸拉起我的小手说:"走,带你坐公交车。"我们一边走,爸爸一边叨叨:"坐车不要做过了头啊,要给老人让座啊,要注意看站牌啊……"到了车站,我兴奋地挣脱了爸爸的手,冲上了车,车开走了。我看着窗外的爸爸,向他招招手,爸爸也看着我微微地笑着。一路上,我满心的欢喜,车窗里,车窗外的一切是又陌生又熟悉。

终于到了妈妈单位,我高兴地在妈妈的窗户外面敲了两下把头一缩,想给妈妈一个惊喜。妈妈站起一看,我"刷"的溜到她的桌前,"妈妈,今天是我自己坐公交车来的!"妈妈摸着我的脑袋说:"真能干,宝贝长大了。"这时爸爸打来电话,我调皮地按下了免提。"喂,孩子到你身边了吧,我一直跟在车后面看着呢,这小家伙挺高兴!"妈妈赶紧拿过电话……

我飞快冲下楼,在警卫室的窗外我清清楚楚看见,那个坐在电瓶车上的爸爸。这一刻,我的眼睛湿润了,我的心湿润了,望着窗外的一切,望着窗外的爸爸,我朝着窗外大喊:"爸爸——"

# 第十三届

# 清明—雨巷

南浔区练市镇练市小学　六（1）班　曹昕月

指导老师：黄妙英

"清明时节雨，纷纷路上行人，欲断魂。"——题记

### 一、"远方有琴，愀然空灵，声声催天雨……"

春雷滚滚，隆隆隆几声，惊醒沉睡的人。

四月晚风和畅，昨夜有人小醉微醺，脸颊生着两朵红晕，撑把油纸伞，脚步轻盈，身姿绰约地悠过雨巷。巷子内淅淅沥沥下着些许小雨，雨打在油纸伞上，开出赭红色的花。空气里始终弥散着红色的花香，没有玫瑰于世独立的姿态，也不比木槿对粉蝶的刻意招引。颜色、香气都弥漫江南的特质，慵懒，飘逸，随性，浪漫……

与之气质相似的，是仲春的深山里美到令人窒息的野杜鹃。清明时节，野杜鹃在杂草丛生的土坟旁最后一次绽放绚烂。它们是艳丽的被遗忘者，几十个日夜兀自开放，却少有人解花语。说孤芳自赏到底是过于纯粹，是它们陪衬了大山深处孤独而荒芜的灵魂——一场被遗忘者与被遗忘者的集会，它们互相安抚，互相伴随。那些被人们长年遗忘的角落，哪怕只是遇到一只萤火虫的光亮，也能温暖许多。

世间当然离不了红色，少了它的热情，寒凉便无处安放。除去清明，山林便没有衣衫素净的路人，游魂也不撑小红伞。亏得野杜鹃的怜惜，开出一把把"小红伞"，雨林里，萤火虫似的，没有明灭地照明与生温。

自然的，人群聚集的地方也不一定有生气。朱门铜雀把热闹阻挡，锁住冷清。偶然间透过门缝，会瞥见一把红纸伞，悠着，悠着，悠过雨巷。

清明，是愁绪扯长的清明。雨巷，是曲折绵长的雨巷。路人无从知晓它的悠长。有人轻叩朱门，听得敲门声一半沙哑低沉、一半清脆明晰。他们会很容易探听到路，顺便拾掇一些秘密。江南人家认为，几句寒暄唠嗑后便是自家人，自家人之间所有的秘密都不是什么秘密，再大的秘密也就是故事。这些故事，这个季节和这条巷子共有。住在小巷深处的人家，以热情的回应来表示他们爱热闹、不怕打扰。说故事者不厌其烦，听故事者也深情款款，只是故事说多了总会变得普通。

而且他们常说的也无非这些……

### 二、"雨打湿了眼眶，年年倚井盼归堂……"——清明之殇

去年飞走的燕子又飞回来了……

燕子飞回来后，换了户人家的屋檐筑巢，十分忙碌。屋檐下孤零零地住着一个老太婆，每天清汤寡水，一人，屋里屋外，进进出出。现在，她每天搬把椅子坐在屋檐下，抬起下巴，看着燕子一趟一趟地飞出去，又一趟一趟地飞回来，每飞回来一趟，嘴里准衔满东西，不是细稻草就是细小的枯树枝。正对鸟巢下方白色一圈是燕子栖息时拉的屎，掉下来，只掉在碗口大小的地方。好心的老太婆会撒一些谷子在地上，它们趁她进屋时才敢飞下来啄食。燕子才做了一半的窝，老太婆就老了。原本天天在家门口看燕子筑巢的老人一天没有出现，细心的邻居有点纳闷，只是纳闷归纳闷，也没多想。第四天，老人依旧没有出现，邻居才推门进去看个究竟。正逢雨季，老人的尸体浸泡在雨水里，已经开始腐烂，邻居一边艰难地帮老人穿寿衣，一边通知她在远方的子女火速赶回来办丧礼。依照风俗，老人的尸体还要在家摆放三天。老屋子本来就味道难闻，有孕的孙媳妇在灵堂里不停地干呕，家人赶忙把她送回城里的家中养胎。老人信佛，生前寒来暑往地去寺庙念佛，直到挪不动步子。嘴里念念有词，手上不停地转动佛珠，金黄的佛纸印着佛像，佛珠转一圈，便用沾上朱砂的香在佛纸上

点一次……如今，厚厚一叠佛纸在潮湿的雨季发霉，就像老人的尸体一样。这些日子雨水太多了，一句句虔诚的"南无阿弥陀佛"换来的佛纸怎么点都点不着，烧不了就送不到另一方世界，也无法实现对她在那个世界的保佑。在出殡那天，雨打在木质的棺材上、送葬人的黑伞上、吹奏丧乐的锣鼓上、儿子捧在手中的老人的照片上，发出"啪啪啪啪"的声响。清净的巷子终于在那一天热闹了一回。

### 三、"又是清明雨上，折菊送到你身旁，把你最爱的歌来轻轻唱……"

于是，又有人说，燕子在住着老人的屋檐下筑巢是不吉利的。

老人的骨灰被埋葬在后山，荒无人烟的后山和老屋子一样凄凉。明年的清明，雨水丰沛的季节，坟前说不定就能开上几朵野杜鹃，赭红，明艳，红流欲滴，滴着清明的雨。也曾想"纸灰飞作白蝴蝶，血泪染成红杜鹃"。

十几天后，还没过头七，打着红伞的年轻姑娘打巷子穿过，从老人曾经住过的屋前路过，姑娘的步伐不同往日的悠然，不觉加快了脚步。这正是"佳节清明桃李笑，野田荒冢只生愁"。

筑巢工程已经完成了三分之二，鸟巢下的鸟屎厚了一层。刚采撷回来的燕子身子沾上了雨水，正停驻在横梁上休息，看得出身子消瘦了一圈，没有老人在世时那么滚圆，雨滴时不时顺着乌黑漂亮的尾巴低落下来。其中一只燕子"唧唧"地叫个不停，邻居总是喋喋不休："死燕子，再叫明天就捣了你的老窝！"。

### 四、"窗透初晓，日照西桥，云自摇……"

老人不在了，燕子在驱赶声里怯懦不敢靠近了，能给这条巷子带来一丝生气的，恐怕只有孩子们了。

不知谁家的孩子，喜欢在玩捉迷藏的时候躲进这条巷子里。平日里喜欢探险的孩子孜孜不倦地往犄角旮旯里钻，但是对于九曲十八弯的巷子，他们也不熟悉它的深长。孩子王一定躲在"羊肠"的某个角落，身体紧贴巷壁，扯平翘起的衣服的一角，屏住呼吸，等待伙伴的寻找。但是，他往往很容易被找到，因为他自己会忍不住发出"格格"的笑声，被"敌人"发现了就跑，泥鳅似的滑不溜秋的身体淋了雨便像是抹了油。正是"武功卓绝"的年纪，"凌波微步"，脚步声风地在雨巷里穿梭，任谁都抓不住：你躲我找、你追我赶的游戏玩得乐此不疲。孩子们对巷壁顶端的屋檐顺下的雨珠丝毫没有厌恶。滴答、滴答，巷子里演奏着欢愉的轻音乐。

野猫的秘密也是他们捉迷藏时发现的。一只野猫在废置的屋子里生了一窝小野猫，大概六七只，没有人数全过。野猫认生，极其凶悍，旁人难以靠近。发飙的野猫会不分青红皂白地用它锋利的爪子抓人，所以，在我看来，狗总是比猫温顺一些。狗很忠诚，遇见陌生人会狂吠，以此吓跑生人或者引来主人，你不主动招惹，很少有不分青红皂白冲上去咬人一口的狗。这跟鲨鱼不主动攻击人的道理一样，他们在水里邂逅潜水员会把他们当作小鱼，玩儿似的咬一口就放掉。

而野猫发狠起来却是疯猫。

调皮的孩子曾经趁母猫出去觅食，捕到了那只行动稍慢、最小的野猫。小猫一听到人声，会迅速钻进柴草，沉入大海般失去了动静，所以和它们打个照面容易，想要抓住它们是难上加难。瞪着眼睛盯梢了三天才抓住这只，他们自然不会放过它，痛痛快快把玩了一下午才送它回去。当天晚上，碰过野猫的孩子统统长了跳蚤，奇痒难忍，幼小的身板满是血淋淋的抓痕。心急的父母拎起苦命的娃，扒下衣服裤子，放在炭火上烤，不管烫没烫到，孩子都"哇哇"地叫，和屋外隆隆的雷声一唱一和，四月里的歌声在巷子里此起彼伏……

清明的节奏踏动得轻快，舒缓，来时突然，去时稍快。雨巷也有说不完的故事，有人走便有人来，有冷清便有热闹，有悲痛便有快乐，有死亡便有生息。雨巷的故事，在墨绿色的苔藓里藏着，爬在斑驳的墙上；在房檐的灰黑瓦片里掖着，攒成一户一户的人家；在清明时节的雨滴里躲着，酝酿成一朵透明的花。

"清明时节雨纷纷，路上行人欲断魂。"——尾记

第十六届

# 旅 行

温州市实验小学五(2)班　谢尚驰

窗外,雷雨交加,拳头般的雨滴重重砸下,一片片枯烂的叶子跌下枝头,只用"呜呜"的号泣声倾诉它们的悲哀。

我静静地躺在一本厚实的书中,望着"噼啪"作响的炭火映在窗上。这屋里,仿佛是无限轻柔而温暖的迷雾托着我,陷入幸福的深渊看着女孩儿欢乐地坐在沙发上,嘴角泻下深沉的笑意,我的脑海里不禁浮现出一年前的场景……

同样是一个风雨呼啸的夜晚。

我站在一棵高大而挺拔的树枝上,那棵高耸的大树坚毅地保护着我。我看看自己鲜绿的身子,心中涌起一股说不出的自豪——我是一片叶子,一片强壮健康的叶子! 这么想着,我便轻轻地靠在枝头,享受着晚风挑逗着我的身子。

可很快,天上就聚起了厚厚的乌云,一片黑压压的。"咔嚓!"随着一声震耳欲聋的轰鸣,一道利剑刺破天空,直击向地面。瞬时,天地被照亮了,密密麻麻的雨滴砸落下来。我胆怯了,紧紧依偎着树干。那雨像是子弹,飞速射向地面,击在我的身上,我只感到一阵钻心的疼痛,我急忙死死抓住树枝,生怕自己落下去。但老天像是发了火,这一颗颗晶莹的雨滴,织成了一张密密层层的网,细细地滤过每个角落。狂风如同狮子般咆哮,横冲直撞,摧残着树枝,撕裂树干。我忍着身上撕心裂肺的疼,紧抓着树枝不放。

终于,雨渐渐收敛了,风也不再狂吼。

一放松下来,我就觉得浑身瘫软,似一摊烂泥——我坚持下来了!

东方的彩虹如此耀眼,也许,这是每一片叶子都要承受的苦难吧。而我,却经历了比这更惊心的折磨。

秋天到了,除了那满树的黄叶,就是这不断盘旋而上的寒气。我轻倚在这欢乐凉爽的乐园,内心无比的宁静。

一只五彩斑斓的鸟儿飞来,停在枝头。它好看婀娜的身姿吸引了我,我多想与它打招呼啊!我尽量地把身子往前倾,小心翼翼地说:"可爱的小鸟,你要到哪里去啊?"

小鸟斜着眼睛盯着我。

"嗯……"我难为情地垂下了小脑袋,想着该怎样和它打招呼好。忽然,小鸟扑棱了一下翅膀,直直冲来,张开尖利的嘴,朝我狠狠啄来!"咔嚓!"我顿觉疼痛——我所站的那处枝头,被硬生生折断了!

小鸟叼着我直冲云霄,我拼命地挣扎,却无济于事。高空冷冽的寒流席卷了我,夺走了我的所有温暖。望着那棵大树,我的家,渐渐远去,变为一个小小的点,我的心碎裂开来。意识逐渐模糊,我记忆沉沉地昏了过去……

我慢慢清醒了过来,身上的疼痛却变本加厉。我艰难地转动身体,发现自己竟陷入了一片淤泥之中!泥水贪婪地腐蚀着我的血肉,我感觉五脏六腑都要炸裂开来,撕裂的痛传变每一个角落。

一阵嘲笑声钻入耳朵,抬头望去,就见一棵高大的树矗立在我眼前。叶子们站在枝头,欢乐地玩耍,俯视着我,发出了尽心的嘲讽。

我心如死灰,任由泥土腐蚀着我的身体。

我的身上血淋淋的,鲜嫩的肉早已被泥土吸去,疼痛愈加剧烈,让我快要昏厥去。我要死了,就要钻入土壤,成为这棵大树最好的肥料。也许,来生我还能从那树的枝头生出,成为新的叶子吧!

我这么想着,绝望地合上了眼睛。

"瞧!地上有一片多么好看的叶子啊!"一阵惊叹的声音传来,我缓缓睁开眼睛——周围也没有好看的叶啊？

一个小女孩冲进视野，将我轻轻捧在手心里。

她将我带到河边，小心翼翼地冲洗着我。河中，映着一片晶莹剔透的叶子，它那银色的叶脉，多么迷人——这，是，是我！"哇，太美丽了！你应该把它做成叶脉书签呀！"女孩的妈妈也走来，赞叹着，目光中流露出爱怜。

如此，我被带到了一个温馨的家里，轻轻夹在一本书中。我高兴自己能成为荣幸的叶脉书签——在这惊险的旅行中，我的血肉吸去后，我便成了一张精美的叶脉书签，畅游在书海中。

我静静地躺在书上，品读着书中一句名言："希望，永远存在。遇到困难，勇敢面对。"

女孩儿也捧着书，朗读这句亘古不变的警句："希望，永远存在……"回眸一笑，似梅花开放。

第十七届

# 彼　岸

杭州绿城育华学校小学部六(3)班　袁馨睿

指导老师:陈连英

### 梦与海

海水滔滔,大浪打翻了海平面上唯一的一艘小船,一叶小舟不受控制地左摇右摆,一股巨浪一下覆灭了小船,一切归于平静……猛烈的气喘让他从梦中醒来,还是这个梦。他病倒了,梦魇萦绕在他心头已然三个月,但无论如何,他也不愿再次航海了。

举目无亲的他整日闭门不出,他躺在床上,看着掉漆的天花板。那些残破的痕迹让他不由想到了海,古朴的划痕像那海风平浪静时的温暖又转瞬消逝,大浪再次席卷上他的心头。"快看,是他,没船的傻子!"镇上的孩子让他一怔,回到现实的平静中。他的船在那次风暴中消失殆尽,他活下来了,但苟且偷生让他痛苦不堪——风吹入没有遮挡的窗,让他冷得不行。他看向窗外,海浪像他未曾谋面的母亲,这景也不属于他,人更别提了,心寒得不行。有时候这人世上的景,始终没什么属于他的,他也不是其中的一员,他连自己的景都丢了啊。

但是他一股"浪"劲始终磨不平,流不光——想了几天,他偏得很,却不得不承认航海是他血液里不可磨灭的根,很久以前就是了。他还年轻,二十几岁的身体和长期在海上的经历使得他比同龄人高一个个儿,力气像头水牛一般使不完。他一定能有新的船,没有钱——那就自己造,他要造出自己的一片天地,他相信总有属于自己的景。一想到这,他好像一位经验丰富的老船长,去过这世界上很多地方,站在摇摇晃晃的木椅上,风光得不行。

## 船

他拿自己存了很多年,少得可怜的积蓄从南镇的木材厂拉了一车木材来,叮叮当当地摆弄起来了。不出一个月,一艘能容纳两三人的小木船出现了,他的梦成真了,他急急匆匆决定开始第一次航海游行。

出发那天,他被一双双眼睛盯着上了船,他骄傲得像只公鸡,他想:彼岸不远了。他终于成就了一处风景,全镇的孩子都来看他,就连前个月嘲笑他的几个,现在也只能灰溜溜地探个脑袋看,那羡慕的眼神让他心里甜滋滋的,这处"风景"广受好评。

现实给了他当头一棒,小船漏水,他像一只落水狗一样好不容易爬上了岸。人们一看没看头,一哄作鸟兽散了,他成了一处灰扑扑、湿淋淋的"景观",他的骄傲毁了,他唯一的景。

他再次回归原本的样子,梦魇再次缠上他,失败甚至让他抬不起头看看窗外的海。海声像粘人的噪音一般让他难以入睡,他忘恩负义,他忘记了在多少个夜晚给他安宁,给他希望的,就是它啊!

其实他心底对出海的热望并没有减少反而加强了,只是现实让他不得不暂时关闭了对其的渴望。没想到不出一段时间,希望又找上了他。镇上老船长力不从心,但船不知往何去处,于是老船长找上了他。这次不用说,是他自己把荣耀、骄傲争取回来的机会。面对四五个竞争者,他拿出了他的财产,唯一的实质性财产———一块地和旧房子。他没处可去了,但他夺回了自己的景,打了最漂亮的一仗。别人嘲笑他想船想疯了,但倒无所谓,没了家,他大不了睡船上啊。这波光粼粼的大海,任谁家院子都没有。

这是一艘老木船,但用的木材都是好料,船舱刷着红色油漆,靓丽俏皮,好不可爱。拿到船的那一刻,他开心,开心得不得了。他将船擦得没有一丝灰尘,又买了镇上最好的店里的亮油给小船,拉上他现在最好的朋友、第一个真心朋友一起擦,一起将船擦得锃亮锃亮的。这样好了,他又一度拥有了镇上最风光的"景"了。那天晚上,海浪声在他眼里、耳里、心里,比以往任何一段时间都要好听,都要充满魅力,变幻莫测的他让海浪都无奈地笑了。

## 航 行

一切准备妥当,他开始了航行。阳光明媚,风平浪静的海浪让人别样温暖,他站在甲板上,春风得意少年郎再次成了一道不一样的景。他陷入回忆:那次也是这样的航行,近二十岁的他已经拥有了自己的船,这是多少人眼红的事啊。好景不长,那次暴风雨是多么突然,他应该察觉,海鸥在暴风雨来临之前嘶鸣着,呻吟着,悲歌扰得人心惶惶,最后只剩他孤单的在海面上航行。有时候他想让自己坠入海中,藏到大海深处,让谁也找不到他。这海,这景都是他的……一个大浪袭来,黑色的巨云,深色的海被揉成一团,再零零散散撒在大地上,恐惧弥漫在整个世界,窒息感让他晕厥了过去……

猛然惊醒,这梦有点恼人,一睡就是几个小时,再看他已经在海上航行了一个月有余。但是说不清的孤独感让他喘不过气来,航海明明是他的梦想,可是,他依旧觉得这景他融不进去,被排斥在外。有时候他甚至想抛弃一切跳入大海,或许他就能走进,或是向自己属于自己的景迈向一小步。他使劲摇头,希望把这些坏念头甩出脑海,但是他心头说不清的东西让他变得安静起来。他努力微笑,他很想从内心问自己:你的雄心壮志去哪了? 但是他有点怕,说不清说不明,就不说了。海似乎理解他,静静聆听着他的心声,安安静静地,没有风,也没有浪,平躺在地上,一动也不动。

## 风 暴

小舟晃荡在海中,一个人站在舟上,在巨浪中挣扎,但这如同蚂蚁努力逃跑却被踩死一般无助,他想帮那个人,却触碰不到任何东西。他惊慌,他无助地跪倒在地上,一切都消逝不见了,只剩下压抑的黑……又是这个梦,他开始怀疑自己是不是错了,他为了什么航海啊?那景究竟值不值得他去追求?海鸥的鸣叫让他多了一分无助,黑白灰交织在他眼前,他好累,只想继续睡,世界再次一片黑暗……

这一觉好长,唤醒他的却是疾风骤雨的战鼓,他跑到甲板上,刚才还安静的海面霎时间变成一名愤怒的战士。他操纵着舵,船却不受控制得像一片树叶旋转着,摇晃着,跳动着,被海浪摆弄着。他想起了一直的梦魇,他呆住了,他想放弃,长期的孤独感和那些弄不清的东西击溃了他,灰暗的世界让他不断追求心中的景,那块美好的梦想之地,但……还是被打败了啊……他感受到了真实的、熟悉的窒息感,太多次了,他依然,如梦中般闭上了眼睛……

猛地睁开眼,他还在水中,而他的船,已经离他越来越远了。求生的欲望让他使劲滑动四肢奋力向他的船游去。他不停地呛水,巨浪拍打在他的肌肤上,麻木不堪——他攀上了甲板,一步一晃地爬到了舵边,他拼尽全身力气将船稳住,卡住了舵后再次晕了过去……恍惚间,生死之中,他看见了彼岸,他不合时宜地笑了,他找到了!找到了他的景……

## 彼　岸

他竭尽全力慢慢睁开双眼,他还躺在船舱之中,刚刚的一切似乎是梦。忽然,他明白了什么,他一步一晃冲上了甲板,望向了海面——还是那艘小舟,他笑了,这是他久违的,真正的笑容。他顺着朝阳看向远方,朦胧中彼岸就在那,他知道这是属于他的,他的景。

他跳上了小舟,这一次他不再害怕了,他抛下了老木船,按着阳光的脚步驶向属于他的彼岸——终于,他走进了他的人生,这独属于他一人的风景……

中学组 Middle School

组

# 第六届

## 如果我是天使

杭州绿城育华学校初二(5)班　周岂衣

如果我是天使,妈妈,你怎能将我比作天使?

如果我是天使,我就不会在你刚刚睡熟就开始啼哭,伸长脖子噘起小嘴在你怀里四处乱拱觅食。你在睡梦中突然惊醒过来,急急忙忙抱我入怀,在床上坐直身子的你,明明睡意浓重,双眼布满血丝,却精神抖擞万分用心地给我喂奶,你一边喂我一边哄拍我的姿势让我感觉温暖。当我吸干你的最后一滴乳汁,打了个饱嗝,你俯身看着我,神情那样安详知足,仿佛我是你一切幸福的源泉。

如果我是天使,我不会还没学会走路,就跌跌撞撞地嚷着要下地去跑,你一边害怕我摔倒,一边又鼓励我走向你,你紧张地张开双臂,让我可以稳稳地扑倒在你的怀里。然而,我总是推开你的怀抱,从你的双臂挣脱出去,继续摇摇摆摆地乱跑。你一天又一天,弓着身子,像一只张开着双臂的母鸡,一会儿跑在我前面,一会儿跑在我后面,你总是在我学步的时候前后左右地跑,累得满头大汗,累得连身子都站不直。

天使不会让妈妈这么累,对不对? 可是,妈妈,你说你看着我一步一步学会自己走路,是你最快乐的事情。

如果我是天使,我就不会因为好奇,一个人偷偷躲进你的书房,撕烂你的书,翻开你的抽屉,淘宝一样拿出所有新鲜的东西,铺满整个地板,还倒翻了你的墨水,弄湿了你的电脑,神通广大地把你的书房变成了一场灾难。当你冲进书房,拉出一叠纸巾试图将电脑擦干,一边呵斥我怎么会搞成这样的时候,我被吓着了,躲在一边大哭,好像比你更委屈。

天使一定不会这样的,对吗妈妈? 可是,妈妈,你迅速原谅了我,你抛下手上的电脑,飞奔着来到我身边,搂住我,哄慰我,轻声告诫我:没事了宝贝,下次不这样就好。

妈妈,你总是在我犯错误的时候,迅速原谅我,并期待我"下次不这样"。可是,我总是一次又一次地犯着错,一次又一次地惹你伤心,一次又一次地让你难过。

我不小心摔碎过你的玉镯子,倒翻过你的化妆水,把你的眉笔当铅笔来画画,把你的口红当颜料在墙上乱涂乱抹,把你的洗面奶涂满一脸,想学着你的模样去洗脸,水龙头打开,结果弄得一身是水,脸上手上全是黏糊糊的泡沫,洗面奶的液体渗进眼里,痛得我双眼睁不开,坐在地上无助地哭喊。

天使不会这样的。可是,妈妈,当你救命一样奔跑过来,用温水帮我洗干净脸和手,看着乱七八糟的现场和我,你摇摇头忍俊不禁地笑了。妈妈,纵然在我干坏事的时候,你也觉得我可爱。

妈妈,我在一天一天地长大。我上学了,我懂事了,通过电视和童话书,我看见了天使。她会飞,身上长着一对洁白的翅膀,那么纯洁和美丽,善良而神圣,令我向往不已。妈妈,我在你心里是这样的吗? 我就是那个天使吗?你点点头,又摇摇头,你说我就像天使,但比天使更好,因为天使有翅膀,要飞走,而我不会,会永远陪在你身边。

妈妈,我不是天使,我没有翅膀,可是妈妈,我却要飞走了。明年的秋天,我就要去美国念书,从高中读到大学,恐怕要很多年很多年,我们都不能再像现在这样,每天放学回家一家人可以坐在一起吃饭,聊天。

妈妈,我知道你在心里一直反对我出国,你舍不得我一个人离乡背井去另外一个没有亲人的国家。一想起分开的日子,你便会忍不住掉眼泪,你是满心满肺的舍不得。可是,妈妈,为了我的坚持和愿望,你点点头答应了。这段日子,你每天每天,为着我出国的事情东奔西走。

妈妈,我不是天使,可是,在我心里已经长了一对翅膀,正欲振翅高飞,飞去更远的地方,去完成我的人生梦想。

妈妈,相信我,终有一天,我会像天使一样飞回你的身边。

# 飞与不飞

杭州文澜中学初一(5)班　吴宛谕
指导老师:劳佳瑜

也许上帝在造人的时候给了人类智慧,而忘了给人类安上一双翅膀,这成了人类永远的遗憾。这就是在人们的脑海中会存在着"天使"这个词的原因吧——天使长着一对美丽的翅膀。

——题记

从前,从前的从前。人类那时还没有畜养动物的习惯。鸡就是野鸡,马就是野马,鸭就是野鸭。那时候,很多动物都不会飞。就像鸭的祖先们,顶多在跳起来的时候扑腾几下翅膀。

谁叫思想是在进步的呢!——鸭子们,已经不满足于在地上跑跑跳跳,而是无比遗憾地看着自己笨重的翅膀,看着天空中可以飞的动物,看着它们潇洒地将翅膀张扬……

"那里可美了! 每当我们这里飘着雪,那里总是温暖如春……"从南方回来的燕子们这样说,黄鹂们也这样说。这时鸭子们不仅是艳羡,而且是嫉妒了。

于是,鸭子的祖先们开始学飞。虽然学飞活动开展得轰轰烈烈,但还是有不少的鸭子,懒、怕学。其中有一只鸭子叫S,另一只叫M,它们是一对兄弟。自学飞活动开始那天,鸭妈妈天天带着它们一起练飞。

学飞并不是一件容易的事。鸭妈妈把它们带到山坡上,练习从坡上飞下。M和S,都很强壮,兴致也很高昂,但是每天不间断的训练仍然使他们疲惫不堪。就在这种情况下,M想:"飞,飞什么飞,难道不能让后代学吗? 不飞难道就不能活啊? ……"每一天的练习,在他眼里都成了无谓的囚禁。S尽管也觉得累，但从来不曾想过要放弃。一段时间下来，鸭妈妈和S已经掌握了一定的技巧，享受到了成功的喜悦。可是M呢，即使在学也心不在焉，自然没有学进去。日复一日，它们训练量越来越大，越来越辛苦，M从一开始就没有打算要认真学，在训练过程中想着法子偷懒，自然一无所成，可S却进步得越来越快……

结局当然就是，S学成了，M没学成——S这一类，就演变成了如今自由自在，能在湖面和天上飞的野鸭；M这一类，自然被后来开始养家禽的人类"收养"，开始漫无目的地吃、睡、下蛋，成为时时刻刻面临着宰杀命运的家鸭。

飞与不飞，自由与牢笼。能说M希望这样吗？能说家鸭们不羡慕野鸭吗？不能。但是现实就是这样，为了生活的需要，人类会一直饲养着家鸭们。就算有朝一日人类达到了超凡脱俗的境界，把它们全放了，它们恐怕也活不成。与其说这是千百年来对人类的依赖导致了它们离开了人类就毫无生存能力，倒不如说这是性格造就的——就算是一只鹰，把它养在鸡窝里，不去锻炼，它可能飞起来吗？——家鸭没有锻炼，没有目标，对自由没有概念，也从来没品尝过飞翔的乐趣，所以它们才会对自由不置可否，睁一只眼闭一只眼，反正觉得现在挺好的，也没有想过所谓的飞翔——用那种值得羡慕的、快乐的、自由的方式，拥抱属于自己的天空。

任何事情，都离不开认真二字，要昂扬起斗志，要坚定"我要飞得更高"的信念，得过且过只会使自己一事无成。据说，老鹰到中年时，必须进行一次痛苦的改造，将旧喙敲掉，将所有的指甲和羽毛拔掉。改造了，就可以重新振翅飞翔；退缩了，就只有等死。S和M的对比是显而易见的。能够经得住磨炼，振翅翱翔在蓝天的，也就获得了重生。

# 喜新厌旧

杭州采荷中学八(16)班　廖心伟
指导老师:朱明瑗

以后,什么东西都能飞。

几百年后,我若站在大马路上,见空无一车,我定高兴。我最不爱看汽车堵在马路上,堵自己,外带堵行人和自行车;可我又不高兴见头顶上一大群人东飞西飞,而地上连一根人毛都没有。肯定会惊奇,飞来飞去的人也会笑你:怎么不飞呀?

是的,飞,几百年后,每人都能飞,连乞丐都飞着乞讨的——没办法,施主在天上飞,在下面无人给钱。

为什么? 起源于一个公司的售卖——飞行器及飞行药物。因其价低而受人追捧,火车等代步工具在一个月内被淘汰;地面交通规则被废除,并费尽周折整出空中交通规则。

悲哉,有些人一出生就在飞,因为房子之类全在天上,于是脚没用了——在家里也飞——退化了,有些人就变成有手的不倒翁了。剩下的也好不到哪去,好些的,脚没了;差些的,小腿没了。没办法,人就是喜新厌旧!

我不同,趁火车之类降价变卖之时,我用不了几个钱就买下了一个火车站。用不到买一个橡皮的钱就买了一片"亚马孙"。在森林里当个山野村夫,种菜自足。闲着没事开火车出去兜风;开飞机逛遍全球;没钱了,跳钻石洞里卖钻石得几个钱,好不自在! 天上的那群"苍蝇"或是"无腿苍蝇"东飞西飞,一天有不少撞人的。

在这时代,恐高症没法活,因为一出生就得飞,因此不能有恐高症。顺带一提,我没有恐高症。

在这时代,人都往上看,功率越高的飞行器飞得越高,也就是钱越多。压根没有人往下看,我在他们眼皮子底下挖他们的鼻子也没有人看。我在下面做实验,炸了也无人去管。对此,我高兴得很。顺带一提,我不是穷光蛋。

在这时代,没人高兴干地面上的活,因为不愿往下看,我就是把金矿挖出来摊地上,反光晃眼也不来抢。我心想,这些人非把眼睛长头顶上不可。顺带一提,我眼睛没长头底下。

终于有一天,有一个人太失落——似乎想起了眼睛可以往下转——把眼睛转下来了,发现了我摊在地上的金子、火车站、铁轨,以及我的大得跟运动场一样的房子。她做了一个一般人打死也不会干的举动——她飞下来了。

同样的想法使我们变成了朋友。不过我是不想飞——怕不会用飞行器而摔成肉饼,她是把飞行器扔了。

我在下面继续安逸生活,也有了一个伴。

越来越多的人失落,他们的终极目标是住在外太空——首富级别,可又有多少人能如愿?

于是更多的人下来了,扔了飞行器,拜我为地面生活的祖师,并又开始了地面的生活。

久而久之,所有人都下来了,我想他们认为这是新时尚。早已忘却,他们的脚是为什么长的了。

我是喜欢安逸的,于是我背上飞行器,与她一起到天上生活,还是没有人向天上看,他们又忘了飞行梦了。喜新厌旧?是的,连记忆也是如此。

# 韶 光

杭州外国语学校高二(6)班　陈思羽

指导老师：李　芳

许宁在黑暗中忽然睁开双眼。他一动不动地躺着，良久，用右手擦了擦汗涔涔的额头，止不住地喘息。"原来只是梦……"他喃喃道。梦里有什么？许宁想不起来。只觉得眼前纷纷扰扰、人影攒动，一些他不愿去想的往事突突地冒出来。

他下了床照例打算摸黑倒水喝，却发现走两步就触到了冰冷的金属板。许宁怔了一下，随即自嘲地笑了两声：他怎么差点忘了，七天前他便被安排住进了局里适应环境。不明不白的一场梦，几乎让他遗忘了现在。"看来没有水喝了……"许宁叹息着躺回了床上。

说来，半夜惊醒以后要起床喝水的习惯还是叶宇传给他的。高二的时候他睡眠不好，常常不由自主地在半夜睁开眼睛。他把苦恼告诉叶宇，那家伙思索一会儿之后建议他睡不着的话干脆喝点热水。"热水暖胃。"他煞有其事地说。这么多年过去，即使意气风发的那人已随尘土消散，他的一字一句仍刻在许宁的骨头里，融入血肉，成为他永远戒不掉的瘾。

许宁想自己一定是记忆力太好，所以才会对过去的事情念念不忘。只是他不愿承认，回望从前的泪水、从前的笑颜、从前的委屈、从前的感动，空了的一隅总提醒着他曾经遇见怎样的人，经历怎样的故事，做出怎样错误的抉择。

许宁捧着一叠书慢慢地从球场穿过。

傍晚的凉风吹起衣角，他眯起眼睛望着渐暗的天空。大概是暗蓝色，其间却藏着泼墨似的红色与橙色。他一动不动地注视着这静谧的宇宙，忽然觉得这个渺小的世界全部属于他,属于这个独自站在无人处的少年。

只要张开双臂,就能拥抱着风飞翔。

"啪,啪。"球体撞地的声音蓦然闯了进来。许宁不自觉带着不悦的神色转过头。对方的脸庞在暗影中模糊不清,他一时不知该说些什么。

"……许宁。"肯定句。

许宁终于看清了来人的面孔。浓厚的眉毛和眼睛,嘴唇孩子气地向外嘟着,鼻梁却冷酷瘦削。这人左手随随便便地垂在身旁,右手抓着篮球。

"叶宇,你在练习投篮?"

"啊,可以算吧。"叶宇利落地把球在手指上一转,"我在打篮球。"

许宁"哈"地笑了一声:"拜托,一个人打球?"

"对啊。"叶宇漫不经心地把玩着球,跟着许宁向教室走去,"一个人也是很有趣的。"

坐在许宁后面的女生在晚自习的课间憔悴地用手指戳了戳他的背:"能不能帮我看一下这道题?"许宁怔了一下,随意用铅笔在图上刷刷地添了几条线:"证这个垂直。""啊……"女生发出长长的感叹声,"太感谢你了……"她半惊叹半欣喜地拿回了本子。

"诶,许宁。"她忍不住感叹道,"你很厉害啊……"

"嗯?"

"你解题的速度!说话的气质!"女生忽然热血地握紧了拳头,"太帅了!"

许宁茫然地看着异常亢奋的后桌,没有反应过来。她怎么了……这是他唯一的想法。

只见对方露出一脸恨铁不成钢的表情:"许宁我是在夸奖你好不好。总而言之,你拥有和叶老大相媲美的资本啊……"许宁顺着她的目光看去,在笑得东倒西歪的一群男生中轻易辨认出了叶宇。他的刘海凌乱地贴在额头上,袖子卷上一半的右臂随随便便搭着旁边男生的肩膀。

许宁忽然觉得不太舒服。

直到很多年后，他才发觉这种潜伏在内心最深处，紧紧缠绕成一团的心情叫作嫉妒：嫉妒叶宇能够那么轻松地融入一个圈子，那么轻松地在真真假假的笑声中行走自如。"一个人很有趣。"他在听到这句话的时候以为自己遇到了一个相同的朋友……但恰恰相反。

"你在开玩笑吧。"许宁向对方耸了耸肩膀，"叶老大……是神，吾等凡人怎么敢与他相提并论呢。"

虽是玩笑话，女生依然心有同感地点了点头——叶宇，某种程度上来说的确是神。

叶宇似乎天生就有种柔和的魅力，不知不觉中凌驾于他人之上。班里的每一个人，包括许宁自己，都为此折服，心甘情愿地称他"老大"。不过，该开玩笑的时候众人并不会放过他。青春期的男生总有一股骚动促使他们嬉笑打闹、插科打诨。尤其是课业压力增大后，五花八门的黄色笑话在房间满天飞，飞到谁头上就缠住谁不放。叶宇因为成绩拔尖而又长相俊朗，是班里不少女生的倾慕对象，也因此常被拿来开涮。"我说，今天叶老大在路上沉默许久后突然指着前面一排女生说：'这个的腰最细……'"而后的话被不怀好意的调笑搅成了一团。叶宇并不介意，相反地，还陪着所有人一起大笑。

许宁也会跟着笑，只是他笑得并不爽快，反感多于兴奋的神色使他在一群人里显得格格不入———如平时。他始终不明白，究竟有什么能让人花费那么久的时间去交流这些无用虚伪的东西。他的脑海里徘徊的是这个月的生活费，一款一款的花销让他心惊肉跳。他不是没有怨过母亲不经大脑的赌，只是每个周末起床时看到母亲匆匆离去打工的身影，他便什么也怨不起来了——空留心中满满的酸涩。

"唉，许宁你长得也很不错，成绩又好，跑步很快。""阴魂不散"的后桌猛地来了一句，"为什么人气没有叶老大高呢？"她苦恼地挠着笔盖，"都不见你和其他男生聊天，吃饭的时候也都是一个人……"

许宁低低地笑了："我比较习惯一个人。"

习惯真是可怕的东西。

许宁最初并不觉得自己有什么不同。只不过印象里少有被称作"爸爸"的男人的影子，更多的是一个时而哭泣时而兴奋得双眼通红的女人，也曾有过躲在被子里啜泣的时光，然而到最后已经习惯了微笑着面对。

一个人。

只用最廉价的木头铅笔，长长短短摆放在生锈的铅笔盒里。

把餐巾纸分成一层一层用。

一下课便冲到食堂，挑最便宜的菜吃。

夏天只有四件短袖，每天晚上用肥皂洗完拧干挂在阳台上。

收集同学扔掉的废纸打草稿。

很多事做着做着便习以为常，即使面临着他人愕然鄙夷的目光也泰然自若。

"如果他们能体会到一丝一毫我的心情……"当许宁又一次早早醒来时，他听着此起彼伏的鼾声想到。困倦得厉害，时有时无的头疼让他无法入睡，许宁干脆坐起来穿衣服。下床梯的时候，床板发出"吱呀吱呀"的响声，不知谁骂骂咧咧地嘟哝了一声："哪个脑子有病的起这么早……"许宁顿了一顿，轻轻一跃，快步走到了走廊上。

天微亮，走廊被笼罩在浅浅的暗影中，除了不远处的一束亮光，映出一个倚着栏杆的身影。"……许宁。"那个身影略带惊讶地叫出了许宁的名字。

"好早，叶宇。"

"是好早呀。"叶宇伸了个懒腰，向走近的许宁挥了挥手。

许宁瞥见了他手上拿着的书。

"你起那么早在看素描基础？"

"啊，被你发现了怎么办。"叶宇装作很惊慌的样子把书藏到了身后。

"……你想学美术？"

"不是，是建筑。"叶宇收起嬉皮笑脸，对走近的许宁说道。

许宁欣喜地睁大了双眼："建筑？我很喜欢这个专业。"他的头痛似乎一下不见了。"你看过Turning Torso的图片吗？斯堪的纳维亚半岛上最高的大楼,我一直想给它换个颜色。还有Takao Shiotsuka Atelier的最新作品……"

"Cloudy House,"叶宇的笑容优美地向外舒展开,"云之屋。"

"以自然的线条与色彩为基调,在日光下宛如轻盈的白云……"

仿佛有千言万语将要喷涌而出。许宁露出一个会心的笑容。

"你其实不用急着现在就恶补素描。"许宁好心地建议道,"起那么早太辛苦了吧。"

"唔,我想申请国外的学校——建筑系要交作品集。"叶宇叹了一口气,"我有过一些构思,但是没有绘画的功底完全做不出效果……"

"明白明白。"许宁衷心地感到羡慕与喜悦,"喂叶宇,到了国外可要好好念啊,到时候做一个盛名胜过悉尼歌剧院的作品。"

叶宇露出苦笑:"天啊我现在累都累死了……"

许宁不置可否。像叶宇这样的富家子弟,大概这一辈子都不会了解何谓真正的疲惫吧。他没有恶意地想着,心里抑不住的惆怅。

"这么说来,你想考哪个大学?"叶宇好奇地问道,"A大的建筑比较有名不过分挺高的……虽然以你的成绩没什么大问题。"

"我啊……"许宁微微侧过头,"我不一定考大学呢。"

"诶? 诶诶?!"

"对我而言,毕业以后就找工作是最现实也是最明智的抉择。"没等对方接话,许宁自顾自地说了下去,"我这一生会像蝼蚁那样度过吧,在芸芸众生之中不停地爬行,直至身躯被背负的重物压垮为止。至于建筑师之类的……啊,可望而不可即? 唔,是不是有句话这么说来着?"

"许宁……你家里是不是……"叶宇皱着眉琢磨怎么措辞比较恰当。

"我家里很穷。不,应该说……是能赚到一点钱就能凑合一段时间的状况。"许宁毫不避讳地解答了他的问题,"我每天想的就是怎么让我和我妈活下去。仅此而已。"

"那还真挺不容易的……建筑不是个能保证糊口的专业。那自学? 不对不对……要不选一个相关性强的……话说你为什么想学建筑?"

喂喂喂你不要那么认真地考虑我这种不一定上大学的人读什么专业啊……许宁无奈地盯着叶宇沉思的脸。

为什么想学建筑?

这或许是自己一个宏大的梦想。

许宁慢慢记起,他从小到大无法忘怀的场景:凌乱窄小的工棚里只有他一个人,恶兽般的风撕咬着窗户发出"哐当"的巨响。他坐在床上一声不吭,捂着耳朵盼望着出去赌博的母亲快回来,却又担心她会在路上出事。如果能住在更好的房子,如果可以用便宜的材料加固棚子……他害怕地蜷成一团,不停不停地想着无数个"如果"。这样的记忆太过于强烈,以至于他上初中以后经常在图书馆里找建筑设计相关的书。一开始只是怀着"提高建筑实用性"的目标,却渐渐被设计师的天马行空所吸引,一点一点被光与影、钢筋与混凝土交织而成的美感所俘虏,无法自拔。

究竟是什么驱使着自己忍着饥饿在图书馆里阅读?

究竟是什么驱使着自己顶着疲劳在床上自学素描?

答案呼之欲出,却在嘴边被苦涩的泪水打湿。

拿到论文题目的那个晚上,他强忍着疲劳和不适,硬撑着写完了长长的报告。右手微微抽筋,他写到一半,泪水止不住地落了下来,打湿了纸。他慌忙用手去擦,水渍依然不屈不挠地扩散开去,晕染出一片深色。他飞快地写啊写啊,眼前朦胧一片,心里仿佛在阵阵大喊:我想当个建筑师!我想当个建筑师!

所谓的论文不过是美术老师心血来潮的作业而已。班里没有人把这类不算分的文章当回事,交的东西全是网上粘贴下来的废话,或是浪费打印机墨水的彩图——除了许宁。

唯有他明白,那厚厚的一叠纸,是多么的沉重。

"许宁……你是个很有故事的人。"叶宇在良久的沉默后说道,"和你相比我所谓的'理想'总有点轻飘飘的呢……"

"没有啦。想做什么事……就是这样的心情而已。其实你的目标更纯粹一点吧。"

天色渐亮。不经意间整个走廊陡然明亮了许多,许宁几乎感受不到叶宇手中手电筒的光。

"不过……"叶宇望着许宁的双眼咧开嘴角,"听你说你可能不高考的那一瞬间,我还以为你是担心自己的小身板会晕倒在考场上呢。噗,噗哈哈哈哈……"

天亮了。光线清晰地勾勒出叶宇棱角分明的脸,尤其是弧线优美的嘴唇。许宁不得不承认叶宇笑起来的样子非常好看。

尽管此时他满脑子只想着把这个欠扁的家伙从这里扔到楼下去,让他好好体会"小身板"的力量。


"许宁,身体检查前你还能打电话回去……视频也可以。"许宁被猛地拉出了回忆。他转身一看,是负责他生理状况的医生。"好的,电话就可以。"许宁礼貌地点了点头。医生顿了一顿欲言又止,最后拍了拍他的肩膀:"保重。"

妈妈的声音听起来特别得平静,除了絮絮叨叨他小时候的事以外一切正常。许宁耐心地听着,时不时修正一两个小细节。时间一分一秒流逝,许宁努力压下自己的不耐烦,温柔地向话筒那头的老人说道:"妈……我先挂了,好好照顾自己。"

电话那端一片静默,唯有断断续续的呼吸声急切地诉说着什么。

"……妈妈?"

"……阿宁,阿宁! 妈妈对不起你,妈妈对不起你啊!"

"你在说什么呢,妈……"

老人毫不理会地继续说着:"我不是一个合格的母亲,很多时候控制不了自己,还连累了你。我这几天总是在想啊,你以前经常要惦记家里零零碎碎的小事……一边还要上课……"她哽咽地停顿了几秒,"如果没有那些事……你一定也会和其他人一样开开心心做一个学生,而不是对什么都不上心,都无所谓的样子……"

儿子离家以后,她时常回想起那张熟悉却又陌生的脸。她的孩子,她本该最了解的孩子,原本朝气蓬勃的脸在她不经意间失去了神采,而那双最困苦的时候澄澈的眸子,在结尾为疲惫所充斥。她如梦初醒,双手只能抓住远去的一个背影。

许宁哑然。

有些伤口是被白纸迅速滑动留下的小口子,不疼不痛,只是划多了会流血,会疲倦。但你不会真正去怨恨那张薄薄的、柔软的白纸——大概你生来就是要受伤的。冒着细小血珠的手掌,被海浪吞没的向往……一切都是生活。

许宁闭上了眼睛。他再次感受到了十年前自己在绝望中渐不可闻的心跳声,一下,一下,每一次都是无声的控诉。他疯狂压抑着冲动不冲到这个瘦小彷徨的女人面前抓着她大吼。可是那个女人留给他的不过是懊悔哭泣的背影,在黑暗里不发出一点光亮。

"不……妈妈,"许宁艰难地吐出一个又一个字,"别哭。那些……那些事情都已经过去了。"他盯着电话机,又像盯着什么很久以前对他十分重要的东西,"我最近总在想,如果当时我再坚持一下,或者鼓起勇气跨出一步,有些事如今便会毫不一样。如果,只是如果……"许宁的喉咙似乎被堵住了。"妈妈,我之所以参加这个实验,是因为,有一些错过的幸福,一些珍惜的梦,一些远行的同伴,一直在前方等着我伸出手。而这一次,我不会让他们再等待。"


许宁拎着洗好的衣服从水房走回来。

"你说会不会是许宁……"门内传来的声音让许宁敲门的手停在了空中。听这个声音,应该是自己下铺的男生。

"你再找找吧,许宁不是那样的人。"另一个声音响起。

"谁知道啊,你看他斤斤计较的穷酸样。切,穷鬼。"

"哎。我说你那个手机多少钱?"

"咚咚咚。"许宁面无表情地敲了敲门,然后推开门径直走了进去。

说话声戛然而止。许宁像什么也没有察觉似的,沉默地从坐在堆满杂物的地上的一群人中间穿过,在阳台上把衣服一件一件挂好。"呃,许宁,你刚洗完衣服啊?"有人问了一句,随即"呵呵"笑了两声,许宁没有回头:"嗯。"

又是难堪的沉默。终于,一个声音尴尬地响起:"呃,许宁,请问你看到过一个红色的手机吗?宽屏的,背面有黑色的图案。"

"没有。"许宁没有回头,淡淡地回答道。

"那……呃,你昨天下午的时候有回过寝室吗?"一个较和善的声音响起。

许宁停下手中的活,转过身直视对方的眼睛,表情是令人无法注视的坦荡:"我晚自习前一直都在寝室里。"

"那不就是你了嘛!"许宁下铺的男生尖锐地喊道,焦急的神色混着不易察觉的兴奋与嘲讽。

"老五你说什么呢……""别激动别激动……"旁边的男生七嘴八舌地嚷嚷,但没有一个人站出来对许宁说些什么。

许宁直直地站着,嘴角勾起讽刺的弧度,似乎在欣赏某出可笑的闹剧。他紧紧抿着嘴唇,左手指节泛白,脸上却始终平静无波。

"不好意思啊。"最开始发问的男生满怀歉意地对许宁说,"老五的手机才买了不久,昨天中午他把手机放在了抽屉里,晚上回来的时候就不见了。"

许宁没有开口。后桌几天前曾感慨万分地对他说:"许宁,最近你和大家的关系变得更亲密了呢,真不错啊!"

更亲密了……吗?

"呃,所以我们才问你有没有回过寝室……"说话的人语气虽诚恳,脸上的神色却不那么好看,仿佛直接写了"我知道是你"这五个字。

许宁很想笑。天知道他有多么想拍拍这群人的肩膀,语重心长地说:"大哥,说话绕来绕去的好辛苦啊。"

"发生什么事了?"就在这时,叶宇抱着篮球走了进来,疑惑地看着这一幕。

　　众人见叶老大到来，纷纷上前你一句我一句地把事情叙述了一遍。"许宁说他昨天下午回来过一趟，所以我们觉得应该是他……""说什么胡话！"叶宇把球一扔，大跨步走到许宁身边，脸上竟显出几分怒色来，"昨天下午我和许宁是一起回来的，而后也是一起去上自习的。"他顿了顿，声音犹如从冰窖里捞出来一般，"丢了东西你们难道不知道可以去老师那里调走廊的录像吗？当然，如果你们那么确定手机是在那个时间丢了的话，尽管和老师说吧。唔，就说'许宁和叶宇合伙偷了一个名贵的手机'怎么样？"

　　"哈，哈哈……"那群男生讪讪地摸了摸头，"这个，这个……我们也是一时性急，绝对没有那个意思。啊不好意思啊许宁，还有叶老大……我们去看录像吧走走走……"一群人就这么快步离开了房间。

　　许宁冷眼望着那一群人离开的背影。

　　"为什么不说？"

　　许宁愕然抬头，看到叶宇双手抱胸盯着他，神情莫测。

　　"说什么？"

　　"叶宇昨天下午是和我一起回来的。你们可以问他我到底有没有拿。"叶宇冷冷一笑，"为什么不说？你是觉得我会和他们一起怀疑你？还是怎样？"

　　许宁"哈"地笑了一声。"说了又如何？既然他们都那么愿意相信是我拿了手机，我就算说一万遍'不是我'又能怎么样？"他下意识地挺直了背脊，"我自问心无愧，只是不愿意耻辱地向这群人求饶罢了。"

　　"耻辱地向这群人求饶？"叶宇一字一句地重复了一遍，蓦地大笑起来。"许宁我怎么从来不知道你语文学得那么好？你不过是陈述一个你没有偷的事实而已，何必扯上如此强烈的自尊心？"他顿了顿，"被这么无理地怀疑，任何人都会愤怒，这我理解。但是，你恐怕不只是愤怒吧？"

　　"你什么意思？"

　　"许宁，你在害怕。你害怕别人因为你的家境歧视你，你害怕别人毫无理由孤立你，你害怕别人明里暗里侮辱你的人格，你害怕别人在流言面前放弃对你的信任……你明明知道，却一直害怕直面它。"叶宇近乎残忍地剖析道，"所以你不愿意和那些人解释，因为你的开口就意味着承认这个现实。许宁……去掉义愤填膺的外表，你不过是一个一味逃避的懦夫而已。"

"你住口！"许宁嘶哑着嗓子挥出了拳头。拳头和肉体碰撞发出沉闷的响声，叶宇龇着牙后退了两步。出击的右手火辣辣的疼，但似乎有哪里疼得更加厉害，令许宁无法呼吸。"你给我闭嘴！你这个什么都不懂的大少爷！"许宁恶狠狠地念道。他举起手想揍叶宇，看到对方脸上似笑非笑的表情后却怎么也下不了手。

"懦夫。"

叶宇似笑非笑的脸在脑海中挥之不去，许宁怔怔地坐在桌子旁，妈妈一连叫了他好几声都没有听见。

"妈？"

"阿宁。"女人关切地看着他，"那个……你上次说想毕业以后就工作的事，我问了隔壁工厂的老杨……"

"妈。"许宁打断了她的话。一个字一个字，仿佛冥冥中有魔拽着他张口，"我不想马上工作……我想读大学。"

奇怪的是，说出这句话以后，竟是无比的轻松与幸福。


许宁做完身体检查后喝了一杯热水。实际上，他很饿，但是未消化的食物据说会在分解的一瞬间酿成严重后果。算了，忍一忍吧，何况回去之后当年的食物应该污染少很多……他默默地摸了摸抗议的肚子。

启动前二十分钟准备。

这段时间以来和他一起度过紧张的日日月月的研究员一一上前和他拥抱，许宁含着笑与他们道别，接着不再回头地走进了长相奇特的金属匣子。空气里飘散着冷冰冰的气味，沉默地停驻在他的眉毛、唇角和脖颈上。

快要开始了。

许宁觉得自己现在完全是破釜沉舟的将士，一股劲儿向前冲，头破血流也在所不惜。他发现家里欠的债在高中毕业前就可以还清了。他捧着账本，一时间百感交集，仿若沙漠中濒死的旅者意外得到了天降之露，只是上大学的学费……许宁为难地想了想，咬咬牙做了个疯狂的决定。

码头附近如今已成为半禁地：狂风时不时过来光顾，把一切搅得乱七八糟再拍拍手离开；原本普通的海水散发着刺鼻的味道，偶尔发出"咕噜噜"的声响，像一头饿了很久的怪兽。

许宁缠着负责人，软磨硬泡要求打按小时计费的工。负责人见他细细长长又是未成年人，刚开始说什么也不答应，只是转念想到用工紧、缺人手，这鬼地方也没人来查，勉勉强强算是同意了。于是，在灰头土脸的搬运工当中，增加了一个倔强的身影。

许宁几乎全靠意志在水泥地上挪动着脚步，手臂和背呈现出奇怪的角度，每次许宁将货物放上架子，手臂上的肌肉总会长长地悲鸣，带动他的牙齿"咯咯"地颤抖。坚持住……许宁一遍又一遍地默念。叶宇嘲讽的目光似乎刻在他的脑海里。还有他差点放弃的希冀……许宁从不知道自己能有这么顽强的生命力。他原本打算周末都去打工，可惜大半天下来快要散架的身体迫使他暂缓了急切的步伐。

几个礼拜下来，许宁五官端正的脸白得可怕，黑眼圈似乎蔓延到了鼻梁边。可他显得前所未有的开心，曾经死气沉沉的眉眼间多了几分暖色。有人腹诽许宁看上去像"春天来到的男鬼"，当然也有人中肯地评论他为"被阳光灿烂的叶老大传染的……许宁同学"。

四月了。春的气息似乎不浓厚，但已现踪迹。一楼走廊边黄色的不知名小花散发着略微刺鼻的香气。从二楼的走廊看出去，玉兰花优雅地倚在树枝上，白色的花瓣透着淡淡的紫色和橘色。许宁坐在教室里专心地写着题目。

"怎么了？"身后包子脸（许宁终于记住了后桌的绰号）戳了戳许宁的背。他迷茫地转过身。

"许宁，你身体还好吧？"包子脸担忧地咬着笔尖，"最近是不是睡眠不足啊？黑眼圈和国宝似的。”

许宁无奈地说：“国宝……有那么夸张吗？我近期在努力攒学费，大概是有点累了吧。”

“诶……好辛苦……那睡眠质量还好吗？”包子脸认真地询问道。“你可以喝牛奶改善睡眠质量。我一向那么做的。”话音刚落，她便后知后觉地想起许宁的家境，不免有些懊恼。

许宁并不介意：“牛奶其实没有改善睡眠质量的功效哦。”

“啊？”

许宁满意地看到对方不可置信的表情：“硬要说安神作用的话，睡前吃东西倒能帮助睡眠。不过……”

“嗯？”包子脸被吊足了胃口。

“不过，有一句话叫作马无夜草不肥。”

“……啊啊啊啊啊你是什么意思啊许宁！”包子脸看到许宁饱含深意的目光忍不住跳了起来。

许宁闷笑了很久。

“那个，你有什么推荐的辅导书吗？理科类的……”许宁突然问道。

包子脸爽快地从座位下拖出了两个大盒子。“喏，都在这里了。”她吃力地从里面掏出两个塑封好的参考书套装，“这个，‘五三’精装版，还包括语文英语；这个，王后雄套装！精选系列，让王兄照亮你未来的道路……”

许宁目瞪口呆。“这么厚？”他伸出头看包装背后的价格，“而且这么贵……”迟疑地，他开口对她说，“有没有更便宜的版本？”

包子脸皱着脸想了很久，吞吞吐吐地说：“应该没有了……我买的是最综合的版本。或者你可以就选几门课……”虽然单本的价格也很贵。她怎么也想不出好的解决办法，一时不知道该说什么。“啊！”灵机一动，包子脸对许宁说：“你可以先拿我的去做，只要不写在上面就可以了。你用完以后还我吧。不急。”

“这样没问题？”许宁惊讶地问道。得到肯定后，他长吁一口气，轻声对包子脸说：“谢谢你。”语气竟是自己也没有料到的柔和。

"不不不不不不用谢……"包子脸觉得自己一定脸红了。完蛋了许宁原来是潜力股……她忧伤地想着,却还是努力维持表面的镇定,"我们这是朋友情深嘛。"

"朋友情深啊……"许宁喃喃地念着。向她借参考书的时候,原以为会恼羞成怒的自己,格外地坦然。接受朋友的帮助,难道不是一件值得感动与幸福的事么?

"我说,"包子脸压低了声音,"你和叶老大……吵架了?"

"不能算吧。"许宁尴尬地笑了笑。对于叶宇斥责他为懦夫的事,他并没有耿耿于怀,只是每每看到他都有心事被戳穿的烦闷感。

"那就好,叶老大和你可般配了呢……"

"哈?"

"啊啊啊我的意思是,你们是一对很不错的朋友,兴趣相投,气场相近,能在一起互相激励实在太美好了啊……"说着说着,包子脸忽然露出了梦幻的表情。

"……"被吓到了的许宁转回头,视线瞟到了一个笑容灿烂的人身上。对方扬起手挥了挥淡黄色的素描本,耐心地等待许宁的回答。

"OK。"许宁比了一个利落的手势。


春游结束的晚上,许宁和叶宇坐在阳台上仰望难得晴朗纯澈的夜空,手上握着啤酒。许宁本来挺犹豫,在叶宇"苦口婆心"的劝说下鬼迷心窍答应做一回"真男人"。

许宁一看便知酒量极差,才喝了一罐半,脸上便起了红晕,远看跟打了腮红似的。叶宇令人惊讶的也没有好酒量,喝了一会儿就起了醉意。

"喂,叶宇,你……哪里弄来的啤酒啊?"

"包子脸带来的。嗝。"

"包子脸? 她从哪里弄来的啊?"

"你……你蠢死了。她不是有两天通校的吗? 今天爬山的时候她偷偷塞给我的。她还说……呃……"

"什么?"

"她说……'青春怎么可以没有啤酒! 少年啊,燃烧吧!'唉……我看她要是个男生,早就翻进来和我们一起喝了……"

"哇,她太帅气了……可惜可惜。"许宁扼腕叹息。

"喂,许……许宁,你知道我的目标是什么吗?"叶宇甩了甩凌乱的头发,挪到许宁身边紧紧贴着坐。

"什……什么?"许宁皱起了鼻子,忽然哈哈一笑,"我知道了! 你一定想娶个貌……貌美如花的老婆,然后生……生一大群孩子,天天跟他们吹嘘叶老大当年如何男……女通吃,人见……人爱,哈哈!"

"切,太差了!"叶宇嘲笑地踢了踢许宁白净的小腿,"我么……肯定要娶一……一大群又美丽又聪明的老婆……"话音未落便笑个不停。

两个人打闹了好一会儿,叶宇突然勾住许宁的脖子,指着遥远的星空说:"许宁,你……你知道吗,我从未像现在这样彷徨不安……"

"彷徨不安? 你是看星空看多了变成文艺青年了吧……"

"去去去……说正经的呢。我想,不安的原因大概是我不知道自己未来会如何吧。但因此,也更充满不顾一切的勇气……嗝,我很感人吧许宁?"

"嗯。"许宁严肃地点了点头。"……哈哈哈哈哈哈受不了了叶宇……这种缅怀青春的语气不是只会出现在大叔和老头子的身上吗?"

一片静寂。

"……喂,喂,你自己起来回床上去!"

宿舍楼旁的樱花树开花了。花朵似乎很小,却层层叠叠,远远望去是一片绯色与粉色交织的云朵,轻飘飘地伏在春天安详的月光里。

许宁一脚轻一脚重地走回了家,都还带有宿醉的余韵。

"好累啊……"他深深打了个哈欠,掏出钥匙开门。"吱呀。"

"妈,我回来了。"

静悄悄的一片。

许宁疑惑地关上门,难道妈妈又找了新的兼职?他一边换鞋一边嘀咕着。

他向房间里走去:"……妈?!"许宁惊惶失措地蹲在躺在地上的女人身边,小心地将她的上半身扶起。

"妈,你怎么了?"许宁轻拍女人的肩膀。一股浓重的酒精味传来,原来是喝多了……许宁松了一口气,左手无意中触到了女人的额头,滚烫。

许宁的心又提了起来。"妈,你怎么样?你发烧了,我要带你去医院。"他慢慢将女人扶起,架在自己的肩膀上。

"对不起……对不起……阿宁……"女人嘴里无意识的低吟让许宁一僵,一种宿命般的可怕的预感如海浪席卷而来。许宁一格一格转过头,死死盯住敞开的柜门。

里面是空的。


启动前十分钟。

许宁依旧盯着弯曲的管道,思绪却飘到了九霄云外。自己会不会成为人类历史进程中的伟大一笔呢,他想到。每一个大胆的决定背后都有一个或几十个大胆的人类,而自己,大概也光荣地成了其中一员。

计划刚出炉的时候反对声一波接着一波,极尽嘲讽挖苦绝望。然而随着环境难以遏制的恶化,喋喋不休的反对者终于识相地闭上了嘴巴。后路全部被阻断,能做的唯有破釜沉舟。

许宁曾想过,人类为什么要一拖再拖,等到一败涂地时才幡然悔悟。直到某一天,他才明白这是每个人都无法逃避的命运,不过令人欣慰的是,人类这个群体拥有更大的决心与力量去踏上挽回之路。

人类比一个人更糊涂,但人类远比一个人更能勇敢迈出那一步。


母亲病倒了。她满脸是泪地抓住沉默的儿子,一遍一遍地重复:"阿宁,阿宁……妈妈只是想着这一回说不定什么都可以赚回来,然后你不用去打工,可以开开心心毫无顾忌地上学……阿宁,阿宁,妈妈真的已经改了,改了呀……"

许宁蓦地站起来,端起浸着毛巾的水盆:"妈,我去换盆水。"声音平平稳稳没有波澜。他快步走出房间,将盆子放在地上,颓然地靠着斑驳的墙。

什么都没有了。

他不愿意回忆起那天他是怎样打电话到银行查询余额,如何把母亲扶到床上,又把包里带去学校的钱倒在地上,一枚一枚地数。他的手心滚烫,即便攥着冰凉的硬币也没有褪去温度。一张一张:"一、二、三……一、二、三……一、二、三……"日色渐暗,许宁缓缓地摩挲纸币粗糙的表面,弯着的身影融进夜色里。

妈妈……我该怎么相信你呢。

在那一刻,许宁终于发觉,他永远站在被命运遗忘的那个角落。


许宁在母亲退烧后的第三天回到了学校。宿舍楼的楼梯不高,他却近乎走不上去。脑子空白一片,脚底下仿佛踩着云,每一步都浮在半空。平衡感似乎也差了好多,身子轻微摇晃,一下一下撞着沾灰的扶手。"糟糕……"许宁低语了一声。平时睡眠不足积攒的劳累,照顾母亲的几天几乎彻夜未眠,许宁自诩健康的身体终于罢工了。

强迫自己的腿向上踩,许宁总算爬到了四楼。他不情愿地撑着墙壁,平复一阵一阵的眩晕感。"包子脸,见鬼地被你说中了。"许宁苦笑。按照他现在的身体状况,不要说攒学费了,新添的债都还不了,该怎么办呢……许宁想找叶宇好好谈谈。紧绷在脑内的那根弦,不停颤抖着,仿佛只要一根手指触碰便会断裂。"恐怕我得回归现实了……"他叹了口气。只能让叶宇再给自己"洗一次脑"了,许宁强打精神,向寝室门走去。

"啧你看看那个许宁……"门内传来的声音让许宁敲门的手停在了空中。

"整天和叶老大待在一起,也不看看他自己什么货色,哈!"门内说话那人冷笑一声,"我以前就看他不爽,成天板着一张死人脸,一副自己多么不容易的样子……啧啧啧。现在和叶老大关系好了,看到我那种得意的表情啊,唉呦!"他怪里怪气地叫了一声,激起一片哄笑。

"唉不过叶老大怎么会和他混在一起?"另一个声音响起。

"谁知道啊,估计是觉着看他挺好玩的吧。不过他也好几天没来了呢……"

"终于有自知之明地滚回家数钱去了吧,哈哈哈!"

……

许宁想,自己的耳朵实在是太敏锐了。他在原地摇晃了一下,嗡嗡作响的耳朵慢吞吞地看着接下来的几个单词飘过:"过分""其实""偏见"……但他什么也注意不到了。

冰水从头倾倒而下,连脚底也是冰冷的。

许宁用力推开了门。不去管屋内众人五彩斑斓的脸,他平静地问道:"叶宇在吗?"

"……叶、叶宇他回家了,可能以后一个月来一次。"

"什么?"许宁又问了一次。

"你知道的吧? 叶宇要出国了……"


许宁退学了。

交申请的那天,班主任怎么说也不答应。她望着一脸倦色的学生,焦急地试图说服他留下来。成绩不错而又刻苦的学生,若是因为经济原因不能继续求学,这实在是太遗憾了。

许宁低头站着,良久抬头凝视老师的双眼:"老师,我太累了。"他声音不大,却含有某种金属一般尖锐的色彩,让班主任一下子说不出话来。

是的,他是太累了。

他曾那样满心期望地向上爬,双手磨出鲜血也毫不在乎。可就在他以为一切都不是那么遥远的时候,梯子轰然倒塌,粗糙的地面猖狂地笑他的天真。

许宁走出校长办公室之后,突然意识到现在已是六月初。摇曳的树枝温柔地吟唱,和暖的阳光充满眷恋地停驻在衣角上。他静静地看着这美好的景色,发现那一段起早贪黑,汗流浃背的日子像是梦一样。

一个漫长的、让人上瘾的美梦。

然后,有一个人,笑着走来,穿过长长的梦境,向他走来。

"许宁!"叶宇欣喜地叫住了他,"咦,你怎么在这里?"

许宁微微一笑:"那你呢?你怎么会在这里?"

叶宇挥了挥手中的白纸:"来办请假手续。啊出国的事真是烦死了……哦,对了,我差点忘了告诉你,我想申请H大的建筑系!"他虽是抱怨的口气,眉眼间仍是掩不住的喜色。

许宁敏锐地发现叶宇的眼下有深深的阴影,即使如此,他依然兴致勃勃,神采飞扬。

"……恭喜你有奋斗的目标了。"

"这不还多亏了你吗……哦对了,你到底过来干什么?难道是请假?你的身体还好吗?"

许宁避开对方关切的视线,努力用自己最平静的嗓音回答道:"我退学了。"

"原来不是请假啊……等等!"叶宇上前大跨一步抓住许宁的肩膀,死死瞪着对方,"退学?!你说什么?!"

肩膀被捏得生疼,然而许宁更难以忍受的是透过薄薄的衣料传来的叶宇手掌灼热的温度。

他后退一步甩开叶宇的手,挤出一个无所谓的笑容说:"对啊,我退学了。"

"可是……"叶宇难以置信地摇了摇头,"你不是一直在努力准备上大学吗?你起那么早学习,又挤时间打工,难道不都是为了当建筑师吗?"

"是啊……"许宁怅然地侧过头,"我那么努力……现在,我撑不住了。我很累了,叶宇。"

"……到底发生了什么事?"

"我妈……又赌输了。这一次,倾家荡产。"许宁轻轻地笑了。

"可是……"

"没有'可是'了叶宇。我需要钱,我需要还债,我需要想办法让我和我妈有一口饭可以吃!我本来就打算成年后找工作的,现在……我不过提早走回了我的轨道。"说完一大串以后,许宁忽然笑了。如此老气横秋的话从他的嘴里说出来……真好笑。

叶宇急切地说道:"许宁,不会那么糟糕的!你可以申请奖学金,或者,如果你不介意的话,我和包子脸可以帮助你……"

"帮助我?你们要怎么帮助我?好心地把你们的零用钱施舍给一贫如洗、不幸的许宁?"许宁尖刻地笑了起来,"不用了叶宇,多谢你的好意。也拜托你和包子脸道个谢吧。"

许宁没有想过从自己的嘴里能说出这样刻薄的字句。那天在门外听到的辱骂和嘲笑像一根尖锐的刺扎在他的后脑。

"许宁你在说什么?"叶宇不明白对面那人为何会露出近似可怖的神色,"我只是希望你能解决问题罢了。你是想上大学的对不对?我知道你早上起那么早不过是为了温书,哪怕累得站不稳还要撑着……"

"你住口!"许宁激烈地打断了叶宇的话,"你知道你知道你知道,你以为你知道什么?"他的胸膛上下起伏着,"你衣食无忧,想要什么就有什么,而我不过是个赌鬼的儿子,脑子里只能装装鸡零狗碎的小事,你又何必装出一副恨铁不成钢的样子?叶宇,我受够了你的假惺惺。你伟大,你有志气,你去国外追求你的梦去吧,不要再来打扰我!"话毕,许宁紧紧闭上眼睛。

他无比庆幸,此刻站在自己面前的是叶宇,意志坚定的叶宇。如果质问自己的是包子脸,他一定无法讲出这样伤人的话语,只能任凭软弱悔恨的泪水横流。

眼睛好痛。他轻轻地在心里说,今天的阳光……太刺眼了。

叶宇,包子脸,如果你们是即将翱翔于苍穹的雄鹰,那么我就是甘愿折断双翅的雏鸟,我们不再处在同一个世界。

再见。

"启动倒计时开始。"低沉有力的声音在狭小的舱内回响。瑰丽的蓝光照在许宁的脸上,他的面容朦胧不清。此刻,他的眼里只有深邃的管道那头那片似有似无的深蓝星空,如同海妖缥缈而绮丽的歌声,召唤着旅人踏上归途。

"十。"

"九。"

"八。"

"七。"

"六。"

"五。"

许宁是一只鸵鸟,甘愿把头埋在沉默的沙地中任凭时光流逝。

他以为自己从很早以前便预料到了将来的生活,能够以最感恩、最平静的心情迎接生活的巨浪。而他也尽力平躺在沙滩上,用鼻腔和起皮的嘴唇面对又咸又苦的海水,即便火辣辣的疼痛汹涌而上也不退缩。

只是午夜惊醒的时候枕头上的濡湿冰凉一片。

许宁一动不动地躺着,模模糊糊地想,梦里有什么呢?

什么也没有。但是他是如此渴望停留在梦里,一直懒洋洋地靠着墙,树叶落在栏杆上。身边似乎有人不甘寂寞地跑来跑去。他看见镜子里的那张面容放肆地大笑着,眼睛亮得出奇。

他为那无畏的目光退缩了。

离开十年后的某一天,他同往常一样到陈旧的办公室收邮件,开始一天的工作。桌上摆了一叠等待他整理的资料,订书钉散了一桌。窗外开始下雨的一瞬间,一种几欲落泪的冲动让他打开了那个多年未使用的邮箱。

许宁:

我在东京。

五年前我就从叶宇那里拿到了你的邮箱，踌躇至今才发来第一封邮件，也是最后一封。

组织语言的那刻起我便压抑不住年少时纷繁的苦闷与暗恋，现在——打字的时候眼泪几乎夺眶而出，怎么也看不清屏幕。

这么多的日日夜夜，我纵有满腹话语欲向你倾诉，也无奈时间太久，回忆太长。从叶宇那里了解你的情况之后我就明白，我这种傻傻懵懵的少女和你完全是在两个世界。那个时候我坐在你后面看着你写作业的背影，便暗暗下定决心要像你一样勇敢坚韧。

这么说来，你便是我的支柱呢。

高考失利后，我毅然决然来到了日本，说着截然不同的语言，想着要争一口气，闯出一片天。个中的辛酸喜悦就不详说了，一个人在夜晚哭泣的时候就努力回想你说过的话，暗暗打气。我一直和叶宇保持联络，有时会聊聊高中时候的事情，一个人在屏幕前傻笑。

你现在可好？

我隐约听到当时你家发生的事，当即难过得说不出话。我想，对你那么拼命，那么骄傲的人来说，一定是发生了什么吧？

时至今日，我明白那时候坐在一起说的“梦想”是那么不知天高地厚，但却又如此闪闪发亮。

只愿你依然记得当时许下的诺言。

还有……叶宇走了。我不知道你能否看到这封邮件，但无论如何……在某年某月的某一天，请你一定要去看看他。

我想念你。

包子脸

得知叶宇死讯的那天，许宁破天荒请了半天假。长着一撮小胡子的老板虽不太情愿，但念到许宁平日工作还算勤奋，臭着脸“哼”了一声，同意了。

窗外狂风呼啸。许宁等待老旧的电脑打开页面，手指不耐烦地敲着桌子,发出"咚咚"的响声。家境最困难的时候,他把电脑卖到了旧货市场,然后拼了命地去码头搬货物,总算在一个月后重新把它买了回来。后来妈妈逐渐戒了赌,一点一点地把欠的钱还清,家里总算没有那么拮据了。但他没有再买一台新的。有些东西,一旦丢了就再也找不回来了。

邮箱里有二百八十八封叶宇的邮件。

"……美国比我们那儿更冷一些,我刚到的时候还以为飞机一飞三个月,直接飞进了冬日。但是风很小,水污染似乎也没有很严重。我习惯在吃早饭前绕着小树林(对,我住的宿舍旁有一个小树林,不知什么品种,听说秋天几棵树还会结果子)走两圈,锻炼身体(笑)……"

"待在异国总是特别容易感到孤独。我每天晚上都会在图书馆待到很晚,一抬头的瞬间还以为回到了高中,我随意洗漱一下就可以爬上床呼呼大睡。学习很累,但我明白这不算什么。你呢?最近可好?工作的老板是个怎么样的人?"

"……我想你可能不愿意看到我的邮件。不过我是挺自私的人,许宁,又自私又固执。我想和你说说话,所以就一封一封发过来了。嗯,还有,我在飞机上的时候回想了你对我说的话。我大概是太过分了……一味地把我的理想强加在你身上(呃,听起来好奇怪)。但是,但是,但是!我对你怀着很复杂的感情。在准备申请作品的过程中,我曾经很嫉妒你的能力,对你说出懦夫那样过分的话又让我心怀愧疚。但是许宁,我从来没有看不起你。"

……

"我去找了我们学院建筑系最著名的教授(那老头脸板得和石像一样,哦天啊),他说他们提供非常非常丰厚的奖学金给那些有天赋的学生。如果你感兴趣的话,我明天就把资料发过来。"

"……许宁,你看到我发来的资料了吗?"

"我的课上有时会有旁听的学生,他们当中有不少已经三四十岁了。我与其中的一位攀谈了十分钟,他十八岁的时候去非洲打工,艰苦奋斗了十年回到曾经的Dream School听课。我问他:'为什么你还怀有十几年前的热情?'他说:'我只是一直想着而已。其实我也不清楚我是否与十八岁那年拥有同样的心情,但我明白我会来听课。这是我的梦,我不想让自己白白后悔。'"

"许宁,我最近不停梦到以前的时光。前两天我去开了同学会碰到了包子脸——不对,她现在已经不是包子脸了。我想她一个人奋斗也很辛苦吧,脸都瘦了那么多。我们一起聊了很久,当然也聊到了你。回想起过去的日子让人很兴奋。话说包子脸一直对你当年的不告而别耿耿于怀……我把你的邮箱给她了。如果你不小心看到她发过来的什么奇怪邮件千万不要怪我(笑)。"

……

"许宁,我明天要去太平洋东区的小岛上做考察调研。那是个刚被飓风袭击的地区——呃,我真不想看到惨烈的景象。这样和你'通信'已经十年了,不知你过得好吗? 我正奔跑在成为建筑师的道路上。"

"我会一直等你。只要你向前走,就能看见我。"

这是叶宇的最后一封邮件。


关上电脑的时候,包子脸在春游路上哼唱的曲子兀然进入许宁的脑海:"少年时候的你,眼瞳总是光芒闪耀的模样。我的朋友,当我想念你的时候,心就会不由自主坚强起来。因为在我眼中的你,总是不停地向前跑,总是不停地向前跑着。"

"请你别忘了当时你的生命态度,你就是我的青春。"①


许宁已经记不起包子脸是怀着怎样温柔的神色哼着歌,也记不起叶宇是带着怎样夺目的笑容蹦着走。

他只记得有一个人,迈着酸痛的腿登上阶梯,累得说不出话却依然挺着背;他只记得有一个人,惨白着脸刷物理题,在压力下几乎喘不过气却

---

① 歌词分别来自ZARD《我的朋友》,滨崎步《卒业写真》。

依旧干劲十足。

他还记得在青春韶光里勇敢高呼的自己,那个人,和那些人。

许宁在镜子前套上皱巴巴的皮衣,看着镜子里的那个人冲着自己笑,眼角的细纹时深时浅。泪水伴随着变形的笑容,许宁蹲下身呜咽,而后放声大哭。

"不安的原因大概是我不知道自己未来会如何吧。但因此,也更充满不顾一切的勇气。"

"时至今日,我明白那时候坐在一起说的'梦想'是那么不知天高地厚,但却又如此闪闪发亮。"

"懦夫。"

"四。"

"三。"

"许宁,我们不确定你越过虫洞后会回到此世界的十年前,抑或是进入另一个平行空间。""无所谓。我只想要回去珍惜一段时光,然后重新选择……这一次,无论多艰难,都不会放弃。"

"二。"

做出决定的那个晚上,许宁做了一个梦。他站在天台上,看着大海上方的晚霞从天空一角磅礴地倾泻而下,将海面染成了深紫色。时间悄然走远,暮色渐沉,远处亮起星星点点橘黄色的灯光。海上长长的桥犹如一条闪闪发光的河流,向遥不可及的一点缓缓流去。他曾见过比这更繁华的夜景,但站在静谧的黑色中,眺望远处如同另一个世界的绚烂,竟一时无法言语。"喂——许宁——"熟悉的热烈的声音,尽情挥动的双臂。许宁用力一跃,张开双臂,感受着风从身下流过。

只要张开双臂,就能拥抱着风飞翔。

"一。"

我回来了。

第七届

# 光之子

杭州外国语学校初一(1)班 王 和

你们不是神,亦不是仙,只是在这人间漫长的历史中,几点璀璨的光。
你们都已离去,却也不曾离去。一切的一切,都因你们,是光之子。

——题记

## (一)光之遗梦为兰陵

你出生在一个夏天,阳光甚烈。你的母亲是绝美的,你也是。你的才,你的貌,无人能敌;你是王子,却因生母出身太低,被贵族鄙夷。你在这样的压力与环境中长大,却从未失去那份和你容貌相配的淡雅与超然。有人损你,抑或是害你,你总是避开,微微一笑,然后离去。

古书上说你"貌柔心壮,音容兼美",你的箫吹得极好。可就在那一瞬,只因长兄一言,你抛去那支玉箫,手上拿着的,变成了宝剑。你拿甲胄掩盖了你的面庞,然后,毅然决然地上了战场。

你成了一名强将,百战百胜。原来,在你柔美的面孔背后,有的,是一颗侠士和将军并存的心。你常年征战沙场,沙场的险情不能拿走你的生命,只能让你愈加高贵。你是战场上的王者,更是将士心中那个待人宽厚,与他们共患难的兄弟。

那日,应是公元564年。突厥与北周突然向你的母国北齐进攻,十万大军,重重包围了北齐重镇——洛阳。武成皇帝派兵解围,却一次次全军覆没。看到一批批倒下的士兵,你终于做出了一个决定——

211

你戴上甲胄,手持利刃,驾一匹快马,率五百名精骑,直接冲锋,与十万大军相遇。五百对十万,数量的悬殊阻挡不了你前进的脚步。你策马奔腾,越来越快,敌军士兵的鲜血染红了你的战袍,你硬生生从十万大军中打出一个缺口,杀出一条血路,然后,你势如破竹,斩杀如麻,迎着阳光,直抵洛阳城。洛阳的守军已因太多的失败而变得怯懦不堪,不敢出城;于是你第一次在战场上摘下甲胄,露出真容。鲜血透过甲胄溅射上你的脸庞,在那份柔美中独添一份妖魅。欢呼声淹没了整个洛阳,守军看到了他们的英雄——沐浴在阳光下的兰陵王。阳光下的你在雄壮间独添一份神圣,明媚的笑容,几乎就融化在这阳光里。士气大振的北齐部队霎时间冲出城门,你仍冲在最前面,终于,大胜北周。一场必死的战局,就这样被你所拯救;一城无辜的百姓,就这样脱离了困境。史书,称之为"邙山大战"。一场战争产生了无数的伤亡,而一场大捷却总会诞生一个英雄。将士为你作歌,作那首流传至今的《兰陵王入阵曲》,你也仍吹箫附和,他们视你为神,北齐的战神。

北齐,南北朝时北方的霸主。若没有兰陵,是否可以说,在北齐皇室里,人性沦丧、道德泯灭,所有约束、礼乐诗书都在战火中化为最卑微的灰烬。鲜卑的战事是频繁而霸道的,在将士的威武后,更可怕的,是帝王的残暴。

但兰陵不同。你的心似乎可以包容万物,你是儒雅的君子,尽管骨子里流淌着鲜卑的血。那个年代,常年征战,瓜果本就难得,你却从不一人独享,而是召集将士共同享用。你早已忘了自己还是个王子,兰陵,只是一名将军。

还记得那一次吗,就是他,阳士深,诬告你贪赃,使你丢了官职。当整个北齐只剩你是强将,你东山再起,兵至定州。阳士深在你手下,心中充满了不安,于是到你面前,求你宽恕,更求你寻个错处责罚他。

那时的你端坐在高位,却笑了,扶阳士深起来,目光朝着眼前的朝阳:"吾本无此意。"

他呆在那里,似是不相信你的饶恕。你仍是笑笑,很平常,却似乎带给阳士深无限的暖意。他终于看到兰陵的真心,看到你在英勇杀敌背后的那份风度翩翩、温润如玉。

你的兄长,只因一个错处,便将身边的下人处死;而你,却以一颗君子的胸怀,包容了你的政敌。

木秀于林,风必摧之,功高盖主,祸必降之。飞鸟尽,良弓藏;狡兔死,走狗烹;敌国破,谋臣亡。兰陵错了,错在出生于这样一个疯狂的皇室。试看整个北齐,二十八年,六任皇帝,兄弟、叔侄相残,一个比一个疯狂,一个比一个不近人情。在那个疯狂的年代,幸好有兰陵,我们还能感受到人心中的温暖与阳光;可在皇帝的眼中,兰陵,只是一个为了篡位而演出的优秀演员。

皇上赐礼,一杯鸩酒。你望着它,久久地望着。许久,你放下它,搂结发妻子郑氏入怀,然后是深深地叹息:"我忠以事上,何辜于天,而遭鸩也!"

你的她,软语安慰道:"何不求见天颜?"你没有说话,却在心里笑了。原本以为自己谨小慎微,战功显赫,自保定无问题,没想到皇帝还是猜疑,不放心,终降罪于自己。如今大难临头,转圜的余地,已经没有了。

她走了,给你去准备晚间的吃食。你缓缓地站起身,迎着屋外的一片洁白。今日,没有阳光刺眼,只有飞雪漫天。你笑了,最后一次。你长叹一句:"天颜何由可见!"然后,你捧起那杯鸩酒,以最高贵的姿态饮下,点燃的债券扬起飞尘,飞舞在你的眼前。你那常年征战的身躯慢慢倒下,倒在那圣洁的白雪中。

天,黑了。王府中传来悲痛欲绝的哭声。在这一天,太阳落下了,第二天还能升起;北齐皇室的最后一抹阳光,却永远地,被一杯鸩酒掩盖了圣洁的希望。

四年后,北周踏马而来,剑指北齐。昔日的手下败将卷土重来,而你,已无法站上沙场。北齐,就这样覆灭。

你的光芒被掩盖了,却也不曾消失。千年后,当《兰陵王破阵曲》从那一衣带水的国土传来,优伶婉转的声调里诉说着的翩翩君子,仍然绽放出无人能抵的光华。于是我发现，你不曾走远。无论何时、何处，在这片神州大地上，兰陵，依然是那个骄傲的光之子，你的光，表现在你的勇，你的德，你的才，你的貌。

回首兰陵，又看到你浅浅一笑。那阳光下的笑，带给人无限的温暖。几度梦回，千年间，既然你的笑不曾消失，那你的光芒，也定会永存吧。

——还有何人知道，你的真名，被唤作高肃，字长恭。突然，我彻悟——在兰陵的柔美与潇洒之后，在这抹阳光下，还有雪的肃静，和长久。

### （二）光之透心花满楼

"为什么不亮灯？"

他笑了："我是个瞎子。"

他是古龙笔下最完美的男子，他叫花满楼。

他是江南的公子，却在幼时因一场大病，失去了双眼的明亮。以他的身份，其实根本不用担心自己的温饱，优越的家境足以承担他的生活。

可他并没有留在家中，而是来到了这里：一间陋房，一壶清茶，一具古琴，没有灯。很难想象，一个瞎子能生活得如此富有情趣，更难想象，他为此付出的巨大努力。可就是这样，他却仍然保持着每日的微笑，对于他的努力，只有一句："我想尝尝真正独立的滋味。"

他爱花，爱那份淡雅的香气，更爱花瓣与柔蕊相转间的美丽。他的目盲了，心却没有盲：他真正融入大自然，品味着秋叶的清香，静静聆听雪花落地的细微声音。上天盲他双目，是为了让他的心更加明亮。他不是人人敬畏的剑神，而是人人都爱的，花神。

他，似乎并不应该出现在这腥风血雨的武侠世界中。他毕竟是瞎子，临危，怎可能自保？

——他有一个朋友，四条眉毛的朋友。这个朋友教会他灵犀一指，更依赖于他的才智。他的朋友是英雄，而他，也是。他的朋友，有一个鼎鼎大名——陆小凤。

因为小凤，我们终于看到一个立体的花满楼。不知不觉，终于踏进武侠的另一个境界：没有杀戮，只有宽容和博大，热爱与感恩。他是热心的，跟随小凤除恶扬善；他更是善良的，所以并不和剑神成为朋友。剑神杀人如麻，花神，却助人为乐。

我曾想过，他的江湖，是否和他人不同。一个瞎子，在江湖中过着自己悠闲的生活，却也处处妙计，惩治铁鞋大盗，寻访西门吹雪；一个瞎子，在众多高手的压力下，全身而退，因为不论是他的仇敌或是他的朋友，都无法对一个相信身边的所有人，时时对生活充满感恩的人下手。

也许，终于可以明白——这样阳光而美好的江湖，是花神一个人，用爱和赤子之心创造的。

他的小楼，永远开着门。

那天，她和崔一洞闯进这座小楼，他断了崔一洞的刀法，也从此认识了她。

他淡淡一笑："我喜欢你，喜欢说实话的人。"

她叫上官飞燕，是他爱过的唯一一人。她是个小偷，也是个骗子。她为了盗取金鹏王朝的财富，骗过了陆小凤，骗过了西门吹雪，却不知，她一直在骗的花满楼，早已洞悉了一切。他早已知道她不是公主，却也不忍揭穿；在被欺骗之后，他甚至没有愤怒，只是向小凤请求，宽恕上官飞燕。

他总是爱着，毫无顾忌，毫无防备地爱着一切。也许，直到看到飞燕，才让所有人明白：他并不是只有爱，更有守护这份爱与光明的勇气。

即使这样，她还是第一个让他失去冷静的人，也是最后一个。她死了，死在西门吹雪的剑下。花满楼负了石秀云，上官飞燕负了花满楼。是否情就是要这样一环扣一环，让所有人都只能充满悔恨，无法在对的时间遇上对的人？

终于，他以一份宽恕，以一份慈悲，原谅了整个江湖，还世界一个朗朗乾坤。

对于一个处于黑暗，热爱光明，从不自暴自弃，从不怪罪黑暗的完美之人，你还能说什么呢？

他也是光之子，永远看不见光，却不知光已化成一颗心的，光之子。

### （三）光之自由路德·金

是不是，只有在黑暗中的人，才能真正体会，阳光的可贵。

是不是，只有被压迫的人民，才会奋力追求，难得的自由。

一个被西方国家世世代代压迫的民族，一段段血泪交叠的史诗。

是不是，只有像这样的民族，才可真正诞生，这样的领袖。

从黑暗中打开透光的窗，他铺就了光明的道路，尽管还未走完就已倒下。

他有一个梦，一个光明的梦。

马丁·路德·金，出生在亚特兰大一个黑人牧师家庭。少年的他也许并不懂得黑人和白人的区别，但却相信：在神面前，人人平等。他懂得了爱，理解，包容，更在父亲的影响下，逐渐成长为一个果敢、坦诚的少年。他是聪慧的，15岁连跳2级，并最终拿到波士顿大学神学博士的学位。牧师的家庭给予了他忠实的信仰与慈悲的概念，也给予了他一生的阳光。

是否，在长大的过程中，人会看到光明，也会看到更多的黑暗。金长大了，却看到了和他流着相同血液的同胞们，正遭遇的不平等待遇。黑人因不给白人在公车上让位而获刑两年，黑人的抗议，终于全面爆发。金是幸运的，也许他接受的教育使他不像他有些同胞那么野蛮；他奉行甘地的"非暴力"，也因此成了黑人中的领袖。

领袖，不仅意味着大批的跟随者，也意味着更大的责任。若金只是安安稳稳地当着他的牧师，也许就不会受三次牢狱之灾；可他就是因为善良，而发奋于整个黑人民族，终于改变了他的一生。他，是领袖，更是一众跟随者心中的太阳。

谁都无法忘了这个日子，1963年8月28日。这一天，25万黑人聚集于林肯纪念堂前，只为听到领袖的声音，也只为让白人听到，他们的声音。

这天阳光甚好。他清了清嗓子，开始演讲。他从南北战争说起，说到那一条条不平等的法律。每次停下，便能听到25万人的应和。他的声音随着演讲的进行而渐渐颤抖,他说:"我梦想有一天,我的四个孩子将在一个不是以他们的肤色,而是以他们的品格优劣来评价他们的国度里生活。"

他又说:"有了这个信念,我们将能一起工作,一起祈祷,一起斗争,一起坐牢,一起维护自由;因为我们知道,终有一天,我们是会自由的。"

他的情绪随着演讲的进行越来越激动,阳光,似乎也越来越猛烈。25万人,跟着他的演说,激动地应和着,没有人离开,所有黑人,似乎都沉浸在马丁·路德·金塑造的美好未来,阳光梦境中。这是民权运动史上划时代的一刻,白人,终于在自己营造的高高在上中发现了一丝危机。林肯纪念堂,一个神圣而自由的地方;马丁·路德·金,一个引上帝之光,光之自由的牧师。人们开始鼓掌,开始沸腾,在黑人根深蒂固的"奴隶"二字背后,终于找到了一抹阳光。"自由"并不是这抹光亮的全部,只是因人们太过缺乏,而分外明亮。

不用担心了,他在。只要他在,黑人,就不会重回奴隶制。这也许是所有人的想法。

这一天,竟然这么早的来到。

他正为了黑人的民权、罢工而努力的时候,一枪,在汽车旅馆,便断绝了他的梦想。

生命,真是个顽强而又脆弱的东西呢。他的梦想才刚刚开始,"公车案"才刚刚了结,还有那么多的黑人没有获得自由,他们心中的金牧师,却已因为这个,送了性命。"非暴力抵抗",金和甘地,却都是因枪弹,魂归天堂。

他走了,黑人们失去了最坚实的盾,也在一刹那,迷失了寻找光明的方向。整整2日,大游行,在全美各处爆发。

这时的金,已获得了诺贝尔和平奖,得到了全世界的认可。

那么,他没走完的路,总会有人,替他走完的吧?

是的。今天,我们看到美国的总统,正有着那和金一样颜色黝黑的皮肤;我们也看到,不仅是美国,世界各地的黑人,都已摆脱了"奴隶"的命运。

光之子,带来希望和自由,带动无数人前行的脚步。

光之子的故事,终于这样讲完了,却也没有讲完。光,光明,普照万物。阳光的美丽,无人能概括。光之子,一群阳光的天使,带着对人间的眷念,缓缓降落。他们是最闪亮的光点,点亮了不知多少人的信仰;他们也象征着一段又一段的历史,让人忍不住怀念。但其实,又有谁知道,当你行走在他们行走过的道路上,心中充满了那份记忆,光的种子,已遍布你心间。

# 熹　微

舟山中学高二(10)班　周耐君

## （壹）

落日熔金,镶在远处绵延的黛青山脉上,逆着光,勾勒出鎏金的轮廓线。

薰风在竹林梢头轻擦。枝与叶、叶与叶摩擦的波涛尚未起来的时候,策马疾驰的剑客略一挑长眉,执缰的手无声收拢。杳杳群山上的夕岚,突兀地跃了一下。

这光芒冷而厉,断不同于夕阳的煦暖。这是兵刃的寒芒,比之千仞的星辰更幽寒。

他左手下意识地紧了紧一路搂来的包袱,右手松开缰绳,暗自摸去腰间握住剑柄,微微摩挲着凹凸的螭印。

此时正是桂月旬初的傍晚,竹林里人声寂寂,唯有鸣蝉尚不止息,浓密地包裹了马蹄踏过土地"笃笃"的蹄点。

雪白的剑光如寒塘栖鹤,受惊而作,剑刃带着一抹枝叶罅隙间漏下的碎金,亮如虹、快如电,斜切过不远处的山石。

"砰——"巨石爆裂开来,伴着石屑草末四下散开的是一团浓黑的烟雾。马上剑客立时挥剑回护罩面,只听得"叮——叮叮叮叮……"一连串急而紧密的细碎声响。原来是一蓬飞针,借着浓厚的烟雾疾射而出,直取来人胸前穴位。

那飞针尖头闪烁着青幽幽的磷星,赫然是淬了剧毒之物。

## （贰）

一击不成,已然暴露。埋伏的杀手斜刺跃出,三人一早算准了方位,

219

堪堪站成三才阵,将一人一马围在中心。

青衣剑客手腕一抖,一振长剑,横剑展臂一划,逼退欺近身来的二人。此时左后方那人短刀已到,他却不避反迎,将包袱往肩上一压,五指注了真气,连续击在短刀锋刃上。

先前被他一轮剑气逼退的二人此刻再度联手袭来。二人一人使一对分水峨嵋刺,应变灵活,招式却狠辣,梭光如流星,直直刺向他双目。

另一人使朴刀,刀光如明镜,眩得人眼晕。他本势在必得,故这一击大开大阖,并未留有后招——不料青衫忽地向上一蹿,揉身而上,轻若柳叶,足尖点在了朴刀刀身上。

四人缠斗到一处,各有挂彩,却是一时半会脱不了身。剑客略一皱眉,敛了原本飞扬的眉目,沉声喃喃:"我本不想……"

他手臂一展,挽出一个剑花。剑身上那一抹幽碧游走起来,映得他眉宇肃然。原本环绕长剑的白光反而渐渐暗去,沉郁中凝起一种激潋的波光,照出剑气森然。

"一叶舟轻!"使分水峨嵋刺的人愕然脱口,听声音竟是女子,"是你!"

"一叶舟轻"乃是青霜剑谢重光"行香令"剑式之一,起势凝然若擎,江阔云低,数点惊鸿入云,追夕阳而去。小舟如芥,轻而渺然,悠悠凌于粼粼碧波上。天空碧蓝,水色清明,两岸茂林修竹,风过翩跹。风起于鸿之秋毫,轻柔一如情人耳鬓厮磨的抚摸,低回婉转,落在青绿的竹叶间却隐隐有呼啸之声。无边落木从半空中萧萧坠下,不过十二个弹指间的转瞬——但这转瞬之间,青色已然被血色隐匿。

谢重光一招荡开三人,一个鹞子折身,倒翻回马背,点着马鞍站稳。手下不停,左手指风带气,格住短刀,又是一式"鹭点烟汀"。

玄铁流箭破空而来的声音如同裂帛般,他只来得及看见箭矢尖头一点夕日的光晕。身体先于意识想要挥剑格挡,怎料仍停留在杀手肩胛骨中。对方却悍然使力,如陷泥沼般滞缓了剑锋的远离。

高手过招,失去反应一瞬,便足以致命。

## （叁）

"啪。"

箭支破空的瞬息仿佛有百年那么漫长，山头的夕日早已沉沉坠下，天空中弥散着残余的金红紫的色调，正是一件华服织锦的颜色。

那支袖箭后发先至，极精确地击中了玄铁羽箭箭镞。羽箭受力一偏，最终颓然插入泥土。

一抹极暗的微光向一侧竹丛切去，这剑光看起来黯淡，内里却锐利，竹身居中断成两节，切口光滑，一齐倒地，轰然激起一地尘泥落叶。有血液顺着空心的竹节滑落，原先盘踞叶间偷放暗箭的第四名杀手，再也藏身不住。

兔起鹘落，也不过是一瞬间的事。

谢重光回头。青年持剑而来，一身白衣如浅云出岫，衣带当风。奄奄的夕岚为白衣所反射，映得他整个人笼罩在一层类似阳光的光晕中。他抿着唇，墨色发丝半融入暮色，苍白俊秀的下颌被渲染成金红色。一双星眸望着他，面上没有表情，眸光却深邃不见底，仿佛十二月寒江上的静水深流。

谢重光牵动唇角，微微笑了起来。这一勾唇的面颊动作牵动了颊上血痕，以至于效果并非他所预想的风流，反倒颇为狰狞。

"你来了。"

## （肆）

紫电青霜双剑合璧，未尝一败。

风止息的时候，暮色四散，倦鸟已还。头顶的天幕仿佛被泼了一砚墨汁的净水。夕阳落下去的山头尚是青蓝的，渐变止白衣剑客身后的地平线上时，已然是凝固的皴墨色调。

"怎么回事？"紫电剑身在愈见浓重的夜色中敛得与周遭的气息浑然一体。叶青阳尚未收剑回鞘，便淡淡开口。见着对方一脸熟悉的插科打诨神色，抢先道，"别给我扯谎。"

谢重光张开的嘴僵了僵，终于又合上了。

"御史大夫祁凡遇刺身亡，刺客携其头颅欲向秦太师请赏。我听说——"在最后三个字上加了重音，又补充，"他死在'行香令'下。"

"你都知道了，还来问我……作甚？"在他迫人的灼灼目光下，谢重光语调却很轻松，也回看他，仿佛只是和老友一唠家常，又仿佛他只是承认方才打了个哈欠。"刚才那些，不都是祁凡的死士嘛。"

"……重光，你决定了？"毕竟是总角之交的好友，叶青阳对谢重光的了解，使他直接跳过询问缘由的一步。他望着谢重光背后包袱，却还是忍不住道。"方才这几人已死，目前不至于暴露你身份。但这一步踏出，再不可回头。"

顺着他目光，谢重光伸出未受伤的左臂从肩上将包袱改擎到左手上，又是一脸漫不经心、飞扬跳脱的笑，"走都走了，难道还踏回去不成？青阳，你知道，我从来不知道'回头'二字如何写就！"

那包袱原本松松软软看不出奇特之处，却不知是年代过于久远还是主人超承载量使用，在方才一场缠斗中绳结松散，飞出大团棉絮，此刻倒是露出了一角。细细看去，那是个做工精致考究的黑檀木匣，形制却和一般或方或扁的匣型不同，倒是与正方体颇为相近。

叶青阳眼光一逆，微一沉吟，忽地一笑，打断他犹豫语调："你意已决，我不拦你。再者，我若干涉，岂非扰你锦绣前程。"他从袖间摸出一个玉白瓷瓶，递给谢重光，"你走的急，没带金创药，涂了再走吧。"

"只是，重光——秦柘权倾天下，挟天子以令诸侯，为人却贪财好利，刚愎重名……得到他的赏识，足可以平步青云罢？……呵呵，人不为己，天诛地灭……此言不虚！我……我需要力量以负血仇……抱歉，重光。"

眼前景物模糊起来。谢重光最后的视野，是一片已经暗透的夜空。

沉沉如墨。

## (伍)

夜色岑静。今夜无月。星辰萧疏。

马蹄踏在青石板上,在这般寂静的环境中,仿佛"笃笃"声踏碎的是薄若蝉翼的天光。

已然过了宵禁时分。

黑色披风的骑手按低了斗笠,翻身下马。他弃了马,却不急着走,而是就着一旁酒肆透出的烛光,细细打量起手中的包袱。两层纯鹅黄棉布面缝得极为严实,针脚细密;左下角绣着朵栩栩如生的菊花,金黄的绣线色泽一如主人温暖飞扬的笑容,看得出是用心之作。

除了光阴留下的痕迹,简直和当年初见时一模一样呢。

"大叔,这位小哥便是你徒弟罢?"软软糯糯的稚音,声线却是跳脱的,顽皮的小少年背着包袱跑过来,笑眯眯,"你叫什么名字啊?"

"叫我师傅!"师傅敲了一下他脑门,却是自己印象中未曾得见的宠溺,"这是你师兄,叶青阳。青阳,这是……"

师傅还没来得及介绍他的名字,少年就插嘴道:"哎呀,好巧!我叫谢重光!师兄和我合在一起可不就是——'阳光'么!"

感觉到袖口被搜紧时,他已经自来熟地贴近来拉手:"师兄,身为'阳光'一员,你可要陪我玩啊!"

记得师傅曾叹气道:"青阳,为师知道你背负着家仇血恨,也深知仇恨的滋味并不好受。但君子报仇,十年不晚。你这样日日在逼着自己……欸,罢了,你多陪那个小太阳呆会罢。"

他说:"师兄你别一天到晚绷着脸啊,像块冰山一样……""师兄,我做了只纸鸢,我们练习完一起去放吧!""喂,你看,我的花灯比你的远耶!""咳……我还当什么呢,青阳,你厨艺太差!哈哈哈……"

称呼从"师兄"到"青阳"的变换,正是阳光一点一点在冰面上寻出缝隙、渗透进去、融化坚冰的过程。

正是如此,重光,你瞒不过我。我也不能……不能让这束阳光黯淡在黑暗里。

就算是常年行走在寒夜黑暗中人,内心深处也有对阳光的渴望罢?

对光明与温暖的向往,对真善美的追求,毕竟是人之本性。

一身黑衣的夜行人紧了紧包袱的绳结,足尖蓄力,几个起纵,消失在高墙之后。

更锣遥遥响了几声。已是子夜。

惟愿明日,青空如洗,阳光明媚。

## (陆)

"你醒了?迷香的效力还未彻底过去,再躺着歇会罢。"

谢重光睁眼,首先看见被不远处的窗棂分割成规则形状的夜幕,疏星暗淡,夜色沉郁。

"你刚包扎完,别乱动。小叶他……"

听到这个称呼,谢重光瞪大眼睛,两颊绯红,就要从榻上起身:"荀先生,烦你让开,此事关系重大——青阳、叶青阳他……"话音未落,他因为双脚麻痹又再度躺了回去。

"他如何?"荀之湛语调凉凉,"他被名利熏昏了头,在创药里下了迷魂散、利用你的信任放倒你,夺木匣而去……是也不是?"

谢重光只怔忡了一下,恍若未闻,强力想从榻上争起身来。

荀之湛俯视着他兀自不安分的挣扎,冷声:"我不过一介书生,自然是拦不住你。亲兄弟,明算账。你若怨恨,自去……"

"……我相信他。"谢重光忽地开口打断,声音微如蚊讷,也不知一旁的荀之湛是否听闻,又仿佛只为信服自身。"——我……相信他。"他垂头,语音稍顿,却又将那四字重复了一遍,咬字清晰,语声提高。那个"我"字尚在唇齿间游离了一匝,然而话语被句读截住时,已然干脆果断,毫无犹疑。

荀之湛见他如此,以微不可见的幅度略略颔首,墨黑瞳仁流露出几分肯定,也收了方才的反语,陈述道:"重光,你可知日前有传闻称你暗杀祁凡，枭首而还，我得知后立即调动人手查询，所反馈的消息核实致命剑伤正是'行香令'第二章剑法末式'一溪云'。干净利落，一击毙命，根本没有反抗机会——那时小叶就在边上。

"他面色铁青，脱口而出就是一句'不可能！'小叶自幼沉稳，我也从未见他如此按捺不住。

"你们自幼一同长大，因而他深知以你的性格，断不会做出这种事来。"

他语气平静，眉目舒缓，慑人目光却直视谢重光双眸。

谢重光在这样的语言与目光下怔忡许久，缓缓长舒出一口气，面上因激动而产生的红晕此刻也消弭殆尽，显出受伤失血后的苍白来。他点点头，极慢极慢地伸手覆住脸面，只觉十指冰冷而两颊滚烫，否认："不。他的确死在一溪云下……是我杀了他。"

"我恰好路过帮他干掉了一个刺客，然后祁凡就礼节性地请我一叙以表感激。我本以为他是想请我当护卫，那时还想着他倒也算个刚直卫臣，应了就是，谁知……"

那时的祁凡紧抿着唇，眸光一转，流露出果决神色，微霜须发无风自动："谢少侠可曾了解这么一段历史？

"东周末年，秦将樊於期因罪逃往燕国，为太子丹收留。秦王嬴政赏金千斤，邑万户以捉拿他。

"燕太子丹派荆轲谋刺秦王时，荆轲生出一计，请求以其首级与庶地督亢地图作为进献秦王的礼物，以利行刺。

"樊於期得知，遂自刎而死。

"荆轲捧着他的首级，登上了咸阳宫大殿——是非成败，暂撇去不论。"

祁凡顿了顿，继续道："我自知已被秦柘盯上，安危若弦，并不苟求一息，惟愿这颗头颅有所价值！"

"谢少侠，你我萍水相逢，素昧平生，你却肯果断出手，老夫断然不会看错人——虽然很失礼，还请少侠——为大卫天下也好，为苍生黔首也罢——应了老夫这一诺罢!"

"然后……然后怎么办,我就答应他了啊。"谢重光无奈摊手,不期发现手脚已解除禁锢,活动灵便,立马从榻上弹起身来,取了一边架上青霜,回身深深望了一眼荀之湛,便待破门而出。

"小叶未猜中,亦不远。他认为你若果真所为,必另有缘故。不过,"丰神挺秀的中年男子话锋一转,"或许他有一事,一直未曾告知于你。"

谢重光一震,闻言回头。

"十七年前灭常侍叶徵全家满门的幕后黑手,便是秦柘。"

他还记得昔年初见时,叶青阳一身严冷气息拒人千里,只是一心习武。晨起时,他已在梨树下舞剑,剑风飒沓,发带飞扬。九天十地的冰雪与白玉梨花片片落下,瞳仁漠然得宛若冻结。

"哈。"他轻声一笑,长眉上挑,将轻身功法发挥至十成,纵身出去,"便这样抢我风头,真不够意思!"

一袭青衣,如同一滴墨,弥散在寅时天光暗淡的夜色里。

这黑暗,便是最好的隐匿。

一句话轻飘飘摇落——"先生,只怕你比我更急罢?"

荀之湛望着那一抹青色直至不可复辨,笑叹:"这一刻明光破暗的时机,我等了很久。"

## (柒)

"太师,这是祁凡的项上人头,请您过目。"

"哦?祁御史啊……不能再听到他文采斐然的弹劾稿真是让我遗憾呢……"秦柘懒懒望了那匣子一眼,显然对这个自不量力的政客失了兴趣,"把斗笠扔了。你,名字?"

"喏。"阶下黑衣人影依言摘取头上斗笠,恭谨回答,"草民……"

剑光不知是何时跃起的。那一剑的剑芒敛得极好,唯有剑尖一点金芒,像是日头刚刚升起来时熹微的阳光般,颤巍巍地缀在剑身上,却不令人怀疑是否会被抖落。极小,却极亮。

风不知是从何处吹来的。清清飒飒,浩浩汤汤,带着千里之外南方浮浮濊濊的湿润水汽、沿途花木扶疏清新馥郁的幽香,冯虚而来,横无际涯。至大至刚,以直养而无害,塞于天地之间。

"——叶青阳!"

这便是紫电剑叶青阳"快哉九式"最后一式——"一点浩然气,千里快哉风!"

"铮——"剑尖刺入,并非预料中入肉的厚实,而是金铁交击的锐声。秦柘向后仰倒,手指牵扯住束了传讯铃的细线。

"铃铃铃……"一声一声,无数细小的珍珠坠落在殿上,负隅顽抗地跳跃着。

院外的静谧终止在这一瞬。水入滚油,发出"刺啦"的爆裂声,只是极短暂的瞬息,一锅水便沸腾起来。

他已经记不得与这个叶姓的年轻人有何仇恨。或者说,恨他的人太多太多,多到他已经分不清。

叶青阳心下太息。暗骂了句"该死"——未料这老狐狸竟然小心诡诈至此,随时贴身穿着护胸软甲!心念电光石火间急转,紫电一横,平平向秦柘颈间切去。

"铛"的一声,极为短促,叶青阳却一震——剑刃交错,彼此都注入了十成真气,只是一碰,便可知对方实力与自己不相上下。

梁上掠下两道黑影。却是两名暗卫,一人剑芒暴涨,合身向前,直取叶青阳而来;一人持刀将秦柘护在身后。

叶青阳凌空折身,不得已为剑气逼退三步,落在阶下。待要持剑再攻,却为护卫团团围住,一时脱身不得。

原来他这厢与暗卫缠斗间,被惊动的侍卫如潮水涌入厅堂。这边方结束了几个,那边又不断有太师府侍卫轮流填补上来,真个是一波未平,一波又起。身后暗卫又近身劈来。一时陷入苦斗。

堂中刀光剑影细密交织,形成纷繁的罗网。没有人注意到天边一角,启明星渐渐明亮起来。

"嗖嗖——"护卫的冲击过于猛烈，叶青阳不得已之下，不由自主地渐渐被逼远了秦柘。此时窗外护卫架起了连弩。机栝按下，没羽箭一扣九发，连珠般先后射出，正取他胸口、脖颈。

叶青阳一回肘击在暗卫手腕，腾出手来拨开已近到眼前的长箭，足尖点地，一跃而起，攥住了射向面门的两支。这种机栝弩箭力道不小，来势沉猛，震得他虎口出血。

只这一滞，又一波箭雨攒射而来。叶青阳身在半空无法借力，略偏头，当先那支在他脸上擦出一道血痕。伸足在底下那支箭上一踏，身形旁错，挥剑荡开胸前箭支。待要捉住另一支尾羽，却已迟了。"噗"，玄铁长剑透肩穿过。一身黑衣在血液的浸润下黑得格外深沉。

叶青阳袍袖碎裂，血流披面，当下也觉自己难以走脱，倒也暗自庆幸药昏了谢重光，替身前来，为报血仇而身死，自也是值得的。却又念及国贼难除、救国无门、时机纵逝，内心懊丧，一时心中五味杂陈，手下剑风更为凌厉，剑气如霜，血花飞溅，不由长歌曰："将军百战身名裂——向河梁、回头万里——故人长绝——"正是半阕《贺新凉》。

这等张扬长歌、慷慨激昂之事，以叶青阳这般冷静沉稳的性子，平日里是断断做不出的。而眼下生死盈睫，胸中郁气磅礴、不吐不快，竟就在他自己不可控制的状态下唱了出来。

一剑扫开三名侍卫，只觉肋下一凉，当下挥剑转身，暗芒突起，口中更激昂道："……易水萧萧西风冷——满座衣冠似雪！正壮士——悲歌未彻……"

回肘向后方，剑芒光华斜飞，同时右肩一阵凉意，然后才是痛感——好利的刀！"啼鸟还知如许恨，料不啼、清泪长啼血……长啼血！"又一蓬血花飞出，反手一剑刺中缠斗暗卫心口。尚来不及拔出，左侧长刀又到。侧头险险避过，面上却感觉发丝飘浮——原来是裂了发冠。

"——谁共我，醉明月！"一口真气尚未提换，还未待唱下一句，厅堂上另有一个声音在兵刃交击的金属声中插了进来，信口接唱道。那声音，依旧是跳脱飞扬的腔调，清冽悠然的声线，却将这好好的问句唱成了笃定。

他笃定,有知交,同一醉。

在一片哗然声中,叶青阳所受攻势渐弱。他抽得空闲,抬眼望去,那秦柘兀自张眉瞠目,神气活现,只这头颅已离了脖颈,被身边护卫的暗卫攥在手中,高高举着。

见他看来,那暗卫挑眉一笑,一把扯下黑色面帕——正是方才应和的谢重光。

这时,在太师府内一片杂声中,几声惨呼响了起来。闻声分辨,竟来自外围守卫。

——在侍卫外围,数十名黑衣人不知何时已形成一个带着奇门阵法的包围圈。那些黑衣人身量体态与所使武器均是不一,然而内息极稳,想来武艺不凡。他们服饰统一,除兵器外,个个袖管内装着袖箭、暗器,毫不慌神,竟是有备而来、蓄势待发已久。

"秦贼已除!尔等若放下武器……"那声音并不洪亮,却教场上诸人听得清晰。荀之湛的声音。

东方既白。青铜色的天空缀着几颗残星。太白兀自亮得愈发灼目,宛如夜行者的一盏明灯,又似中原大地上纯净光明的灵魂。

紫电青霜。双剑合璧。叶青阳与谢重光的"阳光"组合,大小百战,未曾一败。

## (捌)

晨光熹微。

天渐渐破晓,淡青色的天空被云彩次第抹上紫红金的珠光色调。

薄薄的晨雾在山间飘荡。清晨的深山缭绕在淡而不虚的青紫色雾霭中,白色的寒石小径竟然给人一种入云从深处之感。携着朝露的和暖山风远远吹来,带来茂林修竹、荷塘芙蕖清新的芳香,在苍山顶上一波一波地浮动。

"重光,你怎么看出来的?"

"哎呀,你还质疑我们的心有灵犀啊,先担心担心你的伤吧!……好吧,你要是信了我散播的流言,一早得向我逼问百十条理由。然后你的反驳意见肯定还得翻个倍!"

"对了,还说我呢,我可听荀先生说了,也不知是谁哦——'不可能!'哈哈哈!"谢重光坐在山巅,学着荀之湛模仿给他的叶青阳语调,不由笑岔了气,捂着肚子抖动。

"你呀。"叶青阳朝他肩窝擂了一拳,转头对一旁抱袖而立的荀之湛笑道,"先生,贼首已除,其党羽必定哗然。朝中大臣,诸公衮衮,定是乱如流沙。"

荀之湛任常侍曹尚书,主丞相御史事,为荀氏家长,乃是当朝名士,颇有声名,手下亦有门客百十。也得亏荀氏为世家大族,太师虽忌,除了暗削其权,却也奈他不得。

谢重光此刻也站起身来,嬉笑的神色尚未收敛,接口却是正经:"师傅还在北疆带兵镇守朔望城呢! 先生,何不……"

知道叶青阳是要求他主持大局、稳定人心的意思,他拢了拢广袖,含笑远眺:"这个自然,我已给曹丞去信。秦柘已死,陛下亲政。不仅他,还有镇远将军陈廷与北疆军师郭巽,此二人与我颇有私交,可以托付。信中邀他们率勤王之师,东归帝都,共辅天子社稷,捍我卫家江山,国祚绵长。"长风吹得他博带当风,广袖翩跹,宛若神仙中人。

"乱极则治,暗极则光,天之道也。"他伸手点向不远处,那一轮正冉冉升起,却孕有磅礴气势的旭日,"就算有阳光的地方总有阴影,我却愿意相信——一个新的时代,升起来了。"

叶谢二人并肩而立。经历了生死一夜,又从这角度望去,方觉得阳光明媚,天地浩大。

逆光中,双眸闪烁。

熹微的辰光间,揽了阳光满襟。

帝都沐浴在一片金色暖阳中。阳光给皇宫正殿上那对振翅欲飞的纯金凤凰染上璀璨色泽,犹似涅槃重生,直插九霄。

路之尽头,才是治世。黑暗过后,才是光明。

## （玖）

望着叶青阳与谢重光，荀之湛负手而立，体会到他们此刻内心感慨激荡，微微一笑。

祁凡之所以敢于对相缘一面的谢重光献头相托，是因为他极清楚明白——少年所拥有的力量。

也许他们都不曾意识到，自己身上所蕴藏的巨大能量。

羲和初生时的熹微，虽遥远，亦不如行至中天，明媚耀眼，那渺远的一点微光，却蕴含着磅礴的生机与澎湃的朝气。只在一瞬间，那熹微便铺满天际，阳光如涨潮，吞吐而来。顷刻之间，火凤燎原。

热血。青春。力量。真诚。

重然诺，轻生死。

意气风发。倾心相交。

少年负壮气，奋烈自有时。

相逢意气为君饮，系马高楼垂柳边。

这是阳光的少年。这是少年的阳光。

这个刚升起来的新时代，盛满仁人志士政通人和的期冀，阴霾尽散却百废待兴。

这是属于少年的阳光时代——光明之世。

# 小草的心愿

杭州市第十三中学七(12)班　王沁之

我们决定要去汾口。

在抵达汾口以前,我不知道汾口是一个小镇。寒假来临以前,爸爸说,要带我去浙西南山区看几个贫困山区的孩子,让我体验一下他们的生存环境和了解些他们的学习状态。虽然我在网上也了解了一些贫困山区孩子们的生活,看过他们的一些衣食住行的照片,但我总觉得和他们之间的距离有些遥远,触手不可及。

寒假第三天的清晨,爸爸和他的几个大学同学,带着各自的孩子出发了。经过三个多小时的车程,我们到了这座千岛湖边的小镇。按部就班,我们去了几个贫困学生的家里。此时空气纯明,一丝寒意来自于这个季节的最深处。如果把汾口之行划分为几个镜头的话,我想是这样的:

镜头一　地点:三渡村。人物:余庭安。

余庭安家搬了新家,欠下三万多元债,父亲常年在外打工,只有过年了才回家来,而余庭安的妈妈是一个聋哑人,精神上也有一点问题,所以余庭安通常都住在爷爷家里。我仔细地观察他的新家,这是个简陋的房子,空荡荡的,只有一张桌子,一张床,连门和窗户都没有做好。蓦然,我发现他爸爸那一双已龟裂的手,心中咯噔了一下,仿佛看到了他在外打工的艰辛。坐在余庭安的新家里,我们和他交流一些生活上、学习上的问题。他看上去十分腼腆地一一作答。临别我问余庭安为什么要读书。他回答说,在乡下,读书是唯一的出路,如果没考上大学,就要种一辈子的田。读好书,有了好工作就可以赚更多的钱进城住!我想这是农村人最朴素的回答了。

镜头二 地点:湖塘村。人物:程川。

程川的身高还不及我的三分之二,衣衫褴褛,一声不吭,带领我们去他家。他的奶奶好客地出来迎接,给我们每人倒了杯热气腾腾的白开水。家里只有程川、奶奶和鸭子。程川的母亲丢下他,跑了。父亲也跑了,几年回来一次向奶奶要点钱。屋里有四间房:客厅、厨房、两间卧室。厨房里,没有冰箱只有碗柜,碗柜里只有三只白碗,一盆菜,是咸菜。程川的卧室里,有电话,但已经停机,灯泡只是一个摆设。光线投进了昏暗的房间,投到了奶奶的脸上,她是那么的苍老,脸上皱纹纵横,这位不容易的老人不得不成为家中唯一的顶梁柱。程川在这艰辛的环境中成长,功课已上到了初三,个头却不及初一的我。

或许这是贫困生最本真的生活。汾口之行以前,我从没想到还有许多孩子的温饱还没有解决,更不会想到他们缺失的不仅仅是物质,更深的缺失是没有完整的父母之爱,以至于他们多数人的目光愣愣的,仿佛没有喜悦和悲伤。

这次假期的寻访让我接触到另外空间的孩子,审视自己,仿佛突然间成长了不少。有些惭愧,也有些无地自容。我们一直在亲近自然,亲近任何我们需要亲近的,包括亲人、朋友、知识、艺术……但我更觉得,我们需要亲近一种本真的生活,作为一个社会的个体,去了解与亲近身边的人事。

汾口归来。我想了很多……

# 疯李嬷嬷是一棵树

余杭高级中学205班　张朱一
指导老师:潘　素

西村的阿牛在那一个骑车"撞到"疯李嬷嬷的夏天傍晚之前,还是一个在小村掏鸟窝、捉田鸡的野孩子。

这句话的意思,并不是说阿牛从此不再在课堂上把所有粉笔都涂上一层油漆,而是说,阿牛渐渐开始感受到一些以前从来没有感受到过的事物。

而这些,当然都是只会讲疯话的疯李嬷嬷教给他的。

当时,阿牛提着一个红色塑料桶,里面装着小龙虾,骑着一辆父亲撇给他的旧自行车,一只手扶着车把手,从村头的小池塘飞驰而归。

两旁是乱蓬蓬的齐腰狗尾巴草,它们玩了命地长啊长,日益蚕食着歪歪扭扭的乡间土路,于是阿牛骑车的时候,就只看到远处的公路和眼前的车把手,就在这个时候,他忽然看到前方不足三米的地方,有一个黑影吱溜一声从狗尾巴草丛里蹿出,向土路另一侧的狗尾巴草中钻去。

阿牛吓了一跳,猛地按住前刹车,装着小龙虾的塑料桶先飞了出去,然后是自己的人也整个飞了起来,摔趴在地上。

阿牛蹭破了点膝盖上的皮,另外手掌上也擦破了,流了一个鸡蛋那么多的血。

他赶紧爬起来,自己倒是毫不在乎:这样的小伤他三天两头就要来一次,只是他心里开始慌了——刚才自己撞了什么东西了吗?

他扒开狗尾巴草丛,向里头望去——果然看到一个瘦小的老太婆侧身躺在了地上!

他几次三番打算拍拍屁股回去骑车,但最终还是决定上前去帮一把。就在他走到离那人只有半步之遥的时候,那人却呼一下自己跳将起来,一把扼住了阿牛的胳膊。

"逮!齐天大圣你也敢撞,我看你是胆子大得不怕吃包心菜啦!"

"疯李嬷嬷!"阿牛被这番开场白又吓了一跳,但忽然间又反应过来——既然是疯李嬷嬷那就一点也不奇怪了。

"哈!谁是你嬷嬷?俺是一只会说话的山羊!"疯李嬷嬷的细瘦的手臂绷得青筋毕露,像揉皱的牛皮纸一样的棕黄的脸,神似巫婆的泡沫礁石一样的鼻子,一双圆溜溜乌黑透亮的小眼睛,花白的头发像钢丝一样光亮,束到脑后扎成盘发,穿一件大红大绿的夹袄,钳子一样的手死死钳住阿牛的手臂一刻不松懈。

"我要你赔!你撞到我啦!"她又提高嗓子大喊大叫起来。

"李嬷嬷,我看你就算真被撞着了也照样能打一片山贼呢!"阿牛说,"你看,我的小龙虾都跑了,你还没赔我——这样,你放我回家,咱俩两清怎么着?"

"是这样么?"疯李嬷嬷突然不叫不闹了,松开了钳住阿牛的手,仿佛认真起来,陷入了沉思。

阿牛趁着这个当儿,赶紧捡起塑料桶,扶起自行车,三步两步就跃上座椅开溜了。

"等等!美国佬,你的降落伞忘拿啦!"阿牛身后响起疯李嬷嬷老旧风箱般的呼声,他回头一看,发现疯李嬷嬷高举手臂,挥舞着一个亮闪闪的东西——

天,那是自己的自行车钥匙!

"想拿回你的降落伞,就给我过来!你得听我的!"


阿牛就这样老老实实地推着自行车,被疯李嬷嬷带去了"疯树林"。

"疯树林"是村里的小孩子们叫出来的,疯李嬷嬷总是喜欢到那个树林里去,还成天对路过的每个人都说:"来来来,今天刘姥姥发簪子,你跟我来，一人一根……”

又或者是"还不快来，希拉里开会了！"

然而，大人们皱皱眉头，笑几句就走开了，小孩子们也都怕李嬷嬷，久而久之，这片树林再没有其他人进去了，这片树林，也就成了名副其实的疯李嬷嬷专属的"疯树林"。

阿牛记得自己小时候就特别害怕这片树林，不得不经过时恨不得绕开八百米。而现在，疯李嬷嬷亲自带着他，三步一回头，外带神秘的微笑，终于到了疯李嬷嬷说的目的地——树林里一片扫开了落叶的空地。

"喂，我说疯李嬷嬷，天都黑了，来也来了，你快把钥匙还给我啊！"阿牛心里有点虚，儿时的恐惧余威犹存。

"嘿嘿，美国佬，你的伞还得一会儿给你——给你之前，俺得先告诉你一件——"疯李嬷嬷说到一半，把手掌括起来放在嘴边，凑近了阿牛的耳朵，小声说道，"惊天大秘密！"

"你不会不还钥匙给我了吧，你个疯嬷嬷！"阿牛意识到疯李嬷嬷打算要讲故事了，心里急起来。

"嘿嘿，你别说出去——俺年轻的时候，是从阿拉伯来的公主！"

"哇！你别逗我了，我说李嬷嬷……"

"那个地方，全是沙子，一滴水也没有啊！于是，俺的阿爹，阿拉伯的国王希区柯克……"

"喂，我说这些词你都是哪里听来的？"

"你别吵——国王包心菜之王，变成了蒙古蠕虫——为了将我送到有水的绿洲，避免被干旱所杀，他必须变得很厉害！

"蒙古蠕虫，那是一种一个人站起来那么粗，尾巴在村西头，脑袋就在村东头的巨型动物！它的嘴里长满了镰刀一样的牙齿，可以把一路的山贼都吃喽！它轻轻一扫尾巴，红眼睛的豺狼就'呜'一声吓跑了！它还长着一双很特别的眼睛，面对敌人的时候，可以从眼睛里放出电流，只要踩在沙子上就会触电而败，而这双眼睛，望着我——"

"疯李嬷嬷，你原来会说普通话啊！怎么一下子不用'俺'啦！"

"——望着我的时候却常常流下南瓜那么大的盐水来,我的阿爹为了护送我寻找绿洲,变成了一只蒙古蠕虫,他无法再对我说话,只能用那双眼睛久久地望着我,他不说话,我也不说一句话。白天,我就躲在阿爹的肚子里,外面的沙子摩擦他的皮肤发出一种奇妙的声响,像这样——哗哗,哗哗……我待在他的肚子里,可以到处走动,这儿是他宽厚、坚实的心脏,扑通扑通,那儿是他风箱一样的肺,呼啦,呼啦……晚上,我就从他嘴里走出来,我们互相望着对方的眼睛,一句话也不说。等到我们困了,我就再走回他的肚子里,在那里很安全。"

疯李嬷嬷说得动了情,皱牛皮纸一样的脸上散发出奇异的神采,有几次阿牛都要以为李嬷嬷说的不是疯话,而是真实的往事啦。这个时候,天完全黑下来了,疯李嬷嬷就请阿牛坐在空地里一块光滑的大石头上,继续讲故事。

"就这样,我的阿爹,一条蒙古蠕虫带着她的阿拉伯公主,在没有一滴水的沙漠里走了整整两年——终于有一天,我躺在阿爹的肚子里,忽然发现外面沙子的声音和以往都不同了!哗啦,哗啦——"疯李嬷嬷眯缝着眼睛,精瘦的双手在半空中划拉着什么,活像是在为一只长毛狗梳理毛发,"我就从阿爹的嘴里向外望去——我天!外面变成了一片蔚蓝!这个颜色比阿拉伯沙漠的天空还要蓝,比阿拉伯沙漠的沙子还要深,比戴在我头上的皇冠还要好看!阿牛啊,你知道吗,你去看过大海吗?当时我们到的可是海啊!"

"那片海啊,很大很大,这村子和那大海比起来,就好像日本小鬼子的小胡子和我当年的头发一样!我的阿爹带着我游啊游,终于有一天,我们看见了岸,我的阿爹把我放下,又一次望着我,电视机那么大的眼睛里流下很咸很咸的水来。"

"然后呢,李嬷嬷?"阿牛已经不再想着自行车钥匙的事,猴急地追问。

"阿爹变成了一条很大很大的蓝色的鱼,我记得是有燕子一样分叉的尾巴。"

"啊呀,李嬷嬷,我在电视上看到过,那是鲸鱼啊!"

"这我不知道,他就这样又走了,我猜他是游回阿拉伯去了!然后我一个人走啊走,到了美国,嫁给了罗斯福那家伙——我们有了一个很好看很好看的女儿,叫林黛玉。"

"我们后来啊,就到了这个村子,一直到现在。"李嬷嬷停了下来,知了"知啦知啦"地叫起来。

阿牛虽然不相信李嬷嬷会嫁给罗斯福,也不相信林黛玉什么的,但他还是忍不住问:"那后来呢?"

"后来?后来么……"李嬷嬷又不说了,她望望刚升起来的月亮,又望望阿牛的脸,好一会儿才说,"只可惜他们都先我一步走了,不过放心,他们都很长寿,都活了八十多岁呢!"

"疯李嬷嬷!别说胡话啦!你这样得有几岁啦?"

疯李嬷嬷皱牛皮纸一样的脸上露出神秘的笑容:"哼哼,这个小村子根本没人知道我老孙多少岁数了,光五指山下就有五百年啊!"

阿牛笑倒在地上,捂着肚子还要继续笑,半晌,他笑完了,擦擦笑出的泪,又问:"哇哈哈,疯李嬷嬷,你说胡话呢吧!"

"你不信?——你不信,你看那块你刚坐着的那块石头!"疯李嬷嬷瞪起眼睛,手一指,说,"那是我女儿的碑!"

阿牛被这话吓了一跳,赶紧跳起来,望向那块石头——妈呀,那还真是一个小小的坟头,顿时一句话也说不出来。

疯李嬷嬷这时突然脸上黯淡下来,说:"降落伞还给你,你回美国去吧,下次跳完伞别忘了把东西收好。"说着,她从厚厚的夹袄里掏出一串热腾腾的钥匙,交给阿牛。

疯李嬷嬷开始向"疯树林"外走,阿牛推着自行车跟在她后头,谁也不说一句话。

走到林子口时,两个穿着开裆裤的小孩"咚咚咚"跑过,大叫大闹地逃开了:"疯李嬷嬷来啦!疯李嬷嬷来啦!她要抓小孩啦!"

走到半路上,一个骑着自行车的年轻人看到疯李嬷嬷"吓"地惊了一惊,然后调侃地说:"是李嬷嬷啊,您老这么大岁数还是快回家里休息吧!"

又走到村东,一群坐在路旁乘凉唠嗑的老太太见到疯李嬷嬷,加紧扑扇起大蒲扇来,有事没事地冲其他老太太说:"今年夏天真热啊,你说是吧,老王!"

走到村西,疯李嬷嬷到家了——一间用破纸板封住十多个漏雨孔的破房子,门前还有一棵歪脖子怪树。

"李嬷嬷,您到家了啊!"阿牛停下来,不知道说些什么,于是这么说。

疯李嬷嬷睁大了圆溜溜的小眼睛,盯着阿牛看了半晌,最后说:"你等等,美国佬,你回部队之前,我还有一样东西要交给你。"说着,她"噔噔噔"走进屋里,过了好半天,又"噔噔噔"走出来,对着阿牛摊开精瘦干枯的手掌,阿牛纳闷地望去——

只见疯李嬷嬷的手心里卧着一粒黑不拉几的小东西,"刚才和你说的那个故事,还有一件事没告诉你——那就是这颗种子,俺阿爹临走前,把一颗种子交给了我,我把它种下,长出了一棵比天还高的大树,俺顺着树干一直爬到了天上,那里有个巨人,那个巨人又把这颗种子给了我——现在,俺把俺这一辈子几百年来最稀罕的东西交给你了!"

阿牛听完这番话心惊肉跳地接过了那颗"种子"——一粒不知道捂了多少年的茴香豆,感觉这粒豆子比自己以往吃过的任何豆子都要沉一百倍。

"好小伙!你可以回美国去了。"疯李嬷嬷露出神秘的笑容,慢慢走回屋里,阿牛以为她还要再疯疯癫癫地跑出来给他讲另一个疯故事,然而疯李嬷嬷没有再走出来。

阿牛回到家,挨了一顿臭骂。当天夜里,他就将"种子"种在了自家院子里,浇了一罐子水。

那天夜里下了连夜的大雨,狂风吹打着阿牛床边的玻璃窗,吹得哐咣直响。阿牛心里老想起疯李嬷嬷的破房子——那疯嬷嬷不会有事吧?

不会的,傻啊你!她可是疯李嬷嬷,再怎么样也能打一片山贼呢!

后来,疯李嬷嬷果然没有因为那场暴雨而出事,阿牛第二天跑到她那座破房子那儿，发现里头早就没了人影。

从此之后，再没有人见到过疯李嬷嬷，包括阿牛。

有人说，疯李嬷嬷去了疯树林躲起来了。有人说她走了，几个人应和着说："唉，这嬷嬷，是因为咱太狠心了吧，想来也可怜，那么多年来，有谁愿意帮帮她这么个寡妇人家？有谁肯亲近亲近她？这不，她一个可以说句话的人都没找到，就走了。"

有人说，她是被疯人院抓走了，小孩子们听到这种说法松了一口气。

只有阿牛有自己的看法，在阿牛家的院子里，那个他种下疯李嬷嬷给的"种子"的地方，一夜间长出了一棵一尺长的歪脖子小苗，看它那怪样子就活脱脱是疯李嬷嬷的神态！

"疯李嬷嬷，你从这里长出来了啊！"

多年后，有了自己的家庭的阿牛偶尔会回想起那粒种子，然而自那颗种子奇迹般地长出歪脖子怪苗之后的事，他却怎么也记不起来了。

只是，还有另一件令他百思不得其解的怪事——在他的抽屉里，发现了一粒黄棕棕的茴香豆，难道这是那棵怪苗长成了大树，自己又爬上树顶，从巨人手里拿到了这颗新的种子吗？

阿牛只是这么想想，其他关于疯李嬷嬷的事，大概都消散在西村人包括阿牛的记忆当中了。

# 僧与猫

温州市第二高级中学208班　桑　爽

指导老师：钟伟平

村里有个庙，庙里有一僧、一猫。

## （僧）

这僧原本并没有出家时，家里唤作二狗，因是初一生的，所以大名叫初一。他娘说因为他是初一生的，村里的老人说初一生的娃娃命硬，一定要有个贱一些的小名才不会克了家里人去。可是二狗出生不到一个月，他爹就死了。在村里嘛，男人是干活的壮劳力，死了男人的家里自然没有好日子过。他娘也因此恨上了他。

二狗因为无人管束，无忧无虑地长到了15岁。最忙不过是去山里放放牛，闲时便躺在家门口的稻草堆里发呆，虽然经常吃不饱，但日子胜在开心。他每日想的不过是如何讨好他娘，让他娘不再对他冷言冷语；想着以后把牛养好卖了，换上几个铜子儿就娶个媳妇儿，娶个人黑腰肥的好媳妇，娶个干农活的一把好手儿。二狗想着将来两人把家门口的荒田垦出来，再养几头猪。二狗躺在稻草堆里想想都能笑醒。

二狗其实这辈子就记着一个人，那个姑娘却像城里的烧鸡，他吃不到，但是他想，他想，但又不敢接近。只能夜里看着月亮想象她的模样，那样的人，二狗一辈子也不敢奢望她会成为他家门前荒田的女主人。

那是一个很寻常的日子，天气阴阴的，却没有云。二狗放牛回家路过芦苇荡。他喜欢走这条远路，看着芦苇飘飘荡荡，二狗的心里也会有飘飘荡荡的安适感。那是二狗为数不多的、安静的、诗意的时候。路很长，很窄。二狗见一高一矮两个姑娘经过。高的那个梳着不知名的发式，好看得紧，身上穿的是粉色的绸缎罗裙。村里只有村长家的姑娘过年时有件米黄的绸裙穿。可那件黄裙子不如这粉裙子好看。这粉裙子上绣着月季花和蝴蝶。二狗认识月季花，娘说那是最好看的花，娇嫩得很。二狗悄悄拿眼瞧那个高个子姑娘，那姑娘比自己还高半个头呢。姑娘有一双很亮的眼睛，二狗觉得那眼睛很像天上的星星，在以后的很多很多日夜里二狗总会想起这双清澈见底的眼睛，想起那双眼睛里的神采，那种璀璨的、夺目的光彩。二狗看呆了，这姑娘就像天上的仙子一样！矮个子姑娘扎着双丫，插着腰指着二狗："这村娃子，看够没有！胆儿真大，居然敢这么看我们家小姐。"二狗被人一吼，羞红了脸。那小姐拿手帕掩了嘴笑，拿那双漂亮眼睛似嗔非嗔地瞧了二狗一眼，二狗的脸更红了，漂亮小姐拿眼睛瞧自己了！那矮个姑娘，后来二狗知道了那叫丫鬟，推开二狗带着小姐走了。二狗瞧着那个粉粉的背影出了神。从那天起，二狗就经常愣神，望着天边不说话。二狗知道小姐的意思，小姐就是那些官宦人家的千金，是他几辈子也够不到的人。于是二狗沉默了，那还是他出生以来第一次沉默。

这一次沉默，让二狗沉默了很多年。

二狗17岁的时候，村里闹了饥荒，家家户户卖儿送女，勒紧裤腰带过日子。二狗家原来就不宽裕，这一下子折损了许多。他娘没挨过几日就去了，留下二狗一人。二狗原本和娘感情淡，可这天灾人祸的，娘一死，就留下了他一个人。二狗虽然没读过书，也知道心里这种空空的、没了依靠的感觉十分不好受。

听着村里几个二流子说当和尚不挨饿，便动了当和尚的念头。二狗知道和尚是不能娶媳妇的，可是如今挨着饿，也不管娶不娶媳妇了。二狗卖了家里的祖屋，用剩下的钱修了修村里的破庙，就自立门户当和尚去了。

这二狗成了和尚，便不能再叫二狗了，又因他自立门户，并无法号，我们便姑且称他为小和尚。饥荒过去，村里已是千疮百孔。小和尚却没有受太大影响，反而渐渐熟悉了作为一个小和尚的生活。清晨打扫一遍庙，再跟土包里的爹娘问好，日子倒也清闲。

村里的破庙在和尚的整理下,虽然破,但是井井有条。又过了不久,庙里来了一只猫。和尚其实不很喜欢猫,比起猫,和尚更加喜欢好生养不挑食的猪。只是在这破庙里,日子实在是太过清净了。太过清净的日子,会让和尚总想起那件让他沉默一生的事情。于是他收留了这只猫,一收就是很多年。

如今,二狗老了,成了老和尚了。他忽然明白了那年那个芦苇荡里经过的小姐眼里的神采为何如此吸引他。那是一种顺遂的淡然,是一种温柔的优越。那是一个人从不曾经受苦难和磨砺而留下的纯真。老和尚每每看见月亮和芦苇,总能想起那朵掩着帕子似嗔非嗔的月季花。

和尚静静坐着,身边蹲着猫,看着夕阳,年复一年地沉默,沉默。

## (猫)

猫并不是原本就住在庙里,相反,她觉得住在寺庙里的猫特别没劲。

猫原本的名字叫雪团,她喜欢自己的名字,听着这个名字就觉得自己像个人物。事实上她在猫界也确实是个有名的猫。只因她的主人是太守。她是方圆百里内唯一吃得上新鲜鱼肉的猫。猫因此觉得自己与寻常的猫是不一样的,走起路来也不像普通的猫,而是弓着背走直线,每一步都要没有声息,用后跟着地。因着她是一只富贵猫,于是她也不把抓老鼠或是上树作为她的工作,而是作为闲时的兴趣。她有些清高,不愿意跟村里的猪羊打交道,唯一的朋友是一头黄牛,因为她喜欢这头黄牛静静聆听自己的样子。她会跟黄牛说自己的梦想和快乐,以及主人不在时内心的小惆怅。在后来的很多年里,她一直很瞧不上和尚,她是读过"之乎者也"的有理想有志向的猫,而那个和尚只知道看着天空发呆,完全是个榆木脑袋。

猫很爱太守,不仅因为他是那个供她吃供她穿的主人,更是因为那份不能割舍的感情。猫是爱自由的,不喜欢被拘束的。可是因为这个太守府里有这样一个人,他不太说话,也不太笑,每天除了坐在书房里研读诗书,撰写奏折,就是在三进的院子的大厅里,威严地坐着,对着妻女训话。

猫只有在单独和他相处的时候,才会看到他笑。猫喜欢他笑,他笑起来很好看,像天上的星星。

那一年的饥荒,很多人都没挨过去,就连一向大手大脚的太守家也险些揭不开锅。太守夫人一向相信鬼神之说,就请了江湖上的道士来看这个村的风水,觉得是妖物当道导致的这场饥荒。道士指着雪团,认为她就是那妖物。太守夫人气急,命嬷嬷把雪团装进麻袋里丢掉。原来太守夫人一直很恨雪团,觉得她比通房丫头还烦人,正好趁此机会将其扫地出门。太守听了这消息略一思索,想着这次饥荒正好给了政敌扳倒自己的机会,这若是因为妖物,自然不是他治理无方,于是在麻袋上狠狠地补上几脚,赶雪团出了门。

雪团从此不叫雪团了,她的心凉了,她觉得人心比猫心难以捉摸得多,她恨,她怨,她无奈。她不再和黄牛聊天了,她重新开始学抓老鼠,上树,她做起了一切她曾经不齿的事情。她没有了傲气没有了棱角。她觉得自己不再特别了,成了一只平凡的猫。

猫成了她曾经最讨厌的,臭气熏天的庙里的猫。猫也老了,可她想了一辈子,也想不明白为什么会变成这样。

### (僧与猫)

僧五点起床,去敲那口不太响亮的钟,然后生火做饭。通常是蒸三个馒头,热一盘咸菜。当和尚这么多年,僧,曾经的二狗还是忘不了住在茅草屋时候的味道。做一顿饭,然后拎一个板凳坐在寺庙门口,看着村里的人家生火做饭或是插秧栽苗,看着别人家门口的孩子三五成群地玩着蹴鞠,看着山那边那条通往县城的路。五点,太阳落山,僧把早上剩的东西吃掉,洗碗,然后独自睡觉。偶尔,猫会偷偷爬上他的床,枕在他的肚皮上。

猫虽然不喜欢寺庙,但是日子是猫过出来的。学会抓鱼抓老鼠后,猫从来不需要老和尚的帮助,虽然每天的收获不多,但总能填饱肚子。猫很不屑于和尚的吃食,那个咸菜和馒头熏得猫想吐。但是猫很喜欢蹲在和尚的脚边陪和尚看外面。猫会看着太守府家门口的灯笼出神,或是和经过寺庙的黄牛点头打招呼——她还是不想和曾经的朋友说话。猫觉得这样的日子好像也能过。

僧老了,猫也老了。他们在一起的日子不咸不淡,但是刚好可以度日。他们两个没有共同语言,却要相伴终老。他们并不爱彼此,只是需要彼此。

老僧知道,离开了猫,就没有了这不多的安逸;老猫知道,她离开了僧,就没有了这不长的充实。僧与猫,坐在屋檐下,且看花开花落,日升日落。

村里有个庙,庙里有一僧、一猫。

# 大家小家

杭州外国语学校 104 班　吕婷婷

指导老师:郑燕明

## (一)

砖红的瓦,土黄的墙,三三两两的太阳能热水器端着身子倚靠在屋顶上,汲取着光照的温度。锃亮的不锈钢管闪耀着刺眼的光,直闪得阳台上的老母瞳孔一缩,那只覆盖在凡士林下的手倏地一抖,衣架便顺着晾衣竿的弧度在重力的作用下精巧滑落,磕磕巴巴地撞上一路阻拦的金属杆,悄无声息地坠了地。

老母皱起眉,纵生的皱纹与眼角的纹路叠生在一起,冲着趴在一旁写作业的女儿表示不满:"哎,你帮我去撅一下吧。"

无应。

"哎,有没听到? 去撅一下咯,我走上走落多少不方便。"

女儿快快写完最后几笔,冲着枣红色的木质地板翻了个白眼,不情不愿地站起身,拿过沙发上的灰色外套,出了门。

"去了噢。"

"哦。"砰的一声,门应声而响,不轻不重地,留老母一人在空荡荡的客厅里,明晃晃的阳光照出老母脸上的疑惑和呆滞。

老母其实也不老,不过才五十出头,斑白的华发都好好地藏在人造化学染色剂下,只是不知为何,公交车上竟有越来越多比她女儿还小的孩子给她让座。反观女儿,在不远处坚决地守着两脚之地,拉着悬挂扶手随着人群摇晃,四周立起四堵无形的墙,上面刷着四个大字:请勿交谈。那印象就跟老墙门里依稀见着的代表拆迁的红字一样,粗暴而扎眼。女儿咿呀咿呀地叫着"妈妈妈妈不要走"和一脸盆螃蟹养在楼道里三五家邻里露天围一桌一起吃酒的日子都已一块过去了。

老母的人生还算稳当,识了几个字,家境也还过得去——至少兄弟姊妹没有饿死的。后来找个老实的男人谈了一段他们说罗曼蒂克式的恋爱也就嫁了。唯一不好的便是这膝下无缘,二伯家的孩子都上小学了,这该来的喜讯还是没来。又过了两年,终于顺顺利利地生下了一胎,是个胖乎乎的女婴,全家都宠爱得很。这一年,老母三十八。

如今又过了二八年华,二八十六年,女儿总算也长大了些,虽说每周都回家一趟,但话越来越少。不过她倒是还记得一周一个电话打到奶奶家,三四五分钟。养过孩子的人都知道,这是正常的。老母也觉得,这是正常的。只是心里,就是郁郁的不舒服,年龄与代沟之间的关系啊,让人不解。说话都好像成了多余的事,说着说着就伤了。另一个大头鬼啊,也不能劝劝。

老母想着,女儿也回来了,远远地轻轻地喊了声"姆妈",关上门,脱了鞋子,把脏兮兮的衣服连着衣架递给她,捡起地上的本子和笔,回了房。

"你在做钓鱼岛的演讲是不是啊?"老母喊道,"你们葛卯事情还真当多,我们当年读书就叫带一个布袋儿一本语文书一本数学书和一本草稿本就好的。哦,我这里有报纸,我帮你理出来了,你要不要,这个日本人还真当是弄不灵清,一天到晚只晓得打仗……"

"我已经弄好的嘞。"

"哦。"老母想了想,抱着脏了的衣服,又说,"那你要不要吃雪菜黑鱼汤? 就……"

"姆妈,我来东做作业!"

"那你做。那个明朝……"

"我晓得的。"

"的"字落声,楼梯上第一步也重重地落地。

十三阶的楼梯。老母对这个数字再熟悉不过了,当初孩子爸弄来弄去就做成了这样,多不吉利的数字。楼梯做得又高又陡,害她头几年不知道摔了多少回。还好是她,要是自己的爸或者是女儿摔一跤,还不知道要出什么事呢。小伢儿啊。

"啪——"楼梯上的灯突然亮了,白晃晃的怪吓人。老母抬眼一看,那个裹在旗袍里的年轻女人抱胸立在楼梯口居高临下地看着她。这个女人,出现好多年了。至于多久她具体也记不清了,只晓得这件旗袍还是自己的爸在他们结婚的时候做给她的,盘扣侧开四分袖,从选料到裁剪都是她爸一点一点置办的。哪个女人没想过穿旗袍,像个旧时候的小姐,被哄着,被宠着。偶尔办场宴席叫上平日里的几个小姐妹一起搓搓麻将再唱上个几句。只是,做不到。那时候结个婚说简单也简单,说麻烦也麻烦,难为那个男人有心,说一定要让她穿上旗袍,酒红色,喜庆又雍容,说他一定不会让她苦着。那套旗袍是量身为她定做的,从上到下都是她。却不知怎的穿到了那个女人的身上,不过也好。反正她现在老成这样子也没法穿了。她穿着,好看。

"你可真没用。"那女人冷冷地说道。

"怎么又来了。"老母抱着衣服进了盥洗室,打开水龙头,水流得哗哗地响。

"哼。"女人轻笑。斜倚着门框,半边雍容的脸庞被茵蓝的灯光照得有些苍白妖异,另半边面容便被隐在了阴影之下——不知为谁而画的半面妆。"你不是早就知道了吗? 没有你根本就不会有我。不过没有我,你也只是个不完整的存在。就像你现在……"

"你少说两句吧,嗡嗡地吵得我耳朵痛。"老母忍不住抱怨道。

"真的是老了啊。想当年,你在南京路上疯的时候可也没人嫌你吵啊。"女人轻笑着缓缓地扬起头露出洁白的显露出笑意的脖颈,然后又慢慢低下,歪过头定定地盯着老母看。老母眼神呆滞又偏执,显出无与伦比的坚定。

"好了,去做你的事吧。这里没什么适合你的。"

"没什么适合我的。是啊,没什么吸引我的。你已经老了啊,就跟这杭州城一样。那条红得发紫的延安路,再也飘不出那最正宗的杭州味道了。不过也没有什么人会在意这些曾经,现在的人连生活都不在乎。洗衣、做饭、看报、睡觉,也就这么过去。难为我也要在这里陪你。哦,我想你都忘了坐飞机的感觉了吧,还是你更喜欢火车?坐了多久,兴致勃勃地跑到广州,逛了一夜再回来。还是那次——"

"妈妈——我下周去上海。"女人的话被打断,她满不在意地笑笑,主动为老母让开了视线。

"啊?上海啊?"老母愣愣地站起来,清水顺着手指滴下来,像是某种动物的涎液。

"演唱会。上周说过的。高铁票都订好了。有同学家长会带着我们。"女儿顿了顿,像是一下忘了还有什么可补充的,她站在第七阶楼梯上仰头往上看的样子有点傻,不过上面斜靠在扶手上的女人更傻,眼里带着迷恋,像是想靠近。靠近那个丫头。

"哦,你们当心点。"老母背过身,手里握着那件衣服在水流里飘动,来来去去。

"她可真好看。"女人说道,"那么冷淡的脸上却充满了颜色。你看她走下去的样子,像个楼阁小姐。你说,楼下怎么那么亮,都不知道会通向哪儿。哦对,你还记得你带着丫头坐最后一班双层巴士,那个时候是回家。你心里怕,搂得她紧紧的,却硬要做出母亲的样子;倒是那丫头,看什么都很新奇,回家以后都兴奋得不肯睡。你要守着这个家,都不肯带她到外面去。她现在长大了,就自己去。回来就对着纸笑,她宁愿对着纸都不愿意看你呢……"

老母突然站了起来。手里绞干的衣服被攥得紧紧的,看不见的水分一点一点出来,钻进老母手心裂开的掌纹和手背溃烂待愈的冻疮。

老母绕过女人,但门做得窄,还是碰到了,冰冰凉凉的,没温度,像木头。没人在意。

老母下楼,用衣架夹好衣服,晾出去。

阳光还在空耀耀地照着。哪里飘来歌声:"吹落了人生,吹落了爱情,你的情意、你的歌声,也随着凋零。"女人像是飘浮在空中,风乱了一下,乱了黄浦江上的灯光,乱了她的眸中企望。

老母对着窗外笑了笑,今日阳光很好。

（二）

电视、水声和键盘。这算得上是奇异的组合吗?

不。敏在下一秒否定了这个想法。八点档时间,家务时间,游乐时间,成千上万的家庭模式——无趣,真是无趣。敏对着文档摇头叹息,遗憾着这样真实的场景设定就被暂时或永久地否定在构想阶段,而失去了成型的机会。

"越真实,越无趣。"敏喃喃道,缓缓举起手,看着漏过之间的光线,和屏幕上未完的结尾。视线落在母亲二字,不知道想写什么。

于是敏决定手动为眼下这个无聊的场景添加元素,她点开了某个音乐电台。与此同时楼下传来一阵小提琴悠扬旋律,接着是信誓旦旦地保证:"洗衣服真干净——立白汰渍。"然后便是衣架叮叮当当的声音。相信母亲一定觉得它很悦耳很动听,每一次都要弄得让阁楼上的她听到才肯罢休,这可是这个家里鲜有的和谐的韵律。

其他时候,家是安静的,除了声音,什么都没有。

敏想着,支手撑着的脑袋越来越低,越来越低,直到成功把手深深地压进键盘里,然后滴滴滴滴滴滴滴的错误提示音称职地响起警报。下一秒,这场精心安排的约会便被一句"你来咚做撒西?"终止。世界合理法则——规定距离下的交流与亲密。

想到这里,敏一本正经地点了点头,在一天日记的最后加上了一句:家和万事兴。

所以接下来是什么项目呢? 翻开To-Do-List,划掉最后一项"无聊地记录点什么",便算是完成了一天的工作。敏打开了QQ通讯录,看见里面干干净净的两栏:current(现时)和past(过时)。鼠标缓缓滑过past一栏,径直点开了current,打开了那当前唯一可选的对话框。

Jane:Hey!

达西:哈!

Jane：who?

达西：好(how)。

Jane：silly.

达西：德里(daily)。

Jane：New Delhi!

达西：句号君。你是想去新德里吗?

Jane：我想去马德里,达西君。

达西：说起利兹和达西。我们真的会毁了他们的。

Jane：那又怎么样?

达西：真不明白你是怎么想的。

Jane：这两个名字很美妙啊。

达西：确实。

Jane：明天又有家人要结婚了。可婚姻的快乐与否纯属命运,我很担心。

达西：别在意。对了,说说你吧,今天过得怎样?

Jane：很不错。感谢你的时间。

达西：好的,晚安。

Jane：晚安,我的达西。

和达西的对话只能如此,敏不免遗憾地想到。现实为分界,她还记得有人跟她说过:千万不要问最近怎样今天怎样一类的问题。除了用来嘲笑的格式化的Fine就只能收到很好很不错一类的答案。连接人类的是笑声,而不是那些有的没的古怪的情绪。像母亲偶尔发呆,偶尔对着空气,对着积灰的玩偶,对着养在厕所的乌龟说话,没人会多问一句。反倒是父亲看到母亲傻乎乎地对着电视笑的时候,还会问一句,你在笑什么?

敏有点失落,尤其是当她听到楼下的对话还在进行的时候。

"哎,所以那个人是好人还是坏人?"敏想象着母亲法令纹两旁微微下垂的肌肉开始运动。

"哦,你都晓得得噶清爽的啊。我陪你看了这么多遍我都不晓得。"

251

"你嘛是,噶木的一个人。"父亲这时候会微微扬一扬笑肌。

"……"这里含含糊糊地不知道在说些什么,然后是:"哦,你晓得伐?明朝记得带诗敏过来,地方你晓得的吧。你们夜一点过来好了。路上小心点。"

静默。

"难得大家聚一聚嘛。她娘舅还蛮想她的。人家见都觉得出。这个小鬼头又高的,又瘦的。我们每个礼拜看一貌都觉不出。这种事情总要到得嘛。大姨娘家里的几个人还要来的,到时光女儿出山有种还要靠他们帮一帮嘞。哎,你说说看,我们女儿以后结婚会是啥个样子啊?"

"滴滴——"手表发出整点报时的声音,烦躁的情绪也像长期驯养的狗在听到摇响进食时间的铃声后活蹦乱跳地从牢笼里奔出来,一波一波,像海浪一遍遍舔舐沙滩的伤口。

走出去。去看看外面。家里每日也就两个人,到外面去也不过是对着很多人,可能会新鲜,也没什么不同,但至少是寻找灵感的一种方式,至少,可以很多人一起,干同一件事。她还记得Leehom在黄龙的演唱会,灯光打得那么亮,你甚至都看不到他的脸。只是四周的尖叫一波接着一波,再也没有个体的存在,所有人都是爱着他的附庸者。他站在最中央,自是风华无限,目光所及之处都能激起惊叫连连,叫你觉得一个不慎就会被声波割裂,只能随着人潮沉浮。忽然间整个世界开始在摇摆,节奏和音乐入侵了血脉,这次的战略是火力全开,火力全开,火力全开。

不!你不要!你突然想到了黄浦江,江风一吹便揉碎了外滩的流光溢彩。人不过是那么虚荣地记着最有代表性的东西。而她,就站在几十年前的江边,任江风吹乱她的发,一个人,眼里是整个世界。那么自由。那么美丽。

上海风情。而杭州,只有城市化中夹杂的那点江南的柔婉。

一瞬间,寂静,绝对寂静。可依然能听见有声音在不断地讲话,同时键盘也在不断地响,只有灯泡静默无言地在一边默默地发光,与眼睛交流着一阵阵的明明暗暗的哑语。"呵呵呵——"哪里来的笑声。敏的脊背同时也在安静地叫嚣着酸痛,顺便指责长期跷二郎腿的习惯。然后纠正变成了老母长期的习惯。

"啊——"敏开始尖叫。像一把尖刀粗鲁地划开好不容易编织起来的柔软布缎。不,这不美丽。想到这里,敏收缩了腹腔的肌肉,然后连同呼吸的声音一起抑制了。在窒息感来临之前,一个带着巨大影子的怪物推门而入。敏下意识地往后缩。

"你在干吗,怎么还不睡觉。"

"睡了。"敏迅速地关掉电脑。她迈着欢快地步子跑出又跑进,哧地钻到被子闭上了眼。"爸爸晚安。妈妈晚安"。她知道接下来该发生什么。

所以舞会的设定怎么样?第一次见面的时候,达西还不知道伊丽莎白就是他的伊丽莎白,伊丽莎白眼里也没有那样的达西。他们甚至没有像样的对话,固执地待在舞池的休息区,看着眼前的男女交织走过,觉得讽刺,觉得无趣,一生的幸福竟然就靠几支布朗热决定,他们之间隔着幸福的男女。不过如果没有后面的情节这个定格是否会有些无趣?不如来一场婚礼?大众审美。誓言,祝福,与无趣。如果说所谓的恋爱是许多短促的疯狂,那么所谓的婚姻是结束许多短暂的疯狂,而代之以一个长期的愚蠢。好似那样一个仪式真的可以长存爱情,说起来,这些可能都没有你婚礼上穿的那件旗袍礼服来得长久,偏偏大家乐此不疲。看得出来我们的新郎是很浪漫的,我们今天的新娘肯定是世界上最幸福的女人,司仪如是说。新郎新娘相视一笑,中间隔的是地久和天长。最后。敏决定安排一场大冰纪,抛开尘世,让一座大冰屋拔地而起,光秃秃的,透着一点晶莹的质感。在大冰屋的中央,躺着一只披着酒红色绸缎的毛绒兔子,面对着穹顶,直到视野里出现了一只爱斯基摩犬,它咬着兔子的裙摆让她坐起来,站在同一直线上两个雪人正注视着她,看起来一点都不冷。

多么美妙的安排。敏在黑暗中露出了满意的微笑,就像只机灵的兔子。

## （三）

又是一天。敏拿走了床头柜上的手机带上房间的门。她嘴里咀嚼着干干的吐司面包，一杯奶茶还在桌边有气无力地冒着热气。客厅里，电视还在尽职地工作着，尽管子弹、枪炮的声音在调轻的音量下显得很无力。

敏呆呆地站了一会，突然听到一阵沉重的脚步声渐进，然后是一阵轻巧的步子，带着"咯咯咯"的笑声，然后是开门声："爸爸！你回来啦。"

"是啊，你怎么起得那么早啊……"

砰——门被关上了，什么都听不到了。

敏看着眼前纷飞的硝烟，和摊在茶几上的一堆花生壳，关掉了电视。今天是婚礼的日子。

傍晚六点，酒店的旋转门还在一圈一圈地空转着，偶尔变得清晰的雨也自顾自地往下掉。伞不愿搭理，行人也都到了变成家人的时间。敏走了进去，大厅里空荡荡的没什么人。敏问了前台，乘电梯上了二楼。原来她到得那么晚。

新郎新娘相偎相依的婚纱照旁站着相偎相依的新郎新娘，敏冲着徐佳一笑，叫了一声："佳佳哥哥。"

"呦，今朝怎么会叫人了，还有一个呢？"徐佳看了一眼身边的燕子，冲着敏戏谑地一笑。这个小女孩他可是很喜欢的，想当年她还没乒乓球桌一样高的时候，他就被叫来和坐在乒乓球桌上的她一起玩。那时候她的小手还胖乎乎，脸上还肉嘟嘟，会嗫嗫嚅嚅地叫着"佳佳哥哥"缠着他陪她玩。现在啊瘦多了。徐佳想着，以后如果能生个这样的女儿，也挺好。

"嫂子。"敏冲着新人点了点头，进去找到了老母包旁边的空位坐下。戴着金戒指的那里的姨妈正嘎嘎地说着。"今朝我们佳佳蛮帅的嘛。再过几个月我们强强还要结婚的，到时光一定要来哦。呦，你也来啦。"敏叫了声"姨娘"，便低头看起了手机。

那女人又夸张地笑了起来，抽出手中厚厚相册中的一张推到了敏面前。"看看，这个就是你姆妈。还认不认得出来？那个时光她还小嘞，沙七沙八的,一天到晚往外头,你看她头发给风吹得噶乱,跟个疯婆儿一样。你看看,这个是啥地方? 上海黄浦江嘞。"女人说了半天,看敏毫无反应,自讨没趣,只当是没了爹的孩子不懂事,又开始和周围人道东道西。

清净了。虽然嘈杂,但倒也还没到难以忍受的地步。

婚礼终于开始,新郎徐佳和新娘燕子再次出现在众人的视野的两头。徐佳从岳父的手里牵过燕子的手,两人手挽手一起走过一条鲜红的地毯。全场灯灭,只剩了一道白光打在他们身上。圆形的光斑,象征幸福圆满。然后全场灯亮,温暖的橘色灯光,尽管还有点刺眼。喜庆的红色,浪漫的紫色,遍布的花篮和象征爱情的玫瑰花,宣誓、敬酒、游戏。

果然没什么不一样吧。敏下了结论。

"看得出来我们的新郎是很浪漫的,我们今天的新娘也肯定是世界上最幸福的女人。"司仪如是说,众人哄笑。"所以此时此刻,在这个特殊的日子里,让我们来听听他有什么想对新娘说的吧?"

全场再次灯暗,只剩一盏聚光灯打亮了新郎和新娘的身影。

灯光下的徐佳信誓旦旦地说道:"其实我也不知道要说什么。这心里啊,真的是太激动了。燕子,你对我来说一直是特别的。遇见了你,我的生命变得完整。"红色的玫瑰花瓣从头顶撒下,哪里来的口哨,哪里来的掌声,那么像一出戏。

敏对着手机里的文档冷冷一笑,还少点什么,思路中断。她不得不承认,没看到老母的她有些心烦。屏幕上跳出是否保存的字眼。是。

灯亮。

众宾哗然。

整个大厅一派冰雪天地。

"这是怎么回事?"

"好像是不是有一点冷?"

"啥西? 我一定是在做梦。"

温度骤降,空间被拉伸延展。徐佳下意识搂着燕子,对着酒杯里结了冰的香槟出神。

"怎么回事？"自然无人应答。

此刻一切变得有趣起来。

大家从最开始的慌乱中镇定下来。孩子兴冲冲地跑往边缘,这时,大家又发现另一个奇怪的现象:当下的空间没有边缘。当你向边缘靠近的时候,边界便向后退,越来越远,越来越远,只不过还保持着大厅的大致形状。每张桌宴之间的距离也越拉越大,随着众人的移动在冰面上滑行,像是有着多年溜冰经验的专业选手,稳中带驰。并再也无法靠近。

"好的嘞好的嘞。这下子么高上完结。"

"你来东说啥西啊？可不可能的事情啊。"

……

女人们开始争吵起来。男人们试图向外界联系。而年轻的一代正义无反顾地不断推离边界。

一个声音冷冷地下了结论:无趣,真无趣。

就这样吗？敏的眼里开始刮起风雪。桎梏？连想象都……

"敏敏——"敏回头,下意识地伸手接住了抛向她的东西,一只毛绒兔子冲着她开心地笑。老母走了过来,埋怨道:"你啊,真是的,到了也不知道说一声。"

"妈?"

"这张照片哪里来的啊?"母亲摸了摸女儿的头,"那个时候你还没出生呢。我到上海玩的时候,就碰到了你爸……"

"妈!"敏把老母抱得紧紧的,不重要了,有没有最后的结局不重要了。她仰起脸对老母说道,"这次你陪我去上海好不好?"

穿着旗袍的女人扬起嘴角笑了笑,突然觉得她再也没有存在的必要,隐入了身后的黄浦江。

# 第九届

## 银甲如雪·远方
### ——谨以此文祭奠将军逝世1786年

杭州市临平第一中学805班　林肯定

单骑

长坂月，废墟上温柔绽放。

一骑当先睥睨万相。

露华覆银枪，夜凉有杀意暗藏。

东汉建安十三年　当阳

赵云

"主公放心，云此去，定保少主与主母平安。"

被称作"主公"的人，过了很久才抬起头，望向最遥远的天际，那黑压压的墨云……

铁骑。铁骑。铁骑。

寒光。寒光。寒光。

轻勒缰绳，胯下的白龙驹打了个响鼻，放缓了脚步。

几番冲杀，原本亮银色的涯角枪染上了朵朵凄艳的红梅。当初所披，又究竟是银甲还是赤甲，不再重要。

两位主母和少主仍不见踪影，身后的士兵有些焦躁起来。我并不想怪他们，几个月前，他们不过是来自荆襄或别处的平民，不过是战争的承受者而非参与者。然而，现在他们必须面对这成真的噩梦，他们一点也不

257

明白这场战争,或命运为什么会引导他们来到这里。

转身。

"原地休息。"

传来一阵低低的欢呼,我的嘴角泛起微不可察的一抹苦笑,大家都厌倦了呢。

就让云自己承担吧。

"嘚,嘚,嘚……"

"将军,您要去哪里?"有人察觉到了不对,大声问道。

"嘚,嘚,嘚……"

似乎是有人跟了上来。

何苦?

……

眼前是三五个兵卒,身着皮甲,手中是大汉时期最常见的环首刀,当年霍骠骑大破匈奴时兵卒的制式装备之一。

我摇摇头,把不该在战场上出现的情绪甩出去,双腿一夹马腹,白龙一声长嘶,凌空跃了过去,徒留那几个士兵,愣愣地站在那里。

都是可怜人。

满地疮痍,举目哀鸿。

我继续搜寻着,身前马后到处都是奔逃的百姓。有的人伏在死去的亲人身上,发出撕心裂肺的哭号。

百姓惊惶的呼喊和凄厉的哭叫猛然响起,一支军队从一座低岗后面撞了出来。马上的骑兵毫不在意地纵马冲过四散逃命的人群,弓上弦,刀出鞘,铁蹄踢腾,成扇面形,似乎是要包抄。

一股浓烈的肃杀之气,好像疾风瞬间在我身边弥漫。骑兵们一色锦衣金甲,他们的服饰表明了身份,他们是中军虎贲营,也就是曹孟德亲随卫队的成员。本来虎贲营在平时是不投入战场的,他们总是留守在曹孟德的身边,保卫他的安全。想是这一次追击主公,曹军的铁骑势不可挡,所以他们也不禁手痒,出来过过瘾罢。

夏侯恩

我身披金铠,背上背着一柄长剑,身后跟着十几个手下,缓缓地向前面那人逼近。我早已观察多时,这人也算得上是一员虎将,适才在我军阵中多番冲杀,竟是无人可挡。不过现在……嘿嘿,就算是神,也是会累的吧?

那人没有抵抗,甚至连一丝躲闪的意思都没有,他好像已经痴了。我的脸上不由地浮出笑意,很好,很好。

赵云

反手一枪。

笑容在那一刹那凝固,如果他会后悔的话,他一定会为自己所犯的这个致命的错误后悔。可是死人是不会后悔的。

我从敌将的咽喉中抽出了银枪,血箭激射。十几名骑兵的脸色都变得苍白,有两个趴在马背上大口地呕吐。他们不敢相信,又不能不相信眼前的一切,仓皇地勒转马头,狂奔而去。

低头看着敌将尸体背上的剑,我忽然掠过一丝欣喜。枪芒一闪,剑便到了手中。

剑脊上赫然有两个金色篆字"青釭"。

……

偌大的庄院已空无一人,院墙大半都已被火熏黑,墙头上还有几处余火在燃烧。推开虚掩的院门,一个柔弱娇小的身影映入我的眼帘,是糜夫人!我急忙伏地行礼,院外的哭叫声,喊杀声好像一下子变得很远很远……

"妾身得见子龙将军,阿斗可有救了!只要将军能把这孩子护送到他父亲身边,妾虽身死亦无恨。"糜夫人的声音很是轻柔,如同风中摇曳的嫩柳。

我抬起头来。糜夫人怀抱着阿斗,坐在墙下的枯井旁边,她面色苍白，双眼由于哭泣过多而显得红肿，左侧小腿上的伤口流出的血迹把白裙染了一片殷红。

"夫人受难，云之罪也。"我目中含泪，心底涌起万丈豪气，"请夫人上马，云哪怕步行死战，也要保护夫人杀出重围。"

糜夫人的眼中多了一分凄楚，让人心碎。

人生总是要面临许多选择，可是有些选择却令人十分痛苦。然而人们有时还不能逃避选择，因为他们知道逃避的后果是愈发痛苦。她把阿斗轻轻地放在地上，勉强地站起来，身躯微微颤抖，一丝血又从她腿上的伤口慢慢地渗了出来。她知道她已经没有选择，这是她唯一的选择。

她死了。

呆立在井边，糜夫人的声音还在脑海中回响："妾身自知伤势如何，将军休要两误。此子的性命全在将军身上！全在将军身上！"

仰天长啸，双掌齐推，烧坏的院墙轰然倒塌，枯井被掩埋在一片瓦砾之中。我小心翼翼地把阿斗缚在护心镜之后，飞身上马，绝尘而去。

刀枪如林，曹军像潮水一样，杀退一层，又裹上来一层。终是怀抱少主，我不敢恋战，只得用银枪扫开一条路。却猛听得"哗啦"一声，我眼前一黑，四面的曹兵围上来，长枪挠钩，密密层层，已然封住了整个坑口。

我面色依旧平静，回首四顾，坑壁如刀裁斧削，平整异常。

"横扫千军！"一声断喝，一团白光从坑中飞跃而出。青釭剑出，枪尖钩头，曹兵如滚汤泼雪一般消失在剑影里。

倏忽，惊退的曹兵又一次包围上来，四下是死亡织成的网。

我再度深吸了一口气。手起，衣甲平过，剑落，血如涌泉。


常山

血染无止的征途，

雨洗辗转的沉浮，

不问苍天这结局吾埋葬何处。

赵云

"吁——"

"沈斥候辛苦,可探得前方何地?"

"禀报将军,前方乃是常山。"

许久,没有动静。

那斥候悄悄地抬起头来看了眼将军,只见他们的将军居然就这么愣在马上,面色还有一丝苍白。

唔……常山,将军的故乡呢。

"将军……"斥候试着再唤了一声。

我回过神来:"常山么……本将知晓了,传我号令,全军加速前进!"

尘土飞扬向一旁的山和一旁的村落。

青山依旧。


建兴五年(据第一次北伐仅余一年) 益州冬

"子龙,你看,成都又下雪了。"

抱着枪在城墙上发呆,远远地看见孔明先生走来,未及行礼,就听到先生的声音悠悠传来。

"子龙,你可知晓,此刻的常山如何,是否……也下了雪?"

我一愣,先生难道是来劝我打消随军北伐的念头的么?

"哈哈,子龙毋自多想,今日不谈国事,不谈国事。"

"云……实不知先生何意,还请先生示下。"


诸葛亮

望着眼前银甲银枪银发的子龙,我有些恍惚。

遥想荆襄当年初见,铁骑银枪,风发少年气。

"子龙,你可再回过常山?"

城墙上忽然安静下来,只余了不解人间的漫天飞雪依旧纷纷扬扬。

# 一直往大风吹的方向走去

白衣

碎江山,葬送了谁的流年。

将回忆涤荡,愿负天下兴亡。

东汉建安十三年　江夏

赵云

提一盏松油灯,缓缓走向江边。

对岸,江北刮来的风中仍有一股令人厌恶的血腥味。

"子龙,这大冷天的……你还要干什么? 你今天也累了,快些去睡吧。"

"翼德?"

张飞

已入了秋,天渐渐地转寒了。

进江夏城的时候,天已黑了,天边有炽烈的火光,腾起野马般的浓烟。到了驻地的后院,战袍上散发出来的烟尘味、血腥味令人作呕。天寒地冻,又缺柴火,只能用冷水沐浴。几乎是滴水成冰——我沾了点尚带余温的水往身上抹,还是冻得龇牙咧嘴。

没有月亮,没有星星,一片深黑。深黑之中,有一点光在靠近。

子龙走了过来,左手提着一盏灯,右手拎着一只半旧的木桶,整个人轻飘飘的,步子却很响、很重、很慢。

"你……要做什么?"

子龙没有回答我,默默地解开袍子的系带,白袍犹如一只素色的蝶,滑落在地上。

子龙一向爱穿白袍,久而久之,大家也就习以为常了。而今天我却发现,子龙今日的白袍,有些不同。

布满了星星点点的红色。

密布。

262

就像是红色才是这袍子的原本颜色！白色的,才是血迹！

"是……血么?"

回想起今早他站在我面前的样子,我不禁打了个寒战——

"子龙……他这一天究竟杀了多少人?"

"只是可惜了这雪白的袍子!"我不知到底该说什么,讪讪地道。

子龙笑笑,很苍白的笑,跟那袍子的颜色一样。

我忘了自己也在擦身子,就呆呆地看着子龙搓洗着他的白袍。

"子龙,你何必执着于这白衣?也忒不耐脏。你看,这一场仗打下来,都成'嫁衣'了!"说完我才发现不对,子龙平日,又何曾弄脏过他的白衣?就连他的白龙驹的蹄儿,也未沾过血……

"也不知他今天是杀了多少人!"

一阵烈风刮过,云层薄了些,渐渐地露出些月亮。

我打了个寒噤,浑身起了疙瘩。

惨白的月光和昏黄的灯光揉在一起,借着这光,子龙低着头,一边用半块皂角仔细地擦抹那件素袍,一边开始说他的故事。

"三将军你知道吗?以前云特别害怕杀生,几次无意看到路边或田野里的饿殍,就好几天都害怕得睡不着。"

"后来天下动荡,学武,从军,渐渐地当了将军。"

"哈,一个害怕杀生的人却成了最是草菅人命的人,是不是很讽刺?……"我不知道该怎么接下去。


赵云

我咽了口从喉头涌上的腥甜液体——"唔,还是一如既往令人反胃的味道呢。"继续说着。

"每次当我或挑破或划过或砸翻或扫开眼前的敌兵,我永远会感到一阵寒意。"

"哈,我从未想过,我赵云,有一天也会这样面不改色地说出那么多自己用过的杀人手段。"

"但我不得不杀人——为了更多的人不被杀。不被饿死,不被乱兵杀死,不被山贼砍死,不因为无处求医而绝望等死,不被强权逼死……"

"然而我却终不习惯这一切,所以我只穿白袍,只用银枪,只骑白马。只为了求心中那一点微不足道的宽慰。我希望能用这干净的颜色,来拯救我染血的灵魂,拯救这天涯萧索……"

张飞

我有些噎得难受。

他边说着,一边反复搓揉着领口一块血迹——像一朵深红的花。那一朵"花",一点一点绽开,一点一点变淡,在一片素净之中荡漾开去。

我看得痴了。

"所以……你要穿白衣?"

没有回答,只有一朵血色晕染了的水花溅起在子龙的脸上,我清楚地看见,子龙的身子晃了一晃。

"现在……反正躲不掉,逃不了了。我的确杀了他,杀了他们。不管什么'两军对阵,各为其主',他们死在我手上……再也见不到日月星辰,再也喝不了美酒,再也吃不了烤肉,再也听不到孩儿的啼哭,再也穿不了妻子做的鞋,再也不能喂老母喝药,再也不能亲手给老父做根拐杖……这是我的罪孽。我洗净一滴血,就像合上一双死不瞑合的眼,就像祭拜一颗在错愕中骤停的心。"

我看到子龙的眼角流下两行清泪,他没有哭,只是在流泪。

是的,只是流泪。

我的心中似乎有什么被撬开了一角,为了掩盖这像剥开尚未结痂的伤口般的痛,我大吼道:"哈……干净?!自欺欺人!我们都是刽子手,我们渴饮刀头血!你把这袍子洗得洁白胜雪,就能洗清你的罪恶吗?你以为你这样就能赎罪么,子龙?都不是干净的人了啊……可笑……可笑!"

"云,已唯有,以此赎罪。"

我怔住了。是,我们都是罪人。罪无可赦,罪不容诛。我早已不知拿什么来赎罪,也从未想过,也不愿去想,不敢去想——乱世才是真正的罪人,我只是它手里的刀,错不在我,我只有如此,我身不由己……我一直这么想。

习惯了,麻木了,也就不想了。哪管他什么知不知道,什么愿不愿意。

"我没有想过靠着洗去袍上血迹洗去我的罪孽,靠着一袭白衣从魔到佛。我只是想以此保留心中最后的人性,唔,或者说是妇人之仁罢。"听到子龙最后这样说。

赵云

手僵了,袍子白了,水红了,月亮斜了。

东方喷涌出雪白的清辉。我不知将来会怎样。望着那远方光亮,我流泪了——但是没有哭。没有什么值得难过的,但是我为自己和翼德,还有许多和我们一样的人感到悲哀。

便战

秋风起,登临瞰大江东去。

为君早生死一掷轻。

建兴五年

赵云

立于阵前,往事浮生云烟过眼。

单骑?截江?是什么不败?又或是那什么所谓的白马银枪天下无双?

呵,没想到当年那个率领着一郡义勇投奔公孙将军的少年,有一天也会成为一个国家的象征,一个神话。

宝蓝色的魏字旗竖起来,划破了颓兮垂兮的残阳如血。膘壮的虎豹骑,沉默的一个个方阵,宣告着他们以整一个北方为依托的强大实力。

我不禁再度想起北伐前夕与先生的对话……

"丞相,如今蜀中百废待兴,正是休养生息之际,而魏国朝堂又无甚动荡,岂是您当年所说的'天下有变'? 云,实不知丞相为何一意孤行。"

"亮怎会不知汉室再无可挽,只是,若不伐魏,王业亦亡矣⋯⋯"

"只是为一介浮世虚名,何苦赔上这天地间诸多性命? 先帝当年允下的仁世,丞相您说过的胸怀天下,又是什么呢⋯⋯"

想多了。

我长笑一声,挺枪:"全军迎敌!"


建兴十二年

诸葛亮

我缓步从翼德墓前离去,今年的酒不错,皇后(张飞之女)还特意捎来了几支画笔与一叠上好的画纸,但愿桓侯仍是雅兴不减吧。呵,不过按翼德的性子,若真是有阴间,怕是早和先帝、士元、孝直还有几位将军一同旌旗高举斩阎罗了吧。

"呵,你们倒也是忍心将亮一人留在这里。"

锦屏山路依旧崎岖,子龙生前没什么爱好,想了很久,决定还是空着双手前来,这样他应是更为欢喜。

坐到坟前,拍拍被朔风寒雨洗磨得有些斑驳的石碑,我整理了下思绪,将蜀中的近况缓缓道来——子龙定还是挂念着的。

不知怎地,今天的话特别多:"子龙,你那时总是劝我们多顾及生灵百姓,如今,我也不想用诸如'这是为了更多的人不必死去'这样的话来搪塞你乃至搪塞自己。你可知自从我们杀入了这乱世,便注定了浑身浴血。先帝、云长、翼德乃至孝直、士元,抑或是孟德⋯⋯都只能抛下一切,血染天下。我们都是这乱世手中渴即饮血的屠刀⋯⋯唯有子龙你,仍能白衣如昨⋯⋯

"年与时驰,兴与日归,待到何时梦醒,亮,何时便再见南阳罢⋯⋯"

说了很久,久到等伯约来找我才发现夜色已临,我也早已泪满襟袍。

几个月后,一代名相,诸葛亮病死五丈原。他的案前有一笺素纸,笔墨如剑意纵横仿佛要透纸喷薄而出又俊逸荡漾——丞相,云,从未为实现这仁世后悔过。

据当时兵卒所说,丞相逝世前,曾有漫天的白云涌过……

血如落花吻了谁的旧伤
夜如落幕终了谁的场
白帝念先皇
赤心难舍离散翰墨留芳
当世无双

# 雪的故乡无限远

杭州市文澜中学初二(9)班　姜涵莜

指导老师:项　倩

我是一只老火盆。

在我的记忆中,身边陪伴我的,似乎只有灶火与雪。

岁月把无数炭火的故事写在我的脸上,留下乌黑的印记。一年中的大部分日子,我都蹲在厨房的灶台后面,看着火苗在闪烁。

只有当我头顶的一面小窗外飘起白雪的时候,我才会被搬到厅堂里。于是,我便被放上木炭,点上炭火。炭火暖暖的,温暖着我冰凉了长长一年的黑铁身子。我望着门外纷飞的大雪,看大雪在院子中一层层积起来,积在院子墙根的杂物堆上,积在门廊边的竹篮铁犁上。

我喜欢看这户人家的小孙子在院中堆起雪人,雪人也总是抢在融化前对我微笑一下,向我吹几朵雪花。我很想摸摸雪,但雪花总是在我面前凋谢。

我熟悉雪,却从来不知它的温度。雪对于我,忽近又忽远。

"它那么轻、那么软,大约也像棉絮一样温暖吧。"于我而言,冬天是一年中最温暖的季节。"大概是因为那么多暖和的雪吧。"我想着,却忽略了身上炭火微微的爆裂声。毕竟,冬天的堂屋远比春雨秋风中潮湿的灶间温暖得多。

一年年,我与雪见面时,雪人都似乎一年比一年矮了,抑或是小孙孙长高了?当积雪上爆竹的红纸悄然褪色,当积雪融化成半透明状时,我就又得回到灶火边去,蹲在黑暗的厨房角落发呆。

有一年,一只燕子开始在小窗前飞动,窗边筑起了一个燕子巢。下雪时,我总想让燕子叼几片雪花给我,可燕子在冬天时却总是不知去向,只留下一个干硬的巢,巢里枯黄的秋草在风中颤巍巍的,不久又被冬雪盖过。

又是一年初冬时节,雪才刚开始飘落,主人带着熏腊肠味儿的大手又把我端去了厅堂。热得烫人的木炭开始在我身上燃烧,我舒展局促了一年的筋骨,让炭火暖一暖我潮湿阴冷了一年的脊背,突然袭来的光明与温暖让我有些昏昏欲睡。

小孙孙兴奋地在雪中玩耍,风刮得很大,把雪向我吹来,可我感受到的只是热浪。"这是雪的温度吧!"我有些兴奋,又有些疑惑。老婆婆坐在门边,脚靠着我,缩着手打盹,靠墙的梨木桌上搁着半碗尚有些温热的中药。老婆婆病了,主人才提前把我搬出来,给婆婆取暖。

突然,我头顶划过一道淡紫的线,一颗紫色的小果子落进了炭火里。我正迷迷糊糊地要睡着,突然一惊,抬眼四顾,却看不见任何扔了果子的人,只有燕子的身影划过飘雪的天际。我一时觉得有些奇怪,却又呆呆地一下子想不出原因。

小孙孙一转头,立马看见了那点紫色,眼睛一亮,仿佛看见了什么珍宝,咿咿呀呀地走上前来,竟把胖乎乎的小手伸向了炭火。

我急了,想尖叫,但耳边只有炭火的爆裂声,烟味弥散开来,我想移开,但我的身子只是徒劳地在木架上摇了摇……

一声号哭在我耳边响起,小孙子一屁股坐在地上,手背上有一块触目惊心的烫伤。男女主人都来了,老婆婆也来了,门外的雪花飞旋着,炭火闪闪烁烁、渐渐暗淡,小果子的紫色也暗下来,最终隐在灰白的炭灰之间。

主人急忙把小孙子抱进房间,不一会后,老婆婆抱着哇哇大哭的孙子,把一块浸了药水的棉花按在伤口上,女主人拎了毛巾也跟在后面走向村里的卫生院去了。紧接着,男主人出来了,恨恨地说:"都是你害的!"他用以往小心地给我添炭拨火的大手一把拎起我,把我甩向院子的角落。我撞在墙上,发出一声哑哑的闷响。

我终于碰到了雪,雪轻轻落在我身上,它竟然是冰凉的,雪融化并打湿了我身上的炭火。天很冷,雪渐渐大了,我第一次体会到了冬天侵入肌骨与心间的寒冷。我叹了口气,让在烟火和岁月中衰老了的自己平静下来。我知道,我活不过这场雪。

在失去知觉的前一刻,我看见一只燕子跌跌撞撞地飞向我……

我是一只燕子。

在我的记忆中,我从没有见过雪,也没有见过冬天。雪,它遥远得从未出现在我生命中。

每年第一阵寒风刮来的时候,我便随着伙伴们组成的燕群,掠过一片片越来越油绿的田地,掠过一个个越来越低矮的山岭,飞向南方。这时的南方,已是一个春暖花开的时节。

在这儿的巢下,是一个老火盆,火盆似乎从没有生过火——至少在我看见的时候。我总想与火盆说几句话,问问火盆冬天的雪的样子,但火盆总是蹲在墙角,一声不吭。

每年夏天,我总是看着这家的小孙子在门前的溪沟边玩耍,我总是立在横过田野的电线上看着他,看着他在翠绿的麦浪中跌跌撞撞地奔跑。初夏的阳光微黄了麦子,晾晒着乡村的万里田园。溪流划过田野,在蒿球草的绿色与荞麦的香气间若隐若现。

渐渐地,我与他熟悉了,他便也能从一群翩飞的燕子中认出我,认出我这只将巢筑在他家屋檐下的燕子。

又是一年盛夏时节,小孙孙依旧整日在溪边游戏。今年,他发现了溪边菖蒲丛中,有某种不知名的野草长出的紫色果实。

果实很圆,很光滑,晶亮亮的,就像泛着紫光的星星。连我也惊异了,连平日里为了几颗麦粒而整日奔波的我也惊异了,惊异于世上竟有如此美丽而奇特的果子。

小孙孙也无比兴奋,拍着小手说:"我要拿它们做一串项链,到了冬天,为我的雪人戴上。"我屏声息气停在大槐树上听着。"雪人?"我曾无数次幻想过雪的模样,"大概是轻盈的、洁白的、温暖的吧!"不知是因为对于雪人与雪的向往,还是被小孙孙脸上笑容感染,我竟决定要帮他完成这一串项链。

那些紫色的小果子,毕竟是零星的果实,几十里的菖蒲丛中竟没有几颗,我开始在清晨的露水里、在黄昏的阳光里,飞遍村中的每一处临水的埠头与近水的草丛,只为了能偷偷地在小孙孙的宝贝木盒里添上几株亮紫。

于是,在每一个傍晚,从村里跑回家的小孙孙总要从裤兜里摸出几粒一整天的"成果",放木盒里,再细细地数一遍果子的个数。小孙孙在每一次计数后,大约也会隐隐觉得多了更多的果子,但他似乎没有诧异。他扳着指头,喃喃地说:"攒到……攒到一百颗吧!"我站在窗棂上,瞄了瞄院子里开始泛黄的丝瓜藤,心里有些沉甸甸的。

木盒里的果子多了起来,天却凉了下去。每一天,我都看见同伴们整理着南归的行李,而果实增加的进度却不曾加快。当我几乎搜寻遍整个山峦后的又一个黄昏,我又站在窗边看着小孙孙数果实。他费劲地数着,飞快运转的小脑瓜有些不够用。小脑门上急出了细细的汗珠,生怕忘记了自己数到的数目,而我却比他更紧张。数字越来越大,小孙孙数得越来越慢而艰难:"八十……九,嗯,九十……九。"我几乎不敢再看小盒子中余下的果实。"九十……八,九十……九。"他停了下来。我拼命祈祷"一百"的出现。但当我又看向下面,看见的是空荡荡的铁盒和小孙孙失望的脸。

一周后的一天,天阴沉着,厚云板着脸,冷冷地挤满了整片天。微黄的衰草在冷色的背景下翻滚着,掀起一片凉飕飕的浪潮。早已被收割了的田野空寂着,成片稻草茬上方的天际也空荡荡的,再没有了其他燕子的身影。最后的燕子都在昨天走了,只有我留下了,我安慰同伴们,说我只留一天就去追上他们。

而现在我正飞过田野,飞到小孙孙家里,嘴里叼着在另一个村庄找到的最后一颗果实。突然,我迎面撞上了一片冰凉的东西。它轻轻的、白白的,在我张开的翅膀上化作一小片水渍。"那是雪吗?它竟然是冰凉的!"

我一分神,果子从我的嘴里滑落出去。我正想飞下去捡起它,却发现它正落在门廊下的火盆里。这家的老婆婆病了,坐在被提前点上了的火

271

盆边打盹。

我第一次看见点着了的火盆,我看着紫色的果子在艳红的火炭间隐隐约约。我终于没有了办法,看着正酝酿着初冬第一场大雪的天,以及天空下几道僵直的没有温度的电线,我只得咬咬牙,顶着渐渐变密的雪花赶紧向南飞去。

一度,在我的幻想中,美丽轻盈甚至温暖的雪却完全变了样子,雪冰凉凉地砸在我的身上,刺激着我从没有经过寒冷的身子。一会儿后,我已然坚持不住了,只得飞回巢中暂避一避。但当我飞回时,巢中已积满了雪。举目四顾,我却发现院墙边的杂物堆中有火盆的身影,火盆里总有些炭火的余温吧?来不及多想火盆为什么会出现在那里,我使劲扇着几乎已经冻僵的双翅,勉强飞去。当我终于跌落到火盆中时,的确有一股炭火的温暖气息传遍了我的全身,我舒了一口气。

雪轻飘飘地盖在我的身上,盖在老火盆身上。雪,第一次离我那么近,我却并不感觉到它的寒冷。我闭上眼,看见了夏日的溪流边,那一颗颗亮紫的小果实……

许多年之后,又一个初秋,一辆汽车停在了已空置多年的小院门口,一个中年男人与一个年轻的小伙子。年轻人身着西装,手上是一本《房产情况记录本》,中年人手背上有一块淡淡的疤痕。“你们自己看吧,这地的位置真不错,还带着一个大院子呢。院子的价格我可以考虑打折,毕竟空放在这儿也是浪费。”中年男人先开口了。“位置倒是不错,但买家也不知道会不会满意,他可能要造个小别墅,托我们四处看看。再说这个院子的杂物也实在太多了。”

中年男人忙说:“没事,院子的东西我可以先帮忙清掉。”说着,像是为了表示诚意一般,他随手拎起墙根一个满是铁锈、几乎看不出原样的火盆。“呀!这儿还有一只死鸟,不知道多久了?”他的动作微微停了停,像是想起童年一个淡而遥远的梦,随即又摇摇头坚定地走出院门,手一甩,把火盆同死鸟都丢进了路边的垃圾堆。

或许没有人看见,老屋屋檐下,有一串早已风干却从未褪去一丝紫色的果实,悄悄地在秋日微凉的风里消散了,像飘忽不定的炭火光芒一样消逝了,像燕子融入漫天飞雪中的身影一样消逝了。只有屋瓦上一年年生出又一次次被雪覆盖的杂草,还在略显阴沉的天空中摇曳,应着远方吹来的风……

# 归　来

杭州外国语学校高二(1)班　王敏学

指导老师:李　芳

"以后啊,别爱上水手,嫁一个列车长吧。"

她这样说,带着点叹气一般的颤音。房间里很安静,只有那些被阳光灼伤而不得不从窗缝里逃进来的,还带着海腥味的空气,和被空气不小心挟带着的雀鸟的嘈杂。她坐在窗边,把从肩上滑下去的披肩往上拢了拢。现在是七月,本不是搭披肩的日子,女人却把披肩好好地围在身侧。她很瘦,从披肩上的褶皱都能望得见她凌厉的蝴蝶骨。

外头正午的太阳晒得码头上的沥青都渐渐融化,而沥青却还饶有兴致地发出"吱吱"的响声吓唬海鸥。平常这时候每家每户都把门和窗关上,死死拉住窗帘,生怕在外面独自游荡的阳光找到一丝缝隙,溜进屋子里肆意玩闹。女人却从不这样,她总是将窗帘整整齐齐地用海蓝和棉白相杂的缆绳系成一束,让窗帘靠着依窗放置的旧沙发,像一个少女依偎在她年长的恋人身侧一样的乖巧。

而今天和往日不同,人们从阴暗的房间里倾巢而出涌向城镇与大陆深处相连的那条公路。女人像一群刚吃饱了的麻雀,眼神却像饥肠辘辘的秃鹫——未婚的年轻女性为了显示自己的矜持不断挺起白花花的胸脯,忍住不管在皮肤上蜿蜒爬行的热汗,只是用浸了过多香油而发硬的手帕遮住自己血红的嘴;已婚的妇人聚在另一边,用自己才懂的逻辑将在场的每一只雏鸟议论了个遍。男人一边叫骂一边给自己扇风,时不时往欢闹的雏鸟那里瞟一眼,然后立马将视线飘到公路尽头,继续口中的脏话和诅咒。再偶尔,人们会向她的屋子这里看一眼,企图从那毫无遮拦的窗中窥探到些不可告人的秘密。她安然端坐在阴影里,人们看不到她,因为外面的阳光太亮太刺眼了,他们看不清清凉影子里昭然若揭的真相,于是每个人都在心里臆测纷纷,每一种都是个引人入胜的故事,散发着豆蔻和咸鱼的味道。

人们站在热辣的太阳底下,谈论着似是而非的新闻与旧闻,谈论着似是而非的天气与海洋。只有那几个男人才敢把自己深藏在心里的东西说出来,而就算这样他们还是不够坦诚。

"真见鬼,这狗屎一样的天气。"

男人们又是故意骂得很大声,甚至连她都能听见。她懒得去想他们这样做究竟是无心还是故意,她也懒得去猜那每一句话里蠢蠢欲动的心思。所有的人都不在意,因为这个码头上总会有个人给自己垫底,他们都不以为谁比谁高尚,毕竟自己绝不是那个卑贱到泥土里的人。

自称游吟诗人的流浪汉在街角摇头晃脑地笑起来,把缺了一根弦的小提琴甩上肩,一边拉一边唱着走向巷口:"这里的人们,一个个都是正人君子。"路过她的窗前,向她脱帽致意。她也歪着头微微向他笑,柔声问是否需要任何帮助。他摇摇头,拉着小提琴走远了。

他没有说这首曲子叫什么,也没有说这是一位叫肖邦的音乐家在十九岁时写的。

"嘘,她来了,她来了!"一只被挤在人群外沿的麻雀突然叫起来,尖厉的声音连坐在窗前的女人都听得一清二楚。雀鸟的嘈杂和男人的咒骂都轻了一点,而女人可以轻易地发现,涌动的暗流却更加喧嚣。人群的一束束目光投向那个少女的身后,少女挺直了腰板好像所有的人都在看着自己,这么一来因为换衣服而晚的一两分钟就算不上什么太大的损失了。

在心底得意了一小会儿,少女立马在所有人都没反应过来时,转过身走到那个摇摇晃晃的妇人身边,她好像是说了什么,远远看过去那个少女正亲切地搀住妇人的右手,女人看不见少女其实是不着痕迹地跟在妇人身后,小心地避开妇人沾了泥点的衣摆。

人群不情愿地分开,让那个双眼红肿的妇人走到最前面。搀扶她的少女享受着这仿佛摩西行神迹的一刻,就这么理所当然地站到了人群的最前端,仿佛那里是战场上的高地,看热闹的皇家包厢。

之后的事女人看不见了,人群将两人围得严严实实,她依稀可以瞥见那个少女还未被海风凌迟的鲜嫩面孔上,被自己刻意压制的喜悦与激动。她想起很久以前,也许自己也是这样的,也许也有一位懒得去争辩任何流言的人坐在某一扇敞开的窗后,静静地审视着自己。这么想的女人有些自嘲地笑了,她把披肩裹得紧了一些,羊毛柔软地拢着她瘦削的肩膀,像阔别的恋人,或者别的什么她已经快要忘记的感觉。里屋里面有响动,她便干脆从旧沙发上站起来,走进里屋,像一个看戏看累又恰好有事的观众,等不到散场便匆匆离席。

她知道之后发生的会是什么,毕竟噩耗在昨天傍晚的时候就已经传到了码头,电报上分明注了"加急",却还是晚了一些。女人在电报局里展开电报纸的那一刻全码头的人——甚至包括她——都知道了其中的内容,一个个像老鼠一样流窜在每家每户,还有那些肮脏的小巷子和阴暗潮湿的船舱,交换着大同小异的信息和大胆绝妙的猜想。有时候她也弄不清是怎么知道的,也许是那个游吟诗人,也许是编缆绳的婆婆。婆婆年纪很大了,几乎不出院门,码头上的人都敬重她,很少有人敢和她讲话。每当有新造好的船,船主和船员都会上她那儿求一副缆绳,以保平安。码头上的人像对待神明一样对待她,而说实话和对待那个女人有什么不同呢?婆婆愿意和女人讲话,人们也当从没看见。

婆婆对女人说:"别等了。"

女人没有表示什么,只是谢谢婆婆送她的缆绳。

所有人都来向婆婆求过缆绳,只有那三户不和海洋生意打交道的人家没有踏进过婆婆家的小院。一户一对姐妹,本想在五年前搬离这个鬼地方,却在离开之前被一头发疯的公牛当庭撞死;另一户老夫妻坐上了一班渡轮,临行前还炫耀着自己在海外的儿子赚了多少钱,有多么孝顺,造了这么一艘船来接他们走,结果渡轮才起锚没多久,就在海面上爆炸了。

那是码头上大多数人平生第一次见到烟火。

最后一户就是这个女人和她的丈夫。她的丈夫是列车长,每个月回来一次,回来的时候总是带些稀罕的小玩意儿还有陆地上的食品。每当丈夫离开她的身边,与她吻别,她都在庆幸,甚至当那艘渡轮爆炸时她都在庆幸,没有因为人们的闲言碎语而去找婆婆要一截缆绳。其实婆婆自己本人也是不信的,每年出海的船只都有她编的缆绳,却不是每一艘都会回来。

那辆每个月女人丈夫都会开着回码头的车终于出现在公路那头,女人不由得将手放入口袋去摸索那张早就被揉烂的电报纸,她把那团纸捏进手心,闭上眼。这时候人们难得不再吵吵嚷嚷,很自觉地为喧闹与动乱制造足够的铺垫。

那辆车在妇人面前稳稳停下,后座上走下来的男人手上捧着一个比肩膀略窄的木盒。妇人突然一歪,半倒在搀扶她的少女身上。少女想要放开却又不行,只能默默地心疼自己新做的裙子。

西装革履的男人走到妇女的面前,还没有来得及说一个字,那个妇女伸出手指,用才修剪不久的指甲尖轻轻地碰了一下盒子,像一匹饿狼抓着自己的食物一样狠狠地将盒子夺了过来,护在怀里。她大声哭喊着,仿佛狼在咆哮。

人群又一次沸腾起来,甚至盖过了她的哭声。人们七嘴八舌地讨论葬礼该如何举行,是不是该请婆婆出来,是不是该让那个流浪汉来拉首曲子。人群中的某个人挤开少女拉起妇人,于是所有人都簇拥着眼泪干枯的妇人向女人的家走去,也许他们打算直接去墓地,反正两者离得并不很远。

墓地很小,码头上只有少数人是埋在地里的,比如被疯牛撞死的两姐妹,比如女人怀里抱着的丈夫。大多数人都是把骨灰撒进海里,或者根本就再也没踏上过这个港口。

女人走出房子时,街上已经再听不见人们的吵吵嚷嚷了,她向东边望去还看得到海,一望无际的、变幻莫测的海。那片汪洋深处有任何人都无法窥知的秘密,深不见底的海水比几层窗帘要牢靠多了。

有谁拉住女人的袖子,女人弯下腰把那个小女孩抱起来,亲了亲她的脸。小女孩咯咯笑了,说:"火车翻掉了。"她的小手指着房间里的火车玩具,也不知是从哪里弄来的,漆皮的红色火车翻倒在铁轨外面,就这么躺着。

女人笑得还是很温柔。她轻拍着孩子的背转过身,不敢直视孩子的双眼,就如她惧怕着那片汪洋尽头的远方。

"千帆,有一天你会知道,如果能抱着一个人的尸骨哭,也是一种幸福。"

她这样说,带着点叹气一般的颤音。小女孩被她的气息弄得痒痒的,笑得更厉害了。女人轻拍女孩的背,转身走回屋里。

街上还是一样的安静,见不到一个活物,只有腥咸的气味游荡在每一个角落,就同往常的盛夏正午一样,人人都躲在自己家里,干些以为没别人知道的事。

# 暮 歌

宁波市鄞州高级中学204班　王佳欣

指导老师:张　蕾

亲爱的米拉:

我靠在座椅上,眼前闪过一丝恐惧。

一个人走上远赴伊斯坦布尔的旅途,有说不出的寂寞与不安。

窗外一片黑暗,看不到星星闪烁的光影,听不见云飘过的声音。我又一次意识到了黑夜的强大,它可以抹杀一切,包括那些云淡风轻的誓言与流年。我起身,打开笔记本点,开收藏夹里的《情人》——那段关于中国男人和法国女孩末世般绝望的爱情。

我喜欢整部电影的色彩,像是被切断的呼吸,短暂跳跃,从不透彻。

开头就是玛格丽特深沉而无望的独白:

"我已经老了。有一天,在一处公共场所的大厅里,有一个男人向我走来。他主动介绍自己,他对我说:'我认识你,永远记得你。那时候,你还很年轻,人人都说你美,现在,我是特地来告诉你,对我来说,我觉得你比年轻的时候更美,那时你是年轻女人,与你那时的面貌相比,我更爱你现在备受摧残的面容。'"

越南,西贡。腥甜的海风中,女孩将脚搭在船舷上。明亮放肆的眼神,微启的红唇,廉价缀满珠片的鞋子,还有一顶越南男人才戴的帽子。

米拉,还记得我们曾经在叶芝的《当你老了》中读到的"多少人爱过你昙花一现的身影,爱过你的美貌,以虚伪或真情,唯独一人爱你那朝圣者的心,爱你哀戚的脸上岁月的伤痕"。当读到这句,你笑了,如夏花,如秋叶。那时的杜拉斯已经老了,老到枯萎,凋零。所以,她开始回忆,回忆她昙花一现的身影,她的美貌,她的悲哀。十五岁半的少女,太早熟,太惊艳，又太固执。她不知道自己想要什么，只是恍惚地看着那一片没有边际的焦黄的天空。我想，她从来都不会想到她的一生将因此而变得慌乱，甚至荒诞。

男人从房车上走下来，拿一条雪白的帕子擦了擦自己的颈子，走近船舷，颤抖着双手递烟给她："请问你抽烟吗？"看看少女不搭理自己，他又千方百计地寻找借口，说东道西，但女孩对他并没有好感，他仿佛是生气了，生自己的气，拿了支烟放在嘴里，火机打了几次打不着，耳朵突然听到少女问他："你是谁？"他便喜出望外地答道："我是中国人。"可是后来，她对中国男人说："我们不相爱，我喜欢的，是有钱的你。"

米拉，你看，她和我们多像啊。那么直接，那么骄傲。米拉，你还记得在某天傍晚，我们一同坐在学校的天台，看夕阳老去，寻找最亮的那颗星；你还记得你在球场上飞扬的身姿以及肆意的笑声，以及球场外为你加油的女生；你还记得，在每一个午后，我们都会为莫迪里阿尼和凡·东根的画作而争论；你还记得，在你生命之初，有一个人的出现。我想你是不会记得的，你一直都是一个骄傲的人，你记得的只是存在过的你。大概也只有在某个盛夏的午后，你的心底隐隐泛起当年的印象，仅此而已。

但杜拉斯记得，男人结婚时，女孩身着黑衣混在看热闹的人群中，面无表情。她以为她不爱他，可她的目光仍在寻找。目光交汇的刹那，她终于明白，她爱他，是不争的事实。但杜拉斯记得，因为男人对她说过："你以后会记得这个下午。即使你忘记了我的长相，我的名字。"她的确记住了。她还记得在最后，大洋上的黑夜里所放的那段肖邦的圆舞曲；她还记得在多年后，男人在电话里说，和过去一样，他依然爱她，他根本不能不爱她，他说他爱她将一直爱到他死。杜拉斯终归还是赚足了我的眼泪。

最后，她结婚，生子，离婚，一生迷离；他为人夫，为人父，甘愿平庸。

杜拉斯说，人一旦开始回忆，就变得苍老。那一年，她七十多岁。

可是我不愿回忆。我害怕苍老，害怕自己沉溺在过去，纠结、挣扎，不能自拔。

身旁的那对外国夫妇已陷入沉睡，发出轻微的鼾声。依旧是黑漆漆的一片。大概还有四个小时的航程。我也该关上头顶的灯休息一下。醒来之后就是最澄澈的天空和最辽远的大海。

我们曾说好的远方。

念安。

叶云清

于飞机上

2013-07-31

亲爱的米拉：

很早以前我一度以为提拉米苏属于土耳其，后来才知道错得离谱。甚至之后到了意大利，也就是提拉米苏真正的源头，我仍觉得它应该属于土耳其。这是一个历史久远得连名字都似乎附着一层灰尘的国度，有数不尽的伤痕，也有隐藏着甜蜜和温柔的过往。

我以为在这里可以看到裹着黑色头巾和长衫，神情略带忧郁的伊斯兰少妇，结果却大失所望。倒是街上店铺里的年轻女店员一直默默地注视着我，温暖而生分。

米拉，我听了你的话。我重新拿起了很久都没有碰的大提琴，只是手指生硬到拉不出一首完整的曲子。但我相信一切都会好的。真的。现在，我已经不再轻易地掉泪，不再蛮横地向生活索要。

我同青年旅馆的店员用生硬的英语交流。他说我一定要去女儿塔。

后来，我真的去了。路过的伊斯坦布尔人给我讲了一个凄美的故事。说是从前，有位姑娘爱着一个青年，却不被父亲接受。父亲就把她囚禁在岛上。于是姑娘夜夜在窗边放一盏油灯，指引心上人游到岛上来相会。有一天姑娘等得心切，就在外面守望。没想到灯被风吹灭了，于是青年迷失了方向，不幸溺水而死。姑娘伤心之余就做了一盏更亮的灯。这就是现在的女儿塔。

你说得很对,土耳其是个美丽的国度。它的每一个角落,每一次回眸,每一盏路灯中都隐藏着浪漫与神秘的气息,诉说着天方夜谭似的悠远。

晚上路过贝约格鲁的独立大街,看到街口有热情奔放的当地女子穿着鲜艳的裙子,跳起极具民族特色的舞蹈,还有站在一旁的小提琴手,穿着20世纪的皇家制服。

坐在咖啡馆硬得让人腰疼的木长椅上喝完一杯土耳其红茶,仍剩下无望的时间。

我突然想起了奥尔罕,以及他的《伊斯坦布尔——一座城市的记忆》。

"从很小的时候开始,我便相信我的世界存在一些我看不见的东西:在伊斯坦布尔街头的某个地方,在一栋跟我们家相似的房子里,住着另一个奥尔罕,几乎是我的孪生兄弟,甚至我的分身。我记不得这想法是从哪儿来或怎么来的。肯定是来自错综复杂的谣传、误解、幻想和恐惧。然而从我能记忆以来,我对自己的幽灵分身所怀有的感觉就很明确。"

当奥尔罕回忆起早年生活的种种,竟发现生活中的故乡之城像一座废墟。他饱含深情地细数这座城市的前世今生,舒缓的笔触下深深埋藏着对昔日辉煌已一朝不再的哀伤,以及对城市在东西方文明的旋涡中急剧打转所产生的身份不明的困惑。这是属于奥尔罕的伊斯坦布尔。

我还记得当初你套用《幽谷百合》的经典开头来总结这本书:

用愁绪滋养的何等才能,有朝一日能为我们唱出情谊深长的哀歌,描绘出失落之城的呼愁美景。

把玩着这只精致的杯子,耳机里传来了Shayne Ward的Breathless。

And if our love was a story book

we would meet on the very first page

the last chapter would be about

how I'm thankful for the life we've made

and if we had babies they would have your eyes

……

You leave me breathless

Shayne 的歌声永远令人潸然。"你让我无法呼吸",你让我无法呼吸！我双手握着杯子,依旧散发些许余温,顿时觉得自己一无所有。没有过去,没有信仰,没有未来。

我看向塔克辛广场上的恋人,相互依偎。

一个少年给了喂鸽子的老人两个里拉。

念安。

叶云清

于伊斯坦布尔

2013-08-21

亲爱的米拉:

像是走进了一部地道布景的欧洲电影,只是路上还没有撑着黑色雨伞、竖起毛呢风衣领子沉默不语的行人背影。坐着大巴士经过横跨博斯普鲁斯海峡的巨大斜拉桥,三分钟时间从欧洲到了亚洲。再到西部的伊兹密尔,那还是在黄昏的时候。

一直以为只有在希腊才能够欣赏到爱琴海的美景。是谁一声沉重的叹息,如一滴挂红的血落在海上,使海顷刻显得姿美、深沉。这时,我仿佛看见一位诗人站在海岸的礁石上,无声地凝望爱琴海上的落日,然后低垂头,仿佛一株成熟的向日葵,站在夜的这岸。

我正面向大海,春暖花开。前方的蓝色,仿佛即将破碎。

我为同去的陌生人拍照。她静静地站在暮色当中,爱琴海银蓝色的海面正若隐若现,流动着柔和的光芒和潮水。一切很美。

夕阳慢慢地淹没在朦胧的爱琴海。

我坐在海边的一家小酒吧,吃着正宗的土耳其烤肉。还喝了Margaret,刚入口时有一股火辣,很快被柠檬的温柔冲淡。我十分好奇地问调酒师为什么杯子边缘粘着盐霜。后来才知道这款酒是简·杜雷萨为了纪念爱人玛格丽特而调制的,调制这种酒需要加盐,是因为玛格丽特生前特别喜欢吃咸的东西。再喝时,先用手指挤柠檬汁入口,再舔一口盐,满是淡淡的哀思。

后来,在老板的推荐下喝了一杯并不浓烈的Mojito,味道很清新,从舌尖的一点儿陶醉,到喉咙里很顺滑的感觉,慢慢忘记了世间所有的苦,所有的痛。

透过窗户,我看到海上密密麻麻的星星,我在想究竟哪一颗是你的眼睛。

一夜好梦。

我做了一个梦,重逢时刻:在嘈杂的街头,偶遇你与你的爱人、孩子。或许真有那一刻,我恐怕早就无知无觉了。因为我是个不信的人,不信世界,不信人心,不信守恒。但我却相信这场梦的真实性,相信冥冥之中必有注定,相信所有的相遇都是久别重逢。

爱琴海东岸的金色平原散布着希腊的荣光,沿途是古希腊的废墟,古老的城邦,年代久远的大理石沉默如谜。

我躺在海滩上,看着炽热的阳光下大片的原野,有棉花田、苹果林、橄榄林,山丘上有松树、橡树。在诗一般的海风里,我遥望原野,想——如果有来生,定要做那原野上的一棵树。我将恋爱着如歌的四季。

我想起了我们最爱的Stefanie的《天黑黑》:"我爱上让我奋不顾身的一个人/我以为这就是我所追求的世界/然而横冲直撞/被误解被骗/是否成人的世界背后终有残缺。"我突然就这样大声地唱起了歌。我们再也没有机会横冲直撞,被误解被骗。

抱着冲浪板的赤身少年在我面前停下,好奇地打量着我。

躺在海滩上那个棕麦肤色的高挑女子也伸出头来。

莫名其妙地,我竟然给叶洗心寄了一张明信片。我还记得,他离开的时候窗外还盛开着满地寂静的鸢尾。他有抑郁症,抽了很多很浓的烟,服用大量的镇定剂。

我在明信片上誊抄了仓央嘉措的诗：

那一刻我升起风马　不为乞福　只为守候你的到来

那一日垒起玛尼堆　不为修德　只为投下心湖的石子

那一月我摇动所有的经筒　不为超度　只为触碰你的指尖

那一年长磕山头　不为觐见　只为贴着你的温暖

这一世转山　不为轮回　只为途中与你相见

尽管我知道他可能永远也收不到。

但是佛说：万生皆法，皆系缘分，偶然的相遇，蓦然的回首，注定彼此的一生，只为那眼光交汇的刹那。缘起即空，缘生已灭。

所以，我相信，他已踏上了朝圣的路，去觐见自己的信仰。

就这样吧，我也该回去了。

念安。

叶云清

于伊兹密尔

2013-09-12

亲爱的米拉：

我要走了。

我爱这个国家，就像你一样。那是文明在历史中受难的伤口的颜色，又有时间赋予的触目惊心的结痂。——土耳其。

"你的名字叫红"。

你知道为什么我如此痴迷于悲剧？那是因为，悲剧的结束意味着开始，一个幻想的开始，而太过完美的结局令我压抑。

可是至今我还是接受不了你的离去。

我依旧记得那时候，一条条关于失联飞机新闻上的每一个字眼。

　　每一次手机铃声的响起都让我误以为是你的到来。我坐在家里，关掉一切与飞机失联有关的报道。只是看着以往的照片。

　　那时的你是那么的优秀，你永远是别人关注的焦点，对所有人都好；你练了十几年的琴，指尖肉都是平的，你告诉我，电视剧里那些指甲修长的弹琴者，是在做戏；你最爱冬天的海和天，说只有那时才可以开阔心胸，你最喜欢土耳其，因为在那里承载了一个帝国的兴衰。

　　等我翻到最后一张毕业照时，我知道我已经失去你的音讯整整一周，我们不是说好你到了伊斯坦布尔就给我发清真寺的照片，我们不是说好你要给我带恶魔眼和伊斯兰少妇的头巾。

　　是的，你忘了。

　　我告诉过你我害怕失去，所以不敢拥有，不敢相信，一直伪装，一直逞强。可你不是答应过我，一定会留在我身边，直到末日。

　　你说过你会一直牵住我的手，把所有的忧伤、孤寂转变成关怀和热忱。你说我们永远不会别离。

　　有时候，命运真是讽刺。


　　我没有接到你的电话，也没有收到你发来的照片。

　　我打给你电话，却迟迟按不下手。

　　我以为是你忘记了我们之间的约定，我以为是你睡过了头，我以为是你看海忘了时间。

　　我一直都在找借口，为你，或是为自己。

　　可是米拉，我没有等到你的回复。

　　我有多么希望是报道失误，或只是搞错了飞机的航班，或者你根本没有坐那班飞机。可是最终只是证明这是无法改变的自欺欺人罢了。我真的无法呼吸！那刻，我的脑海全被你占据。

　　你永远也不会知道，我的心有多痛。

　　我有时候在想，是不是因为你太过完美，让神嫉妒。

　　后来，我拿起了我很久都没有碰但是你一直都很想听的大提琴。我还记得我曾经对你说,大提琴太高贵了,我怕拉得不好亵渎它。现在我每天都在练琴,我希望在你回来的那天,你能听到一首完整的埃尔加e协奏曲。

但我们已经四年零二十三天未曾见面。我不知道你是否活着。

这么长的时间以来,我的身心就像是被抽离。所以,我渐渐习惯走盲道,也只有在走盲道的时候,脚底的一阵抽搐,才恍然明白我活着。在这个陌生的世界里,我就像死了一般。

我知道,一些人离开是没有归期,一些人离开是永不再见。如今,我一个人留在原地,怀念记忆,或等待奇迹。

米拉,请原谅我的放逐,就像我原谅了你爽了我们一辈子的约。

米拉,我要离开了,离开这个美丽的国家,离开我们共同的梦想,离开我们的追逐。因为,你在我的眼里看到了爱琴海最美的海和最高远的天空。

我知道,你一直都在。

所谓天下没有不散的筵席,我不知道我们是否活着。记忆整饬而林立,但我们都知道,它们曾经是这样温暖而柔软的快乐。

我只能说,这一次我们拼力而为没有输给时间,亦没有输给世情,输给的只是天意。所以,就让我们最后唱一支歌,唱给我们的昨天。因为我们没有料到我们的今日,亦不会知道明日。

感谢上天,让我在最美的年华遇见最好的你。

念安。

叶云清

于机场

2013-10-29

# 离 去

宁波市鄞州高级中学106班　刘　镕
指导老师：刘云艳

我不是会写题记的人，但这次是有些要说的。而以下是以我父亲的经历写的，所以——

献给我父亲。

——题记

## （一）

外祖父去世了。

母亲哭倒在他身上，失态地嚷。

"啊爸爸！爸爸！……"

路过的医护人员都离得远远的，一副医院常态的"节哀顺变"。

我也站得远远的，感受到了一种母亲压抑了多年的情感迸发的气氛。

嗅着死亡席卷过来的毫不留情，我想我绝不会让父亲沦落到这般境地——至死才博得子女的一番交心。

哈，真是讽刺。

## （二）

父亲半靠在凄惨的白色枕头上，伸过手去够桌子上的眼镜。手指奋力拉两三下。

"啪"，眼镜坠毁在地板。

我走进病房，轻轻屏住呼吸。消毒液的气味比垃圾箱里腐化的厨余还要令人难以忍受。

"爸，我拿去修。"拾起眼镜，我抬头望他一眼，"水果放这了。"然后，转身，快步走开。

"不准！"嘶哑地怒吼。

"听我说说话吧……啊？"完全相悖的颤音。

我转过身，抿住嘴。

父亲双手撑起身子，换了一大口气，微微直起背。

"我就想说说话……你弟弟他还小……有些事啊，"他顿住了，眨了眨眼，"他根本……"

"我知道。你到底想说什么？要是说你所谓的不允许，我不想听，你现在可是管不了我！"我欲离开。关于那些父亲对我冷嘲热讽的记忆通通找到了我。

"我没看出你有什么本事！"曾经的父亲指着我，瞪圆眼睛。

"我见过的事情总比你多，你这样到社会上混根本活不下去！"曾经的父亲说，敲着餐桌。

"你让我很失望……"曾经的父亲冷声道。

不要再想了！我对自己反复喃喃。脑内的重播渐渐停歇。

父亲的目光略有讶异，各色的光在他灰旧的眸子里忽明忽灭。"不，不是。"父亲缩着脖子微微摇头，"我只想说些往事。"

真是反常，怕是人老了，就容易怀旧。

"以后……，以后是没机会了。"声音顿时低下去，低下去。

"……"一时无语。我坐下，面无表情地看他。

父亲像是得了一个梦寐以求的慰藉，似乎是陷在白色里，他开了口。

"四十多年前吧……"

（三）

在去北京的火车上，我有些盲目。

是那种身不由己地被人生短暂的准备期挤出去，忽地要面对社会了的那种人的盲目。我甚至不确定自己是否应该继续下去，隐隐地有什么在告诉我必须要去,而且还微笑着明确地补充道:有转圜的余地——认命,以及回头。

远方的风景同家中相差无几,倏地冲刺过来,擦过绿皮火车的窗户。除了一望无际的田地,零星的茅屋,偶尔蹿天的鸟,什么都没有。灰色的阴天闷声不响地沉寂了所有繁杂——包括窄到一人通行的车厢过道上的叫卖声,卧铺上幼儿不适的啼哭声,从四面八方涌来的火车行驶声。它们灰灰地压下来,铺天盖地的,似乎要阻止火车的前行。

快些,再快些。我几乎是恳求地希望火车能够带我走,逃着走。但是身后的一切犹如羁绊牵扯着我,心便有些退却。明明离开的是我,反而有一种他们离我而去的感觉。

熟悉的画面闪现,父母的音容笑貌与兄弟姊妹希冀的眼神。

"你是大哥,去大城市看看也好噻。莫给我老刘家丢份!"和老农民父亲在车站边上分别,在我踏进火车口的一瞬,他中气十足地喊。

阿爸,我会的,一定会的。

不能够回头啊。读书和种地,不去读书就去种地。我不甘落为平庸的农民,接受宿命般劳作的事实。只有读书可以改变命运！我一直这么坚信,所以现在是我以读书而赢得的新的命运。这份工作我一定要好好做,我只能好好做,出人头地！

（四）

礼堂的钟声敲响,现在是 1995 年 1 月 1 日 12:00,离开家乡快满两年了。

我站在天桥上,桥下涌过来的车辆是野兽的舌头,两旁高楼是尖牙,困住我,咀嚼我,吞噬我。然后,再涌至公路末端,闪光地消失在远方。

北京,以她厚重的历史,暗动的波涛,浑浊的浮华,复杂的简单,成功地将我丢掷于社会的底层。她金碧辉煌地半坐半倚在榻上,纤纤细手撑头,朱唇微启。没有人,至少不是我,可以征服她。我勉强算个蝼蚁,匍匐在她面前,只能仰望,微不足道,仿佛生该如此。

真想一头猛扎进去，一了百了。

我躬着背趴在栏杆上望远，腿边靠了些又没推销出去的针织衫。

现在真是适合说那句话啊！

热闹是他们的，我什么也没有。

要是再来支烟就更好了。只可惜我不会抽那种东西。不是不想而是太贵，我负担不起。大部分钱被我寄回去了，能省下来的全部钱都攒着，妄想着有一天在某个有发展前途的城市，买套房子。我已经清楚地明白，北京太深，我根本没条件在这里创造前途，像我这样的异乡人多了去了。尽管我拼命地跑推销、拉客户，同大百货商场里的经理说好话、送礼，得到好一点的摊位；尽管我起早摸黑，在大北京里穿梭，匆匆忙忙；尽管我努力地改掉了乡音学得了京腔；尽管我学会习惯白眼、讥笑、议论……我想仍旧是远远不够。

北京人室友问我为什么这么拼。

"因为我一无所有啊。"

临近的影像店换了一首招揽客人的通俗歌，是粗糙且爆发力强劲的男声。"……我想要回到老地方，我想要走在老路上……"

不经意这一句最清晰地被我听见。我提起脚边的旅行袋，疯了一样地出现在影像店前。

"……老板……这，这什么歌？"

"这个啊，崔健的《花房姑娘》，"老板在CD围堆的高墙里仰起头，轻快地应声，顺手递过一张卡带，"喏，您也喜欢呐！"

我接过细看，那一眼我就决定买下它。

再翻到背面，上面手写的价格给予我一个措手不及的冷嘲热讽。

我缩着手颤巍巍地放好卡带。算了，没卡带机也没法放。

"哟，小伙子，不要？"

我回以苦笑。

"啊呀，小伙子。"他从细框眼镜底下打量了我一下，大概是看到了我的旅行袋，略带同感地叹了口气，"……您甭担心，今儿这卡带算我送了您的!"

"这事儿我干不了。谢了您的好意。"我摆摆手。

"嘿,您还真是不开面儿!"老板笑了,往我手里一塞,"我又不吝这点儿。"

"真……谢谢了您!"

"嗬,多大点事儿。过意不去就常来啊您呐!"老板埋下头,捣鼓他的碟子。

我攥着卡带,低头走向职工宿舍。不知怎的,突然有了一丝丝归属感。抬头望望被霓虹映得锃亮的蒙蒙夜空,默念着卡带上的一行字。

"《一无所有》……"

身旁一辆桑塔纳闪着远光灯呼啸而过。


<h2 style="text-align:center">(五)</h2>

我认识了小卢,一个印花厂的女工。

干干净净,娴静少言。

联系样衣的时候,她是负责做样衣的。

我没想到会有这样一个开始。

"爸,在我妈之前,你还有爱情故事啊。"女儿坐在我面前打断道,较有兴致的模样。

"啊……"

有多久了呢?像这样听我讲话的场景,有多久没有出现了?

我自认为是个好父亲,为使子女能拥有优秀的品格,有个安定的生活,我竭尽一切都去做了。到头来,女儿说我从来都不懂她。我只觉得窝心,造孽啊!

卧病在床才换到了零星辰光的讲话,可不可悲我并不觉得重要,而值不值得最终会有答案。

有强烈的咳嗽的欲望,终是没忍住,瞥到女儿的表情我紧接着讲了起来。就当作谈话中不自然的过渡吧。

292

"她头发不长也不短,样子应该是清秀,声音也缓缓的……啊,还有她穿着一件素色的印花短袖,标致极了。她是从与我同省的L城来的,和姐姐一起来厂子里做活,比我晚一个年头到北京。后来我常去那个厂子拿衣服……就有点熟悉了。"

"然后我一直保持着有点过的友好的态度,在心里存着喜欢……我哪知道什么谈情说爱的,跑推销的事情多得不得了,吃饭见面哪有时间精力……还有钱。"

"那……后来呢。"

"后来?……没有后来了。她说家里硬要帮她说媒,得回去了。她走的那天我借口老乡情分送她到了去火车站的中巴车站,在中巴车站的树荫底下目送载着她的中巴车咕噜咕噜冒着烟开走。……现在还清楚地记得起这辈子头回尝到那种酸涩滋味。

"呵……当年为这写了一首诗,叫什么什么《北京车站别小卢》……为了一个词我翻破了字典。现在这首恶心诗就那个成语我没忘——痴男怨女!……然后好几天没怎么讲话,有工作非要去那个厂子就托人代去……现在想想,其实人家就没对我有想法,都是我空想了一番……

"但是我不后悔啊……除了发闷子的时候坐在宿舍下铺捧着卡带呜呜咽咽了两下。求着潇洒哥……欸之前那个北京人室友,用了他的卡带机放了《一无所有》。小卢走了,我的念想少掉一大块,更加一无所有了。潇洒哥嘲笑我。

"'看你那怂样!跟闺女似的!一无所有了才能有拼劲儿去争取别的呀。'

"我没理他也不想说话,默默地将卡带机的声音调到最大。结果招来了几个打门投诉的。潇洒哥一把将他们挡出去,留我一个人在宿舍里……

"最后我想啊,这就是种成长。我就决定老了以后一定要讲给我小孩听,一无所有了才有拼劲去争取你想要的……还有,你的念想要在自己身上。"

我盯着女儿的眼睛说。

（六）

我父亲从来没有讲过这么多话。

至少大多数时候他都是沉默的,对我和我母亲。我以为只有到对我和我弟弟说教的时候他才会滔滔不绝。

现在他稍稍挺直的背,颧骨上泛起折皱着的红光让我分外心酸。

以前我说,我父亲根本不懂我。

现在我说,我何时懂过我父亲?

父亲继续着他的叙述,加快了语速。他是要把他经历的事情都告诉我,就像是再也得不到机遇了一样,将一切的回忆、珍贵的情感源源不断地输进我的大脑。

说实话,我在惶恐,像惶恐将要离世的老人回光返照而大谈往事,将未托付的事情交给别人然后撒手,一去不复返一样。

我怔着久久没有反应。

父亲感觉到了什么似的顿了顿。

"你……还是不愿意听我讲话啊。"

"也是啊。"

我垂下头,没有解释。也许就此打住会好一点,我想,我不适合煽情的场合。

不是的,不是的!

我是害怕啊,怎么可以让父亲这么说完然后就离去呢?

我又抬起头——看见父亲几近无力的表情,我忽然意识到我卑鄙得可怕。一个让父亲露出心寒混杂无奈的表情的人,究竟是为什么而存在?

"不是……那然后呢?"我回答,声音竟哽咽。

"后来,后来我打算离开北京了。那虽然是个很好的城市,但我不适合她。打听到单位里有个调职的机会,我求着得到了。嗬……我告诉你,在外边都是要有求于别人的! 不管什么身份总是相互帮衬帮衬才有的,所以别人有求着你的时候要好好利用……我后来就打电话给新单位的黄主任，为了搞到个好职位。"

"我赔笑地问，黄主任您好！我是要从北京S厂调过来的小刘啊！请问一下……。我没说完就马上被打断了。他用江浙一带的口音或普通话吼，什么什么，你说什么。我继续赔笑，我说，黄主任我下个月要调过来的……"

"'侬什么人啦？问什么问啦！谁有时间管你的事情！'"

"'欸，黄主任，实在麻烦……'"

"'啪'地电话挂了。我心里那个恼火啊，什么鸟人！等我哪天爬到他上面去了，要给他看点脸色！咳咳……当然，后来我没有这么做过。轻狂的时候太傻了。想想看，肯定会有再求着人家的时候嘛……"

说着，父亲笑了起来。

我看不懂他的笑容，太深沉了。

父亲又咳嗽几下。

"爸……你先休息会吧……明天你接着说，啊。"

"那，你有空来吗……？"

我搀着父亲，铺平枕头，让他躺下。

"有空……有空的。"

我拉开门，父亲有些急促的干燥的声音传来。

"崟崟，从你出生起……真的，你一直，让我很骄傲。"

"嗯。"

"你做什么事情，都想想你爸爸年轻的时候怎么做的。不说它好坏，总之你好好想想……得有个人先走过一遍告诉你他一生里看过什么，想过什么，做过什么，然后你啊，再自己走……一个人走到遥远的地方的时候，只要想你爸爸我也是这么过来的，也许就不那么寂寞了。要如何去走，是你自己得自己决定的，我……再也说不了什么了……"

"嗯。"

我阖上门，站在门前没有动。

终于等我挪动步子的时候，眼泪已经模糊在白炽灯里。

医院茫茫白色的走廊远方，有一个人站在那里，提着瘪瘪的水洗牛仔布旅行袋，攥着一块盒装物。然后他转过身朝更远处跑了起来，很快很快。以至于我未反应过来，他已经消失不见了。

我知道的，那是我父亲的温柔。

我迈大步子，不自觉开始跑起来，越来越快。

走廊上擦过肩的护士转头唤道："那位家属，请不要在走廊上跑，影响病人休息！"

"啊对不起，我会好好走的。"我说。

# 年轻的模样

杭州外国语学校201班　王敏学

玛姬睁开眼,看到床边那个垂垂老矣的男人,伏在她手边,睡得像个婴儿。窗外的阳光正好,听得见知更鸟在不停地叫唤。玛姬记得有个人告诉她,有种鸟叫作鹧鸪,如果鹧鸪叫了,那便是要下雨。可惜玛姬从未听过鹧鸪的叫声。若是听到了,她想,下场雨也挺好。这儿不常下雨,为什么鹧鸪不叫呢?

玛姬转头去看窗外的天色,院里的泡桐已经长得很高。什么时候它长了这么高,玛姬想,她明明记得这株泡桐只是棵小树。难道泡桐树和竹子一样,喜欢疯长吗?

楼下传来几句人声,太快又太轻了,玛姬没听清,却大概懂了个意思,约莫是小狗清晨出门遛弯儿,狗链没拴好便飞奔了出去,主人笑骂了两三句。玛姬惊讶于自己的中文竟有这般好,想来这几个月的苦功没有白费。小狗欢快吠了两声,听起来像只吉娃娃。玛姬喜欢马努比阿犬,听话又俊俏,可哪里都买不到。那个人后来送了她一只金毛,她给这只狗取了个名字,叫霍金。霍金呢?若是往常这个时候,霍金早扑上来,用鼻子尖顶她的脸,她会笑着把霍金抱起来,走到厨房,给霍金盛上满满一盒狗粮。霍金总是急不可耐地从她怀里扑出去,一边甩尾巴一边吃,还把浅棕色的颗粒弄得到处都是。玛姬笑了,霍金现在还是只小狗,不知长大了该多么贪吃。

玛姬侧耳听了听,霍金也许还在睡吧。昨天晚上闹得太欢……

"嗨,早安。"老人醒了。他直起身子,微笑着看着玛姬。玛姬很喜欢这种温和的笑,像中国古典的水墨画,清清雅雅,干干净净。玛姬想象过很多次,当自己和那个人都老了,他们的头发褪成一样的白色,皱纹生满脸颊，但她一定可以认出他，凭他温和的笑和带着水光的黑色瞳仁。玛姬最喜欢他的眼睛了。玛姬想，如果宋真的老了，一定是这个样子。

"嗨。"玛姬觉得自己的声音有些怪，她觉得这大概是因为这两天睡得太晚，工作堆成了山，她有时候真弄不懂中国的老板。

"早安。"玛姬向老人报以微笑。她又想了想，问："您是——？"

玛姬知道自己是第一次见这位老人。

而宋却记不清这是第几次被玛姬问住。

# 魔　石

诸暨市浣江中学813班　方叙尹

## 楔　子

好无聊啊。

坐在秋千上晃着双脚,我抬头呆呆地看向天空,一群乌鸦正从头顶飞过。妈妈又出去办事了,还带上了飞帚,就留下我一个人在家里。真是太不负责任了,什么巫师比得上她可爱的女儿? 哼。

跳下秋千,我稳稳踩在魔力化出的地毯上,不如趁妈妈不在去外面玩玩。嘻嘻,好久没去看丽拉阿姨了,还有乔娜,从没跟她好好打一架呢,明明和我一样只有五岁,魔力也不比我高,却总是敌视我,真麻烦。

“小落。”花丛忽地动了动,我疑惑地打量突然出现的身影,“你是谁?”她抚摸手中魔杖上的蓝色魔石,一步步走近,浅笑低语:“你很快就会知道的……”

皱了皱眉,困意很快涌上来,我呢喃出记忆中最后一句话:“真困啊……”

## （一）

我睁开了眼。

“小落,该起床了。”轻柔的声音从浅紫的花海里穿过来,熟悉而又陌生,我忍不住一阵恍惚:有多久没见过她了呢?

坐起身,床单上的花瓣和声音一起飘落,消失在地板,被一盆清水取而代之。水面上面容模糊的少女叹了口气,草草洗了把脸,一把抓起倚在床边的飞帚,从窗口跃下。

身体微微下坠,随后快速升起。我回头看了看从窗口飞出追来的早餐——牛奶已洒出了一半,白色液体还有继续倾倒的趋势——更加坚定不移地向前方飞去。熟练地避开迎面撞来的乌鸦,身下传来闷闷的声音:"你又没吃早餐,真不怕饿死?"

"嗯。"

声音顿了顿:"你……还是没去看她吗? 她毕竟是……"

"不是,"我迅速打断了它的话,"她不是我的母亲。"

## (二)

这里是魔法的国度。

法力高强的巫神统治着这里,拥有飞行马车的巫师相对于人类社会的贵族;骑着飞帚的学院学生横冲直撞;平民在楼房里奔走,他们大都是人类,追求着魔法来到这里。还有,在最阴暗角落潜行的……

魔法,听上去很神奇,不是吗? 但可惜,虽然学会了魔法书上所有生涩饶舌的咒语,我也无法实现我的愿望,最简单的愿望。

也许,那需要改变整个世界。

轻轻跃下飞帚,毫不意外地听到身后传来嘲讽的声音:"哟,这不是石使的女儿吗,一点魔力也没有还敢来上学? 怎么,又来丢你母亲的脸了?"

巫女巫师的魔力都来自魔杖,而魔杖上的魔石才是这个国家最宝贵的财富。石使,穿梭在地狱之间,采来原石,再用日日夜夜的打磨,唤醒石头里深藏的魔力。那是更低于人类的存在,那是,我的母亲。

脊背僵了僵,我费力转过头,望向乔娜深红的双眼,以及其中满得快溢出来的鄙夷。她是巫女的孩子,光彩耀眼,与我截然相反。

心脏传来阵阵钝痛,似乎有什么正在苏醒。张了张嘴,我颤抖地发现竟无法控制自己的声音:"你,不配这样说。"

时间应该停止了一秒。我扫过乔娜及她身后追随者呆滞的表情,惊讶于这次爆发的同时还带有一丝畅快。内心微微苦笑：或许我该施个影像留存魔法，以备后人瞻仰这珍贵一刻。

反应过来，乔娜挑了挑眉，手中魔杖成型，眼中涌起滔天怒火："你知不知道你在说什么？"

我闭上眼："你，不配。"

比疼痛更快击穿我身体的是清浅嗓音："住手。"我震惊地看向那天籁的主人：她高贵挺立，黑纱拦住所有想要窥探的视线，一双蓝眸，便已美得不可方物。

乔娜早已收敛浑身气焰，低头道："母亲。"

母亲？我陷入迷茫，乔娜的母亲是地位仅次于巫神的巫女，她叫——丽拉。

待我回神，周边人已散尽。该上课了，我这样想着，却仍不愿挪步。整个脑海中，只余下丽拉看我的最后一眼。

短暂，而别有深意。

## （三）

回到家，我扑倒在深紫色床单上，又很快爬起，盯着窗缝里泄进的月光。丽拉，丽拉，这名字这样熟悉，眼眸如此亲切，我却怎么都回想不起。愣愣地把头贴到墙上，隐隐听见隔壁传来念动咒语的声音——那是母亲在打磨魔石。我一直非常讨厌这声音，今夜听来，却格外亲切，连心跳，也归于平缓。

一夜好梦。

迷糊着挥开花瓣，看着千篇一律的早餐，我竟鬼使神差地拿起一片面包放进嘴里。还是这么难吃。撇撇嘴跨上飞帚，直冲出房间的我忽略了身后打开的房门，还有黑暗中一对欣喜的眼睛。

"从后门进去吧。"

"你怕被乔娜打？胆小鬼，当初就别说啊。"飞帚上下摇了摇，我确定听见了它的笑声。狠狠打在帚柄上，我尖锐地叫出来："我才不是胆小鬼。"又叹了口气，我陷入深深的懊恼：都忍了这么多次，这次怎么就……

"小落。"清浅的声音从前面云朵里传来，我一惊，连带着飞帚差点直坠下去。摇摇晃晃地升起，我有些尴尬道："丽拉大人……找我有什么事吗？"

声音明显地带上了笑意："叫我丽拉吧，至于什么事，你先上来再说。"

云团散去，展现在我面前的是豪华的巫女专属马车：白金车身，云朵滚动成圆满的车轮，四匹飞马高傲地挥动洁白的双翼。还来不及惊叹，一阵微风就把我推进了车门——或者说是同样用云雾制成的门帘，丽拉优雅地坐在软垫上，隔着面纱冲我笑了笑："坐吧。"

我受宠若惊地坐下，丽拉把手上正在把玩的魔杖递给我，指了指顶端湛蓝的魔石，轻声问："你知道魔石有强弱之分吗？"

最强巫女秘密叫我来就是为了问我基础问题？我想了想："以原石本身的魔力来划分等级？"

她点了点头，递给我一个精致的盒子，声音带着轻微的低沉："我为我女儿的行为感到抱歉，这是给你的礼物。"接过盒子打开，我确认我以最快的速度捂住了嘴——在盒底花纹中央，躺着拳头大小的宝石，被阳光照耀而闪现变幻莫测的紫光。

"丽，丽拉大人……"我感觉舌头有些不听使唤。脑中迅速整理了一遍有关知识，确认自己没有记错：魔石魔力等级通过颜色识别，蓝色最佳，红色次之，橙、黑、绿等依次排列。然而魔法书中写，蓝色之上还有紫色魔石，为神之色，起死回生，无所不能，自第一代巫神之后未再出现，是为传说。

我相信自己眼神足够困惑："这就是传说中的……"

丽拉点点头："是的。""我，我不能……""我说了，这是礼物。"丽拉的眼眸又恢复了初见时的幽深："而且，它本来就是属于你的。"

## （四）

这是一个很短的梦。

梦里有我的母亲。她戴着华美的金冠，眼神清澈，没有如今的沧桑与白发。

雪白花朵挤满了整个摇篮，我看着花海中睡颜甜美的婴儿——那是我。母亲脸色悲痛地举起魔杖："我的孩子，你会失去所有魔力，但是……"轻柔的吻落在婴儿额头，"我能护你永世安康。"

魔光大盛。

我惊叫起来，猛地坐起，茫然环顾四周。还是学校的草坪，我睡着了？拾起身边的紫色魔石，面容古怪：那只是一场梦，还是说……跳上飞帚，我沉声："去见母亲。"

心脏依然刺痛，视线模糊，像是回到了十年前的雨落。

"为什么你是我的母亲，这都是因为你！没有你，我不会没有魔力，受人嘲笑！你不配做我的母亲！""小落……""不要叫我小落！"冲进雨帘，我忽略了至亲之人脸上的神情。此后，我再未见过母亲。

母亲，你为什么要这样做？

我捂住胸口倒在飞帚上。心里是积累十年的冰寒。

给我答案。

还未到家，就远远看到天边蓝紫交错的闪光。那是什么？我忍着胸口越来越剧烈的疼痛走过去，骤然睁大了双眼。

母亲，如梦中一般的母亲，华服金冠，但面容同样熟悉温暖。还有……

丽拉。

"小落！"母亲的惊呼声中，丽拉转过头看着我："你想起来了？"她姿态优雅地放下魔杖,身旁蓝光消逝,"可怜的孩子,想知道真相吗?"

心脏收紧,我忍不住痛呼出声。脑中涌入无数记忆,或是说,真相。

母亲和丽拉是王国中魔力最强的巫女,也是巫神候选人。丽拉为了登上巫神之位,在十年前向我下了毒手。母亲为了救我,冒死偷出第一任巫神的宝物——紫色魔石。她将魔石分成两块,一块封存我的记忆,一块保全我的生命,将我的自身魔力与魔石魔力融为一体,为保护我,母亲废我全身魔力,宁愿被我误解。然后,为躲避巫神追杀,她化身石使,不复往日光鲜。

我眼中泪还未落,就见丽拉轻执起一块紫色魔石,而母亲尖叫一声向她扑去,身体却被蓝色魔光直直穿过。血渐渐漫到脚下,我呆呆看着丽拉向我走来,笑着说:"小落,你母亲死了,怎么样,做我的女儿,帮我实现愿望?"

心脏忽然不痛了,开始一寸寸向外散发紫光。我看着丽拉的笑容忽地呆滞,耳畔传来声响:"孩子,你想实现什么愿望?"

"你是魔石吗?"

"是。"

"那,请让我至爱之人归来,让她忘了我。"看着血泊中我的影子一点点变淡,眼中紫色一点点消散,神色淡然。

"还有,让这个世上,没有魔石。"


## 尾　声

"妈妈!"女孩跑过长长的走廊,扑进那个等待已久的怀抱,仰起头,深紫眼眸带有初生孩童的明净。"妈妈,什么是魔石啊?"长满金色卷发的脑袋歪了歪,是像极了撒娇的动作,年轻的母亲笑出了声,而后宠溺而耐心地缓缓讲述:"那是还有巫师能操控魔法的时候,嗯,就是我给你讲的那些故事啦,魔石是他们操控魔法的工具,魔石本身也有魔法,但几年前,不知为什么魔石都消失了,人类推翻了巫神的统治,建造了自己的城市……这故事都听了好几遍啦,妈妈给你讲新的吧,嗯?"

女孩低着头,陷入了沉思:"唔……就是说现在没有魔石了吗?"

"是呀,不要再做梦啦,回家吧,妈妈做了草莓蛋糕哦!"

跟着母亲向前走,女孩悄悄把手伸进衣袋,有些犹疑地想:妈妈都说了没有魔石,那它就是块普通石头了,应该扔掉。可是……掀开袋子一角,黑暗里立刻闪现出紫色的光芒。金色波浪小幅度摇了摇:真的很漂亮欸,还是留下吧,偷偷藏起来,妈妈不会发现的。

打定主意,女孩轻轻笑起来,母亲偏过头跟着微笑,全然没有注意到女儿身后长长的影子里,在心脏的位置,闪过一抹紫色的光芒。

# 感恩是一种疾病

平阳中学高二(2)班　王晴晴

指导老师：王海宇

## 艾　娃

艾娃抬起头看了看这座被人戏称为审讯室的办公大楼,大楼外侧悬挂的巨大荧屏及时传输着围墙周围发生"感恩派暴动"事件的新闻,其余部分的反光玻璃则把她的目光一块一块地反射回去,她看着自己的影像出现在玻璃幕墙上:略圆的脸、不太苗条的下半身——典型的美国小妞。

两分钟前安娜姑妈把她"泊"在这里,再三叮嘱她把手里的咖啡丢掉,然后开着她的小金龟绝尘而去。

"禁止在评估前饮用含咖啡因类物质的饮料。"——白底红字的公告映入眼帘。

但天气是毫不留情的!艾娃想,她把还未开封的咖啡放在了倚墙蹲着的一尊"石像"旁,灰溜溜的"石像"竟然颤抖了一下,从上端的某处射出一点光彩,以示"它"是个货真价实的人。"谢……谢。"他说了话,声音就像是巨石滚动在山洞里。

评估的队伍不长,或许是因为天气。艾娃走进评估室时,房间前部迅速投射来一束目光。

"请坐。"坐在靠背椅上的女人说。艾娃在两个身着黑色警服的警卫的带领下,在房间正中央的一张黑色扶手椅上坐下。这是每个青少年都要经历的——艾娃这么安慰自己。

"你的名字。"显然不是问句。

"艾娃。艾娃·史迪尔。"

"年龄。"

"17周岁。"

"你很快就该注射疫苗了。"女人一边低头细细查看艾娃的档案,一边对她说。她的目光扫到父亲一栏,那里后面的空格中用加粗字体印着几个字:心外科医生、政治犯。她眉头一聚。

"你,对你的父亲怎么看呢?"女人抬起头定定地盯着艾娃,仿佛想从她长着小雀斑的脸上看出些什么。

"哦……这……"艾娃脸上悲伤的表情转瞬即逝,"他是一个很慈祥的人,我母亲去世后,他一直尽心尽力地照顾我……他教我组装机械,让我爱上了机械,他……"说着说着,艾娃仿佛陷入了回忆。

在她还很小的时候,父亲是享誉全国的心外科医生。那时候她总会依偎在父亲的怀里问东问西,而父亲却一直耐心地微笑着,一一解答她的问题。诸如那只叫亨利的小狗会不会得心脏病呢? 院子里的野百合是凭空长出来的吗……

她还以为她能一直这样,陪着父亲到老,直到他老糊涂了,再来问她同样幼稚的问题,那么她也可以抱抱他,告诉他答案了。可是后来一切都变了,新党执政,强制注射疫苗……

"那是他的义务。"女人平静地打断了她,"他不这样做的话法律会制裁他。"

"但他的确是一个明事理的、值得感激和信赖的好父亲。"

"史迪尔小姐——"女人抬高了声音,"容我提醒你一句,你对一个政治犯的态度让我很怀疑你的立场。"艾娃的脸"唰"地白透了,抿着唇不再说话。

"你过过几次感恩节。"

"五次。在我……父亲还在的时候,有时候我们会烤火鸡。"

"犯错的次数也是少见的多啊。"女人瞥了她一眼,"这种处于灰色地位的节日……"她拿着墨水笔,在纸上"评估结果"一栏中顿了顿,最终写下了"重度感恩症,建议立即提前注射疫苗"的字样。

艾娃不知道自己是怎么走出评估室的,也不知道什么时候她身边的警卫只剩下一个。他的确长着一张很讨女孩喜欢的脸,湛蓝的眼睛和洁白的牙齿……先前,艾娃偷偷多看了他一眼。

"来评估的人千千万万,我还从没见过你这么傻的人。"见艾娃投来不解的眼神,这位警卫眨了眨他迷人的蓝色眼睛,"别人心里也许也有些'不合法'的念头,但从不像你那样直截了当地说出来。这下可好,你或许明天就该来扎上一针了。"艾娃被他戳到痛处,顿时好感全无,也愤愤地回击:"哦,是吗,警卫先生? 可是要我说,我也没见过你这么嬉皮笑脸、吊儿郎当的警卫,或许明天他们会把你降职,调去哄不听话的小孩扎针哩!"

"但愿!"警卫笑着向艾娃挥手,因为她早已快步气冲冲地向大门口走去。

外面不知什么时候下起了大雨,艾娃撇撇嘴,把自己的斜挎帆布包举起来,打算用一回帆布雨伞救急,可当她推开门走出去的那一瞬,一把伞被递了过来——这把伞很破,说像是至少被使用了十年,真的一点儿也不夸张,因为它几乎看不出原来的颜色了。

艾娃下意识地接过来,那人松了手,走远了几步又转过来笨拙地打了个招呼——哦,是"石像"。他看起来没有蜷缩着那样萎靡,虽然蜷曲的胡子几乎抢占了他脸上所有可生长的地方,而后头的皱纹又不甘地冒出来,但那一双灰色小石子般的眼睛还是散发着奕奕神采,他手里还拿着那杯咖啡——艾娃给的。

艾娃朝他咧嘴笑了,突然,她的手机铃声大作。


## 特蕾莎

昏暗的房间里,特蕾莎窝在沙发里等待着琼斯太太回来。或许她更应该称呼后者为母亲,但发展派是鄙视这样的孩子的——他们总是称自己的父母亲为某先生或某太太,称食物为配给物。房间里只有电视机还发着白光,屏幕上的州长正侃侃而谈。

"我建议让疫苗注射的法定年龄提前至十五周岁。科学研究已表明,感恩是人类的无用情感之一,感恩行为严重阻碍社会发展。它像枷锁,约束子女从父母身边离开,去创造更多的物质财富,拯救这个资源短缺、岌岌可危的星球。它让人们深有负担,让人软弱不堪……"特蕾莎摸了摸后颈上的针疤——那是注射疫苗留下的光荣印记。她笑了。

她踱到房间的另一端打开灯,拖鞋的声音在木质地板上格外清晰。她想好好看看自己的复评估报告。

"人人生来有生活的权利,也有义务用他们的全部生命支持新社会的发展,因此每一刻时间都不应该被浪费。利益关系是当下最稳固也是最重要的关系,创造和发展是迫在眉睫的任务。他们不应当被无用的情感和行为所束缚……"州长的演讲是那样地鼓舞人心,尤其是竞选将至的时候。

"他们不应当被无用的情感和行为束缚……"特蕾莎喃喃道,心中燃起了斗志:我是一个优秀的当代青年。

她对照着报告,开始一行一行地看下来:特蕾莎……女……十七岁……完全感恩免疫……

哦,艾娃今天的评估怎么样呢? 想到这回事,特蕾莎眼中闪起了好奇的光芒,她一把抓起电话开始拨号。

玄关处传来高跟鞋落地和钥匙丁零作响的声音——琼斯太太回来了,她身上带着一股没有温度的冬雨的味道,走进来的时候抖了抖她不太干燥的金发,好像要抖去一整天审阅青少年评估报告的工作的疲惫感——她是这一块的主管。

"哦,上帝。你们这些不老实的孩子。"她偏过头,似乎要回忆起什么,"艾娃·史迪尔。是你同学吗?"

"嗯,琼斯太太,我正要给她打电话。"特蕾莎低垂了眼,避免视线的交锋,这是她不知道从什么时候起的习惯。

琼斯太太看了她一眼,对这个称呼不置可否:"你,最好离她远一点,她的评估结果很危险,明天你要去的派对,她是不是也在。"语气中是质问。

"当然……没有!"特蕾莎脱口而出,脸却红了一点。她发现自己误触了拨号键，电话已经拨出去，她赶紧用手指连按几下挂机键，还好没有接通。

"真希望你们这些良好青年别学撒谎。"琼斯太太好像叹了口气，"别忘了她父亲的教训，吃饭。"

"嗯。"特蕾莎松了口气，坐到饭桌前。现在不流行祷告了，但是她想坚持这样做，琼斯太太也不阻止。

"天主，求你降福我们和我们所享用的食物，我们也为你所赏赐的一切感激你，阿门！"她用很轻很缓慢的声音说完。

神是我们唯一可以去感恩的。其余的感恩都是一种浪费。特蕾莎想，她从未像现在这样坚定过。

## 林 肯

林肯关掉广播走进父亲的书房，希望可以在某个柜子里找到仓库钥匙——明天在他们家的庭院里要举办烧烤派对，就庭院里那几张椅子可不够。父亲那铿锵有力的声音还回荡在他耳边，拥有一个与时俱进的州长父亲，多么令人自豪啊。林肯想着，嘴边浮起一抹微笑。

会在哪儿呢？林肯试图去拉动抽屉，它们大部分都能被轻易开启，但有几个上了锁的还是不愿"屈服"。林肯环顾四周，目光落在一个高底花瓶上。他走过去移开花瓶——

银闪闪的钥匙正静静地躺在桌上。这么多年的习惯，没有变。

半分钟后，林肯手捧一本奇怪的书站在父亲的办公桌旁。

说它奇怪，因为这本书的标题被人恶意地用签字笔涂去，边角还有被灼烧的痕迹。为什么会有这么一本书？

不知怎么回事，林肯的手心出了点汗。略湿的手指很快翻开了第一页，几个圆体字映入他的眼帘："论感恩精神的不可磨灭性。"

这是一本禁书。林肯听到内心慌张地判断。但他相信他的父亲，他把自己安抚下来，说服自己这或许只是个恶作剧。

他想把它放回原处，可他的手不听使唤地又缩了回来，一叠信纸不合时宜地散落下来,正面朝上。

"致我的挚友,艾尔伯特·盖茨。"这是父亲的名字。林肯心中大骇。"请你永远不要屈服。"——笔迹是颤抖的。

"人类需要感恩精神,人之所以为人,不仅仅因为我们能创造财富、发动战争、享受物质……还因为我们有各种情感,懂得如何传递爱。而感恩是人与人、人与自然与生俱来地表达关切极其重要的方式,人对自然不再抱有感恩之情,资源终究有一天会耗尽;对家人再没有感恩之情,人会越来越冷漠。家将不家,国也将不国。而新党所传递的理念无疑是要把这种精神驱逐出人类世界。"

"我知道你有你的难处,艾尔,因此你可以把我交出去,交给新党,但是我从内心希望你能抵制疫苗的大量生产,为我们崇高的不可磨灭的精神奋斗。"

……

信像是匆忙写成的,但匆忙之中没有慌乱,林肯觉得他的内心有一块被晃动着,晃动着,即将破裂或是跳出喉咙来获得新鲜空气。信末落款只有名字:格兰特。林肯对这位叔叔有着模糊的印象,在他还只有约莫七岁时,他偶尔会来家里做客,再后来,父亲成了州长,林肯没有再见过他。

书房的门把手突然毫无征兆地响了,厚重的木门发出"吱"的一声。

"你在做什么!"是父亲暴怒的声音。书和信件还未来得及藏起来,被林肯大刺刺地攥在手里。

"你都看见了什么?"父亲慢慢逼近,语气一下由愤怒转向了无边无际的平静,他伸出了他的手。林肯被这样的父亲吓住了,也一步一步地往后退,身后,落地窗被冬风吹开,雨丝不甘心地飞进来,再出去就是露台,无路可走了。

"父亲。"林肯不再后退,州长的儿子不能那么懦弱,林肯想。"我看到的只有这本书和这些信。但我希望知道它们是什么。"

艾尔伯特·盖茨用锋利的眼神盯着他的儿子。他不知道这个原本瘦弱的小男孩,什么时候个头蹿得竟比他还高了。

"我不想吵架。林肯。"艾尔伯特叹了一口气,"但我什么也不能说……"

"父亲!"林肯大声道,"你既然保留着这些东西,那今天你在民众面前演讲的,算什么!"

"胡闹!"艾尔伯特像是突然被点燃了,又霎时熄了火,放缓了声音说,"林肯,把它们给我。这些事情太复杂,你不懂。"

"你原来也是个感恩派,对吗?"

艾尔伯特的身体僵住了,他没有想到儿子会问出这样的问题。

"我以前从没有想过注射疫苗,消除感恩会有怎么样的后果,反正身边的人都在这么做。但是我看了格兰特叔叔的信,我觉得我反倒希望你是个感恩派……"林肯的脸色有些苍白,"他说的对,没有感恩,家将不家。你多少次去看祖母,都是例行公事,她的病……"

"林肯!"艾尔伯特咆哮着夺下林肯手中的书和信,"再多说一个字,你就给我滚出这个家。"

"家,你说这个家?"林肯嘲讽地笑了。

"注射过疫苗,全美国哪个人有家。"

林肯定定看了他一会,然后走出了书房。

林肯今年十七岁了,但他也才十七岁。艾尔伯特这样告诉自己。书房里,只有冬风还在说话。


## 艾 娃

一夜未眠。艾娃顶着黑眼圈出现在餐厅里时,安娜姑妈也恰好出现。

"没事的,小艾。别害怕,只是早点注射疫苗而已。"安娜姑妈平时是个凶悍的老姑娘,可此时却拍着她的肩安慰道:"不会有事的。"

"我不想注射,姑妈。"艾娃抱着自己的膝盖,自从她昨天得知自己要立即注射疫苗后,就几乎一直保持着这个姿势。

"我不怕死。但我怕注射之后,我就会彻底忘了爸爸的好。无论别人怎么说,我知道他是好人。"艾娃喃喃。

"艾娃。"安娜姑妈抿了抿嘴唇,"无论怎么说,我们都得去的。时间要到了。"她拉了拉艾娃的手,后者一动不动地僵坐着。

安娜叹了口气,走出几步去,僵硬地抬起了脸,像是对着空气说话似的,以几不可闻的声音说:"小艾还是那么像你,格兰特。"

……

晚上八点整,天已经全黑了。

趴在手术台上的时候,能想到什么呢。是死亡,还是新生?

不过艾娃想不到什么,她心中只有一种不可名状的紧张和激动。

她今天出门的时候,转身说要回去上个厕所,却带上了一把小罐头刀。是的,无论如何她要逃走,逃到父亲身边去,她不能平白无故地失去她的"感恩"。正如同父亲常常把她抱在怀里时说的那样:"人不能自欺欺人,没有这些情感,我们只会更加脆弱。"

她知道父亲就在墙外。那是一座专门隔离感恩派的大墙,整面围墙把"健康人"居住的城市围在里面,外面无人管理,只有边界会发生两派摩擦……无论如何,只要逃出去,他可以救她。

医生们笑意盈盈,告诉她这只是打一针,只不过过程稍微复杂一点。房间里满是消毒药水的味道。白色的人影这边走过来,那边走过去。时间在流逝。

突然,艾娃感觉脖子上一凉——是碘酒。她知道那一刻终于来了。她手上的刀也完全攥紧了。棉球被丢开了,后颈的凉意越来越重。

在感觉到针尖抵上皮肤的那一刹那,艾娃像一只小兽般跳起来,任何人都不许夺走她的感恩,她想。她握着罐头刀的手虽然抖得像筛子,但还是直直地向前伸去以保护自己——但房间里的灯前一秒钟就"啪"地熄灭了,周围传来了尖叫声,而眼前却是漆黑一片。

不止这个房间,整个附属医疗院的电力都被突然切断,没有人知道发生了什么。

一连串靴子的声音从走廊传来。"有人恶意切断供电,第一小队这边,第二小队那边,务必抓住肇事者。"评估中心驻医疗院的警队很快赶到了。

艾娃摸着黑,一步一步走向门口,医生像是没有注意到似的,打开手机想要找一点亮光。就在艾娃快要走出房间时,突然,整个人都被一股巨大的力量拉扯住,直直地向后倒去,很快那股力量又支撑起了她,最终她不由地跟随那股力量在一片漆黑中狂奔起来。

"你是谁?"艾娃上气不接下气。

"哄小孩打针的警官啊,你不认识我了?"黑暗中的声音开玩笑道。

艾娃大惊,他跑得飞快,带着她灵活地穿过人群,一路跑出医院,把她往路边一辆车里一塞。

"暂时安全了。史迪尔小姐。"他似笑非笑地盯着她手里的小刀,"还好我早行动一步,否则今夜本州就要发现一个被罐头刀杀害的医生了。"

艾娃讶异地看着他:"停电的事是你干的? 为什么,你是警察。"

"一个感恩派的警察。"警官脱下他的帽子,"我叫乔治。我知道你要去找谁,格兰特·史迪尔,他是我最仰慕的感恩派领袖。"

"父亲……"艾娃有些不相信,"你知道他……新党的警察可比感恩派逃犯要好当的多,你——"乔治哈哈大笑,示意前面驾驶座上的人开车。

"连你都愿意做出反抗,我为什么不行。唔,另外如果我在乎这些的话……你还认得前面那个人吗?"

"谁?"艾娃顺着他的手看去,中央后视镜清楚地显示出一张脸来——那尊石像。他依旧穿着那件旧大衣,满是胡子的脸庞朝着正前方。"本州原来的首富,爱德华先生。"乔治若有所思,"他把自己所有的产业都捐给了感恩派……"

"几年前我和妻子在郊外度假时,她突发了心脏病,是史迪尔先生施的急救,没有他就没有我的妻子,失去了她我也不能独活了。这是我愿意为他和他的事业做的。"爱德华在静默了几秒后开口道,"疫苗对我失效了,让我余生和妻子在一起的每一天,都感受到感恩的美好。不仅是对史迪尔先生的高尚行为,还有上天赐给我们的富足的境遇,安乐的生活……虽然后来他去了……你说,人的一生是多么需要这种精神,我们呼吸的每一口空气,吃的每一口食物,都值得我们感恩。"

艾娃想安慰他,却不知该说些什么,她的视线向窗外飘去,时间到了九点一刻,离市中心越来越远了。渐渐地,那堵高墙开始显现。

"谢谢你,史迪尔小姐。"乔治突然转向她说,"如果我一开始还有些摇摆的话,那么就是你帮我最终下定了决心,让我知道绵薄之力,也能抗争。"

艾娃笑了:"不用谢,谁让我是生来的感恩派。"

爱德华看了看他们,放慢车速,单手伸出窗外发出一枚小型信号弹。很快,墙后边的丛林深处开始涌动起绿浪。

那确实是一片崭新的绿色。


## 特蕾莎

"琼斯太太,我确实不知道她在哪。"特蕾莎平静地说,此刻她正在烤着一块牛肉。渐渐地,牛肉特有的野性的香味散发出来。

"看在国家安全的分上!看见她及时向我汇报,可以考虑让你加入青少年稽查队。"电话那头琼斯太太的声音顿了顿,"如果她是去找她父亲的话,恭喜你有了一个感恩派朋友。"

"我会的。"特蕾莎回答,也不知是回答什么问题。挂了电话,她深吸了一口气,牙齿开始不由自主地打颤。

艾娃逃跑了!她打算成为一个感恩派?怎么会呢?这样的事,特蕾莎想都不敢想。

周围是衣香鬓影,今天的烧烤派对来的人不少,庭院中间的大烤炉像是篝火,在冬天里温暖着、刺激着人们开怀大笑。这里的少年有的已经注射过疫苗,像是迈入了新的阶级,从此可以有资格代替他们的父辈来加强一些利益关系;有的却因为孱弱、平凡,或是没有注射疫苗而深深地感觉到自己的稚嫩,只是专注着烧烤架上的工作,偶尔也会大笑,附和上几句话。

十七八岁的分水岭在这个时代显得那么分明。但站在庭院中的所有人心中都知道,自己最终的命运都是摆脱感恩。那意味着什么呢?

没有人再会记得小时候对父母许下的照料一生的承诺了，没有人会对老师上课时的咳喘而扭紧心，没有人再会对春天的第一朵花，冬天的第一片雪充满感激和怜惜了。没有人再会去感恩天地万物的馈赠，因为由于过度开发，自然界再也拿不出什么东西来满足人，人也自然不用对它有什么感恩之情。

法律和公平越来越被人们所看重，各种细节必须你我平等、界限分明，以分食那仅剩的资源。而由感恩缺失引起的人情冷漠、道德决堤却被所有人埋进了一个黑暗的角落，置之不理。

当某一天他们完成了注射疫苗这一神圣的使命后，就以一种近乎可怕的热情抛弃个人的幸福，全身心投入国家建设的浪潮中。最可怕的是没有人觉得这样有什么不对——包括此刻将汽水一饮而尽的特蕾莎。和几个朋友打了招呼后，她朝着大烤炉反方向的灌木丛走去，那里没有任何人影，毕竟没有傻瓜愿意受冻，她可以打电话给艾娃。

这是特蕾莎两天内第二次拨出一个号码，但不同的是，这次她不会再挂断了。

嘟——

嘟——

特蕾莎的眼睛四处瞟着，她不希望别人听到她和艾娃的电话。突然，她的视线定格在房子二楼的窗台上。那里有一点不一样的火光摇曳着，好像是因为温度太低，火光畏缩着熄灭了。很快，打火机的火苗代替了熄灭的火光，接着一缕青烟从窗口悠悠地飘了出来。

打火机亮起的一刹那，特蕾莎看清楚了操纵这一切的人：林肯——今晚派对的主角。可更令她吃惊的是州长的儿子竟然在吸烟。

他的手里好像还拿着什么东西，但是距离太远，特蕾莎也无法确定那是什么。

在特蕾莎的印象里，林肯从来就不是一个能和叛逆行为搭上边的人，他从不仗着自己父亲的身份行事，待人谦卑有加，连禁酒令也从来没有违反过，成绩更是门门拔尖，而他现在的行为却很出格，这也解释了为什么特蕾莎从派对开始就没见过他,他大概已经在窗台上抽了很久的烟了。

"特蕾莎? 特蕾莎……你听得见我说话吗,特蕾莎?"听筒中传来艾娃焦急的声音,特蕾莎才一下子回过神来,小声回应道:"我听得见,小艾。你还好吗?"电话那头的女孩似乎哽咽了一下。接着讲述了自己如何来到医疗院,如何被救走的经历。

"特蕾莎,就差那么一点点,我就注射了疫苗。"艾娃心有余悸地说。此刻她正坐在边界的一间小木屋里,一边用暖炉烤着手,一边等待着父亲他们来见面,之后她就可以逃离到围墙的另一端,开始崭新的生活了。

……

"小艾,你很勇敢。"特蕾莎的声音有些颤抖,"我是不是该祝贺你终于迈出了这一步。"

"我也不知道自己哪来的勇气,或许是我真的不想失去这份情感吧。"艾娃笑了。

特蕾莎思索了片刻,终于问道:"小艾,你现在安全吗,你在哪里? 我很担心你!"

"在边界,树木最茂密的地方,这里是我父亲的小屋,他很快就会来接我,我很安全。只是特蕾莎,我或许再也不能见你了。"艾娃几乎是毫无戒备地报上了自己所在地。

那就走吧,现在! 越远越好,不要回来了。特蕾莎最终还是按捺住了说出这句话的冲动,又安慰了艾娃几句,然后迅速挂掉了电话。

特蕾莎走出灌木丛回到庭院,整理了自己的东西打算回家,今天她的心情实在是很乱。临出院门的时候,她看见林肯从别墅中走出来,手里拿着些什么东西。她下意识地看了看别墅二楼的窗台——这次,换作州长神色凝重地站在那里了。

管他呢,别人的家事。特蕾莎离开院子来到大道上,她低头在手机上按下一串数字——今天她的手机一直在发挥重要的作用。

电话接通了。

"琼斯太太,我很快就会到家。关于你说的青少年稽查队的事情……"特蕾莎像是叹息般地说,"我想我有这个资格了。"

## 林　肯

庭院里已经开始渐渐喧闹起来,烤肉的味道混合着汽水直窜进他的鼻腔,林肯知道他饿了。

可他还是没有移动一丝一毫,因为谈判中,只要谁先说了话,就必然成了输家。

书桌上是一家人的合照,那时林肯还顶着一张稚嫩的脸,父亲有力地揽着他的肩,母亲在他的脸颊落下一吻,还有奶奶,坐在轮椅上微笑……而如今,物是人非。林肯下意识地伸手去触碰冰冷的相框。

"林肯……"州长先发了话,几分钟前他打开儿子的房门,看到的就是儿子冰冷着一张脸坐在书桌前的景象,于是他也在一旁坐下,直到现在。

"我们需要谈谈。"见他不说话,艾尔伯特自顾自地讲起话来:"我知道你在责怪我的不坦诚,你觉得我说一套,做一套是吗?"

林肯没有说话,那代表着他默认了。

"那是你格兰特叔叔的信。"半晌,像是下了很大的决心,艾尔伯特从齿缝间挤出了几个字,"我们的确曾经是并肩作战的战友。"林肯瞥了他一眼,依旧没有说话。

"但后来你知道的,他做的事情太出格了。我们原来的宗旨是用和平方式解决感恩疫苗问题的,而他却发动了暴乱。"艾尔伯特说着,像是陷入了回忆。

"所以你就背叛了他是吗,父亲?"林肯开了口,声音却很沙哑,"他被通缉前,见的最后一个人或许就是你了,而他身败名裂之后,你很快就成了议员,之后仕途一帆风顺……父亲,我知道我确实没有证据,但这不代表我什么都不明白。"

艾尔伯特的脸霎时变得苍白了,他头上的银丝不小心从黑发后显露出来,昭示着他过了半百的年纪。

"是……"艾尔伯特吐出一口浊气,万分痛苦地说,"这算是,背叛吗?

我只是不想让他再这样走错的路。我想劝他、帮他,可是我也害了他,至于议员的位置,仅仅是巧合。"

"我不太相信,父亲。"林肯冷冷地说,此时此刻他心中升起一阵寒意:会不会格兰特叔叔也是被这样的父亲欺骗的呢。

"你还记得吗,那一年,你竞选议员那天,奶奶突发心脏病,是谁不顾自己女儿生病,把老人家一路背着送进了医院,自己却扭伤了腿?我才七岁,可我记得很清楚。你最终选择了你的前途,你没有来医院。"林肯想起格兰特叔叔声嘶力竭地喊着奶奶的名字,不断地打着父亲的电话的情景……奶奶躺在床上,全身插满了管子,还气息奄奄地问他父亲什么时候来……

最终,她还是没能见上他最后一面。

"父亲,你的感恩之心呢?"

"我……我们不需要感恩,我只是站在正义的角度。"

"正义?什么是正义,剥夺所有人,包括自己感恩的机会,这就是正义?"

"你不懂的!林肯。"艾尔伯特狠狠地握拳,可语气却柔软了很多,"林肯,爸求你了,这件事情,你当作从来没有看见过。这个社会的法则,总有一天你会懂的。"

见林肯毫无动作,艾尔伯特几乎是恳求道:"你忍心吗,看着父亲多年打拼的事业化为泡影,这件事如果传出去,有多少人会把我从州长的位置上拉下来。"

林肯的肩膀颤动了一下。他知道父亲为此付出了多少心血。

"林肯,就当我不是什么州长,只是一位可怜的父亲,为了他孩子的未来能好些……"艾尔伯特拿出那些信件,"如果你要去举报,就去吧……只要你还知道我爱……"

"够了。"林肯大喊一声,一把扯过父亲手里的信件,"别拦着我。"

艾尔伯特还未反应过来,就看见林肯从书桌抽屉了翻出一包香烟,走到窗台边去了。"林肯……你……"艾尔伯特既愤怒,又讶异。

"父亲,你还不知道吧。"林肯像是有些嘲笑地说,"从高中就开始了。"

林肯一脸轻松,可天知道他心里多么沉重。

他知道父亲理应受到惩罚,可记忆里,他逗着他笑,和他踢皮球,帮他推秋千,来看他的橄榄球比赛,胜利时和他一起欢呼……好多次告诉他:男子汉跌倒了不能哭,要立刻爬起来……那一件件、一桩桩的事浮现在脑海中——父亲是他的榜样和依靠啊!这让他对这个男人怎么也恨不起来,他的眼眶湿润了。

香烟的火苗亮了又暗,亮了又暗。正当艾尔伯特想要制止儿子抽下一根烟时,林肯突然转过身来,把香烟和打火机丢在书桌上,冲出了房门,快步向楼下走去。

艾尔伯特想跟上去,可是某种心灵的感应驱使他走向窗台边。他看见儿子已经来到了庭院,他走得很快,可走到庭院中央的时候却放慢了脚步。

那里摆放着一个大烤炉。

周围人来人往,偶尔有注意到林肯的到来的,热情地和他打招呼。林肯谁也没有回应,只是让烤炉的红色把他的脸映得一片通红,好像是醉了酒。

最终,林肯抬头看了一眼站在二楼窗台边的父亲。

手扬起,落下。

书籍和信被无情地投入烈火,最终安静地被吞噬了。一点声音也没有,和木头不同,纸张的燃烧是没有呐喊的。

林肯最后想到,格兰特叔叔在他的书末写着一句话:“感恩永远都不可能被治愈,因为它本身不是疾病,而是人心的良药。”

# 海的女儿

舟山中学高二(2)班　曾以旋

指导老师:邹碧艳

## 引　子

黄昏时分,海水渐渐向海中退回去,湛蓝让步。海岸金黄的底色被淡玫瑰色的烟霭笼罩着,连带海岸线后面那丛墨绿的灌木也被神明以温柔的态度蒙上轻纱般的薄雾。

小镇里渔民的女儿珊瑚喜欢在每天夜幕降临前的一个小时来到沙滩上的一块礁石上眺望海天交际的一线,每当此时,她心中总是十分宁静。这座小镇因濒临东海而得名,又因之成名。浅金色一望无涯的细软沙滩是游人托在掌心的珍宝,却远非原住民心中真正的天堂。这片被称为"黄金海岸"的海港,才是寄托着无数渔家人信仰的圣地。现今恰巧是旅游淡季,这个时间海岸线上为保护游人安全的警戒线已经拉起,不过小镇的原住民仍然被允许通过。这时的海岸,正是为珊瑚所深深钟爱着的,人迹罕至的一幅美景。

无人问津的滩涂上,被霞光映照而显示玫瑰色的海涛翻涌,恍若成千上万细小的、闪光的鳞片。拥有巧夺天工的纹路的贝类动物,以及身长不盈寸的小鱼小虾搁浅在神明为它们在滩涂上铸就的临时栖息所里,珊瑚知道,不必担心晨曦会带走它们赖以生存的海水,海滩上清晨的阳光如同圣女的眼波一样温柔委婉,只会稍稍带给这些浅坑里的微小生命以黑夜尽头的第一缕暖意。随即,海浪就会像她的柔荑一般将它们托回广阔的深蓝世界。

珊瑚当然不会在这些小生灵同造物主之间冥冥的联系中横生枝节,抢先将它们送回大海。她和她的父亲一样承袭着渔家古老的惯例,顺应

321

自然赋予大海应有的规律,固守着世世代代的信仰。祖祖辈辈靠海吃海,海风的淡淡腥味像是镌刻在灵魂上的烙印一般鲜明。

海风吹在她白皙的脸庞上,像是她早早去世的外婆的手一样温情地撩起她乌黑的发丝。遥不可及的海天交接的一线在暮色中沉沉隐去,从远方依稀可以辨别汹涌的海涛。或许有人打心底畏惧海的喜怒无常,渔船在海上航行时,即使是资历最老的渔民也无法为海莫测的脾气打包票。但真正的渔人永远对海心存婴儿对至亲一般的眷恋,他们坚信,海归根到底是仁慈的——即使在最危急的暴风雨中,一样给他们留下生命的一线。

像往常一样,珊瑚从傍晚起就坐在礁石上。海水渐渐退潮,夜幕缓缓降临,星辰睁开眼睛打量这个少女。负责保护游人安全的巡逻员提着手电筒和喇叭开始四处走动。这些都与今日的珊瑚无关。她的注意力并不在身边触手可及的美景上,黑玻璃珠一样剔透的瞳孔中映照出月光下并不宁静的海潮。

珊瑚脸色发白,额头上沁出了汗珠。在滩涂里藏身的小螃蟹从深深的泥洞里蹑手蹑脚地现身,将钳夹挂在她垂着的脚上,然而珊瑚并没有发觉。

她的心里载满了不安。

离禁渔期开始已经过去了半个月,往常神气活现的渔船乖乖地停在海港边,贴在船身上的"船眼睛"睁得大大地相互对视。珊瑚心神不宁地将视线放在其中一艘船上,那船的船身相比其他渔船十分窄小,船后的水灵活低矮得几乎难以分辨。从船舱上方看,可以看到桅杆上挂着粉色和绿色的小旗,正低低垂着。

不起眼的外观像极了……她伸长脖子向那里望着,跃动的心重新被失望盈满。

不是,不是父亲的船。

虽然与父亲那艘简陋的小渔船十分相似,但那崭新的船眼睛却告诉珊瑚,父亲还没有回来。父亲的船身上,左边的船眼睛已经被海水侵蚀掉下面的一半,只留下一只黑漆漆的小眼珠镶嵌在白色的半圆形轮廓里,滑稽地左右张望着。

她的脖颈保持着遥望大海的姿势,微微弯下腰,伸手将夹在脚趾上的螃蟹取下来,放回潮湿的泥地里。海上牧耕了半辈子,父亲比她更清楚海的脾气,也更信仰这片带给他们生机的大海。

"海养活了我们一家子,要向海报恩哪……"父亲常常把这句话挂在嘴边上。然而,就是这样从不肯违拗海的父亲,在一个星期前为了躺在床上的母亲越来越棘手的病情,选择在禁渔期偷偷出海捕鱼,企盼在短短的禁渔期内从湛蓝的海里收获一笔救命的金钱。

从小在海边长大的珊瑚望着天际晦暗的月光和周围那厚厚的黑云,又怎么不知道这是海上暴风雨来临的预兆? 况且每年的这个时候,不仅是近海,连更多鱼虾栖息的远海也不太平。

父亲啊——

珊瑚将泛着凉意的手盖在温热的心口,闭上眼睛,默默为身在海上,时时会触怒海中神明的父亲祈祷。她甫一合眼,家中供奉着的海菩萨,连带燃在菩萨前面从来不会熄灭的烛火,仿佛就明亮在眼前。


推开锈迹斑斑的铁门回到家中,首先映入珊瑚眼帘的是母亲房间里为她留着的一盏微黄的灯,挂在自窗台拉向铁门的一条绳子上的鱼鲞随风晃动。暴风雨来临前,空气里带着沉沉的湿气。珊瑚赶紧将挂在门上的钩子取下来,将鱼鲞收进房子里,免得回潮。做完这些,她伸手整理随便堆在门旁边的渔网和梭子。

母亲病倒后,起初还能强行撑起身子补网,但最近母亲身体越来越差,这些活都落在了珊瑚身上。她蹬掉脚上的鞋子,快步走进房间。母亲已经睡着了,尽管这些日子她一直睡不安稳,好在现在她苍白的脸上一片宁静,仿佛沉进在安宁的睡梦中。

珊瑚拿来毛巾替睡着的母亲擦了擦脸上的冷汗,轻柔得不能更轻柔,她害怕弄醒好不容易安睡的母亲。即便如此,她也无法抚平母亲在梦中也皱起的眉头,谁叫她自己也满心忧虑呢!

　　从母亲房间的后门走出去，珊瑚悄悄走进供奉着最大的一尊海菩萨的小房间。家里的菩萨像不止一尊，这代表着渔妇对出海的丈夫最深的祝福。珊瑚家中只有身为渔民的父亲能为家里提供微薄的补贴，要不是父亲从小告诉她，妇人不能出海，否则会惹怒海神，她相信母亲一定会撑起船桨，转动轮舵登上海面。

　　她轻轻跪坐在菩萨像前面，学着父母礼佛的样子将额头贴在坐垫前的地面上。

　　"菩萨保佑，爸爸能安全回来……"

　　父亲出海前的祷告词向来是母亲说的，那时候珊瑚只需要跪在母亲身后，心中跟着默念相同的话语。现在需要自己开口，她才发现自己从前是多么不留心这些，翻来覆去都搜刮不出什么好词汇来装点自己并不流畅的祷告。

　　她直起身跪坐在菩萨像前面，双手掌心相对紧贴，放在额头上，干脆闭上眼睛默想。

　　夜色茫茫，窄小的渔船在海面上浮浮沉沉，桅杆上挂着的旗帜在风中被反复摆弄。渺小的渔人在渺渺无际的海上显得多么脆弱无力。

　　这时候，她的父亲会在干什么呢？船头应该有一盏灯，摇摇晃晃的灯光在这种几乎没有月光的夜里是唯一的照明来源，他身边或许是带着破损的渔网，出海前那张上回在海上被不知名碎片钩破了一大块的渔网因为母亲生病还没有补完……珊瑚咬咬嘴唇，要不是那个破洞中漏出去许多鱼虾，或许父亲也不至于这么急着在禁渔期偷偷出海的。为什么总有人爱把垃圾投进大海呢？渔网被钩破的地方已经很远离海港了，而近海港的海水里还藏着更多游人随手丢弃的废物，时不时地随着海水的涨落滞留在滩涂上。

　　珊瑚想起父亲曾经说过的一句话："一个渔民，不论是弯腰打网，还是低头吃饭，总要回头看一看海的。"

　　她一直不懂这句话的含义。

　　"为什么要看海？"她用筷子将鱼子从黄鱼鼓鼓囊囊的肚子里挑出来，

蘸上酱油放进嘴里,含糊不清地问道。

父亲粗糙的手抚摸着她的脑袋。父亲的手掌上有一道明显的深痕,是他常年拉网磨损造成的,粗糙的触感却令珊瑚十分眷恋。他看着年幼的女儿,说道:"这是每个从海中获取生计的人都应该记住的……等你长大就会明白了。"

总要回头看一看海……

她跳下凳子,迈着短短的腿从铁门里蹒跚地跑出去,即使踩在柔软的渔网上,被绊倒也没有感到疼痛。她越跑越快,矮小的视野终于捕捉到远方的一片灰蓝色了,猛地在滩涂上刹住脚,回头向不近不远跟着自己的父亲挥挥手:"哎,我看见了!"

从海里讨生活的人,为了保护海的尊严,产生了许多渔船上说不清理由的禁忌。妇女不能登上渔船,家里在办红白喜事的人也不能上船,在渔船上不能吹口哨,这是对海神不尊敬的表现,在船上吃饭的时候不能把酒碗、饭碗反着扣在桌子上,不能把筷子搁在碗上,否则可能会翻船……珊瑚听得头都晕了,父亲对她解释说:"等你长大了,要好好想想这句话的含义。"

一个渔民,不论是弯腰打网,还是低头吃饭,总要回头看一看海的。

……

珊瑚皱起眉头将眼睛紧紧闭上。穿堂的凉风吹过来,她的心脏如有预感地狂跳起来。

是啊,渔人若是不懂得向无私地给予了馈赠的海感恩,又怎么能常年浮沉在海上?不论有多少禁忌,都是为了报偿海的恩情,这份赐予了生活的恩情太重太重。

父亲啊父亲,你什么时候才能回来呢?

滩涂口的海面上,月光从浓重如墨的黑云中堪堪透出身子,立刻又沉入浓浓的黑暗中。

## 正 篇

巨大的铲缓缓升起来,伴随着震耳欲聋的声响,地面上大大小小的石块落在收集筐里。

日头猛烈,坐在操作舱里的男子顶不住一阵阵透过窗口袭来的热浪,暂时熄了火,打开舱门跳出去。

一边正在尘土飞扬的采石现场捧着一碗馄饨大吃的同伴见他走过来,抬起头吆喝一声:"嘿,阿财,这边!"

阿财用挂在脖子上的毛巾擦擦脸,在强烈的阳光下眯起眼道:"日头也太毒了,从前在海上漂着,从来没有这种感觉!要不是出一趟海总是三年两载的,也不知道家里婆娘是不是老实,我还真不愿从船上下来。上回沃家出的那事可真是,我呸!不讲信用的臭娘们,老沃辛辛苦苦赚来的钱,全贴在那个小白脸身上……"

同伴笑着跟着他啐了一口:"可不是,这回子填海造陆政府给补贴了大钱,苦是苦了点,不过在这里干可比海上还要合算,这机会可不是年年都有的,不然你说咱们干吗闲搁着十几年的营生不干,跑到这种荒地上挖石头?说到底还是为了钱。哎对了,说到出海,阿财你听说没,上回长发他们的船在海上看见了什么?"

阿财已经把毛巾拿在手里扇风,汗流满面的脸上不由得露出好奇的神色:"什么?长发他们的船小又出不了远海,就这么点近海能看得见什么?"

同伴挥挥手,示意他探头过来。

"神神秘秘……"阿财不满地嘟哝了一句,却没按捺住好奇心,将耳朵贴了过去。同伴凑在他耳边说了句什么,他的脸上立刻出现了短时间的空白,紧接着是难以置信:"你再说一遍!"

"千真万确,长发他们亲眼看见的,章二哥还拍了照片,我也看过了,是个人的样子,还有长头发,只不过不太清晰。不可能是人,他们在晚上也看见过那东西,那种脏兮兮的海里怎么会有人游泳?虽说这事情离奇,但也不是没有过。"同伴搁下馄饨,抽出一支烟点上,吸了一口才道,"你没听说过外国那个什么尼什么湖里不是也有水怪?我看就是这个。长发这回可撞了大运了,要是抓上来了,怎么说也有这个数!"

他伸出五根手指,羡慕过后,脸上露出了惋惜的神情:"不过不是那么好抓的,他们忙活了这么久,不也还没个眉目? 这事现在就几个人知道,他怕传出去会影响他生意。我瞧着他的意思,迟早能抓上,要抓活的,最好能找着那东西的窝,如果实在弄不上活的……"

在阿财几乎屏住呼吸的注视中,他再一次压低了声音:"那就先弄死,再网上来!"

"干活干活! 午休时间结束了,赶快起来干活!"

阿财重新坐进铲石机里操作着巨大的钢铲,心思却飞到不远处浑浊的海面上。

"一条落单的人鱼? 怎么可能,捕了十几年的鱼,从来没见过这种……"然而同伴刚才谈论起来那煞有介事的描述,还有对于他来说简直是天价的收益,让他忍不住心动了,"以前看故事书好像是有提到过海里的人鱼,难道是真的?"

难道不仅是真的,还恰巧在近海出现了一条?

阿财原本笃定的内心在这一刻摇摇欲坠。

"这几年一直搞填海造陆,近海里的水抽都抽了好几次,污染得这么严重,会有人下海游泳,除非是他不要命了……说起来,一条偶然被水流送到这里的人鱼倒不是没有可能……"

夜里,阿财从工地住宿的帐篷里蹑手蹑脚地走出来,深深吸了一口外面算不上新鲜的空气。工地里尘土飞扬,即便是相对安静的夜晚,空气中也总带着一种浑浊的味道,但这也比帐篷里好多人呼吸了一连几个小时的空气好多了。他稍稍清醒过来,立刻向工头请了一天假,打车到了渔港旁边。

渔港里静悄悄的,没什么人。这几年因为周围填海造陆的关系,渔港原本宽阔的入海口变得逼仄了不少,滩涂上几年前那种生机勃勃的美丽也开发殆尽。城市在渔村上强行规划起来,大量人口从老城镇涌入,不论多么细小的螃蟹都被赶新鲜的人们捉光了,徒留下一个个螃蟹栖身的小泥洞,黑漆漆地通向滩涂深处,不知在控诉着什么。渔港边排列着的渔船中,老式的舢板也将近绝迹了。长发的小舢板原本是该退下来了,但他在新船上的职位还没有联系好,因此暂时保留着,想不到在近海能有这样偶然的发现。

阿财看向滩涂边老旧的渔家院子,这一片不久前才经过施工,建起了不少洋房式的小别墅,这他是熟悉的。他更熟悉的是其中孤零零立着的几个旧院子,门前铺着歪歪扭扭的石阶梯。他有记忆的时候,这些院子就已经在这里了,小时候也常常在附近玩耍,然而越来越快的变化节奏,对在海上漂了几年的人来说,登船前的一眼,也许就成了对这片风景最后的印象。

这时候,他听见有人说话的声音,凌乱的脚步声从另一边传来,还有手电筒光向四周照射。

也说不清为什么,等他反应过来的时候,已经下意识将身体隐藏在了一块礁石后面。

"发哥,这边没人!"

"上船吧! 不知道今晚'她'会不会出来?"

"多亏发哥聪明,不出来也能引出来,上次不就是你喝完了酒随手往海里一扔,'她'就冒出头来了吗? 发哥,说来也奇怪,'她'为什么对空啤酒瓶这么感兴趣? 每次我们一往下扔酒瓶子,'她'就会出现。"

"我怎么知道? 少废话,快点解开绳子……"

舢板划开水面的声音渐渐远去。阿财藏身的礁石离他们出海的地点不远,将他们的交谈听得七七八八,一时默默记下这个重要的消息。

"人鱼能被空啤酒瓶引出来……"他轻轻重复道。

确定舢板划远了,阿财从礁石后边走出来。他也还有一艘小舢板拴在渔港里,如果这种方法能引出人鱼,他也可以试试看!

还没等到他走到自己的舢板停泊的地点,一道强烈的白光突然直直照向他的眼睛!

阿财眼前一黑,一时什么也看不见。正惊疑间,只感觉膝盖被狠狠踹了一脚,他立刻站立不稳,跪下身去,腹部挨了重重一拳。他刚刚恢复了一点视力,头发又被用力揪起来,使得他不得不抬起头,直视着刺眼的光源,只觉得头一阵阵发晕。

"阿财?"

他听见长发的声音猛地一沉:"大半夜的偷偷摸摸到这里来偷听我们说话,即使是你也得给点教训!"

阿财趁他暂时有所松懈,一下子飞扑起来用上全身的力气飞起一脚向长发的腹部踢去!

但他很快又被人从后面掼倒在地,一只脚踏上他的背,将他踩在粗糙的滩涂地上。长发结结实实挨了这一脚,脸色十分阴沉,取出身后一只空啤酒瓶,对着后面的人吼了一句:"闪开点!"说话间,已经将啤酒瓶在阿财头上狠狠敲碎!

"你是不是知道了人鱼的消息?"长发用碎片尖利的一头指着倒在地上恨恨瞪着自己的阿财,威胁道,"我劝你最好歇了去捉人鱼的心思。你一个人可抢不过我们。"

他顿了顿,胸膛剧烈地起伏了一阵,抬起头对一直踩着阿财的后背防止他起身的人道:"我们走,今晚看来是没有什么收获了!"

……

黏腻的液体从阿财的眼眶上蜿蜒流下,遮挡住了视线。他感到背后的压迫感消失,但警惕地落在身上的视线依旧还在。他静静保持着狼狈的姿势,趴在地上没有动弹。

直到他听见车门打开又关上的声音,长发他们离开了渔港。

阿财用手撑着地面想爬起身来,却感到手腕一阵钻心的疼痛,好像在刚才的动乱中被踩折了。他用一边肩膀抵住地面让自己坐起来,半凝固的血液遮住了阴鸷的眼眸。

"长发想独吞?没门!要是上面知道那里有人鱼,连填海的工作也要停一停的!"

他恢复了一点体力,立刻掏出手机拨通了一个号码:"喂,工头大哥,这么晚打扰你很抱歉,不过我有件事跟你说……"

近海竟然出现了一条人鱼!

这个消息由工头向上汇报,很快在小范围内传开来。

不知道人鱼这件事在上头是怎么流传的,但消息一样被封锁在有限的范围里,而且批示很快就下来了:"暂停填海工作,立刻寻找人鱼!"

阿财头上缠着白绷带,怀着忐忑的心情走进办公室,身材肥胖的中年男人坐在沙发上掀起眼皮笑着看他:"阿财同志,你这次提供的线索非常有价值,为了保护珍稀海生动物,我们必须立刻采取行动进行捕捞!这样吧,你比较熟悉航海捕鱼作业,这次就由你来负责!"

阿财往外走的时候,脚步都是飘在空中的。他远远地看见长发带着几个人脸色阴沉地站在不远处,但是无法向这里靠近,脸上露出了微笑。

这天夜里,夜色茫茫,波涛翻滚,天色暗沉,见不到一点点星光。这艘挂着三道篷帆的绿眉毛渔船在海面上已经晃荡了一个下午,仍然一无所获。

晚上转了风向,船顶风而行,风大浪高,一些没跟随渔船出过海的人员,尤其是闻风赶来的小部分记者,感到头晕目眩,再加上一直找不到所谓的人鱼,一时间人们不由得有些兴致缺缺。

阿财裹着自己的破夹袄,站在船甲板上瞭望,微凉的海风吹在他身上,海浪哗哗击打在船头。

船上安装着的探照灯突然对准了一个方向,破水声传来。

人们精神一振,齐齐向那里看过去。阿财脸色一变,从暗处转出来的不是长发还能有谁!他们一共三个人,站在一个小舢板上,挑衅一样望着绿眉毛上居高临下的阿财。

"阿财,没想到你还藏了这手!我们抓不到,你也别想抓到'她'!"

阿财咬牙道:"别理他们,把剩下的瓶子都扔下去!"

五六个啤酒瓶从四个不同的方向丢进海里,发出一连串"扑通"声。两边人马都屏息凝望,期盼的场景却迟迟没有出现。

阿财心下恼火，气得脱下脚上的鞋子便向下扔过去："你们是不是还瞒了什么？到底怎么让'她'出来！"

长发哪里能让自己受到这样的屈辱，夺过船桨用力一划。说时迟那时快，那只鞋子快狠准，不偏不倚正好砸在长发头上，舢板正好走过一个弧度，长发站立不稳，顿时落进海里。

但他多年在海上航行，颇通水性，立刻向舢板游动。这时，阿财目光所及，海面上一个地方莫名其妙掀起一个水花。他睁大眼睛，猝不及防地抓起身边一个便衣记者，猛地将他推下大海！

船上的人都惊呆了："你这是……"

记者不会游泳，在海中只能瞎扑腾，不停地喝水："救命，咕……救命！呃……"不一会，他就沉了下去，不知所踪。

他的同事立刻冲上来抓住阿财的衣领："你这是在干什么！"

阿财嘴角泛起一丝奇异的笑容，伸手指了指海面："你看下面就知道了。"

记者的身体突然再次浮出了水面！他不会游泳，又猝然受到巨大的惊吓，这时已经晕厥，头发紧紧贴着脸颊，脸上毫无血色。而托着他的那双手仿若一双少女的手，白皙纤细，那"人"也露出水面，"她"的脸被长长的黑发遮挡了大半，看不清楚是否拥有似人的五官，但裸露出的皮肤却比晕厥的记者还要苍白。

长发眼睛一亮，比他反应更快的却是阿财："就是现在，快点撒网！"

绿色的大网铺天盖地一般落下来，将在劫难逃的人鱼网在中央。阿财正要让人收网，长发的舢板却如离弦的箭一般直直冲过去，长发从怀里取出一个在探照灯光下闪着寒光的东西——一把水果刀，用力划开渔网，也不管人鱼是否听得懂人话，大吼道："你自由了，快走吧！"

"你！"阿财身后闪光灯连成一片，网中的人鱼将怀中的人交给近在咫尺的长发，缓缓投入密实的大网。长发急得红了眼睛："你这是做什么！"

阿财却不管那么多，立刻让人将网拉上来，自己站在船头紧紧盯着那个人影。

忽然，一把锋利的刀插进了人鱼的手臂！

一瞬间，人们仿佛都听见"她"的痛呼："啊……"

"怎么，是一个女孩子的声音……"同行的记者十分惊讶。

刀子在网眼的不断收紧下划出更大的伤口，鲜血从刀口汩汩向外流出。长发一时怔住，呆呆望着那个人影。阿财掀开绿色的渔网，露出一具上半身与人一般无二的身体。凌乱的长发向后拨开，这是一张十分美丽的少女脸庞，从锁骨下方一直到脚，是一件类似于鱼尾的服装。凑得这样近，每个人都清清楚楚地意识到，这是个穿着鱼尾的人类少女，根本不是什么人鱼！

她神情痛苦，手臂上拉开的大口子无法愈合，在海水的浸泡和不断的挣扎下几乎深可见骨。阿财倒抽一口气，立刻用力撕下自己衣服上的布条替她简单包扎。

"我……我认识她……"一个用力挤到最前方的女记者颤抖着说道。

"什么？"

女记者抖得更厉害了："是的，是她，几年前我在报社实习的时候采访过她，那时候她母亲因病去世，她父亲在禁渔期出海遇到意外也……她还是个孩子……"

微弱的月光从浓浓的黑云下洒出一丝银光，照在少女的脸上。

"她好像叫珊瑚？记不太清了……"

## 尾　声

珊瑚留下的东西很少，除了被好好收拾起来的梭子和渔网，大概就这么一本泛黄的笔记本了。

阿财站在送别她的人里，慢慢翻开了笔记本。

"爸爸说，一个渔民，不论是弯腰打网，还是低头吃饭，总要回头看一看海的。以前我不太明白，现在我好像懂了，却又似乎不那么明白……爸爸在禁渔期出海后，就再也没有回来过。妈妈的身体很不好，而且越来越差了。医生说了一大串我听不懂的话，但我只知道我们很快就没有钱上医院了。"

……

"爸爸当了一辈子渔民,最后跟他最爱的大海葬在一起,也许对他来说,这也是一种幸福吧。我不知道我能为海做点什么,也许我应该做点什么,就当偿还他欠下的恩情吧。"

……

"填海造陆会毁掉我们的渔港!越来越多的人往海里投掷酒瓶,还有其他垃圾,滩涂上的螃蟹、贝壳都消失了。每次我看着滩涂上一个个它们寄居过的洞穴的时候,总是有一种说不出的难过哽在心头……到底有什么是我能做的,去阻止这件事发生!"

每次都是这么短短几句话,写到后来,她的笔迹越来越趋向潦草,隐约可以窥见少女忧郁烦躁的心事。

阿财合上笔记本,将它放在随身的口袋里。

他不知道那时候自己是怎么魔怔了,竟然为了几个钱动了歪念。细细想来,仿佛那些天说的话、做的事,都完全不像是自己,不像是那个常年在海上航行的自己——

那时候的自己明明拥有海的包容心,海的从容,却因为一点点利益将海的恩情抹消,肆意恩将仇报,最后,让一个无辜的少女替自己、替所有人付出代价。

不论是弯腰打网,还是低头吃饭,总要回头看一看海。他回过头,仿佛能听见不远处奔腾的海潮,永不停歇。

# 卡夫的木鱼

杭州高级中学高二(4)班　　陈　诺

指导老师:包素茵

　　每天早晨,用过早斋,是卡夫敲木鱼诵念佛经的时间。在庄重的佛像面前,卡夫端正地跪着,上身处于一种绷直但是又很柔和的状态,双腿并拢的同时,跪在一张布制的垫子上。布已经不十分干净,干净在于卡夫时常清洗这垫子,可是谁也不能够抵挡时间。小寺的牌匾已经被时间夺去了,据说在很久之前是被当时有名望的文人题过字的,如今,由于时间的缘故,字迹斑驳得不成样子。本来是挂在寺门之上的,但是很快在一个风雨夜中掉了下来,遂存放到寺院后门边的竹林里去了。因为寺院在一片竹山之上,并没有什么多余的木材,所以牌匾的位置也就不曾摆放什么。时间久了,山下的人也很快忘记了原本文人题名的旧匾。只知道这山中有一座寺庙而已。

　　卡夫的记忆是从寺庙开始的。按理说寺庙中是不会有小孩子的,有的也只是小沙弥而已。而卡夫正是以小沙弥的身份被抚养起来的孩子。有的人说他是雨夜中被遗弃在牌匾之下的孤儿,有人说他是住持和外面的女人偷生的孩子,或者干脆有人说,那是竹林赐予寺庙的孩子。人们关于这样的事情总是议论纷纷,因为他们本没有什么正义的行当在从事着,因而百无聊赖地像苍蝇一样吵得不可开交。他们的胃口是很大的,一块腐肉是绝满足不了他们的。于是,这件事很快就被人们忘记了。

　　寺里的住持已经很老,一天的睡眠几乎和夜晚相仿。无论外面的人是如何的越老越难以入眠,主持的睡眠兴致从来不曾消减。或许是因为外面的人总是积累着愧疚,在夜晚不断回想曾经从事过的恶事,因而难以入眠,而主持却十分坦荡,在佛像的眼中,谁也不能干出什么出格的事情。

谁也不能逃开,仿佛这天生就是极乐之境一般。尽管这样,没有一个人来寺庙里为自己的失眠祈福。寺庙太过破败了。

好在一名叫作藤介的年轻人很喜欢这里,时常会留宿一段时间。这是一位把俳句当成妻子一样的年轻人。当然,这很可能是因为年轻。俳句这种东西,虽然曾经风行过,也有一些全国都有名的人物,可是不知道什么时候,已经不能够引起谁的议论了。那么,藤介来到这里,就应该是出于讨厌人们的非议,以及家庭的压力了。

藤介喜欢在雨天的竹林里吟诵俳句:"竹子啊,竹子。竹叶上的清风婉转地唱歌,雨好像停了。"然而雨是没有静止的一刻的,像卡夫的木鱼,即使没有按部就班地敲击,在时间里也能够听得到一样。

卡夫的早晨,是木鱼的声音,从屋檐上无声地落入一口小井。少年们在春天来到竹林里寻找春笋。他们吵闹的声音是那个男孩带来的犬的脚印,在竹叶间来回地走动,把叶子踩得窸窸窣窣的,转瞬间把寺庙都包围了。卡夫当然在念他的经文。可是,藤介已经看到男孩的妹妹了。那是一个很年轻的女孩子,十几岁的样子,出落得像竹子一样。"翠绿的竹叶,风一吹,落入井中,井水也被风吹动了。"他的俳句从女孩子的眸间像一些小鸟一样地飞过去了。女孩子的笑容这时候在小鸟的传递下,惹得竹林里的叶子都摇动起来,像在嬉笑着什么。

少年们似乎正好在寺的东边有所发现。只见他们拿出带来的小锄,准备挖掘一根隐匿的春笋。卡夫的木鱼,这时候正在佛像的下面。流水的声音仿佛又大了一些。是雨。雨没有停的。女孩子匆匆地走了,那是一些裙子留恋落了的竹叶所遗落的摩擦声,小小的,在下山的路上,像跳跃的风。男孩子们说好等第二天的雨停再来挖掘春笋。藤介这时候已经停下来,不再看任何一片叶子,他观察着云的变化,不禁吟道:"如果打起春雷啊,春天就醒了。"卡夫的木鱼,在垫子的东边摆放着,被不停地敲打着。

在山的泥土上,女孩子的裙边被雨水打湿了一些,这时候竹林已经十分遥远。看样子要打雷了。男孩子们的脚步很是轻快,但他们的犬更快。

　　藤介决计要去一趟京都,至少要到一些有名的士人那里去吟诵,因为仿佛只有这样才能证明自己是存在的。而只有这样,藤介的俳句才不会像一些被人们非议的女子一样,既不能被正名,也不能忠于自己。卡夫的木鱼,这下子被敲个没完,可是每一下之间又总是隔很久,有时候竟感觉像没有在敲一样。经文也很散乱,是满地的竹叶。卡夫的木鱼现在似乎在躲避着神像一样地背朝神像了。

　　这个时候,女孩子已经全然消失,连男孩子和他们的犬也不见了。藤介似乎已经离去。雨跟没有下过一样地压抑在屋檐之上,密密麻麻的,像在等待着什么一样地呆坐着。卡夫的木鱼已经完全消失了,可是卡夫还在。神像面前,卡夫端坐着,以一种上身笔直然而又很柔和的状态跪着诵念他的佛经,卡夫的木鱼在这个时候不见了。

　　这场雨显得十分磨蹭,直到第二天还未彻底地降下来。外面朦朦胧胧的,使人误以为在下雨,并且从昨天一直延续到现在。人们都很期盼这场雨,仿佛这将开启一个新的季节,从而让人们能够以一种正义的不证自明的名义投入到生命周而复始巨大而宏伟的忙碌中去。少年们说好了要再来,他们的犬理所当然地奔跑在前头。女孩子换了新的裙子,在后面姗姗地走着,提起裙角的样子,不知道是在担心被竹叶给玷污,还是不想惊扰了竹林。总之,男孩子的吵嚷声是先藤介一步抵达这座寺庙的。藤介很快也返回了,就好像他已经去过了京都一样。当然,京都是令人失望的。不过不是为了人们都鄙弃俳句这件事,恰恰相反,士人们很热爱这俳句,尤其是藤介带去的,那种和竹林寺一样的俳句,那种仿佛已经被过去文人题过字一般的俳句。从藤介抵达之后就一时间洛阳纸贵了。这正是因为人们已经厌恶了那些京城里的歌舞。人们很自然地以为,那些没有离开过城市的歌姬的浓烈装扮,是远没有竹林寺里的,卡夫木鱼一样的声音好听的。可是,卡夫的木鱼在昨天的女孩子下山的时候丢失了,在佛像的眼里。这多半是那木鱼背对着佛像的缘故。因为按照住持的话,敲木鱼是不可以离开佛的视野的,一下也不行。整座竹林山,是卡夫这辈子的山和竹叶。藤介在京都的大受欢迎,让他沉醉了一整个夜晚。可是藤介的俳句并不十分多,至少就他最初要去京都的愿望来讲,是很少的。但士人阶层都十分推崇这样新奇的,藤介的俳句,于是整座竹叶山的竹叶都被某种风一样的东西,在一夜之间给刮走了。竹叶山在夜晚结束之后变得光秃秃的,让卡夫的焦虑和孤独变得显而易见。好在它在女孩子到来前又变出了满地的竹叶,否则卡夫是不能看见那女孩子提着裙子,走过他的山的样子的。

开始下起雨来。男孩子在这寺庙的周围继续寻找着昨天那根隐藏得很好的春笋。女孩子在远处看着他们,同时把寺庙也装在她好看的眸子里面,使得风在房檐上走过的声音弥补了木鱼的空缺。卡夫经过一晚上的寻找,既十分惶恐,又莫名地因为幸福而兴奋得没有疲倦,在神像的面前,在没有木鱼的屋檐下面,继续寻找着木鱼。所以,男孩子们是丢了春笋的,而卡夫是丢了木鱼的那一个,藤介在京都的时候把俳句也不小心弄丢了,因为士人们在通宵达旦的宴会上要求藤介多拿出一些俳句。藤介因为被灌醉了,就很大方地把俳句全都拿了出去。士人们,因为喝了酒,又因为对已有的歌姬的鄙弃和痛恨,所以纷纷争抢藤介的俳句。藤介看到这样,就把俳句完全地分成很多瓣,这样士人们不需要再争抢俳句了。俳句于是在不明不白的时候,就被糟蹋了,最后甚至被藤介自己杀害了,没有眼泪地。后来,无论藤介的歌姬是怎样的浓妆艳抹,士人们都不会再看他一眼了,他因为俳句所得到的一切于是都失去了。这时候,他摇摇晃晃地在京都的晚上,只想到那个女孩子。

那么,女孩子有什么丢了的吗?她因为年纪尚小,还什么都没有得到,所以什么都没有失去。男孩子们搜寻的春笋,因为并没有到手,所以是以为得到,又失去了。至于卡夫的木鱼呢,那是在佛的面前丢失的物品,其他人是无法议论的。而藤介的俳句,在春雷之前,甚至在抵达竹林寺之前,不可能再有。那些竹叶掩盖了一整个夜晚的事件。雨流连于竹林之中,被女孩子的眸子得到了,屋檐下的井。

卡夫的早晨,是木鱼的声音,从屋檐上无声地落入一口小井。卡夫的木鱼再一次被端放在神像面前的时候,显得更为破旧了。雨很不安静,整个屋檐漏下来的木鱼的声音把佛像所处的房间和外界都隔开了。男孩子们更为吵闹,因为雨加剧了他们的焦虑,他们在这寺庙的周围来回地兜转,依旧一无所获。那个女孩子目睹着这一切,在雨中静静地等候着。藤介在竹林里一言不发。

寂静和雨的声音一样的大。男孩子们像他们的犬一样不停地上蹿下跳。密密麻麻的屋檐,吱吱嘎嘎的声音,让佛像稍稍地移动了。藤介听到一种很遥远的声音,起先颤颤巍巍着,然而渐渐浩大起来了。是什么?像兵马一样,兵马兵马地来了。兵马的后面是兵马兵马兵马和兵马。藤介又听到在寺内有不寻常的声音,虽然卡夫的木鱼又不由自主地转向了东边,可是这并不是在那些佛的面前发生的事情所引起的喧嚣。佛所在的房间里,任何声音都无法离去,任何目光都无法抵达。心的来去,佛是看不出的,但是,卡夫知道,心是不能在屋外的雨中像这样被淋湿的。一时间,大家都压抑到了极点。可是,竹子啊,竹子。竹叶上的清风婉转地唱歌,雨好像停了。

青蛙越入古井,扑通一声。

雨好像停了。男孩子们这时候才在寺庙的东边,重新找到昨天的春笋:"嗬!长得这么高了,难怪一直找不到。""竹子啊,竹子。竹叶上的清风婉转地唱歌,雨好像停了",藤介想起那俳句,就不由地念了出来,仿佛又得到了它似的。那么卡夫呢?现在寺庙后门边的竹林里听不到一点卡夫的木鱼声,屋檐上的每一片湿漉里又只剩下雨的记忆了。那么佛的面前呢?佛的面前不仅没有了卡夫,那只朝着东边的木鱼也不见了。哪里去了呢?翠绿的竹叶,风一吹,落入井中,井水也被风吹动了。

卡夫的早晨,是木鱼的声音,从屋檐上无声地落入一口小井。

# 第十一届

## 一直往大风吹的方向走去

平阳县昆阳二中　陈子奕

我经常做一个梦。梦里的我独自一人站在空旷的操场上,风拂过我的脸庞,手里捏着毕业时用课本折的纸飞机,每当我要用力将它扔出时,就会无端醒来,周而复始。

我是一个热爱走路的人,并且由衷地喜爱无规划的旅行。当时很流行一句话:世界那么大,我想去看看。于是在家疯狂地订阅了一堆免费电子杂志,准备酷炫地来一场说走就走的旅行。

当我将这一切付诸行动的时候,我的同学们正在生猛地刷着卷子。学习是一条笔直温和的道路,他们为此拼搏并且奋笔疾书。

有人报了奥林匹克班,有人学美术,或是干脆考托福准备出国。他们说我这样无异于浪费光阴自损前程。然而,我义无反顾地背上包,迎着大风吹来的方向,乘火车踏上了去往云南的路途。

我喜欢且习惯将云朵的足迹用我的小破尼康相机拍下来,以此留作纪念。有时是酿血的夕阳下灼烧的云朵,有时是飘旋的流云,或者是华灯初上时明月前朦胧的云衣,一切都美妙得不可名状。

火车有节奏地前进,带我逃离,去往远方。傍晚橘色的夕阳静静地洒下余晖,横亘在半空中的电线交叉着散开,将天空切割成规格不一的形状。我闭上眼,Eason醇厚的歌声在耳机里流转,安静地奢望一阵未经过造纸厂和化工厂的大风,将我脑海里氤氲的不安吹散。

夏季的云南凉爽舒适。晚风吹来,褪去了白天的暑气燥热,温和明

339

朗,又稍稍带一丝迷惑。木制的房屋在溪水两旁林立,民族特色的酒吧里,歌手粗犷的嗓音缓缓在河上淌过,连同连绵小雨后柔软的空气一同渗透进我的皮肤。独自一人的漫步,捧着五块钱一碗的纳西糕充当晚餐。

我喜欢这种陌生的感觉。在身边,随时有无数的人与事极快地上演,不必尽力去了解,无论纷扰或喧嚣,都因一个异乡人的身份而与你了无牵系。这时你足下的路是纯粹属于自己的,你可以静静去欣赏这些生命为你安排的奇迹。脱去生活沉重的枷锁,学业带来的疲惫与压力,关于青春,关于未来,关于前程,这些在我们脑海里碰撞矛盾的一切突然像蝉翼一般圆润而透明,这座城市的忧喜以茫茫大地上一个坐标点的姿态与你发生联系。

临近午夜,夜幕低垂。街道隐没了人们匆匆的面容,万家灯火如星光汇集,鱼贯而去,形成一条从天穹降下的通道,成为内心前行唯一的指引,这时一阵大风如约而至。

大风掠过我的指尖,纸飞机可以随连绵如兽脊般的群山的线条徐徐上升,跃入日出前鲜妍的山头。年少的心事,从来的愤世嫉俗,意气如灰被裹挟入昨天的尘埃中,堆积成满地的落红。

我喜欢在大风中行走,漂泊。从一个城市走往另一个城市,从一种生活流向另一种生活。在大风中的我们只有一颗心,无忧亦无惧。在毫无规划的旅途中,可以像未知青年一样轰轰轰轰地碾过去。所有的念头来得毫无理由,确定了目的地,然后在中途某一站和刚认识的朋友奔赴另一个起点,或是买两张火车站票,不知疲倦地站了两天。

我希望我能够往心之所向处勇敢前行,在大风中,奇迹属于自己。或从相异的角度,聆听生命与时间剥离的声音,所有的骄傲急躁,心气偏高,尘埃落定。

曾好多次,去北京,我都觉得那是一座寂寞的城市。那些雄伟的建筑在黑夜里冷着面孔保持沉寂,无论这座城市本身有多么繁华。霓虹灯渐次亮起,将城市切割成不同的色块,人们掩捂口鼻,在堂皇的时代步伐中快速行走。城市的记忆无法被拼凑成醇酽的画面,大概也无人愿去细细品尝其间的人情世故。

我将在大风中去往西藏,墨脱。白屁股的山羊,藏羚羊与野牦牛在奔跑,犹如高原上飘忽的精灵。

我看见牛羊,我将牛羊甩在身后。

我看见雨后的彩虹,我将彩虹甩在身后。

我看见挂满风马旗的山坡,身穿藏袍的喇嘛,我看见虔诚的信仰在阳光下跳动如同饱满的粒籽。

大风中,我看见前面无尽的路,我看见身后无尽的路。

# 第十二届

# 窗 外

杭州高级中学高一(7)班　赵心恬
指导老师：汤笑

窗对他永远是个诱惑。

## 初 窥

初窥发生在一个混沌的午间，鸡头米还是个十岁的小囡。在阿婆家逼仄的阁楼上，他弄丢了心爱的玩具——一艘木头小船。端阳节前后的天气，潮热的江南乡下，阁楼里一切都在发霉，除了这个新鲜的、汗津津的小囡。他把自己埋在一只漆色驳杂的箱笼里上翻下寻，想要找到木船——尽管掉了色，并且被汗渍过，触感黏腻，但那是他的宝贝，是三表哥从迢迢的大上海带回来送给他的礼物。这个镇子里只有三哥知道，他想做造船匠。

还是找不到，究竟在哪里？衣角挂在柜壁上，洗得发白的料子，不知道是哪个阿哥阿姐穿剩下的货色。踏在地板上的两只赤脚越是心焦越站不牢，吱吱嘎嘎引出一片破木板的呻吟，终于把楼下的阿婆惊醒了。

"鸡头米？鸡头米？"

阿婆踏着楼板走上来，从一片狼藉里拽出鸡头米。她的手十分有劲，鸡头米的耳朵几乎要被拽下来。可是彼时他顾不上感受疼痛，对着阿婆抽噎："我那只船呢？三哥送我的船，昨天还在的今朝为什么没有了……"

阿婆松开了他的耳朵，脸色沉下来："你阿哥不出息，不待在家里好好

342

做事跑到上海瞎弄,他的东西有什么好稀罕的?"

鸡头米感到莫名的委屈。他的小船仿佛被人无形地踏了一脚,三哥那张干净体面的脸也被踏了一脚。他更受不住,哭得一把鼻涕一把泪,黏黏糊糊地扑到阿婆的怀里,忽然隐约觉察出阿婆正是那只脚的主人,于是又像玻璃球一样地弹了回来,立在原地。

"你现在小,不晓得,以后就知道家里有多好。"阿婆叹口气,伸手揽过他,"你不晓得,你三哥原来也是个老实的小囡,怎么就变了样子呢……上海,上海去不得的呀。"

鸡头米的脸蹭在阿婆二蓝布的围裙上,烟火气从布料里钻出来,钻进他的嘴巴和鼻子。他感到闷。在这一片混沌里迷迷蒙蒙听到了"上海"两个字,上海,他的小木船。鸡头米像一只小兽,拱开了阿婆。阿婆瞪圆眼睛看他,举高了手。他倔强地闭着眼抿着嘴准备为他的小木船受罪,手却迟迟没有落下。

只听到楼下有人在喊:"来船啦,来船啦!"阿婆匆匆下楼去了。

他跑到阁楼的窗前。

镇子上那条碧沉沉的河堪堪流着,河上有座桥——觅渡桥。阿婆说,觅渡就是找船要出门的意思。现在桥上挤满了人,无数的眼睛向往着河的那端——一艘漆色鲜亮的木船,穿过霭霭水气,笃笃定定地驶来。他的木船!鸡头米不敢相信自己的眼睛,他使劲地摇了摇眼前的旧窗框,它响亮地回应着他。窗是真的,人是真的,船,船也是真的。鸡头米双手一撑索性骑在了窗框上,他要向大家宣布,他的船回来了!

船头突然传来了声音:"回来了……"

鸡头米急切地看去,只见三哥容光焕发地立在甲板上,他的油头在乌花太阳下闪烁着。

鸡头米蔫了,他怔怔地站回窗前,下意识地又摇了摇那木窗,它依然快活地回应着他。他蔫了,窗户不是假的,木船不是他的。

三哥的到来让镇子沸腾了好些时日,鸡头米在这片热闹里穿梭着,为了躲开阿婆警诫的眼神,他整日缠着三哥,期待三哥再送他一艘小木船。

不知道在哪一天的席上,三哥酒酣耳热,拉过身边的鸡头米笑说:"我这个阿弟名字是贱,鸡头米找个水塘就好活。但是小囡有点灵气,会做事。我顶欢喜。"

边上人起哄:"哦哟鸡头米,你三哥这么夸你嗒! 你要不要跟他到上海去,做生意,做大老板去?"

鸡头米搓着衣角,他不明白大老板是什么。但是上海,他心里是喜欢的,因为那里一定有木船,数不完的木船。他或许还可以学做船的手艺,回到镇子里来,镇子里也就有了很多很多的大船。他等着三哥发话。

果然,三哥转过脸来,眯着醉眼:"鸡头米,你想不想去上海?"

阿婆的脸在眼前一闪而过,她的叹息,她的手和围裙上的烟火气。但是那艘小木船的影子更加清晰地浮现出来,它缓缓地驶来,驶来,他的一颗心被船填满了。他突然想到有一天,镇子里某个拖着鼻涕的臭小囡也会站在窗前,眼巴巴地看着他坐船从觅渡桥下驶过。会有那一天的。

鸡头米红着脸说:"我想去。"

席上大人们一阵大笑。三哥却敛了玩笑的神色,手压在他肩头,又问了一句:"你真的想去?"

鸡头米点点头。

他不知道,那是窗对他设下的一个陷阱。

## 再　探

雾蒙蒙的清晨,鸡头米坐在船头往岸上望去,阿婆从那扇窗里探出半张脸。她在哭,也在生气。鸡头米傻笑着朝阿婆挥挥手,他要去上海看船,还要学做船了。多好的事。

阿婆的脸渐渐远了,鸡头米恍然从梦里惊醒,身下的破竹床发出极不和谐的响声。满屋都躺着人,此起彼伏的呼吸被这响声突然打破了平衡,有人低声骂了一句什么。鸡头米本能地感到恐惧,翻身坐起,借着一点微光去看,身边条条竖竖的板子长凳上都是睡着了的人,像死了一样睡着的人。他找不到三哥。三哥去办事,去了好几天了。

鸡头米悄悄地把一双赤脚放到地上。上海的楼板跟镇子里的其实也没什么两样,夏天里也是滚滚烫的。他蹑手蹑脚地走到窗前,深深吸了一口气。刚来的那一天三哥就是把他领到了这扇窗前,指着窗外喧嚣的天地对他说,这里就是上海。他瞪圆了眼睛向外看去,所有的东西都在动,闪过的人,驶过的车,所有的东西都不能在这街上停留。上海的街也烫脚吗?但这不是他最关心的问题。他急切地问三哥:"船呢?"三哥用陌生的眼光从头到脚看了他一遍。

"船?你就是船,我也是船。上海就是海,船开得好,海就是你的。开得不好,淹死。"

鸡头米没见过那样严峻的神色。他愣在当场,一直愣到他被换上新衣服,理了头,被推搡着站到一个身量还不足他的男孩面前。三哥让他叫那男孩"少爷"。少爷穿着簇新的小西服,皱着眉上下扫了鸡头米一遍。鸡头米从他的目光里感觉到自己是一个物件。他突然反应过来,朝着弯腰陪笑的三哥喊出一句:"你骗我!"

三哥的笑冻在了脸上。少爷从鼻子里哼了一声,顺着台阶上楼,从此他们之间仿佛就隔了这样长的一段阶梯。鸡头米手足并用也上不去,少爷不愿下来。

鸡头米回过神。窗外的天空上挂着月亮,但月光很远,人间的灯火很近。他稍微一抬眼就能看见隔了一条穿堂的洋楼,洋楼里住着少爷和太太。从前还有老爷,但在他来上海的那个五月里就被日本人害死了。陪着去收尸的那天鸡头米骇破了胆,三哥却跟他讲不要怕,上海每天都有很多人死掉。三哥是那样笃定。

五年了。十五岁的鸡头米已经不是小囡。他没回过一次镇子。开始的几年是他自己不要回去的,后来是三哥不让他回去。他渐渐地明白了,三哥害怕他拆穿他,拆穿那个在酒席上风光无限的假象。其实他自己何尝不是害怕,害怕阿婆问他学造船学得怎么样了。

上海每天死掉的人越来越多,三哥也老了,他的话不再能让他安心。洋楼里的少爷很少回家,听说在学校里参加了抗日组织。有一天晚上鸡头米听到外面穿堂里有动静,悄悄地出去,只看到少爷满脸是血,正用手帕反复地抹着。昏暗的穿堂里凉风飒飒,鸡头米颤声叫他:"少爷!"少爷转过头来,神色仓皇间竟有难得的柔和。他说:"鸡头米,不要怕,我没事,是日本人的血。"少爷叫他不要出声,于是鸡头米看着他笨拙地擦干脸上的血迹,风带过来丝丝的腥气。就在那片刻相对里,昔日里横亘在他们之间的那道鸿沟在一点点弥合。鸡头米忽然感觉眼前的少爷不知什么时候比他高了许多,他竟已看不到他的头顶。少爷走了,地上掉落一张花花绿绿的传单。鸡头米捡起来,读出两个大字——"救国"。

那之后少爷再没有回家来。鸡头米伸出一根手指,在玻璃窗上凭空画了一只木船,无形的木船。他看不到,但知道那艘船就在那里。就像当初不明白的一些话,如今朦朦胧胧也能懂个大概。三哥不是来上海做大老板的,是来伺候老板们的。他也不是来学做船的,是来帮三哥伺候人的。伺候得好不好都不能去做船。三哥骗了他,他恨。可是身上穿着新衣服,手里拿到了大洋银圆,也见过了跑马场西洋景,那是另一个他永远也不可能做的事。他忽然又不知道该恨谁了。

洋楼的灯依然亮着。鸡头米把脸贴到窗户上,玻璃窗。上海的一切都让人不能停留,连窗户也是,冷冰冰地驱赶着他。但他有时会想,这灯火为什么能停泊在这里,为什么不会被赶走?三哥的话在耳边重响:"船开得好,海就是你的。"是了,这些灯火的主人,一定赚了很多很多的钱,上海是他们的。而他的船呢,他的镇子呢。鸡头米把脸贴得更紧,仿佛贴上了那艘大船。他的体温把窗户捂热了,这些许暖意是少有的幸福。

身后的众仆役中忽然有一个在梦里喊出声来:"我要回去!"鸡头米猝然把脸挪开,只见玻璃窗上缓缓淌下两行水。他的眼泪水。

"这是假的。"鸡头米对自己说,他不能再相信从窗户里看到的东西了。觅渡桥,船,意气风发的三哥,灯火,洋楼,黯淡的月亮,都是假的。窗外的世界是一个乱梦。他摸回了自己的竹床,凑近枕头。这枕头曾沾满了他的鼻涕眼泪,有一股汗馊气,他的眼眶仍是湿的。他想起了阿婆的围裙。

## 定　格

谁也没想到鸡头米会逃跑。

但他确确实实是逃了。

鸡头米抱着从镇子里带来的包袱坐在车厢里,包袱里放着五块银圆,是前几年太太赏的。他舍不得花,想做学费,可是到头来都是一场空。另外还有一双新鞋子,三哥另给他定做的,为的是在老爷的葬礼上更体面些。他没舍得穿,被三哥骂了一顿。想来想去最对不起的就是三哥。三哥呢?三哥在哪里?他去办事了,一去不回。鸡头米带着愧意透过车窗看向月台,月台上没有来送别的人,尽是争先恐后挤上车的难民。他们要回家。鸡头米也要回家,但他不像那些难民,他没有经历过饥饿,也不懂与亲人阴阳两隔的滋味。他只知生离,而生离已令他撕心裂肺——所以他逃了,尽管对于他的落脚之处是否安在一无所知。

月台上的人忽然都抬起了头。

鸡头米下意识地跟随他们的目光,却终于只能看到上海南站月台的顶棚。但他听到了,镇子里暴雨将至时,低飞的蜻蜓扇翅的声音。那是多大的一群蜻蜓啊。鸡头米把轰炸机当作蜻蜓痴痴地想了片刻。他的目光再移回时已经晚了。月台,人群,车身开始颠簸,窗外的景象逐渐模糊。鸡头米紧紧抱着怀里的包袱,大睁着眼睛。一颗火球在月台上炸开,车窗那木制的窗框不见了。碧沉沉的河道,霭霭的水气扑面而来,觅渡桥身已添了新的蚀孔。阿婆正立在桥头,三哥牵着她的衣角,怯生生地望着他。三哥也是小囡。鸡头米咧嘴笑了,他抬起头,忽然看到了那扇窗。窗里映出冲天的火光,无数生灵涂炭。他浑身焦黑,肉身在烈火中迅速消亡,手中却仍然死死地抱着包袱。

鸡头米觉得蹊跷极了,到底哪里才是窗外?而阿婆在此刻朝他招手,他无暇再想,从船上跳到她身边,扑进她的围裙里,烟火气将他包围。

端阳节前后的天气,潮热的江南乡下,阁楼里一切都在发霉。一束光从窗外斜斜地漏进来,照着漆色驳杂的箱笼。箱笼里躺着一艘小木船,已经落了很厚的灰。

# 花与机器人

杭州高级中学钱塘学校高一(14)班　娄诗睿

我睁眼的时候,这个世界只剩下整片的洋甘菊花海。

风吹起花浪,我听见寂静。短暂的休整后,回忆涌入脑海,我大约是十六岁,现在是什么时候,我在哪,或许,我是谁,苍穹下没有人可以给我回答。故我迈开脚走。

起身时,感觉到湿润的泥土,才明白与地接触的还是脚,阳光刺痛的还是我的眼睛。这一切太奇怪了,后知后觉让我更加恐惧,我是否存在,好像作为生命体,我是格格不入的。

平静的阳光移动到我脸上,又忽地移走了。

耳边响起机械的声音,不知为何,我感到恐惧。黑色巨影一步一步近了,回头时,看见一个或许机器人的东西。只不过有些古怪,眼睛不在眼睛的地方,而在脸的下面,耳朵在脖子的上面。他的右手断了,机液不断流出。

"你和他们一样是人类?"他用左手指我,我才发现他左手的食指也缺失了。忍不住笑出声来。他也没生气,只是静静地等待我的回答,洋甘菊簇拥着我与他。

我想我大约还是人类,便如是回答了,他的机械眼珠流露出惊讶。"他已经消失三千年了。"机器人(姑且这样称呼他吧),吐出的每一个字都散发铁锈的味道。我刚想刨根问底,他就率先抢答道:"那时,他是世界上最后一个人类,别人都在寒潮八年的地震里死了,只有他创造了我。"他说的话好卡顿,我试图打断他,谁知他接着讲,"死之前,他给我,洋甘菊种子,等到春暖花开的时候,种下。""春暖花开",我如梦初醒,此地正春暖花开,站在花中的他俨然一位英雄,同时也惊异于他的创造者可以编入"春暖花开"这样的文字。

他要我和他一起找那缺失的手臂,我欣然接受。一路上,我们相对无言。这个世界上除了洋甘菊,土,我,机器人以外什么都没有。"这要去哪找?"我问。他没有回答,只是自顾自向前走,或许是因为他耳朵缺损,只能听懂一部分。忽然,平地上,多出几个小土堆,我看着他翻开其中一个,正是他那只手臂。他把一把钳子递给我,原来他是要我帮他修,我记得这个之前金工课上过,组装这个只是小菜一碟,所以我飞快地拼好,看着他灵活运作手指,我很高兴。

恢复正常,我们开始漫无目的地走,洋甘菊清新怡人。也越发觉得眼前这个人还不错。我摔倒了会扶我,看我喜欢花就给我摘,我瞬间忘记了我好像不属于这个世界,想到这,我才想起来该问的:

"你一个人在这,会孤独吗?"

"不会,因为我是机器人。"

他的回答让我失望,一个人怎么办啊,没人交谈的日子该多么无趣。我想起那个车水马龙的世界,夜里灯光璀璨,绚丽动人,与朋友在一起才好。我感到了一点点悲伤;眼泪打转最后砸在花上。

我感到他脚步慢了,抬头发现他正俯身看我。"这是眼泪。"他说,我不想理他,他继续讲,"当时一个接一个人,在寒潮中,死去,他也,很伤心,哭了,眼泪。""那又怎样?"我又哭又跳,"所以我为什么在这,告诉我?"

"因为存在你,这个世界也存在,所以你在。"

他平静的语气像风,让我感到寒意。

如果都不回来,那么我该为了谁而存在。

这个毁灭过的世界他孑然独身,他为了谁而存在？或许机器人死不足惜,这盛开的洋甘菊是他种下的,他为了这个世界延续,为了守护花海,他存在。那么我呢,我本在的那个世界,我为我的家人存在,为了朋友,我的学业，我所爱的而存在。可他们都不在了，在这个世界，只身穿越过来的我，我该为了谁而存在。

我走了很久，想了很久，他一直陪伴着我。这让我感到一丝温暖与爱，机器人守护着我，这也是他存在的意义，我该为了谁而存在。

复行，回到起点，他把一束洋甘菊塞给我，我上前一步，问题呼之欲出。眨眼间，他消失在我眼前，一切缩小，褪色，我拼命伸手去够，却无济于事。

猛的，我又重重地落在什么东西上面，我的头下面好像是我的枕头，熟悉的触感。我妈破门而入，大呼小叫，又不等我问就大骂几句，又问我手里哪来的花。

我想我需要缓缓，我闻到发梢清爽的洋甘菊味，我想起那个机器人。

我想再看花儿盛开。想你送我的花。

我应在我本应存在的这个世界去探索存在的意义。

第十七届

# 十字路口

苍南中学高一(5)班　虞东东

听我说,人的一生会无数次到达杭州,就像人会无数次面临十字路口一样,而每次到达杭州的感受正如每一个拐弯,使我走上不同的道路。

七岁那年,我第一次到杭州,年幼的我并没有太多感触,只是觉得到达这个时时出现在书本中的"天堂"很快乐,但有一个场景我却记忆犹新:我站在下雨的西湖旁,撑着伞,忘神地看着雨中的西湖,旁边大人的抱怨声不断,无非是下雨不利于游玩之类,但我小小的心中却萌生了另一种"不正常"的想法——下雨的西湖其实也挺美的。到了长大后我才渐渐意识到,早在七岁那年,我就在人生路口迈出了我小小的一步,虽然不大,却实实在在地决定了我往后的人生。而之后我离开西湖,坐在出租车上望着灰蒙蒙的、如冻僵的天空和窗上斜曳的两点,心中似乎有什么深沉的东西,但终究忘却了。

然而这次到杭州的感受却是真实而深切,所以我要在我遗忘之前,将它们统统记下。我在中午离开家乡,临近晚上到达杭州。杭州的动车站很大,似乎有我家乡的几十倍。我站在动车的出站口,一脸茫然,摸不着北。我看着四面八方来去匆匆的行人,他们全然不像我一样,仿佛带着不可动摇的信念,在不可知的十字路口中坚定地转弯、迈步,毫不犹豫奔向远方,我环顾看着嵌在墙上的巨幅荧光广告,全都是一些我闻所未闻的东西,我又感觉我自己格外"小"了。我意识到,现在的杭州不会再成为我的十字路口,而我是它的十字路口,它匆匆忙忙地到达我,然后头也不回地远离我，没有停留片刻。是的，杭州不会成为任何人的十字路口，它太"水性杨花"了，从不把选择权利交给别人，而多少人却一个劲想往它怀里钻，想要在它的怀里安眠，但总是未能所愿。而我自己想要的只不过是一个能在我这条十字路口上建起一间小小的木屋，默默陪伴着我的东西。我能够将我的全身心毫无保留地给它，而它也能热忱而诚恳地待我，因为这样很让人安心。

想到这里，我甩了甩头，随便选了一个方向继续走去。在十九号地铁口，我碰到了一位不会说普通话的女子，她面色土黄，身后用篮子背着一个两三岁的孩子，背有点驼。她嘴巴里哇啦喳啦地叫着，兼以凌乱的手势，似乎是想向他人询问自己应乘哪边的地铁。可人们都看着手机，没有人理会她。她应当也在十字路口中吧，只不过她的十字路口提示的告示牌更少，人流更稀疏也更冷漠。我不知道她懂不懂什么是人生，什么是抉择，但她却着实和我一样迷茫，只不过她的迷茫更迫近，我的迷茫更邈远罢了。于是我走上前看了她手中的票，为她指了方向，她微笑着并摆手向我道谢，随后便没入了人群，无影无踪了。

问了问服务人员，他告诉我应当乘八十六路公交，于是我离开地铁站，又去寻找公交站了。而我眼前出现了一个真正的十字路口，十字路口的两旁有很多卖水果的商贩，我问他们知不知道公交站在哪儿？他们说他们是卖水果的，哪里有坐过公交。于是我再次随便挑了一个方向，随便地走去，哼着鲍勃·迪伦的民谣，一直向前走去。事实上，在杭州这样的地方无论在哪里你都能发现公交站。走了不久，我就发现了公交站，而且我心心念念的八十六路公交也正好来了。我看着人们一个个排队上去，熟练地拿出手机一扫便坐到了自己的位置上，而我也装模作样打开支付宝，却怎么也扫不出来，于是我窘迫地从书包中拿出两枚硬币投了进去。在一个先进的城市，我竟然还用这样原始的方式，想来也真是可笑。站在车上，看着两边闪烁的建筑一个个闪到我的后面，我不禁开始想，这个大家都希望我走的方向，真的是我自己所喜爱，所适应的方向吗？我在十字路口上像一头无头苍蝇似的乱转，踌躇不决，真的是我想展现出的姿态吗？

我想的只不过是走进那间十字路口旁的小木屋,然后在人们彻底于十字路口迷茫时给他们一点帮助罢了。公交车停下,喷出一口闷气,我到站了,我离开公交车向我的酒店走去。明天,我将奔赴一场前所未有的挑战;明天,我将回到我的家乡。

可是啊,我的那两枚硬币,却永远留在了杭州八十六路的公交车上,永远地留在了我注定将要涉足的十字路口上。